flacso

Los noventa

Política, sociedad y cultura en América Latina y Argentina de fin de siglo

DANIEL FILMUS

COMPILADOR

N. Lechner - E. A. Isuani - A. Minujin - W. Lozano
A. Miranda - H. Poggiese -M. E. Redín - P. Alí - M. Mancebo
L. A. Quevedo - P. Semán - P. Vila - S. Agostinis

Facultad Latinoamericana
de Ciencias Sociales
Sede Académica Argentina

Universidad de
Buenos Aires

Eudeba
Universidad de Buenos Aires

FLACSO
Facultad Latinoamericana de Ciencias Sociales

1ª edición: mayo de 1999
1ª reimpresión: agosto de 1999

© 1999
Editorial Universitaria de Buenos Aires
Sociedad de Economía Mixta
Av. Rivadavia 1571/73 (1033)
Tel: 4383-8025   Fax: 4383-2202
www.eudeba.com.ar

Diseño de tapa: Ricardo Ludueña
Corrección y composición general: Eudeba
Imagen de Tapa: "En el mismo lodo todos revolcados", Ernesto Bertani.

ISBN   950-23-0941-3
Impreso en Argentina.
Hecho el depósito que establece la ley 11.723

ÍNDICE

PRESENTACIÓN

La década de los '90 ha sido el escenario de cambios que han mostrado una profundidad y vertiginosidad sin precedentes. Algunos de estos cambios han estado fuertemente condicionados por las transformaciones ocurridas a nivel global. La caída del muro de Berlín y del bloque socialista, el nuevo orden mundial signado por la hegemonía militar de los EE.UU. y la multipolaridad económica, la creciente globalización de los mercados y el continuo avance científico-tecnológico han sido algunos de los procesos que más han impactado en la realidad socio-económica y política latinoamericana. Estos procesos han tenido su correlato en un conjunto de transformaciones ocurridas en la región. La recuperación de la institucionalidad democrática en la casi totalidad de los países, la apertura de las economías al mercado mundial, la recuperación del crecimiento económico luego de la "década perdida", las modificaciones a nivel de la estructura y las funciones del Estado y una mayor presencia de la sociedad de mercado han sido algunas de las transformaciones de características comunes que afectaron al conjunto de los países latinoamericanos y en particular a la Argentina.

Existe consenso en que el balance de la década de los noventa deja un saldo profundamente contradictorio. Los avances obtenidos a nivel macro tanto en lo político como en lo económico no se vieron reflejados en una evolución correlativa en las condiciones de vida de los pueblos. El crecimiento económico no fue acompañado por una sensible disminución de los niveles de pobreza, la incorporación de nuevas tecnologías no evitó la pérdida de fuentes de empleo en el mercado de trabajo formal, el aumento de la productividad no generó una mejor distribución de la riqueza, la apertura de las economías no modificó la estructura predominantemente primaria de las exportaciones, la reforma del Estado y las privatizaciones no significaron una atención sustantivamente mayor hacia sus funciones vinculadas a la educación, la salud, la política social, vivienda, etc. De esta manera, la presencia continua de regímenes democráticos resultó insuficiente para generar las condiciones para la construcción de una ciudadanía plena, donde la vigencia de los derechos civiles de los habitantes estuviera acompañada por una participación integral en la vida política, social y económica de las naciones.

En este marco, el presente libro ofrece un conjunto de trabajos que analizan con profundidad algunas de las principales transformaciones sociales ocurridas en América Latina y Argentina en la última década. El primer artículo, escrito por N. Lechner, plantea las megatendencias que impulsan la transformación de las sociedades latinoamericanas de fin de siglo. Presentado el nuevo escenario en donde la política y el Estado pierden su centralidad como coordinación y conducción de los procesos sociales, Lechner coloca en debate las nuevas condiciones para la gobernabilidad democrática en la región. Esto lo lleva a proponer finalmente un hipótesis respecto al principal papel de la política actual: "vincular las demandas de protección, reconocimiento e integración social de los sujetos con las exigencias funcionales de los sistemas".

En la misma dirección que el artículo de Lechner, A. Isuani plantea las consecuencias que las transformaciones del Estado Argentino tuvieron en los comportamientos sociales. Las características anómalas (en el sentido durkheimniano) de los comportamientos de la sociedad de fin de siglo están fuertemente vinculadas a un tipo de transformación del Estado que "avanzó mucho en la poda de su estructura pero casi nada en dotarlo de capacidades regulatorias y en disminuir los niveles de impunidad". De esta manera, el fortalecimiento de la función del Estado es planteada como una condición imprescindible para alcanzar mayores niveles de cohesión e integración social.

A partir del escenario presentado por Lechner e Isuani, tres artículos pretenden dar cuenta de las profundas transformaciones que se sucedieron en la estructura social de América Latina. El trabajo de A. Minujin analiza la vinculación entre las situaciones de inclusión-vulnerabilidad y exclusión en las nuevas condiciones de la Región. El análisis de estas categorías lleva a una conclusión tan previsible como dramática: "el actual proceso económico y social está dando lugar a un incremento y diversificación de las situaciones de vulnerabilidad que pueden cristalizar en sociedades con una fuerte tendencia a la exclusión social y económica". Parte de esta tendencia a la vulnerabilidad y exclusión está explicada por el cambio en el comportamiento de los mercados de trabajo en América Latina. Wilfredo Lozano analiza en forma particular cómo las transformaciones en los sistemas productivos y en la regulación del trabajo han producido un creciente incremento de la informalización del mercado de trabajo urbano con consecuencias claramente excluyentes. Este proceso coloca sobre la mesa de discusión "la debilidad del potencial de generación de empleos productivos por parte del Nuevo Modelo Económico" y al mismo tiempo exige repensar la nueva estructura social que emerge en la región sobre el final de la década y su impacto en los comportamientos de los actores sociales y políticos. Siguiendo con esta preocupación, el trabajo de D. Filmus y A. Miranda analiza cómo los cambios macroeconómicos y el deterioro del mercado de trabajo en América Latina, anteriormente presentado por Lozano, neutralizan las potencialidades democratizadoras e integradoras de la acción de los sistemas educativos. A partir del estudio del caso argentino se muestra cómo la "educación es un factor necesario pero no suficiente para alcanzar mayores niveles de igualdad". Ello se debe, en parte, a que la mayor selectividad de los mercados de trabajo formales en la incorporación de mano de obra a los puestos de trabajo en los sectores modernos de la economía tiende a profundizar las desigualdades sociales, a pesar del incremento general en los años de escolaridad de la población.

Por otra parte, los cambios producidos a nivel de la economía, el modelo del Estado y la estructura social generan también profundas transformaciones en los comportamientos políticos, sociales y culturales de los actores. De ninguna manera el libro pretende ser exhaustivo en los temas elegidos para el análisis. Sólo algunas de estas transformaciones han podido ser abordadas en los siguientes artículos. De esta manera, el trabajo de H. Poggiese, M. E. Redín y P. Alí analiza cómo las nuevas formas de vinculación entre Estado y sociedad, principalmente a partir de los procesos de reforma del Estado y la descentralización de las políticas, generan condiciones para la emergencia de nuevos movimientos sociales. En este marco, nos propone el análisis del surgimiento de las "redes" y los mecanismos de gestión asociada como forma de expresión de la necesidad de "establecer una nueva forma de vinculación entre el Estado y la sociedad a partir de un método de acción que ponga en igualdad de situación a ambos". El artículo de M. Mancebo, por su parte, plantea las consecuencias de la crisis actual respecto de los procesos de socialización política. Analizando el conjunto de los mecanismos que, a partir de las dictaduras militares y políticas neoliberales se han implementado en dirección a la "desciudadanización" de la población, postula el surgimiento de movimientos que operan en un sentido inverso: hacia la "reciudadanización". El "crecimiento del prestigio y legitimidad de estos movimientos es un dato rescatable para la postulación de verdaderas salidas a la crisis".

La dimensión política es retomada por L. A. Quevedo, quien analiza los efectos producidos por la irrupción de los medios de comunicación en la escena pública. El ingreso de la Argentina a la era de "videopolítica" a partir de la gestión del Presidente Carlos Menem genera la pérdida de legitimidad de algunas formas tradicionales de hacer política y el surgimiento de otras nuevas: "La caída del discurso político como articulador del sentido de la escena clásica de la política puso en funcionamiento una fórmula de máximo contacto personal y a la vez de máxima distancia, esto es, el uso intensivo de los medios de comunicación y de la relación directa con la gente a través de caminatas callejeras, visitas a hospitales, escuelas, etc."

El articulo elaborado por P. Semán y P. Vila, hace referencia a las nuevas formas de construcción de las identidades culturales en la década de los '90. En particular se analiza al "rock chabón como una práctica musical que ayuda a la construcción de una identidad, anclada en el cuerpo, de joven excluido de los sectores populares". Por último, los procesos de creciente desigualdad y fragmentación también modifican el comportamiento de los distintos actores sociales en lo que hace a su impacto en la forma de apropiación del área urbana. El tema es abordado por S. Agostinis para el área metropolitana del Gran Buenos Aires: "La década del '90 se caracteriza por un uso y apropiación diferencial según las clases sociales. Siendo una de sus expresiones la rejerarquización diferencial de ciertas áreas en desmedro de otras al interior de la ciudad de Buenos Aires como en el conurbano".

Para finalizar esta presentación, creo necesario señalar que el presente libro tuvo su origen en la necesidad de generar un material que diera cuenta de los cambios producidos en América Latina y en la Argentina de los '90 para el trabajo que realizamos en la Cátedra de Sociología del Ciclo Básico Común de la UBA. Pero su lectura permite ampliar este horizonte propuesto originalmente. Es posible proponer que, por la calidad de los autores convocados y la pertinencia de las problemáticas abordadas, esta publicación se convierte en un instrumento útil para todos aquellos interesados en comprender los complejos procesos que ocurrieron en la última década y en debatir horizontes futuros. Por haber surgido a partir del trabajo de la cátedra, un conjunto de artículos reflejan los esfuerzos de estudio e investigación de docentes que la integran. En este sentido, agradezco la participación de Silvia Agostinis, Patricia Alí, Martha Mancebo y Ana Miranda. Pero quiero extender el reconocimiento al conjunto de sus integrantes que, en las difíciles condiciones que se ejerce la docencia en la Argentina y en particular en el CBC de la UBA, se esfuerzan por formar jóvenes con capacidad de comprender los procesos sociales y con espíritu crítico acerca del contexto en que les tocará ejercer su profesión. Por ello también agradezco a Marta Bellardi, Juan Carlos Peña, Amalia Palma, Gabriela Gigena, Estela Lemos, Mariana Moragues, Ariel Raidan, Andrea Rizzotti y Mariana Uhart. Finalmente, quisiera destacar que este libro también fue posible por la colaboración de Ana Miranda en todos los aspectos que hacen a la compilación de los artículos que aquí se publican.

Daniel Filmus,
mayo de 1999

LOS CONDICIONANTES DE LA GOBERNABILIDAD DEMOCRÁTICA EN AMÉRICA LATINA DE FIN DE SIGLO*

Norbert Lechner

En las últimas dos décadas han tenido lugar profundas transformaciones sociales tanto al nivel mundial como en cada una de las sociedades latinoamericanas. De hecho, en todos los países de la región observamos una reestructuración social más o menos drástica. Una reorganización de la sociedad de tal envergadura no puede sino afectar también a la política. A la par con un cambio del entorno societal ocurre un cambio de la propia política. Síntoma de ello son expresiones como la denominada "crisis de la política" o la insatisfacción acerca de la "calidad de la democracia".

Esta premisa da pie al argumento central de mi exposición: a mi entender, los problemas de gobernabilidad democrática en América Latina resultan de la falta de adecuación de la política y del Estado a los cambios estructurales de nuestras sociedades.

Ellos son, en el fondo, la expresión de un "retraso" de la política en relación a las dinámicas de las transformaciones sociales. Dicho retraso es palpable en dos fenómenos.

Por una parte, los procesos de modernización desencadenan por doquier tendencias centrífugas que los sistemas políticos, en su forma actual, no logran manejar satisfactoriamente. Vale decir, la modernización socioeconómica socava la efectividad de las instancias políticas de regulación y conducción. Ello significa,

---

* Conferencia magistral dictada en el acto del 40ª aniversario de la fundación de FLACSO.

por otra parte, que la política pierde crecientemente su capacidad de control sobre los procesos de modernización. La "lógica del sistema" se vuelve autónoma y deviene un fin en sí mismo.

Existe no sólo un retraso en las formas de hacer política; igualmente notorio es el retraso en las formas de pensar la política. Prevalecen concepciones tradicionales e imágenes estéticas acerca de lo que es y puede hacer la política. Especial preocupación merece, por supuesto, tal "inmovilismo" por parte de las elites políticas (independientemente de su signo ideológico). En la medida en que la "clase política" no logra hacerse una idea adecuada del nuevo papel de la política, de sus límites y de sus posibilidades, tampoco está en condiciones de respetar las nuevas restricciones, de discernir los objetivos factibles y de procesar las oportunidades que abre la modernización. En suma cierto retraso del pensamiento político que conduce a esa aparente ausencia de alternativas que caracteriza a nuestra época. Igual atención merece, por otro lado, una inercia similar en la ciudadanía. Los ciudadanos suelen hacerse ideas y expectativas acerca de la política que no corresponden a la nueva realidad social. Estamos ante un desajuste poco percibido, pero problemático por cuanto conduce a graves distorsiones a la hora de evaluar determinado desempeño político. Los electores tienden a imputar a la política (a los políticos) resultados que están fuera de su alcance. Más grave aún es otro peligro: una democracia que no cumple lo que (ilusoriamente) se espera de ella, genera un clima de frustración que termina por minar la credibilidad de las instituciones. Resulta pues importante tanto para las elites políticas y los ciudadanos como para las relaciones de confianza entre ellos elaborar concepciones actualizadas de la política.

De lo anterior se desprende la siguiente hipótesis: una vez analizados los desajustes producidos en la relación entre política y sociedad, ¿por qué no enfocar los problemas de gobernabilidad democrática al modo de un *ajuste político*? Si el proceso de modernización de América Latina pasó por una fase de ajuste estructural de la economía, hoy en día está pendiente un ajuste estructural del campo político. Ello involucra muy diversos aspectos. Por un lado, las expectativas que nos hacemos acerca de lo que es la democracia y de lo que puede hacer la política. En este contexto, es inevitable revisar la autoimagen que se hace el ciudadano de sí mismo y, en general, la propia noción de ciudadanía en las condiciones actuales. Por el ajuste se refiere principalmente a los estilos de hacer política y, en definitiva, a verdaderas "invenciones institucionales" que actualicen los procedimientos democráticos. Se trata pues de una "reforma de la política" en doble sentido: una adecuación *de la política* al nuevo contexto a la vez que una modernización llevada a cabo *por la política*. Una advertencia: mi argumentación se limita a destacar algunas tendencias generales, sin abordar los rasgos específicos de cada país. Sin duda, las particularidades históricas de un país representan factores cruciales a la hora de enfocar sus problemas de gobernabilidad. No obstante, cabe advertir que tales especificidades nacionales se encuentran más y más relativizadas por el alcance global que tienen ciertas megatendencias. Además, es menester recordar que dichas tendencias implican riesgos y oportunidades. A la vez que plantean amenazas para las jóvenes democracias de la región, también abren nuevas opciones de desarrollo. Por cierto, descifrar las oportunidades que se ofrecen exige una nueva mirada. Desafío mayor porque es bien sabido que resulta más fácil apreciar con angustia o nostalgia lo que perdemos (el pasado) que explorar los espacios abiertos del futuro.

LA MODERNIZACIÓN EN CURSO

Revisemos brevemente cinco rasgos sobresalientes de las transformaciones en curso y algunas de sus consecuencias para la gobernabilidad democrática.

1. *La Modernización* se caracteriza primordialmente por los *procesos de diferenciación*. En América Latina, particularmente en los países de modernización temprana, se observa hace muchas décadas un proceso de *diferenciación social* que complejiza a la estructura social. Las clases sociales fundamentales que en el pasado aglutinaban y estructuraban a la población en grandes identidades colectivas se diferencian en múltiples grupos sociales con subculturas específicas. Tiene lugar una fragmentación de las bases materiales y de las representaciones simbólicas que servían de anclaje a las identidades colectivas. Impulsada por los procesos de urbanización e industrialización, la diferenciación social diluye el mundo señorial de antaño, impulsa la diversidad social y prepara así el terreno para la pluralidad política. El sujeto de la teoría democrática –el pueblo– se despliega en una pluralidad de actores individuales y colectivos. Descubrimos pues en la diferenciación social el proceso subyacente al pluralismo de opciones que caracteriza al "juego democrático". Pero se descubre también uno de los procesos subyacentes a los problemas de gobernabilidad democrática. La multiplicación de actores provoca un "sobrepoblamiento" de la arena política, incrementando enormemente las demandas de negociación y coordinación. Aún más: a la vez que los actores se multiplican también se debilitan. Ello afecta la representatividad política que presupone actores representables: más se debilitan los actores sociales, más grande es la distancia con sus representantes políticos. Como si fuera poco, la diferenciación social conlleva otra tendencia: ella desdibuja los grandes clivajes que dividían a la vez que unían al debate ciudadano en torno a ciertos temas fundamentales. La disgregación de intereses y opiniones o, dicho de otra manera,

el aumento de la complejidad hace más difícil reducir las múltiples posiciones a un panorama inteligible.

2. La nueva complejidad social proviene sobre todo de otro proceso característico de la modernización: *la diferenciación funcional*. En años recientes se ha vuelto más notorio cómo los diversos campos de la sociedad van desarrollado racionalidades específicas acordes a sus funciones hasta constituir "subsistemas funcionales" relativamente cerrados y autónomos. La economía, el derecho, la ciencia y la misma política operan como campos autorreferidos acordes a sus códigos funcionales. Al hablar de sistema económico o político, de sistema educativo o de salud hacemos referencia a tales "lógicas funcionales". Esta diferenciación funcional de nuestras sociedades tiene una consecuencia todavía poco ponderada; significa en los hechos que el desarrollo social ya no se rige por una racionalidad única sino por una constelación de distintas lógicas funcionales.

La diferenciación avanza a un punto tal que la sociedad pierde la noción de sí misma en tanto sociedad. Se desvanecen las representaciones colectivas acerca del "orden" y, por lo tanto, los sentimientos de arraigo social y de pertenencia a una comunidad. De hecho, las grandes ciudades de la región anticipan la nueva característica de nuestras sociedades: un espacio sin centro. Digamos más cautelosamente: a raíz de los procesos de diferenciación la sociedad latinoamericana deja de tener un centro único. Estamos camino a una sociedad policéntrica. Tal descentramiento permite comprender una de las principales razones que subyacen a los problemas de gobernabilidad. Durante años las crecientes dificultades de la acción político-estatal para regular a los procesos sociales eran atribuidas a deficiencias institucionales y a un instrumentario político insuficiente. En consecuencia, se trataba de perfeccionar el control jerárquico que ejercía la política (por ejemplo a través de la planificación). Ahora visualizamos que la jerarquía se ha debilitado; no por alguna subversión de los valores de autoridad como denuncian los conservadores, sino porque la vida social ya no tiene esa "unidad" que presupone el mando jerárquico. Descubrimos que la diferenciación funcional y, por ende, el descentramiento de la sociedad también modifica el lugar de la política: la política pierde su centralidad. Es decir, la política deja de ser aquel núcleo central y exclusivo a partir del cual se ordena al conjunto de la sociedad.

3. Otro rasgo característico de la fase actual de modernización son los *procesos de globalización*. Formidables procesos de racionalización social desbordan las fronteras de cada país, tejiendo una malla de infinitas redes transnacionales, dinámicas temporales completamente nuevas. Sin apreciar plenamente el alcance de esta tendencia, se vislumbra desde ya una transformación de la dimensión

espacio-temporal de la política. Observamos, por una parte, un *redimensionamiento del espacio*. Basta recordar algunos fenómenos ilustrativos. Así, es notorio el cambio de las escalas. La política ya no opera exclusivamente a escala nacional; cada día adquieren mayor peso los problemas a escala global-regional y los problemas a escala local. También es evidente la redefinición de los límites. Si las fronteras nacionales se hacen más porosas, por otra parte, los límites entre los grupos sociales se vuelven más rígidos. Dicho en otros términos: cambian las distancias. Mientras que las distancias internacionales se acortan para algunos sectores insertos en los flujos globales, las distancias sociales al interior de cada país aumentan considerablemente. En resumen, la globalización pone en entredicho el espacio habitual de la política: el marco nacional.

Por otra parte, observamos un *redimensionamiento del tiempo*. En años recientes ha tenido lugar una aceleración vertiginosa del tiempo. El ritmo de vida se hace más y más rápido, acelerando la obsolescencia del pasado inmediato. Aun las experiencias recientes pronto dejan de ser útiles y ese recorte del tiempo útil afecta también a la política; ella ya no puede recurrir al trasfondo histórico de experiencias acumuladas para enfrentar los retos del presente. A la par con la obsolescencia del pasado advertimos un desvanecimiento del futuro. En épocas anteriores la aceleración del tiempo era domesticada por una noción de futuro progresivo. Las ideas de progreso técnico o de emancipación humana representaban un horizonte que acotaba el devenir; un horizonte de futuro que representaba simultáneamente un horizonte de sentido en nombre del cual se interpretaba y justificaba el presente. En cambio, hoy en día, la noción misma de futuro se diluye. Existen proyecciones del presente (planes de inversión, cálculo de riesgos, etc.), pero no una imagen del futuro. Ello toca directamente a la concepción moderna de la política, entendida como construcción deliberada del futuro. Actualmente, la política ya no remite a un horizonte de futuro que permita poner al presente en perspectiva. Con la perdida de perspectiva el presente se hace omnipresente. Este presente omnipresente trastoca la dimensión temporal de la política. Encerrada en lo inmediato, la política disminuye su capacidad de anticipación; le cuesta diferir costos y gratificaciones al futuro. Por consiguiente, todas las demandas y expectativas se vuelcan al presente y buscan satisfacción aquí y ahora. Prevalece la simultaneidad; miles de cosas ocurren al mismo tiempo aquí y en el mundo ("síndrome CNN"). Ello dificulta la selección de qué materias decidir; distorsiona la relación entre decisión y resultado y, por lo tanto, la responsabilidad por una decisión tomada; además, incrementa la arritmia entre la toma de decisiones gubernamental y la toma de conciencia ciudadana; en fin, provoca una sobrecarga de la política. Todo ello repercute en la gobernabilidad democrática, que ahora depende, entre otros aspectos, de la capacidad de la política de reconstruir horizontes de futuro. Sólo entonces nuestros países podrán encauzar los cambios sociales en una visión estratégica de la modernización.

4. Como es sabido, existen distintas estrategias de modernización. A diferencia de la "estrategia desarrollista", que hacía del Estado el motor del proceso, la "estrategia neoliberal" predominante en los últimos tres lustros toma al mercado por el principio constitutivo de la reorganización social. El resultado ha sido no sólo una vigorosa expansión de la economía capitalista de mercado, sino también y por sobre todo la instauración de una verdadera *sociedad de mercado*. Es decir, una sociedad donde los criterios propios de la racionalidad de mercado –competitividad, productividad, rentabilidad, flexibilidad, eficiencia– permean todas las esferas. La sociedad de mercado genera un dinamismo social inédito en la región. La iniciativa privada, liberada de restricciones sociopolíticas, despliega impresionantes dinámicas de cambio e innovación. La punta del "iceberg" es aquel fascinante mundo del consumo que parece encarnar de modo visible ese mundo mejor que todos sueñan. El mercado deviene la gran fuerza integradora, pero con limitaciones evidentes. El anverso de la moneda es una no menos impactante "precarización" de la vida social, particularmente del trabajo. Todo se mueve y nada/nadie puede sustraerse a esa dinámica so peligro de sufrir una exclusión radical. La competitividad del mercado moldea una nueva mentalidad, por lo menos en las grandes urbes. Aquí se extiende una mentalidad de intercambio, donde todo es transable. El cálculo utilitarista de costos-beneficios, propio de la sociedad de mercado, da lugar a una nueva sociabilidad. La competencia sin tregua fomenta un individualismo negativo, sumamente creativo y ágil en desarrollar estrategias individualistas de éxito a la vez que muy reacio a todo compromiso colectivo. Entonces las relaciones tradicionales de reciprocidad se debilitan. Esta des-solidarización tiene su precio: las ventajas obtenidas individualmente se pagan con una inseguridad generalizada de todos. En la medida en que la cohesión social disminuye, aumenta la incertidumbre.

Se hace patente la conclusión: el mercado por si solo no genera ni sustenta un orden social. El mercado depende de un conjunto de condiciones que él mismo no crea. Depende, por un lado, de la creación política de un marco institucional adecuado. Por consiguiente, el mercado no puede suplantar (más allá de las actividades productivas) al Estado; por el contrario, presupone la función reguladora y coordinadora del Estado. Por otro lado, ya Adam Smith sabía que el buen funcionamiento del mercado exige sentimientos morales: confianza, honestidad, lealtad y, en resumidas cuentas, una disposición a cooperar. O sea, exige ciertos "bienes públicos" que él mismo no genera. Ello nos remite a la tensión entre los principios propios a la sociedad de mercado y los principios de la democracia: las nes básicas de la vida social (principio de maximización de beneficios privados) presionan sobre las bases normativas de la vida democrática (orientaciones de bien común). Vale decir, el mismo avance de la modernización económica vuelve a replantear la necesidad de la política al mismo tiempo que debilita el "animus societatis" sobre el cual descansaba.

5. Finalmente, no podemos dejar de mencionar el *nuevo papel del Estado*. En los años ochenta gran parte de los países latinoamericanos han iniciado una reforma del Estado, generalmente de inspiración neoliberal, con el propósito de despolitizar a la economía. En los hechos, dichas reformas neoliberales sacan la conclusión práctica de la diferenciación funcional de la sociedad y la consiguiente autonomía relativa de los distintos subsistemas. Dichos cambios han puesto fin al "primado de la política" sin que ello signifique, que podamos prescindir de la política. Basta recordar la llamada "paradoja neoliberal": una estrategia que apunta precisamente a desmantelar al Estado sólo tiene éxito en aquellos casos en los que es impulsada por una fuerte intervención política. El protagonismo del Poder Ejecutivo en Chile bajo Pinochet, pero también los ejemplos de México bajo Salinas, de Argentina bajo Menem o de Perú bajo Fujimori indican que –incluso en una estrategia neoliberal– los procesos de modernización exigen una fuerte conducción política. No sorprende pues que la cuestión del Estado haya regresado a la primera plana.

Las nuevas reformas del Estado han de tener en cuenta al menos tres elementos.

En primer lugar, cabe constatar que la inserción en los mercados mundiales –meta principal de la reestructuración económica– se rige por el "paradigma de la competitividad sistémica". Es decir, la inserción no depende tanto de la competitividad de una u otra empresa como de las capacidades organizacionales y gerenciales de un país para combinar un vasto conjunto de factores (económicos y no-económicos) y para articular una diversidad de actores. De la reorganización ya no sólo de la economía nacional, sino del conjunto de la sociedad depende la libertad de acción (o sea, el poder) que tenga un país en el sistema mundial. La competitividad sistémica de un país supone pues una "actualización" del Estado Nacional como una de las instancias fundamentales en la coordinación de los diversos procesos sociales. De la competitividad sistémica se desprende, en segundo lugar, la relevancia de la integración social. Precisamente la gravitación del mercado (y de sus tendencias disgregadoras) otorga un papel primordial al Estado como instancia responsable de asegurar la cohesión social. El mercado no brinda un equivalente funcional para una función específica del Estado, la de fortalecer unas relaciones sociales equitativas; trama sobre la cual descansa el funcionamiento del mercado y, por supuesto, toda la convivencia en sociedad. En efecto, las políticas sociales son más que una compensación por las disfuncionalidades del mercado; expresan el vínculo social que une a todos los individuos en una vida en común. La actualidad del Estado Social nos recuerda, en tercer lugar, la dimensión simbólica del Estado. Cierto economicismo tiende a ignorar que es por intermedio del Estado que la sociedad se reconoce a sí misma en tanto orden colectivo. Cuando el Estado entrega servicios de salud, previsión, educación, entrega no sólo servicios materiales. Es también (y quizás sobre todo) un reconocimiento social del aporte que hace toda persona a la constitución de la sociedad. Es también (y muy especialmente) un servicio de protección que debe la sociedad a cada uno de sus miembros.

Es finalmente también la forma en que los ciudadanos por intermedio del Estado se sienten partícipes de una misma comunidad de semejantes. Ésta labor de reconocimiento y protección no la realiza el mercado por muy eficientes que sean los servicios que brinde al individuo. Solamente el Estado simboliza el vínculo social e intergeneracional que cohesiona a la pluralidad de individuos. Toda política pública es, en el fondo, una medida de auto-organización que toma la sociedad para reproducirse como una comunidad de ciudadanos. En resumen, estimo que las reformas del Estado "de segunda generación" han de contemplar –junto al Estado Nacional y al Estado Social– su carácter de Estado Democrático.

UNA DIMENSIÓN OLVIDADA: LA SUBJETIVIDAD

Las transformaciones mencionadas modifican no sólo el ordenamiento estructural de nuestros países, afectan también las formas culturales en que las sociedades se ven a sí mismas, en que ellas se proyectan a futuro. En otras palabras, los cambios en curso alteran tanto el papel de la política y del Estado como las ideas que nos hacemos de ellos. Señalaré a continuación algunos de los rasgos novedosos que me parece necesario considerar en la cultura política.

1. Como punto de partida puede servirnos una paradoja muy notoria en Chile, pero posiblemente también presente en otros países de la región. Llama la atención, en efecto, cómo el avance del proceso de modernización, creando nuevas y mayores oportunidades, se encuentra acompañado de un profundo malestar. A pesar –o precisamente a raíz– del éxito que tienen las diversas modernizaciones, se extiende un amplio descontento. A veces cristaliza en una reivindicación concreta (la pobreza, la corrupción, la delincuencia), pero generalmente no es más que un malestar difuso, pero persistente. El caso de Chile, cuyas reformas son alabadas internacionalmente, es particularmente ilustrativo; la sociedad chilena

se ha vuelto una sociedad desconfiada. La gente desconfía del vecino, del otro (visualizado como potencial agresor, delincuente); desconfía de los sistemas de salud, previsión, educación; desconfía del futuro del país; desconfía incluso de un "nosotros". Sin embargo, los indicadores macroeconómicos son buenos y sólidos, la cobertura y calidad de educación y salud aumentan, las tasas de criminalidad se mantienen estables; en fin, a toda vista el país progresa. ¿Qué pasa con esta estrategia de modernización que con todos sus logros, no logra generar adhesión? Precisamente eso: no es más que modernización. Una modernización que se ha vuelto un fin en sí misma.

Modernización no es igual a modernidad. Por supuesto, la modernidad implica modernización, ese proceso de racionalización de los procesos sociales en sistemas funcionales diferenciados. Pero el malestar y la desconfianza nos señalizan otro momento igualmente relevante: la subjetividad. Me refiero a ese mundo de la individuación, de la sociabilidad, de las identidades colectivas, de las motivaciones y certezas cotidianas. Bien visto, modernidad es la tensión entre modernización y subjetivación, entre sujetos y sistemas. Pues bien, corremos peligro de una modernización sin modernidad. Una modernización que o no tiene en cuenta a la subjetividad o bien la instrumentaliza en función de sus fines. El malestar parece ser la expresión de esa subjetividad abusada y huérfana, subordinada o ignorada; la critica de una modernización que avanza atropellando y descartando a los sujetos.

2. A lo largo del siglo XX la política y el Estado fueron la mediación entre los dos momentos de la modernidad: modernización y subjetividad. Cuando esa relación de complementariedad queda suspendida, reina la incertidumbre. Un rasgo sobresaliente de nuestra época es, sin duda, el *nuevo clima de incertidumbre*. Siempre hubo y habrá incertidumbre acerca de cuestiones básicas de la vida, mas ella adquiere una gravitación especial cuando se debilitan las (reales o imaginarias) redes de seguridad: desde la protección que brinda el Estado hasta las religiones, pasando por las grandes ideologías. Uno de los efectos de las aceleradas transformaciones en marcha reside en la erosión de los códigos interpretativos con los cuales estructurábamos la realidad social. De cara a la súbita desaparición de los paisajes familiares, la gente se siente huérfana de claves de interpretación que permitan ordenar los múltiples fenómenos en un panorama inteligible. A falta de *mapas cognitivos*, la realidad deviene avasalladora y provoca impotencia. Por cierto, la incertidumbre es muy diferente para un grupo social que para otro. Están más expuestos al desamparo (y, por ende, a reacciones "irracionales") los grupos con menos recursos, menor autoconfianza, menor inserción en lazos comunitarios. De allí que sectores desclasados y, en especial, las clases medias empobrecidas sean particularmente propensas a "soluciones" autoritarias. La

incertidumbre no es pues un tema ajeno a la política. Por el contrario, nos invita a reflexionar los problemas de gobernabilidad en tanto manejo institucional de la incertidumbre.

3. La crisis de los mapas cognitivos tiene que ver con la descolocación de las coordenadas espacio-temporales. Volvamos una vez más sobre el *desvanecimiento del futuro*. Por supuesto, existen proyectos individuales de futuro (por ejemplo, de un empresario), pero se desvanece como horizonte compartido por la sociedad entera. Se debilita el marco temporal que permitía sincronizar las temporalidades muy distintas que viven un empresario y un desocupado, un político o una mujer jefa de hogar. Este debilitamiento del "tiempo social" hace más evidente la precariedad de lo existente. La celeridad de los cambios sociales socava lo establecido; todo lo duradero se evapora. Entonces también se evapora la capacidad de previsión. Junto con la calculabilidad social también se diluye un horizonte de sentido más o menos compartido en miras del cual se articulaban los diversos proyectos (individuales y colectivos). A la diferenciación de las temporalidades sociales se agrega la diferenciación de las "dinámicas funcionales". Sabemos cómo la política conlleva ritmos y plazos diferentes y difícilmente conmensurables a los ciclos de la economía. En suma, vivimos en "sociedades a múltiples velocidades", donde la acción política ya no marca la hora para todos.

Paralelamente, según vimos anteriormente, tiene lugar un *redimensionamiento del espacio*. Fenómenos como el "tequilazo" hacen evidente el desfase entre el alcance transnacional de ciertos procesos y el alcance nacional de la política. Los impactos de proyección global como el nuevo protagonismo de lo local obligan a los actores políticos a entrelazar múltiples escalas y a jugar simultáneamente en múltiples escenarios. Aumenta entonces el riesgo de acciones erráticas. La diferenciación espacial unida a la temporal genera una complejidad que hace cada vez más difícil diseñar una "agenda política" compartida por todos los actores.

En fin, a pesar de los grandes flujos de información, la vida social se vuelve más opaca y, por lo mismo, más impenetrable a un ordenamiento deliberado. No asombra, pues, que la gente desconfíe de la causa pública y de la acción política y prefiera dedicarse a su entorno inmediato, más inteligible.

4. Otro cambio significativo es la *nueva relación entre lo público y lo privado*. La modernización actual se apoya en un vasto proceso de privatización. Privatización de las empresas productivas, por supuesto, y también de los servicios públicos; privatización de escuelas y hospitales públicos, instancias típicas de integración social. Esa contracción drástica del espacio público en tanto espacio compartido provoca otros procesos de privatización. Expulsada del espacio publico, la gente se vuelca a lo privado y lo íntimo. El auge de tal "cultura del yo" expresa

una privatización de actitudes y conductas, propia a una sociabilidad de mercado. El elemento decisivo empero, parece ser la privatización de riesgos y responsabilidades. La reorganización de la sociedad en torno al mercado no reconoce más que individuos. Cada individuo es libre de elegir sus opciones, asumir los riesgos y, por supuesto, de hacerse responsable de sus actos. Es decir, el individuo es responsable de su salud, de su previsión, de su consumo, del colegio de sus hijos. Sin embargo, para cumplir con esas responsabilidades el individuo depende de factores fuera de su control (seguro médico, administradora de fondos de pensiones, etc.). O sea, ha de asumir la responsabilidad, sin disponer de los medios adecuados. Ello provoca una sobrecarga del individuo. La exaltación de la individualidad desemboca en un individualismo asfixiante.

La privatización no elimina el espacio público, por cierto; lo transforma. Hoy en día, el ámbito público se confunde con el espacio del mercado; el centro comercial reemplaza –práctica y simbólicamente– la plaza pública. En efecto, el mercado ha ido adquiriendo un carácter público. El control de calidad y la atención al cliente, la defensa del consumidor y la dignidad del usuario representan las nuevos derechos del ciudadano-consumidor. Es decir, lo privado deja de ser el ámbito reservado del individuo –en contraposición al poder político– para transformarse en el campo de las experiencias vitales a partir del cual los individuos evalúan a la política.

5. Hablar de subjetividad es hablar de la vida cotidiana. Pues bien, la experiencia diaria de nuestros países enseña un aspecto habitualmente descuidado: *la erosión de las normas de civilidad*. En la vida cotidiana las diferencias entre los individuos son "equilibradas" mediante las reglas básicas de convivencia. La decencia, el respeto, la tolerancia, en fin, el "buen tono", permiten establecer un acomodo recíproco aun en las relaciones fugaces del tránsito callejero o en la oficina pública. En la medida en que la modernización impulsa las diferencias sociales a la vez que debilita la noción de orden colectivo, esas normas sociales se desgastan. Cuando la violencia urbana, la corrupción impune, la inestabilidad del empleo y una competitividad despiadada son la "barbarie cotidiana" para la gente, entonces los efectos centrífugos de la modernización ya no logran ser contrarrestados por las reglas de trato civilizado. Cada cual se afana como puede y reina la "ley de la selva". Parafraseando a Sarmiento: quizás civilización y barbarie no son tendencias contrapuestas; quizás la modernización conlleva tendencias intrínsecas de barbarie.

Ahora bien, sin tales normas básicas de reciprocidad tal vez subsista el régimen democrático, pero no una forma democrática de vida. La experiencia cotidiana desdice la gobernabilidad democrática; la democracia aparece como mera retórica, alejada de la vida real. Así como las "reglas de juego" democráticas se desvalorizan cuando no están abrigadas por la decencia y una disposición general a la cooperación, así a la inversa, las normas de convivencia social se debilitan cuando la democracia pierde la densidad simbólica de una "comunidad". En resumidas cuentas, no hay gobernabilidad democrática sin cultura cívica.

CONCLUSIÓN

Termino la exposición con un breve resumen de la argumentación. Un primer paso consistió en presentar algunas megatendencias que en mayor o menor medida impulsan una enorme transformación de las sociedades latinoamericanas. La diferenciación social y funcional de la sociedad, la globalización, el auge de una sociedad de mercado y el nuevo papel del Estado son algunas características cruciales del nuevo contexto.

De este contexto nacional y mundial se desprende, como segundo paso, la conclusión de que la política y el Estado pierden su centralidad como instancia de coordinación y conducción de los procesos sociales. En la medida en que se configuran "sistemas funcionales" relativamente autónomos, la acción política puede influir sobre ellos solamente si respeta sus lógicas internas. Enfrentamos pues límites estructurales para la intervención política, que tiene ahora un campo de acción mucho más reducido que lo que proyecta la imagen tradicional de la política. A su vez, también la política se orienta por una "lógica funcional" más y más autorreferida, que tiende a aislarse de su entorno social. En este sentido, la percepción ciudadana acerca del distanciamiento de los políticos es correcta. La razón empero, no radica tanto en los vicios (reales o supuestos) de la clase política como en las restricciones estructurales que sufre la política en una sociedad dife-renciada.

Una sociedad diferenciada y, por lo tanto, policéntrica ya no está a disposición de la voluntad política y, no obstante, exige política. Este es, a mi juicio, el tema de fondo. Aquí me parece radicar, en definitiva, el problema de la gobernabilidad democrática. De ser así, ¿cuál sería entonces el papel del Estado y de la política? Un referente es, según vimos, el proceso de modernización. El Estado y la política siguen cumpliendo una importante función de coordinación entre los distintos subsistemas sectoriales y una función de conducción respecto al rumbo y al ritmo de la modernización. El proceso social no se agota empero en la modernización; su otro momento constitutivo radica en la subjetividad. El análisis requiere pues, como tercer paso, una recuperación de la subjetividad. Tarea difícil porque –según nos dicen la desconfianza y el malestar reinante– la subjetividad parece haberse quedado sin palabras. Un aspecto crucial de la gobernabilidad democrática podría consistir en reintroducir a la política lo que ella expulsó como "irracional": las pasiones y emociones, los afectos y, por cierto, las virtudes. O sea, ayudar a codificar la subjetividad como un momento consustancial a la modernidad.

Termino con una hipótesis final. Si entendemos por modernidad la tensión entre subjetividad y modernización, entonces tal vez el principal papel de la política sea articular ambos procesos: vincular las demandas de protección, reconocimiento e integración social de los sujetos con las exigencias funcionales de los sistemas. No sería una tarea novedosa; finalmente, la política moderna siempre se propuso la construcción deliberada del orden social. Sin embargo, la exposición puede haber entregado algunos argumentos acerca de las grandes innovaciones que exige esa tarea en las nuevas circunstancias. Hacer política, pensar la política seguirán siendo –qué duda cabe– un desafío atractivo.

ANOMIA SOCIAL Y ANEMIA ESTATAL.
SOBRE INTEGRACIÓN SOCIAL EN LA ARGENTINA

Ernesto Aldo Isuani

INTRODUCCIÓN

Las normas jurídicas son disposiciones destinadas a regular la conducta social, constituyen productos de las instituciones de gobierno de una sociedad y adquieren vigencia cuando se transforman en regularidades de comportamiento social. Las normas impositivas, por ejemplo, están vigentes cuando generan determinadas regularidades en la conducta de los contribuyentes.

Ahora bien, las normas jurídicas no constituyen la única forma a través de la cual el comportamiento social adquiere regularidad. Un conjunto de conductas no se expresa en el derecho positivo y sin embargo posee vigencia entre los miembros de una sociedad. Estas normas son las denominadas costumbres. Cortarse el cabello con cierta frecuencia es una regularidad de comportamiento que no surge de ninguna norma de derecho positivo.

Las normas jurídicas, en tanto productos del Estado, son el resultado de la lucha y la negociación de las diversas fuerzas sociales que intervienen en su génesis y que les transfieren sus valores, intereses y formas de interpretación de la realidad. En definitiva, su ideología. Por otra parte, las costumbres constituyen una herencia social generada a través de muy diversos caminos y pueden ser juzgadas de acuerdo a la adecuación que poseen respecto a diversos valores (por ejemplo, libertad, solidaridad, civilidad, etc.). La costumbre de ofrecer alimento al necesitado que lo requiere en nuestra puerta es una costumbre solidaria. Muchas costumbres se convierten con el transcurso del tiempo en normas jurídicas; otras se modifican sustancialmente y desaparecen. Pero mientras las costumbres implican la existencia de regularidades de comportamiento –es decir, o son practicadas generalizadamente o no son tales–, las normas jurídicas pueden tener escasa vigencia.

Dos notas centrales de la problemática argentina que pretendo indagar son, por un lado, que *la transgresión* de las normas jurídicas se halla tan generalizada que puede afirmarse que constituye una costumbre y, por el otro, que las costumbres que pueden ser calificadas de *incivilizadas* son numerosas.

Este trabajo pretende realizar una caracterización del fenómeno transgresor en el país para seguidamente intentar formular e ilustrar algunas hipótesis sobre sus causas. De esta manera, en primer término se señala la debilidad de las instituciones reguladoras del Estado para fiscalizar el cumplimiento de las normas y de las instituciones judiciales para sancionar la violación de la ley. En segundo lugar, el fenómeno transgresor parece tener profundas raíces culturales que ilegitiman la legalidad. Por último, los bajos niveles de integración social son también determinantes fundamentales tanto de las violaciones de la ley como de las costumbres incivilizadas.

1. TRANSGRESORES E INCIVILIZADOS [1]

Una observación atenta de la vida cotidiana permite concluir que la sociedad argentina vive enfrentándose con transgresiones de diversa gravedad.[2] Por ejemplo, el fenómeno de la corrupción aparece vinculado al mundo de los funcionarios públicos, quienes son acusados de brindar favores, que frecuentemente constituyen conductas ilegales, a cambio de determinadas recompensas. Podría construirse una extensa lista de ejemplos sobre esto: cuando autoridades municipales otorgan licencias para la construcción de edificios cuyas alturas implican la violación de los códigos de edificación; los pagos a los guardas de aduana en los aeropuertos internacionales para introducir bienes que no pueden ingresar libremente o el "retorno" o devolución a los funcionarios públicos de un porcentaje del dinero

1. La mayoría de los ejemplos de transgresiones que aparecen en esta sección fueron examinados en un seminario de investigación sobre Políticas Públicas que dirigí en 1992 en la Facultad de Ciencias Sociales de la Universidad de Buenos Aires. Mi agradecimiento a la labor de recopilación (que largamente excede lo aquí presentado) de los estudiantes que participaron en dicho seminario.
2. Un trabajo inspirador sobre el fenómeno transgresor en el país es el del fallecido constitucionalista Carlos Nino. Ver Nino (1992).

pagado a los prestadores privados de servicios médicos para que éstos mantengan la condición de prestatarios de determinadas obras sociales.[3]

Bajo todo punto de vista resulta impactante la magnitud y la antigüedad del fenómeno de la corrupción. *La Stampa* de Turín afirmaba en 1910 que en la Argentina "la propina es una institución: tiene un nombre solemne de resonancia griega. Se llama coima. Todos coimean: desde quien desempeña cargos superiores hasta el último inspector. Es una práctica tan normal que si alguien decidiera obtener algo sin recurrir a esa gran señora de las transacciones oficiales correría el riesgo de ser tachado de loco. Hay coimas y coimas. Las hay pequeñas, insignificantes. Corresponden a los empleados de menor jerarquía: al portero, al mandadero, al escribiente. Pero las coimas grandes, las que merecen ampliamente su nombre y que hacen que se hable de ellas con admiración y envidia son las que se vinculan con los contratos del Estado, que los hay por armas, ferrocarriles, puertos, construcción de edificios, algunos de ellos monumentales, con ladrillos importados de Inglaterra, mármoles de Italia y luminarias de Francia".[4]

La corrupción, sin embargo, no se reduce al ámbito de las relaciones con el sector público: es frecuente observar que los encargados de vender entradas para el cine o el teatro suelan reservar ubicaciones preferenciales para quienes llegando tarde están dispuestos a pagar un sobreprecio; también es frecuente la connivencia que existe entre administradores de edificios de propiedad horizontal y los gremios que efectúan servicios en los mismos para incrementar indebidamente los precios de los servicios o cobrar servicios inexistentes; otro ejemplo es la sobrefacturación que producen prestadores privados de salud a las obras sociales que financian sus servicios.

El tránsito automotor en las principales ciudades y en las rutas del país expresa dramáticamente el fenómeno transgresor. Los semáforos en rojo son violados a gran escala, el mal estacionamiento está tan generalizado como la falta de respeto por el peatón, la velocidad a la cual se desplazan unidades de transporte colectivo es peligrosa, no se utilizan las luces de señalización para advertir sobre maniobras vehiculares, no se respetan los carriles de circulación, existe circulación nocturna de vehículos con iluminación deficiente, es frecuente encontrar quienes circulan por la izquierda y se adelantan por la derecha, hay una baja utilización de los cinturones de seguridad y en el caso de las motocicletas es usual ver conductores sin casco protector o, más aún, portando el casco en el brazo en una especie de abierto desafío suicida.

---

3. Varios trabajos en los últimos tiempos han enfocado el tema de la corrupción. Entre ellos ver Verbitsky, Horacio (1993) y Grondona, Mariano (1994).

4. Pomer, León (1993), pp. 131-132.

Todo ello se traduce en una altísima tasa de accidentes y muertes. En 1992 se produjeron 4.144 heridos y 159 muertes por accidentes de tránsito en las calles de Buenos Aires. Los transportes colectivos estaban en ese año al frente de los productores de contravenciones: representaban el 0,5% de los vehículos que circulaban pero habían cometido el 15% de las infracciones fiscalizadas por la policía de tránsito.[5] Por otra parte, la tasa de mortalidad por accidentes de tránsito en 1994 fue de 26 por 100.000 habitantes e implicó la muerte de 9.120 personas en todo el país. Esta tasa es más elevada que la de varios otros países: en Francia y España la tasa es de 19 por cien mil, en Estados Unidos 18, en Italia 11 y en Suecia 9.[6]

La prensa ha mostrado ejemplos muy diversos de transgresiones: empresarios y artistas evaden impuestos o adquieren vehículos importados cuyo destino original eran personas discapacitadas, se producen medicamentos sin poder curativo y se venden alimentos en mal estado, se falsifican resultados de biopsias para inducir operaciones quirúrgicas y existe contaminación, mucha veces agresiva, del agua y del aire por industrias y vehículos. Por ejemplo, en 1993, la Secretaría de Transportes informaba que el 75% de los 2.472 colectivos inspeccionados en la Capital Federal emitía altos niveles de gases contaminantes.[7]

Otras formas de violaciones a las normas tienen que ver con la desaprensión existente en la producción y la comercialización de alimentos. Operativos judiciales en el Gran Buenos Aires acabaron en el decomiso de un millón de sifones con bacterias que habitan la materia fecal de los caballos (abril de 1991) y de 1.700.000 de latas de puré de tomate coloreado con óxido de hierro (enero de 1991). En enero de 1992 se encontraron mil kilogramos de queso mozzarella y siete mil de otros tipos en mal estado en varias pizzerías del Gran Buenos Aires; en diciembre del mismo año se allanaron quintas en Escobar donde se empleaban agrotóxicos para la producción de verduras y hortalizas; en marzo de 1993 vuelven a encontrarse 18 toneladas de queso y 5 de leche en polvo en mal estado y al mes siguiente se clausura una planta de fabricación de agua mineral por el alto contenido de bacterias encontrado en ella.

Una visita a un mercado y una feria municipal en la Capital Federal permitió observar otras violaciones frecuentes al Código Alimentario Argentino (CAA): la mayoría de los alimentos que necesitan frío para su conservación estaban fuera de las heladeras; a centímetros de los alimentos había cestos de basura y artículos de limpieza; la mayoría de los alimentos no se encontraban protegidos de la

---

5. *Ambito Financiero*, 17 de mayo de 1993.

6. *La Nación*, 17 de enero de 1995.

7. *Clarín*, 5 de abril de 1993.

contaminación (vitrinas, campanas) sino al alcance del aliento, saliva, tos o roce de la ropa de vendedores y consumidores. Además, la limpieza de los uniformes obligatorios de los vendedores dejaba demasiado que desear.[8]

Una publicación de ADELCO (Asociación de Defensa del Consumidor) indicaba lo siguiente sobre productos sujetos a evaluación: los niveles de grasa de varios tipos de leche fluida estaban por debajo de lo reglamentado por el Código Alimentario Argentino; el test comparativo de conservas de frutas arrojó irregularidades en cuanto a peso, consistencia, regularidad y líquido fijados por el CAA, en casi todas las marcas analizadas.

En el caso de la ciudad de Buenos Aires, dos laboratorios privados contratados por la Municipalidad realizaron entre el 20 de enero y 26 de febrero de 1993 el análisis de una muestra de alimentos encontrando que, sobre casi 2.000 muestras de comidas analizadas, 399 (esto es, el 20%) estaban en mal estado. Los problemas más comunes registrados fueron la presencia de bacterias, hongos y levaduras en valores superiores a los permitidos y envases hinchados y alterados. Muchos de los productos en mal estado se detectaron en supermercados importantes y en negocios de pleno centro de la ciudad.[9]

Hasta ahora me he referido exclusivamente a las violaciones de normas legales, pero también es posible encontrar otro tipo de transgresiones que podríamos definir como violaciones a reglas de convivencia civilizada. Más precisamente me refiero a que muchas costumbres están al margen u opuestas a determinados patrones de comportamiento a los que se atribuye el carácter de ético o civilizado.

Un caso ilustrativo es arrojar basura a la vía pública o permitir que animales domésticos ensucien las calles de la ciudad. También, tocar agresivamente la bocina del automóvil sobre peatones u otros automovilistas o no permitir el descenso de pasajeros de transportes colectivos por la premura para ascender a ellos. No se trata, en este caso, de un problema de "falta de educación", es decir un fenómeno asociado con bajos niveles de escolaridad, ya que esto también sucede, y quizás con más frecuencia, en las zonas habitadas por personas de alta calificación educativa.

El comportamiento de los argentinos en los baños públicos es otro ejemplo patético de la falta de solidaridad, civilidad en la convivencia y desprecio por lo público. Una nota periodística advertía que cualquiera que circule por la ciudad de Buenos Aires puede advertir en sus baños públicos hábitos similares a algunos países africanos y del sudeste asiático con escasísima cultura de higiene personal.

---

8. *Clarín*, 18 de septiembre de 1995.
9. *Clarín*, 5 de abril de 1993.

Un estudio en 17 restaurantes de mediana categoría dio como resultado que 90% de los mismos tenía condiciones pésimas de mantenimiento y no resistían una mínima inspección municipal. Mientras tanto los propietarios gastronómicos sostenían que los esfuerzos para mejorar las instalaciones sanitarias no se veían recompensados por la actitud de la gente.[10]

La solidaridad suele entrar en acción cuando se trata de enviar ropa o alimentos a las víctimas de una inundación u otra emergencia, pero es un concepto difícil de asociar al respeto por el otro cuando cruza la calle, cuando desciende de un medio de transporte o cuando se utiliza un baño público.

Los niveles de sensibilidad de la sociedad al fenómeno transgresor son escasos. Así, el gravísimo delito de un falso diputado votando leyes de la Nación en el recinto de la Cámara de Diputados fue caracterizado por sectores de la prensa como una "picardía" del oficialismo, al cual esto favorecía. Mario Fendrich, un cajero del Banco Nación, desapareció con 3.000.000 de dólares en 1994 y una encuesta determinaba que un tercio de los varones encuestados consideraban como simpático al personaje.[11] No son pocos los que defienden a los propios aun cuando hayan transgredido la ley. Un noticiero televisivo mostraba cómo simpatizantes de un club de fútbol defendían a otros "hinchas" que habían llegado al extremo de asesinar a seguidores de otro club.

En definitiva, no es infrecuente que se confunda delito con picardía o "avivada". Es obvio que en el país muchas prácticas están inspiradas en códigos que no responden a la universalidad que pretenden las normas jurídicas sino que se encuentran basadas en relaciones clientelísticas, de amistad o familiares. Esto es, predomina la convicción de que estas formas de micro-solidaridad poseen un valor máximo y el desprecio por las normas de contenido universalista. Como esta situación particularista está muy arraigada en la Argentina y el universo de la ley positiva no tiene relación con el universo de las costumbres, los comportamientos ilegales no generan actitudes de rechazo explícito, ya sea porque se acepta que la ley "se acata pero no se cumple", o por el temor al bochorno, a la represalia o a la probabilidad de impunidad en caso de denunciar la ilegalidad. El "no te metás" es una frase popular que sintetiza, entre otras cosas, la poca disposición ciudadana a demandar en cualquier circunstancia el cumplimiento de las normas existentes.

10. *Ambito Financiero*, 20 de noviembre de 1992.
11. Telesurvey, Heriberto Muraro y Asociados.

2. DURKHEIM Y LA ANOMIA

La existencia de un extenso dominio de la conducta social que transgrede normas legalmente sancionadas y de costumbres no inspiradas en valores deseables para una sociedad civilizada permiten diagnosticar que la sociedad argentina se encuentra seriamente afectada por una situación de *anomia*.

El concepto de anomia fue extensamente elaborado por Emile Durkheim.[12] Para este autor la solidaridad se expresa a través de la interacción social y, por ende, a mayor solidaridad, mayor interacción y ésta a su vez se encuentra asociada con el número de normas que la regulan. Por carácter transitivo, a mayor volumen de derecho positivo mayor solidaridad social.

Durkheim distingue dos tipos de solidaridades. La primera forma de solidaridad es la mecánica. Las normas sociales que representan la conciencia colectiva se imponen sobre los individuos y se expresan en el derecho positivo, específicamente en normas de carácter represivo que imponen dolor o disminución al individuo. La solidaridad mecánica llega a su máximum cuando la conciencia colectiva cubre exactamente la conciencia individual y, en ese momento, la individualidad es nula.

Por otro lado, la solidaridad orgánica es aquella basada en la división del trabajo y surge de la conciencia sobre la fragilidad que impone la mutua dependencia. A diferencia de la solidaridad mecánica, que es tanto más fuerte mientras mayor coincidencia existe entre la conciencia colectiva (expresada en el derecho) y la conciencia individual, la solidaridad orgánica precisa de márgenes de autonomía para la conducta individual. Ciertamente, mientras mayor sea esta autonomía, mientras más marcada la individualidad, mientras más especializada la parte, más necesaria se torna la mutua dependencia.

Las sociedades combinan ambos tipos de solidaridades. Las normas penales expresan la existencia de solidaridad mecánica. Durkheim afirmará que una medida de la existencia de solidaridad mecánica es el volumen del derecho penal en el conjunto del derecho existente en una sociedad: a mayor número de ese tipo de normas, mayor es la solidaridad mecánica y más extendida la moral común. La solidaridad orgánica, por el contrario, produce normas jurídicas reparadoras o restitutivas, cuyo propósito es restablecer las relaciones perturbadas de su forma normal (por ejemplo, el derecho civil y comercial).

Pero la división del trabajo puede generar fenómenos centrífugos donde las partes no poseen conciencia de la necesidad de cooperación generando desorganización y conflicto. Por ello, si bien la división del trabajo genera solidaridad,

---

12. Durkheim, Emile (1967).

para Durkheim existen casos desviados como el del conflicto protagonizado por el capital y el trabajo. Para evitar los casos desviados las partes deben estar en intercambio permanente, expuestas unas a otras, con el objeto de relevar la dependencia mutua, y este intercambio debe estar sujeto a reglamentación. Cuando la asociación que se produce en el contexto de la división del trabajo no se realiza en forma regulada, cuando existe desorganización, se genera el fenómeno de *anomia* con efectos desintegradores sobre las relaciones sociales.

Para el autor, esta anomia es común en el mundo de la industria y el comercio dominado por "apetitos que no suelen encontrar límites". En esta situación no se sabe lo que es posible y lo que no lo es, qué es justo y qué no lo es. En este caso la anomia se ve reforzada porque las pasiones son débilmente disciplinadas en un momento donde deberían ser fuertemente contenidas. De este modo, el mercado sin regulación estatal es para Durkheim una importante fuente de anomia.

En conclusión, el concepto de anomia se refiere fundamentalmente a la ausencia de reglas que medien la relación de las diversas partes de una sociedad. La disrupción que produce una etapa de transición en la sociedad es una causa de anomia: el viejo orden que se abandona y el nuevo que aún no cobra entera vigencia, dan lugar a una situación de confusión normativa, ausencia de parámetros de comportamiento. Por esta razón, la anomia no significa sólo y literalmente falta de normas que regulen la relación entre las partes del todo social, sino que también puede implicar el cese de vigencia de las normas tradicionales y la no puesta en vigencia aún del nuevo mundo normativo.

La anomia refleja esencialmente problemas de integración social. Esto es analizado por Durkheim en su estudio sobre el suicidio.[13] El suicidio varía en razón inversa del grado de integración del individuo a la sociedad religiosa, doméstica y política. Cuanto más débiles estos grupos, el individuo dependerá menos de ellos y afirmará más su individualidad. Si esto se lleva a un extremo surge el egoísmo que es el generador principal de suicidio. Durkheim afirmará que si el lazo con la vida se debilita es porque se han debilitado los lazos con la sociedad.

Pero así como una individuación excesiva puede conducir al suicidio, también se puede llegar al él por una deficiencia de individuación. De esta forma, encontramos el suicidio altruista o aquel derivado de un altísimo grado de integración social: el esposo que se quita la vida por la muerte del otro refleja un altísimo nivel de integración de la sociedad conyugal, o el suicidio de alguien por haber cometido un delito indica un alto nivel de integración social dominada por el tipo de solidaridad mecánica.

13. Durkheim, Emile (1966).

El suicidio anómico es un tipo de suicidio egoísta e implica que el individuo no se siente contenido por la sociedad a la que pertenece. El relajamiento del "animo societatis" es función de la debilidad de la estructura normativa de la sociedad. En consecuencia, el individualismo es un poderoso factor causante de suicidio. Este factor explicaría según el autor su observación de que la tasa de suicidio entre protestantes (más librepensadores e individualistas) es mayor que la de los católicos, más fuertemente integrados a normas.

La propuesta durkheimiana será coherente con el diagnóstico. Sólo la ley proveniente de una autoridad aceptada puede contener el exceso de individuación y la anomia consecuente, capaces de conducir al suicidio. Es necesario disciplinar las pasiones a través de la ley. La anomia que produce el divorcio en la sociedad conyugal sólo puede ser combatida haciendo indisoluble el vínculo matrimonial. Rousseau y el hacer a los hombres libres aun en contra de su voluntad a través de la ley, aparece revoloteando sobre Durkheim.

Las costumbres que no están inspiradas en civilidad, cooperación o solidaridad y que pueden ser percibidas en amplia escala en la sociedad argentina están claramente relacionadas al concepto durkheimiano de anomia. Ellas expresan problemas de integración, falta de solidaridad, desorganización, inconciencia so- bre las ventajas de la cooperación, individualismo extremo. Esto es en definitiva ausencia de solidaridad orgánica e indica la ausencia de percepción de las ventajas de la mutua dependencia.

Pero también es notorio el tipo de anomia que surge de la ausencia de solidaridad mecánica. El yo colectivo que debería estar expresado en las normas legales no logra imponerse sobre las individualidades y el resultado es la transgresión del derecho positivo.

En realidad en la Argentina sucede algo que Durkheim define como poco probable. Las costumbres son, para este autor, la base del derecho; éste representa una formalización de regularidades de conducta previas que a su vez expresan la moral común. No es concebible entonces que exista contradicción entre derecho y costumbres, salvo en circunstancias excepcionales.

La costumbre de violar el derecho positivo existente en el país es precisamente la situación excepcional señalada por Durkheim y por esta razón el concepto de anomia no se refiere sólo a una situación de ausencia o debilidad de la solidaridad orgánica sino también remite a una situación donde en forma masiva y sistemática se violan las normas jurídicas existentes, esto es ausencia de solidaridad mecánica, develando que no es una moral común la fuente de surgimiento del derecho.

Es más, la transgresión no es percibida como tal y por ende no es transgresión. Para Durkheim el crimen implica un acto universalmente reprobado por los miembros de una sociedad. Un acto criminal ofende los estados fuertes y definidos de la conciencia colectiva. No se reprueba porque es un crimen, es un crimen porque recibe una reprobación generalizada.

El concepto de anomia adquiere entonces una connotación que lo aproxima al concepto de *Delincuencia Masiva* e introduce la posibilidad, contemplada por Durkheim, de que las costumbres pueden contradecir el derecho no sólo en períodos transicionales sino también cuando las normas jurídicas son percibidas como la imposición de una voluntad extraña; normas que no están basadas en costumbres sino que por el contrario intentan establecer costumbres.

La existencia de un Estado generador de reglas jurídicas que intentan imponerse a la sociedad y que no se basan en costumbres es algo de difícil asimilación en el esquema conceptual durkheimiano, donde la imposición o la dominación no poseen un lugar predominante para explicar el surgimiento del derecho. Para Durkheim, la primera y principal función del "poder director" (gobierno) es hacer respetar las creencias, las tradiciones comunes, la conciencia común contra los enemigos externos e internos. No se concibe, por lo tanto, que el derecho sea expresión de una dominación rechazada por los dominados.

No obstante, el autor también contempla la posibilidad de que aquello suceda, al afirmar que la coacción sólo comienza cuando las reglas dejan de corresponder a la "verdadera naturaleza de las cosas" y en consecuencia dejan de basarse en las costumbres y se mantienen por la fuerza. También afirmará que la división del trabajo produce solidaridad sólo si es espontánea.

Concluyendo, las dos versiones del concepto de anomia tienen vigencia en la Argentina.

En primer lugar, la anomia puede ser entendida como falta de concordancia entre el derecho positivo y la moral individual. Esta ausencia de solidaridad mecánica en términos durkheimianos explica el alto nivel de transgresión de las normas legales. Frente a esta situación quedan abiertas las puertas para interrogar hasta qué punto el derecho más que una expresión de la moral común es un producto de la coacción del Estado sobre los individuos y resistido por una transgresión no asumida como tal por los individuos.

En segundo lugar, y en relación con la solidaridad orgánica, la anomia argentina también se expresa en la incapacidad de sus partes para cooperar. De esta manera, la amplia difusión de costumbres no civilizadas, de exacerbado individualismo, puede estar reflejando tanto las dificultades para practicar la cooperación que exigen las sociedades complejas como la existencia de "pasiones no sujetas a límite alguno", tal como diría Durkheim.

Así, mientras la anomia relacionada a la solidaridad mecánica implica falta de aceptación de las normas, la anomia vinculada a la solidaridad orgánica implica incapacidad de cooperar. Ambas anomias expresan entonces un intenso problema de integración de la sociedad argentina.

3. DEBILIDAD DEL ESTADO

La debilidad del Estado para fiscalizar y sancionar es uno de los núcleos causales de mayor poder explicativo para dar cuenta de la situación de anomia descripta.[14]

El "ancho" Estado argentino de las últimas décadas fue simultáneamente poco "profundo"; es decir, ocupó un gran espacio como productor de bienes o proveedor de servicios pero resultó bastante inepto en cuanto a la capacidad de fiscalización de sus burocracias y de sanción de las instituciones judiciales, facilitando de esta forma el comportamiento anómico. Esta especie de anemia estatal fue generada por la virtual destrucción de la profesión de servidor público, de su estatus y su mística como consecuencia de irrisorios salarios y ausencia de incentivos al esfuerzo y la capacidad. Pero además el Estado contaba en la mayoría de sus áreas con sistemas de informaciones rudimentarios, tecnología primitiva, procedimientos obsoletos. Obviamente, con estas características no estaba en condiciones de conducir, regular, fiscalizar, sancionar. El fiscalizado poseía más poder que el fiscalizador, base misma de la impunidad.

A. La incapacidad regulatoria del Estado

La disminución de la extensión del Estado operada en los últimos tiempos no parece haber sido acompañada por un aumento de su capacidad de regulación. Esto se advierte en la mayoría de las instituciones que deben ejercer un rol regulador. Por ejemplo, si se analizan las instituciones que deberían controlar la calidad de alimentos o medicamentos puede encontrarse lo siguiente:

Un caso trágico mostró el extremo al que puede llegar la incapacidad del Estado para ejercer una tarea de fiscalización. Veintiséis personas murieron a comienzos de 1993 por consumir vinos contaminados con alcohol metílico, elemento que, en ciertas dosis, provoca daños irreversibles en el sistema nervioso causando la muerte. El Instituto Nacional de Vitivinicultura es el órgano estatal encargado de controlar las partidas de vino que son enviadas al mercado. Las partidas de vino envenenadas tenían las estampillas fiscales que indicaban la

---

14. Gran parte de la información sobre la situación de instituciones regulatorias y judiciales surgen del material recopilado y las entrevistas realizadas por los estudiantes del seminario mencionado en la nota 1.

autorización del INV para comercializarse. En un primer momento, el presidente del INV sostuvo en conferencia de prensa que la adulteración se había producido en la etapa de comercialización y no de producción, pero poco después informó que las vasijas de fermentación contenían aquel alcohol y que los análisis que indicaban la aptitud del vino para consumo habían sido fraguados.

Durante 1992 la prensa recogió denuncias y cubrió procedimientos realizados por la justicia en diversas localidades del Gran Buenos Aires donde se comprobó el mal estado de alimentos y bebidas. Es importante recalcar que estos procedimientos fueron llevados a cabo por la justicia y no por los órganos de regulación y control pertinentes.

En muchos casos los entes reguladores se constituyeron a posteriori de las privatizaciones. La Comisión Nacional de Telecomunicaciones se creó un año después de la privatización de ENTEL; el Ente Nacional Regulador de la Electricidad se constituyó 15 meses más tarde y el del Gas tres meses con posterioridad a la privatización. Otros entes estaban en proceso de formación tales como la Comisión Reguladora del Transporte Automotor o la Dirección de Control de Servicios Agropecuarios.

La ausencia de fiscalización es sin duda un factor central detrás de la anomia que caracteriza al tránsito automotor. Medidas drásticas dictadas en 1993 como respuesta a trágicos accidentes simplemente son objeto de escaso control por parte de la policía de tránsito. No es infrecuente observar que se cometan transgresiones en las narices mismas de estos policías sin que exista reacción alguna de éstos. Por falta de fiscalización, entonces, las medidas destinadas a elevar la protección en el tránsito continúan sin cumplirse.

Un caso que ilustra la incapacidad regulatoria estatal es el área de control de alimentos de la Capital Federal. Los dos laboratorios existentes, uno microbiológico y otro físico-químico estaban en 1993 virtualmente desmantelados y contaban sólo con 16 personas. Además de esto la Municipalidad contaba con 30 inspectores y 24 becarios (estudiantes de Farmacia y Bioquímica, Ciencias Veterinarias y de Tecnologías de Alimentos) en aprendizaje y esto constituía todo el personal del que disponía para ejercer control bromatológico. Los inspectores ganaban entre 600 y 800 pesos y muchos de ellos estaban realizando sus trámites jubilatorios. De acuerdo con una entrevista a funcionarios del área, el plantel se redujo en un 50% en los 5 años anteriores. Dicho funcionario estimaba que con el cuerpo de inspectores era imposible ejercer un control aunque fuese anual de los establecimientos fabriles y comerciales de la Capital Federal.

Una visita realizada en aquel año a las oficinas de control bromatológico demostraba que se trabajaba en condiciones precarias. No existía una sola computadora, había mala iluminación y mobiliario deficiente. En los laboratorios la situación no era mejor: faltaban jeringas, algodón, medios de cultivo y había desperfectos en varios equipos; el autoclave para esterilización hacía dos años que no funcionaba.

Dos años después, la situación parecía no haber mejorado. Cuarenta inspectores tenían a su cargo el control bromatológico de alrededor de 150.000 bocas de expendio existentes en la Capital Federal. El Ombudsman sostenía que el "Código Alimentario es una ley nacional que no se cumple. Su aplicación en la ciudad depende de la municipalidad, pero Bromatología no existe en términos de recursos, de cantidad de personas y de capacitación".[15] De esta forma, la suerte de la población parece estar en manos exclusivamente de la conciencia de fabricantes y vendedores y en esto no es posible ser optimistas dado el fenómeno anómico descripto anteriormente.

El Instituto Nacional de Obras Sociales (INOS) primero, y la Administración Nacional de Servicios de Salud (ANSSAL) después, demostraron total ineptitud para el control de los servicios médicos brindados por las obras sociales o por los prestadores privados, subcontratados a tal fin por las obras sociales. De esta forma, conocidas y masivas maniobras de sobrefacturación pudieron tener lugar sin que el organismo de control tomara cartas en el asunto y lo mismo puede ser afirmado en relación a la calidad de la prestaciones recibidas por los afiliados. Está aún por verse la capacidad regulatoria de la flamante Superintendencia de AFJP; sin embargo, los comienzos no son halagüeños debido a que en el mismo momento de lanzamiento del nuevo sistema varias AFJP violaban en su publicidad la norma que impedía hacer referencia a las instituciones bancarias que las respaldaban.

El caso de la DGI es particularmente importante, demostrando que frente a la necesidad de equilibrar las cuentas fiscales, el Estado puede montar equipos de trabajo, recursos informáticos y campañas publicitarias que se han traducido en un importante incremento de los ingresos públicos. Este organismo tuvo un fuerte incremento de personal y cuenta hoy con más de 16.000 empleados en todo el país. Se han modernizado los equipamientos y programas informáticos y de esta manera se está en condiciones de cruzar la información de los mayores contribuyentes, los que a su vez actúan como controladores involuntarios de contribuyentes menores. El organismo realizó un promedio de 72 clausuras diarias de establecimientos en 1993, contra 39 en 1992 y sólo 4 en 1991.

La DGI tomó a su cargo el control de la recaudación previsional antes en manos de la Dirección General de Recaudación Previsional. De tal manera también puede cruzar información tributaria con previsional y de éste modo ejercer un mejor control sobre la evasión. La DGI tiene hoy 3.500 inspectores en el país que

---

15. *Clarín*, 18 de septiembre de 1995.

cobran un promedio de 1.300 pesos. Logró desarrollar un grupo de inspectores especial –"los intocables"– para ejercer control sobre los mayores contribuyentes. El presupuesto del organismo era en 1992 del orden de los 420 millones de pesos.

Desafortunadamente no abundan las áreas donde el Estado actúa como agente fiscalizador, con la eficiencia que parece caracterizar a la DGI.

B. Justicia: ineficiencia e impunidad

El fenómeno de la impunidad está indudablemente generalizado. En 1989 se cometieron 658.560 delitos que contaron con intervención policial, con 243.294 inculpados conocidos que terminaron en 15.559 sentencias condenatorias. En otras palabras, sólo un 2,5% de los delitos cometidos fueron castigados. De los imputados, el 71% sólo poseía educación primaria, el 13% no la había completado y el 3% eran analfabetos. Esto contrasta notoriamente con la situación norteamericana donde en 1990 sobre más de 13 millones de delitos conocidos, el 21% fueron aclarados con arresto del imputado y este porcentaje se elevaba al 45,% de los delitos violentos, 67% de los homicidios y 57% de los asaltos agravados.[16] De esta manera, en nuestro país el castigo llegaba en baja proporción y además sobre los sectores sociales más pobres.

Esta situación no se limitaba a ese año, especialmente crítico por el episodio hiperinflacionario. Analizando la información oficial, es posible concluir que los hechos delictuosos con intervención policial (es decir, no todos los delitos cometidos ya que muchos no llegan a ser denunciados policialmente) oscilaron entre 500.000 y 650.000 anuales en el periodo 1987-1993. En este mismo período las sentencias condenatorias anuales variaban entre 15.000 y 19.000. Surge con particular claridad la enorme desproporción entre delito y condena.[17]

De las multas de tránsito realizadas en la Capital Federal en 1994, sólo se pagaba el 25%. El resto no se pagaba, entre otras razones, porque los infractores especulan con la prescripción. Como son muchas más las multas que se labran que las que se cobran, la Justicia de Faltas lleva acumuladas más de 2.000.000 de multas. En general, pasan unos 4 meses hasta que el infractor es llamado a declarar y si aduce que no tiene dinero simplemente no paga; debería cumplir arresto pero como es impracticable por falta de lugares donde cumplirlo simplemente la norma no se cumple.[18]

16. Nino, Carlos (1992).

17. INDEC (1995), pp. 228-230.

18. *Clarín*, 26 de septiembre de 1994.

Mientras tanto abundaron los casos "famosos" donde la Justicia reveló incapacidad. Un rastreo periodístico de los últimos años permite ilustrar esta afirmación: casos como los de María Soledad Morales, Jimena Hernández, Amira Yoma, Adrián Ghio, "Bambino" Veira, Savignon Belgrano, el ingeniero Santos son algunos de los que introducen seriamente la noción de impunidad debido a la ausencia de sanción o sanciones extremadamente leves. En el caso Ghio, por ejemplo, el actor fue atropellado y muerto por un vehículo policial en mayo de 1991. La jueza interviniente cerró el caso un año después sin que se determinaran culpabilidades. Inmediatamente la Cámara del Crimen ordenó continuar el proceso. Los policías inculpados, no obstante, seguían libres y sin condena.[19]

Casos judiciales involucrando a Gerardo Sofovich, Miguel Angel Vicco, Jorge Triacca, Carlos Spadone y María Julia Alsogaray tienen en común que la mayoría de los jueces y fiscales federales que comenzaron la investigación en estas causas fueron promovidos. De esta manera, debe esperarse que nuevos jueces sean asignados y estudien centenas de páginas para recién continuar el proceso. Ello permite alcanzar el tiempo de prescripción de la causa e implica una fórmula legal de burlar la ley.

Además de las dificultades para encontrar culpables cuando el delito es cometido por quien tiene alguna cuota de poder, la justicia posee serios problemas de eficiencia. La oralidad en los juicios fue recientemente introducida para, entre otros fines, acortar la duración de los procesos. El nuevo código procesal ha implicado en los juzgados correccionales un incremento notable de la competencia y por ende del número de causas tramitadas. Un juzgado que hasta septiembre de 1992 tramitaba 900 causas, pasó seis meses más tarde a administrar alrededor de 7.200 causas. En el fuero criminal sólo se habían constituido 2 de los 30 tribunales previstos y de 456 causas ingresadas en los primeros meses de funcionamiento sólo 34 habían sido llevadas a debate.

La oralidad en los juicios, tal como se la ha implementado, brinda posibilidades a la impunidad ya que tanto en los juzgados correccionales como criminales los jueces dan prioridad a aquellas causas que involucran personas en prisión. De esta manera, muchos abogados defensores en causas sin presos optaron por la oralidad simplemente especulando con obtener la prescripción de la misma y, mientras tanto, expedientes sobre delitos económicos quedan atrás en la fila de causas. De este modo, una estrategia deficiente para lidiar con este problema termina generando impunidad.

19. *Clarín*, 22 de abril de 1993.

Otra señal alarmante de ineficiencia es la alta proporción de encarcelados que no han recibido sentencia. Efectivamente, de un total de 5.150 personas alojadas en cárceles en 1992, unas 2.900 estaban procesadas. En otras palabras, más del 60% de los encarcelados no habían sido declarados culpables del delito por el que se los acusaba. Y esta situación se mantenía sin cambios a los largo del tiempo ya que desde 1980 hasta 1992 la proporción de procesados encarcelados era mayor que la de condenados.[20]

En 1992, de las 226.000 causas que entraron a los tribunales penales de la provincia de Buenos Aires, sólo 11.000 tuvieron sentencia. Los jueces argumentan que las condiciones de trabajo son caóticas: edificios en ruinas, falta de elementos y tecnología, etcétera. [21]

Sobre las condiciones de infraestructura y recursos humanos de la justicia es difícil juzgar su grado de aceptabilidad. Es necesario investigar con cierta profundidad la racionalidad en el aprovechamiento del espacio disponible, los niveles de modernización (informatización) de la labor judicial, el número y calificación de los recursos humanos del sector, el tiempo real de trabajo y los niveles de remuneración de los mismos. Seguramente se encontrará que existe falta de medios, pero también aparecerán los problemas de ineficiencia de prácticas y utilización de recursos.

Un estudio de FIEL[22] sobre la justicia argentina, que la comparaba en su estructura y funcionamiento con la justicia española y norteamericana, llegaba a las siguientes conclusiones:

El grado de litigiosidad de la Argentina medido por el indicador causas nuevas por 100.000 habitantes es un tercio del que existe en los Estados Unidos y la mitad del sistema español. El número de causas de primera instancia por juez es aproximadamente 50% superior en los dos países en relación a la Argentina.

La cantidad de empleados de apoyo por juez excede en más del 50% a la misma relación en los otros países y el presupuesto medido como porcentaje del PBI es el doble en nuestro país. Los empleados judiciales trabajan 132 jornadas en el año vs. las 231 que trabaja el sector privado y los 164 en la Administración del Gobierno Nacional.

Funcionamiento desarticulado, falta de voluntad para investigar, ausencia de equipos técnicos, lenta, burocrática, sin dinámica, son algunas de las características atribuidas a la Justicia por parte de miembros del poder judicial y legislativo entrevistados.[23]

---

20. INDEC (1995), p. 231.

21. *Clarín*, 20 de junio de 1993.

22. FIEL (1994).

23. Entrevistas realizadas por estudiantes de la Facultad de Ciencias Sociales de la UBA.

Los juicios contra el Estado, generalmente perdidos por éste, son otro reflejo de la debilidad de la justicia. Ya sea la venalidad de los demandantes y sus abogados como de los jueces, esto ha significado enormes gastos al fisco. El caso del juez Nicosia es paradigmático. Este juez sancionó indemnizaciones exhorbitantes a personas que habían tenido lesiones leves en un incidente de ferrocarril. El perjuicio para el Estado fue evaluado en 70.000 millones de dólares y terminó en el juicio político al juez y su destitución. Este fue probablemente el caso más extremo de corrupción judicial y terminó siendo sancionado pero ciertamente las maniobras de este tipo fueron frecuentes y no existieron otros sancionados.

La imagen de la Justicia ha sufrido un fuerte deterioro. Una encuesta realizada a fines de 1992[24] indicaba que sólo un 5% de los entrevistados creía que la justicia era independiente.

4. ELITE ARBITRARIA, DEMOCRATIZACIÓN Y LEGALIDAD ILEGÍTIMA

La anomia o la masividad de las transgresiones no puede ser comprendida sólo a través de la debilidad estatal, sino también por otras claves que proporciona la sociedad argentina. La baja valoración de lo legal y el pesimismo sobre la eficacia de la justicia están ampliamente difundidos en la sociedad constituyendo un fenómeno cultural imposible de despreciar en el entendimiento de la anomia nacional.

En otras palabras, y en términos durkheimianos, no es sólo que el "poder director" no vela o no está en condiciones de velar por la "moral común" sino que está en discusión la noción de una moral común expresada en el derecho positivo, hecho que Durkheim intentará explicar como consecuencia de leyes que se basan en la coacción y en consecuencia no representan la "verdadera naturaleza de las cosas", esto es, no expresan espontáneamente las costumbres.

La responsabilidad fundamental de esta situación descansa en la arbitrariedad con la que las clases dirigentes han creado y utilizado la ley para su propio provecho o no han vacilado en despreciarla abiertamente, esto es violarla, cuando ha sido un obstáculo a sus intereses, sin ningún pudor u ocultamiento, y resultando esta violación en falta de sanción o impunidad.

Si un notorio dirigente sindical es capaz de declarar públicamente que su dinero no lo hizo trabajando sin que esta actitud ocasionase un castigo, o el propio presidente de la República toma como una picardía conducir un automóvil por el

24. Consultora Graciela Romer.

presidente de la República toma como una picardía conducir un automóvil por el centro de la capital a velocidades superiores a las permitidas, es obvio que el ejemplo no es precisamente edificante. Un artículo periodístico revelaba que los conductores de automóviles con patentes oficiales eran quienes en mayor medida violaban las normas de tránsito. Pero más allá de estas y otras transgresiones que ejemplificaremos a continuación, las elites argentinas no han tenido mayores escrúpulos para mostrar abiertamente de qué manera sus intereses particulares están alimentando la sanción de normas legales.

Quizás el proceso de la reciente reforma constitucional sea un ejemplo más que evidente de que un proceso de reforma de las reglas de juego básicas de la sociedad es llevado a cabo para satisfacer en primerísimo lugar el deseo reeleccionario del presidente de la República. Ni siquiera queda el pudor de renunciar a la postulación para un segundo mandato porque la reelección es propuesta para mejorar significativamente el marco institucional del país. Pero la fiebre reeleccionaria no se reduce a la máxima autoridad política, también un conjunto de gobernadores que querían, pero no podían ser reelegidos por disposición de las constituciones provinciales, llevaron a cabo todo tipo de presiones para que la reforma constitucional nacional, que no puede alterar las constituciones provinciales, les concediera las chances de reelección.

Entre personajes de alta visibilidad social que violan las leyes y los que pretenden que se sancionen otras que atiendan sus intereses particulares, y todo ello en un contexto de despreocupación por lo que la ciudadanía pueda pensar sobre ello, se ha posibilitado generar la imagen de que el respeto a la ley no es un valor social demasiado preciado por sus dirigentes.

Un ejemplo es el "amiguismo" entre los de mayor poder. Cualquiera puede observar que en el aeropuerto internacional de la ciudad de Buenos Aires abundan los funcionarios que llaman por sus nombres a los pasajeros que van descendiendo y dicha familiaridad se traduce en favores de trámites más acelerados para el ingreso al país y "vista gorda" para productos que traen consigo y que de otra forma deberían pagar aranceles aduaneros.[25]

Una de las consecuencias de este fenómeno es la ilegitimidad que tiñe a la ley y que aparece reflejada en cierta literatura. El carácter de héroe de Martín Fierro o de otros personajes de la literatura gauchesca deriva en buena parte de su enfrentamiento con una ley, una policía y una justicia que son percibidas como injustas.[26]

25. Nino, Carlos (1992).
26. *Ibid.*, p. 134.

Esteban Echeverría sostenía: "se ha proclamado la ley y ha reinado la desigualdad más espantosa; se ha gritado la libertad y ella ha existido para un cierto número; se han dictado leyes y estas sólo han protegido al poderoso. Para los pobres no se han hecho leyes, ni justicia, ni libertades individuales, sino violencias, sable, persecuciones injustas. Ellos han estado siempre fuera de la ley".[27]

Algunos autores como Mafud creen ver en el contrabando practicado a gran escala durante el período colonial la raíz central de una tendencia al delito que habría contaminado tanto a los altos funcionarios como a los esclavos, produciendo que "tanto en la ciudad como en la campaña, los habitantes comenzaran a educarse en el desprecio de la ley y la justicia". Aún más, habría sido generalizada la poca preocupación de los conquistadores por atarse al esquema legal de la metrópolis. La arbitrariedad habría sido una constante de la América hispánica.[28]

Más allá de la justeza de estas afirmaciones, debe tenerse en cuenta que el país sólo adoptará reglas de juego básicas, reflejadas en la sanción de una constitución, cuarenta años después de su independencia y luego de haber soportado un dramático período de guerras civiles y anarquía. No obstante, la vocación por respetar dichas reglas básicas no fue demasiado pronunciada. Ello será evidente durante este siglo, ya que visiblemente la elites darán pruebas de su desprecio por las reglas de juego instituidas: el fraude electoral sistemático, el golpe de estado de 1930, la constitución de 1949, los golpes militares de 1966 y 1976, las características del terrorismo de Estado, etc., son sólo las formas más extremas de violación de las reglas de convivencia de una sociedad. No sería difícil citar centenas de otros tipos de transgresiones cometidas por quienes poseen poder económico, político o social.

Como ejemplos pueden señalarse que dirigentes políticos acudan a colocar un falso diputado a votar leyes de la Nación, o los contratos firmados por la Comisión Municipal de Vivienda de la Capital Federal en 1993 para construcción de viviendas donde se comprobaron sobreprecios de hasta 250%, cláusulas ilegales y variaciones de costo prohibidas en la Ley de Convertibilidad. También las autorizaciones otorgadas por el municipio para la realización de obras violatorias del Código de Planeamiento Urbano y la posterior desaparición del plano maestro de la ciudad como prueba de dicha violación.[29]

La recurrencia sistemática a las moratorias impositivas y previsionales con el objetivo de resolver problemas financieros de coyuntura o utilizar indultos o amnistías para quienes fueron castigados por la justicia es una de las formas a través de las

27. Pomer, León (1993), p. 23.
28. Nino, Carlos (1993), p. 55.
29. *Clarín*, 15 de abril de 1993 y 16 de agosto de 1993.

cuales las elites diseminan el poco valor que posee cumplir las normas, o en todo caso lo poco problemático que es violarlas.

Finalmente, el extremo de miembros de la Corte Suprema de Justicia cometiendo irregularidades (¿delitos?) en el ejercicio de sus funciones.[30] En septiembre de 1993, ministros de la Corte denunciaron ante el presidente del Cuerpo la sustitución de un fallo ya protocolizado en el libro de sentencias de la Corte y que era contrario al Banco Central, por otro fallo que le era favorable, inicialado por otros miembros del tribunal supremo. Así, mediante supresión de documento público y el intento de reemplazarlo por uno nuevo, como si el anterior no hubiese existido, se pretendía alterar el resultado de un pleito definitivamente resuelto. Hasta hoy, no hay sanciones por este hecho.

El fenómeno transgresor de las elites arriba expuesto ha sido algo relativamente común en toda América Latina. La existencia de elites transgresoras no es un patrimonio nacional, pero existe un fenómeno bastante particular que afectó a la sociedad argentina y que combinado con la existencia de elites transgresoras generó procesos que potenciaron el fenómeno de la anomia. En primer lugar, la existencia de un fuerte movimiento anarquista que cuestionó fuertemente la legalidad dominante a fines del siglo pasado y comienzos del actual. El anarquismo como el anarco-sindicalismo tuvieron fuerte prédica sobre un sector importante de los trabajadores básicamente de la Capital Federal.

Pero sin duda, el fenómeno peronista fue el más significativo para explicar la difusión de la anomia. Efectivamente, Perón significó la valorización social de los sectores socialmente subordinados cuestionando fuertemente, en el discurso, a las clases dirigentes argentinas. En última instancia, impulsó un extraordinario proceso democratizador a nivel cultural. En la sociedad argentina no había ya lugar para el clasismo y la discriminación por el origen social: un "cabecita negra" era tan ciudadano como cualquier habitante de la Recoleta. Aun cuando la democratización no se tradujo en el fomento de la organización y la participación social, sino más bien en la protección e intermediación estatal junto a la desmovilización social, de cualquier manera, se habían echado las bases para contestar la legitimidad de la legalidad dominante.

Pero este cuestionamiento, al no contar con un proyecto alternativo superador, no pudo generar una nueva hegemonía. Se destruyó la hegemonía pero no se reconstruyó otra. Como consecuencia, la contestación se dio en el terreno del ojo por ojo, diente por diente. No a través de la refundación de una nueva moral sino mediante la utilización de las mismas armas de los poderosos. Arbitrariedad contra arbitrariedad, violación contra violación. A un despido arbitrario, el sabotaje, etc.

---

30. D'Ambrosio, Angel (1993), p. 181, y *La Nación*, 29 de septiembre de 1993.

rrollo de la anomia. Cada violación descansaba en el desconocimiento de la validez de la norma violada. Muchas veces la violación era la forma de venganza encontrada para reparar una afrenta. El escenario se volvió cada vez más hobbesiano: transgredir la norma era la norma; se perdió el asombro frente al delito y éste se confundió con la "justa razón".

Una encuesta arrojó como resultado que el 25% de los entrevistados manifestó que está justificado no pagar impuestos porque los funcionarios se roban el dinero, el 14% porque los servicios son malos y el 21% porque eran muy altos.

De este modo, la ley aparece interpretada como expresión compulsiva de voluntades ajenas y hostiles a la propia; así se allana el camino para que el delito no sea reconocido como tal e incluso sea justificado o rotulado como "avivada". Cuando se borran las fronteras entre "avivada" y delito, una sociedad se encuentra en aprietos. La desvalorización de la norma acaba sirviendo de fundamento para una especie de "todo vale" en la conducta social: desde la presión hasta el soborno y la violencia física. En este juego gana el más fuerte.

5. FRAGMENTACIÓN SOCIAL, CRISIS HEGEMÓNICA E INDIVIDUALISMO

Un intento para dar cuenta de la crisis y estancamiento que la sociedad argentina ha experimentado en las últimas décadas explicita el concepto de "empate"[31] para expresar la incapacidad que poseen las diversas fuerzas sociales y políticas para que su proyecto pueda subordinar los intereses que se le oponen. Este empate estaría, entonces, en la raíz de las idas y vueltas de la sociedad, ya que los principales actores sociales no pueden "torcerse el brazo". La consecuencia de ello es la vigencia de un proceso que impide avanzar en una determinada dirección en forma sostenida.

Pero como la idea de empate implica la existencia de básicamente dos contendores, al ser extendido al terreno de la dinámica social puede llegar a sugerir que están en juego dos proyectos que amalgaman cada uno de ellos diversas fuerzas sociales. Una interpretación de este tipo sería errónea: no se trata de dos proyectos luchando por imponer hegemonía a la sociedad. Se trata más bien de que, por un lado, los sectores dominantes dejaron tempranamente de actuar como clase dirigente de la sociedad,[32] esto es perdieron su hegemonía,[33] renunciaron a reconquistarla, se encerraron en la

---

31. Ver Portantiero, Juan Carlos (1987).
32. Sidicaro, Ricardo (1982).

perdieron su hegemonía,[33] renunciaron a reconquistarla, se encerraron en la defensa de sus intereses sectoriales y recurrieron abiertamente a la coerción cuando pudieron y de que, por el otro lado, los sectores subordinados no tuvieron capacidad de articular sus intereses en un proyecto con pretensiones hegemónicas. Nos encontramos así, no frente a una pulseada de dos fuertes actores que resulta en un empate sino, en un escenario que incluye varios contendientes.

Efectivamente, el análisis de la sociedad argentina devela la profunda atomización que caracteriza a las fuerzas sociales que ella contiene y que son primordialmente organizaciones que representan intereses sectoriales, esto es aquellas que la literatura politicológica norteamericana ha denominado grupos de interés o de presión, antes que organizaciones articuladoras de intereses como deberían ser los partidos políticos.

Se ha sugerido que la sociedad argentina posee fuertes rasgos corporativos, pero este es un punto que debe ser aclarado. El concepto de corporativismo puede referir tanto a un sistema de representación de intereses como a una forma de adopción de decisiones en la sociedad.[34] Ahora bien, difícilmente pueda caracterizarse a esta sociedad como corporativa, si por corporativismo se entiende una forma de toma de decisiones en la sociedad que involucra la existencia de "peak associations" (por ejemplo de trabajadores, empleadores u otras) que toman a su cargo la tarea de arribar a consensos o negociar el contenido de decisiones que luego de adoptadas son incorporadas como políticas públicas y disciplinadamente acatadas por sus respectivas bases. Esto no ha existido ni existe en la Argentina ya que el rasgo central de su estructura sociopolítica es la pluralidad de actores incapaces de agregar sus intereses desarrollando en el escenario social una intensa lucha donde el intento de cualquiera de ellos para imponer sus intereses a través del aparato estatal termina generando fuertes resistencias, que tornan inviable su consecución. La victoria parece estar frecuentemente del lado de las coaliciones opositoras a cualquier intento de una fuerza social determinada de modelar el aparato estatal a su interés. La sociedad parece así como un conjunto de asociaciones cuya mejor habilidad es vetar e inhibir iniciativas ajenas.

Por otra parte, si por corporativismo entendemos un sistema de representación de intereses en el que existe monopolio de representación, diferenciación funcional en categorías mutuamente excluyentes, reconocimiento oficial, estatus semipúblico, afiliación compulsiva y demás características explicitadas por Schmitter, la Argentina aparece entonces como una sociedad que ha poseído algunos rasgos

33. Ver la noción de "dominación sin hegemonía" de Rouquié, Alain (1982).
34. Schmitter, Philippe (1991).

corporativos expresados fundamentalmente por la relación Estado-sindicatos en el régimen peronista y por la supresión lisa y llana de la actividad de los partidos políticos en periodos militares que dio mayor visibilidad a la representación política de ciertas organizaciones sectoriales. Pero, en realidad, la sociedad argentina se encuentra más próxima al modelo pluralista de representación de intereses desarrollado por la ciencia política norteamericana que al corporativo. Lo que define la estructura sociopolítica del país no es el corporativismo sino el atomismo institucional, la falta de instancias de agregación de intereses y la inviabilidad de establecer proyectos duraderos por hegemonía o fuerza. En síntesis, estamos frente a una suerte de *pluralismo anárquico.*

En la sociedad argentina predomina una solidaridad básicamente al nivel de las relaciones primarias (familia, amigos, compañeros de trabajo), pero más allá de estas microsolidaridades reina la desconfianza, el conflicto. No es extraño entonces que los mismos partidos políticos que deberían jugar un papel más general de articulación de intereses aparezcan frecuentemente contagiados por el espíritu faccioso que caracteriza a la sociedad civil. En la ausencia de procesos de articulación, vale fundamentalmente el poder de cada grupo social y así predomina una situación hobbesiana de guerra de todos contra todos entablada dentro y fuera del Estado, donde el más fuerte tiene más posibilidades de imponerse.

La debilidad de la idea de nación que caracteriza a la Argentina se expresa en esta fragmentación social. El sentido de pertenencia a un colectivo es extremadamente débil. Las raíces de este fenómeno son antiguas y se expresan en el fracaso de las elites para construir una nación. Dichas elites se caracterizaron por el desprecio hacia aborígenes, mestizos e inmigrantes, lo que las llevó a aislarse en su propio país, y si algo efectivamente las perturbó de Perón no fue tanto el supuesto proceso de redistribución de ingresos como la igualación en el plano ideológico a la "chusma con la gente de bien".

En síntesis, la sociedad argentina ha sabido desarrollar un conjunto de organizaciones que expresan intereses sectoriales y que cuentan con un poder organizacional no despreciable. Pero frente a ellas no han podido emerger sistemas de alianzas relativamente estables o fuerzas sociales y políticas que agreguen intereses al punto de asegurar la viabilidad de un proyecto sea éste del signo que fuere. Una sociedad entonces inmovilizada por su particular sistema de estructuración de intereses.

La incapacidad de las fuerzas sociales de llevar adelante un proyecto hegemónico en el sentido gramsciano de que los intereses de un sector social sean presentados como los intereses de la sociedad global y aceptados por los demás sectores sociales como intereses propios es acompañado incluso por la incapacidad de imponer mediante la fuerza una dominación social. Efectivamente, a diferencia de otros países de América Latina como Chile, Uruguay o Brasil, las dictaduras militares, reiteradas en el país, no pudieron estabilizarse y experimentaron períodos críticos que las llevaron a dar lugar al retorno de regímenes democráticos. En otras palabras, ni por hegemonía ni por fuerza ha sido posible en la Argentina de este siglo dar viabilidad política en el mediano y largo plazo a un proyecto socio-político determinado.[35]

Expresé que el Estado argentino presenta una serie de incapacidades en los aspectos relativos a la regulación y a la administración de justicia, pero esta debilidad manifiesta fundamentalmente la fragmentación social y la ausencia de articulación. Una sociedad fragmentada no ha sido capaz de engendrar actores sociales capaces de trascender perspectivas sectoriales para dar vigencia a normas y políticas centradas en la noción de bienestar colectivo. El resultado es la presencia de un Estado sin energía para actuar en dirección de dicho bienestar.

Las instituciones gubernamentales del Estado siempre son una instancia donde pugnan las diversas fuerzas de la sociedad civil para imponer o defender sus intereses. En otras palabras, *siempre* las organizaciones de gobierno del Estado son una instancia donde se desarrolla la acción, la lucha de las diversas organizaciones sociales, sean ellas de la sociedad civil o del Estado mismo.[36] Por lo tanto, hablar de debilidad del Estado para orientarse hacia el bienestar colectivo es hablar de la debilidad de las fuerzas sociales que en su interior luchan por ir en esa dirección.

La presencia de una cultura fuertemente individualista y la ausencia de una cultura de lo público es finalmente otra fuente importante de anomia; cuando lo público no es lo común sino lo ajeno, no lo propio sino lo de otros, se logra explicar mejor la facilidad para prosperar de los juicios en contra del Estado, que terminaban en su inmensa mayoría condenándolo, la contaminación del aire y del agua, la suciedad generalizada en calles y parques y el deterioro de escuelas y hospitales públicos, entre otros ataques al patrimonio común.

Si bien la fragmentación social y la ausencia de hegemonía son factores fundamentales que determinan la debilidad estatal y la anomia analizadas en este texto, el individualismo extremo es entonces una mejor explicación de aquel tipo de anomia que se relaciona con la existencia de costumbres que pueden ser calificadas de incivilizadas.

---

35. Existe una discusión sobre en qué medida se está reconstituyendo en los últimos años una hegemonía que pueda significar el final de la fragmentación. En relación a este punto es aún muy pronto para realizar un juicio. Puede efectivamente estar generándose en estos tiempos de profundo cambio una nueva hegemonía que la Argentina no conoce desde el proyecto que llevó a cabo en el siglo pasado la generación del ochenta, pero en muchos momentos de la historia del país en este siglo pareció que se generaba una nueva hegemonía (inclusive acompañada de altas dosis de fuerza como en los últimos regímenes militares) sólo para comprobar al poco tiempo su debilidad y su fracaso. Por esto habrá que esperar aún algún tiempo para ver si hay una nueva hegemonía en gestación.

36. Ver Isuani, Ernesto Aldo (1979), cap 1.

CONCLUSIONES

Los ejemplos citados, tanto en lo que refiere a transgresión de normas jurídicas como a las costumbres incivilizadas o no éticas, expresan que la sociedad argentina posee problemas de integración social, esto es sentimientos de pertenencia a un todo social o debilitamiento de los lazos de solidaridad, estableciendo una suerte de escenario hobbesiano de guerra de todos contra todos donde la desconfianza hacia el otro se generaliza en la misma medida que las transgresiones, muchas de las cuales reciben el simpático nombre de "avivada". De esta manera, conductas que en otros momentos históricos o en otras sociedades son consideradas ilegales o inmorales, terminan siendo adoptadas como prácticas normales, aceptables y hasta justificables.

La demencial y feroz represión ejercida por el último régimen militar es quizás un indicador que en forma terrible expresa cuán extraños los argentinos pueden ser entre sí.

La debilidad estatal para fiscalizar y sancionar la transgresión de las normas legales, el comportamiento transgresor de las elites que acabó generando la ilegitimidad de la ley y la fragmentación social y extremo individualismo son los factores explicativos fundamentales de la transgresión de normas legales y de las costumbres incivilizadas que exhibe la sociedad argentina.

Estas hipótesis que han sido formuladas para intentar dar cuenta del fenómeno anómico merecen aún un trabajo de investigación, reflexión y debate considerables. Pero una problemática que afecta tan profundamente la calidad de vida de una sociedad, necesariamente plantea hasta dónde el fenómeno anómico puede ser revertido. Al precisar el conjunto de causas que explican la anomia se permite identificar mejor los caminos para intentar superarla. A continuación algunas reflexiones sobre este punto.

En primer lugar claramente no hay superación de la anomia si el Estado argentino, "el poder director" durkheimiano, no realiza avances significativos en su capacidad de fiscalizar y sancionar. En este sentido, puede afirmarse que la reforma del Estado aún no comenzó en nuestro país. Se avanzó mucho en la "poda" del Estado pero casi nada en dotarlo de capacidades regulatorias y en disminuir los niveles de impunidad.

Pero tan pronto se plantea la superación de la debilidad estatal como un objetivo antianómico surge la problemática de la fragmentación de la sociedad argentina. De esta forma, el fortalecimiento del Estado deja de ser un tema técnico de mejores salarios, incentivos e infraestructura para convertirse en un problema de energía política. Así, no hay perspectiva ninguna de superar la debilidad del Estado para accionar en dirección del bienestar colectivo y combatir la transgresión si no surgen fuerzas sociales con el poder suficiente para ir en esta dirección. Existen fuerzas sociales con la potencialidad para cumplir este papel pero son muy débiles y además deben luchar contra el propio contexto faccioso que impone la sociedad y el escaso convencimiento que ellas poseen de que sólo articulándose, esto es generando sólidas alianzas, es posible generar el poder suficiente para vencer la anomia. Aprender a conjugar el verbo sumar, en una sociedad acostumbrada a restar, es un gran desafío que se le impone a dichas fuerzas sociales.

Son además quizás los dirigentes de dichas fuerzas sociales los únicos en condiciones de combatir otras de las fuentes alimentadoras de la anomia. Sólo una conducta profundamente ética de esta dirigencia y la valentía para denunciar la transgresión pueden generar una promesa de revertir el profundísimo daño que la presencia de elites transgresoras ha implicado para la desintegración social argentina. Deben luchar, sin duda, contra décadas (¿siglos?) de dirigentes transgresores, contra la incredulidad de que pueda existir otro tipo de dirigencia y contra la idea de que transgredir no es un problema. No parece sin duda una tarea sencilla. Algunos incluso pensarán que es simplemente imposible.

No menor es la tarea para que las costumbres incivilizadas cedan lugar a otras basadas en solidaridad y cooperación. Modificar las actitudes profundamente individualistas es labor para las instancias primarias de socialización como familia y escuela, pero queda la duda de dónde surgirá una cultura alternativa. Quizás la construcción de organizaciones que aboguen por la importancia de lo colectivo, esto es organizaciones sociales no sólo basadas en la *solidaridad intra* sino inclinadas a promover la *solidaridad inter*, junto con la diseminación del debate que deberían impulsar intelectuales y comunicadores sociales sobre las tremendas desventajas de este individualismo puedan ser caminos para limitar este poderoso determinante de incivilidad.

Podrá percibirse que no es precisamente fácil combatir las causas de la anomia, pero también son extremadamente perjudiciales sus consecuencias sobre la civilidad y la calidad de vida en un sociedad. ¡Bienvenido el debate!

BIBLIOGRAFÍA

Bielsa, Rafael y otros (1994), *El Sistema Judicial*, PRONATASS, Buenos Aires.

D´Ambrosio, Angel (1993), *Juicio a la Corte*, Lotrec SRL, Buenos Aires.

Durkheim, Emile (1967), *De la División del Trabajo Social*, Editorial Schapire, Buenos Aires.

— (1966), *El Suicidio*, Editorial Schapire, Buenos Aires.

FIEL (1994), "La Reforma del Poder Judicial en la Argentina", presentado a la reunión anual de la Asociación de Bancos Argentinos (ADEBA), Buenos Aires 29 al 31 de agosto de 1994.

Grondona, Mariano (1994), *La Corrupción*, Planeta, Buenos Aires.

INDEC (1995), *Anuario Estadístico de la República Argentina*, Buenos Aires.

Isuani, Ernesto Aldo (1979), "The State and Social Security Policies toward Labor", Tesis doctoral, University of Pittsburgh.

Nino, Carlos (1992), *Un País al Margen de la Ley*, Emecé, Buenos Aires.

Pomer, León (1993), *Argentina: historia de negocios lícitos e ilícitos*, Centro Editor de América Latina, dos tomos, Buenos Aires.

Portantiero, Juan Carlos (1987), "La crisis de un régimen: una mirada retrospectiva", en Nun, José y Portantiero, Juan Carlos (comps.), *Ensayos sobre la Transición Democrática Argentina*, Puntosur, Buenos Aires.

Rouquié, Alain (1982), "Hegemonía Militar, Estado y Dominación Social" en Rouquié, Alain (comp.), *Argentina, hoy*, Siglo XXI, Buenos Aires.

Sidicaro, Ricardo (1982), "Poder y Crisis de la Gran Burguesía Agraria Argentina", en Rouquié, Alain (comp.), *Argentina, hoy*, Siglo XXI, Buenos Aires.

Schmitter, Philippe (1991), "Corporatism is Dead! Long Live Corporatism: Reflections on Andrew Shonfield´s Modern Capitalism" (mimeo).

Verbitsky, Horacio (1993), *Robo para la Corona*, Planeta, Buenos Aires.

¿LA GRAN EXCLUSIÓN? VULNERABILIDAD Y EXCLUSIÓN EN AMÉRICA LATINA

Alberto Minujin

> *Toda luna, todo año*
> *todo día, todo viento*
> *camina y pasa también.*
>
> Chilam Balam

Durante una buena parte de este siglo, la noción de desarrollo, o como se le haya llamado en cada período, ha estado ligada a las nociones de igualdad y justicia social. La llamada cuestión social, es decir, el problema de la cohesión social, buscó resolverse en el doble espacio de la asalarización y las políticas de protección al trabajo y las redistributivas. Esta resolución, si bien ha sido relativa pues se ha desarrollado en el contexto de conflictos, luchas por el poder y la distribución de la riqueza, ha sido efectiva en términos de la incorporación social de amplias capas de la población a través del trabajo. La asalarización vía sector público o privado ha sido uno de los fenómenos significativos de este siglo y uno de los cambios fundamentales que marcan el presente. Sin embargo, sólo para poner esto en un contexto histórico, es útil recordar que en los comienzos, en el siglo pasado, la idea de ser asalariado equivalía a la de dependencia y pérdida de libertad. Todavía a principios de este siglo el partido radical francés llamaba a luchar contra el asalaramiento por ser sinónimo de esclavitud (Castel, 1995a).

No hay duda de que incorporarse a las filas de los asalariados implicó en el pasado una forma de movilidad ascendente y el principal mecanismo de inclusión social. En América Latina, si bien el empleo asalariado en pequeñas empresas y microempresas del sector informal nunca implicó seguridad y cobertura social, el proceso de expansión del sector industrial y del empleo público en los '60, jugó este papel "integrador". En Europa en los años '30, los asalariados constituían el 49% de la población económicamente activa y en la década del '70 esta cifra había ascendido a 80%. En América Latina este porcentaje pasó de alrededor del 40% a fines de los '30 a casi el 70% a comienzos de los '90. Ciertamente un alto porcentaje de estos asalariados pertenece al sector informal, pero aun así, el proceso de expansión económica y de formas parciales de políticas de protección, al igual que su rápida incorporación al mercado urbano, constituyeron mecanismos incompletos de inclusión.

Hoy en día, estos mecanismos se han quebrado. En los '90, el crecimiento del empleo en la Región no sólo ha sido escaso sino que ha estado conformado por empleo inestable y ha tendido a abarcar tanto al sector informal de la economía como al formal. Asistimos a un cambio profundo en las condiciones generales en las que se mueve la economía y el mercado laboral; los procesos de globalización, terciarización de la economía, liberación del mercado financiero y reforma del Estado, entre otros, son elementos fundamentales de una reestructuración económica que se irá profundizando en el futuro. También el paradigma de desarrollo social se ha modificado. Hoy la noción de igualdad ha sido reemplazada por la de equidad (parte de la igualdad), la agenda social se ha fraccionado y se ha ampliado para contemplar temas como la extrema pobreza, la equidad de género, de raza y de etnia, entre otros. Las políticas del Estado buscan ser "neutras" y desregular la economía y la sociedad.

La misma idea de la igualdad ha sido reemplazada por la de la aceptación de la desigualdad. El ideal de libertades individuales ha sido banalizado para cubrir la desmedida concentración de la riqueza que produce el reinado del dinero. Jean-Claude Gillebaud, en el punto titulado "El concurso inigualitario" dice refiriéndose a la revolución conservadora iniciada en los '80 "La permutación del estatuto simbólico entre el rico y el pobre, la descalificación de la pobreza, todo esto constituía claramente una contra revolución cultural cuya amplitud ponderamos mal" (Guillebaud, 1995).

Siguiendo el camino inverso al de la expansión histórica de los derechos que en el campo social permitió pasar de la compasión a la asistencia y de allí a los derechos sociales (Bustelo, 1997), se puede observar una regresión política que pasó "...de la justicia a la compasión, de la compasión a la indiferencia, de la indiferencia a la exclusión. Se excluye sin problemas ni remordimientos a quien ya no existe..." (Guillebaud, 1995).

La economía de mercado ha ido abarcando áreas cada vez mayores, mientras que el Estado las ha ido abandonando. Después de un período en el cual el mercado aparecía como la alternativa incuestionable, se evidencia la apertura de un debate en cuanto a "las virtudes y límites del mercado" (Kuttner, 1996), que posiblemente lleve a un mayor equilibrio e integración entre las políticas económicas y sociales, a un potenciamiento del papel de la sociedad civil y de lo público. En el comentario al reciente libro de Kuttner, se señala que "Es difícil imaginar que el mercado pueda estar intelectualmente más de moda de lo que ha estado en las pasadas dos décadas, lo que implica que probablemente lo esté menos en el futuro" (Leman, 1997). Esto seguramente será así pero no por un problema de "modas" intelectuales, sino porque sus límites se hacen cada vez más evidentes, particularmente en los países de América Latina.

Cabe advertir que no se trata de nostalgias del pasado, de Estados paternalistas y burocráticos, débiles democracias y fuertes dictaduras, sino de recuerdos del futuro, con prioridad en lo público, en la inclusión social, en la "ciudadanía emancipada", en los derechos humanos.

Así mismo, es necesario señalar que no se trata de dar una suerte de visión negativa de los procesos económicos y sociales en los que están inmersos los países de la Región, sino de marcar el peligro que conllevan estos procesos, con el objeto de plantear alternativas al modelo prevaleciente.

También, es indudable que se han ganado espacios en términos de derechos políticos, civiles y de libertad individual. La preeminencia de lo individual, grupal y local ha abierto nuevos espacios y oportunidades pero ha oscurecido la noción de lo social como acción colectiva (Bustelo, 1997).

El filósofo/sociólogo Edgar Morin en un reciente libro dice que "estamos en un período políticamente regresivo, la política reducida a la economía, y mentalmente regresiva, las ideas fragmentarias y gregarias", y agrega, "cuando uno evoca la mundialización, el discurso sobre la mundialización ignora al mundo en sí mismo... La mundialización corresponde al surgimiento de problemas comunes y específicos para toda la humanidad. Pero la idea de humanidad es rechazada y considerada como obsoleta" (Morin et Naïr, 1997).

En los '90, buena parte de los países de la Región han estabilizado sus economías, han retomado el crecimiento y han implantado modelos de economía abierta. Sin embargo, la pobreza no ha disminuido y la desigualdad se ha incrementado. Tanto el Banco Mundial como la CEPAL estiman que se necesitan tasas sostenidas de crecimiento de al menos 6% anual para disminuir la pobreza, lo cual ha sido conseguido por un solo país en la Región, que a pesar de esto no ha reducido la desigualdad en la distribución del ingreso (Bustelo y Minujin, 1997).

La fragilidad del modelo macroeconómico puesto de manifiesto primero por la crisis mexicana y posteriormente por la crisis de los mercados financieros mundiales y los problemas en el campo social, han abierto un incipiente debate respecto al modelo mismo de desarrollo económico y social (Stewart, 1997).

En términos de desarrollo social, y dicho de una manera simplificada y tal vez hasta burda, la fórmula o receta actualmente impuesta y repetida por políticos, funcionarios y en general por muchos de los que tienen relación con los temas sociales, puede sintetizarse en tres puntos:

1- Crecimiento económico: últimamente se agrega: "condición necesaria, pero no suficiente".

2- Inversión en desarrollo humano, es decir salud y educación básica.

3- Políticas focalizadas en los más pobres, "alcanzar a los más pobres" ("reaching the unreached").

No tengo nada particular en contra de esta receta, salvo que es insuficiente y no asegura sociedades incluyentes. Sin duda es mejor crecer que no hacerlo, pero, ¿qué tipo de crecimiento? ¿Cuáles son los resultados en términos de equidad distributiva, integración, calidad de vida, medio ambiente?

Incrementar el capital humano, está muy bien, pero, ¿cómo? ¿Con qué contenidos? ¿Qué pasa con el capital social que se basa en la confianza mutua, la vigencia de reciprocidad y la existencia de redes de compromiso mutuo?

Focalizar las políticas puede ser un instrumento útil, sin duda hay que hacer esfuerzos dirigidos a eliminar las condiciones infrahumanas de vida en la que se debate una porción de nuestra población. Así mismo, resulta absolutamente necesario hacer más eficaces y eficientes los programas sociales. Pero ¿qué pasa con el resto de la población? ¿El mercado se hará cargo de ellos? ¿Cómo se avanza hacia sociedades incluyentes y democráticas?

En este capítulo, como parte de la propuesta formulada en conjunto en este libro y con base en los análisis realizados en los capítulos anteriores, se busca reflexionar sobre la naturaleza actual de la problemática social y sobre el tipo de sociedades que se están conformando en América Latina.

Se postula que estamos lejos de tender a sociedades integradas, sino que por el contrario, el fraccionamiento y la exclusión son crecientes. Sin embargo, tampoco se trata de una dualización de la sociedad, de excluidos vs. incluidos, pobres vs. ricos. La situación es mucho más compleja. Inequidades tradicionales se suman a nuevas, produciendo una dinámica social en la cual los individuos y las familias luchan por integrarse o no ser excluidos, en un marco de creciente desprotección y debilitamiento de los canales de inclusión. En este contexto, se propone un marco analítico, el de exclusión, vulnerabilidad e inclusión, que permitiría abordar la problemática social y plantear alternativas al actual modelo.

Para esto, en primer término, se analiza el concepto de exclusión y su contrapartida, la inclusión, y se introduce la idea de vulnerabilidad. Así mismo, se discute la atinencia de este marco para América Latina. En segundo término, se analiza la problemática de inclusión económica y social y la estructura social que se estaría conformando en la Región. Finalmente, se plantean hipótesis respecto a la sociedad que se está conformando y que caracterizaría la entrada al próximo milenio. En un anexo se discuten las posibilidades de medición empírica que tienen estas categorías y se presenta una alternativa basada en el uso de las encuestas de hogares.

La problemática abordada se entrelaza explícitamente con la preocupación de cómo lograr sociedades en las que la mayor parte de sus integrantes estén incluidos y puedan ejercer sus derechos políticos, civiles y sociales.

I. EXCLUSIÓN, INCLUSIÓN Y VULNERABILIDAD, UN MARCO PARA EL ANÁLISIS Y LA ACCIÓN

Las nuevas condiciones en las que se plantea la vida social para este siglo que se avecina, requieren de marcos renovados para su comprensión, así como para orientar las acciones que se toman en la esfera pública. Se suele decir que "no hay nada nuevo bajo el sol". Efectivamente esto tiene algo de verdad en cuanto a la esencia del ser humano; sus sentimientos, placeres, dolores, angustias, generosidades y mezquindades. También en el plano social, los pobres, marginales y explotados siempre han existido y los fatalistas podrían agregar, siempre existirán. Sin embargo, el mundo y la humanidad han ido cambiando y están continuamente transformándose. Muchos seres humanos se esfuerzan por estar mejor y algunos seguimos imaginando la posibilidad de un mundo menos inequitativo, más inclusivo.

Es en el contexto de contar con marcos conceptuales más adecuados a la actual dinámica económica y social en el que se plantean los conceptos exclusión, inclusión y vulnerabilidad en este trabajo.

El concepto de exclusión no es un concepto absoluto sino relativo en un doble sentido. Por una parte, constituye la contrapartida de la inclusión, es decir se está excluido de algo cuya "posesión" implica un sentido de inclusión. Este algo puede significar una enorme diversidad de situaciones o posesiones materiales y no materiales como trabajo, familia, educación, vivienda, afecto, pertenencia comunitaria, etc. No se trata de un concepto dicotómico que divide a los individuos o grupos en dos; existe una serie de situaciones intermedias entre ambos estados. Por otra parte, constituye un concepto relativo porque varía en el tiempo y en el espacio. Así, ser analfabeto, que en nuestros tiempos constituye un significativo elemento de exclusión de la "vida moderna", no lo era en el pasado. La religión constituye un elemento de inclusión y exclusión en algunos países y no en otros.

La preocupación respecto a la exclusión, concebida como una problemática que afecta a porciones significativas de población, y el concepto en sí mismo, podríamos decir que emerge con la sociedad moderna y es tratada fundamentalmente por la teoría social y parcialmente desde la teoría económica en términos de la distribución del ingreso y la riqueza, tal como se mencionó previamente en este trabajo (Grazier, 1996).

Desde distintos enfoques, Auguste Comte, Max Weber y Emile Durkheim, abordaron el tema de la conformación y la cohesión social. La denominada "cuestión social" estuvo fundamentalmente dada por la preocupación de la inclusión de las crecientes masas de pobres al proceso abierto por la "revolución industrial" y por el mantenimiento de la cohesión social. La "asalarización" ha constituido el gran mecanismo de inclusión social durante buena parte de este siglo y el Estado de Bienestar su complemento (Castel, 1995a; Schanarper, 1996).

La utilización del concepto de exclusión para el análisis de la situación social en los países de América Latina ha motivado una discusión centrada en la utilidad de esta aproximación dados los desarrollos previos en la Región de conceptos como los de marginalidad e informalidad. La pregunta central es si el concepto de exclusión social agrega algo a dichos conceptos o es simplemente una "importación" de términos desarrollados en el contexto de los países europeos que en el fondo no agregan nada a los marcos ya elaborados en la región.[1]

Desde la perspectiva que se plantea en este trabajo la respuesta es afirmativa. El panorama que brindan los conceptos de exclusión, vulnerabilidad e inclusión constituye un aporte positivo, tanto desde el punto de vista de la comprensión de los fenómenos presentes en la sociedades de América Latina, como desde el de la formulación de políticas.

Por una parte, este marco otorga un lugar central a la problemática de derechos civiles, políticos y sociales, lo que permite plantear una nueva concepción de las políticas públicas para moverse a la consideración de las necesidades como derechos. La inclusión social está referida explícitamente a tener la posibilidad real de acceder a los derechos sociales; "...en particular, la exclusión social se refiere a la imposibilidad o a la no habilitación para acceder a los derechos sociales sin ayuda, sufrimiento de la auto-estima, inadecuación de las capacidades para cumplir con las obligaciones, riesgo de estar relegado por largo tiempo a sobrevivir del asistencialismo, y estigmatización..." (CEC, 1993).

El proceso desatado por la aprobación y ratificación de la Convención sobre los Derechos del Niño[2] da una clara ilustración de esta orientación. En el marco de la Convención, los niños y las niñas dejan de ser objeto y pasan a ser sujetos

---

1. Una discusión sobre esto puede encontrarse en Rodger G., C. Gore, J.B. Figueiredo (eds.), 1995.

2. La Convención sobre los Derechos del Niño fue aprobada por la Asamblea General de las Naciones Unidas el 20 de noviembre de 1989 y entró en vigor el 2 de septiembre de 1990, en un lapso más breve que el de ninguna otra convención sobre derechos humanos. Hasta la fecha ha sido ratificada por 191 Estados, entre los que se encuentran todos los de América Latina y el Caribe, convirtiéndola en el instrumento jurídico de derechos humanos con mayor aceptación en el mundo.

activos de la sociedad con derechos propios. En pocas palabras, ya no son mas propiedad privada de los padres, la familia y del Estado cuando esta última "falla"; han pasado a ser "personas" con derechos propios.[3]

Por otra parte, con ese marco analítico se busca explicitar una visión dinámica de procesos que pueden tender a la exclusión, eliminando la idea de situaciones dicotómicas y estancas. Así, permite describir al conjunto de la sociedad incorporando la heterogeneidad de formas de vulnerabilidad y el dinamismo de las desigualdades que caracterizan la actual estructura social.

Lo anterior posibilita capturar la creciente heterogeneidad social sin caer en el también creciente fraccionamiento de la agenda social.

Es importante señalar que el concepto de exclusión no es nuevo en América Latina y que puede relacionarse con el concepto de marginalización, ampliamente desarrollado en los '60, y con el de informalidad. Vilmar Faría señala que el concepto de exclusión social " ...ofrece una manera de integrar nociones vagamente interrelacionadas tales como pobreza, privación, falta de acceso a bienes, servicios y activos, precariedad de derechos sociales, y provee un marco general" (Faría, 1995).

La utilidad y relevancia del concepto de exclusión social en el marco de los problemas de la Región, va más allá de esto; permite incorporar una visión holística de la sociedad, integrando, en forma dinámica, el problema de la exclusión al de la inclusión social.

I.1 Exclusión y pobreza

La problemática de la pobreza ha resurgido con fuerza en este final de siglo. La misma ha constituido uno de los ejes centrales de la Cumbre Social (PNUD, 1994 y UNICEF et.al. 1995) y en la actualidad se están desarrollando múltiples programas de combate a la pobreza. Esto muestra la preocupación internacional por el contradictorio devenir del mundo. El marco de exclusión-inclusión social no está encaminado a restarle importancia a esta problemática, sino por el contrario a colocarla en un contexto más amplio.

"El concepto de exclusión social va más allá de los aspectos económicos y sociales de la pobreza e incluye los aspectos políticos tales como derechos políticos

---

3. Un simple ejemplo demuestra la necesidad concreta de este cambio. En concordancia con la visión de "objeto", los sistemas legales de la mayor parte de los países de la Región no daba, y todavía siguen sin dar, la posibilidad a los llamados "menores infractores" de contar con un abogado defensor. El juez se constituía en tutor-propietario-protector de ellos, con autoridad absoluta para decidir sobre su vida presente, con marcas indelebles para el futuro.

y ciudadanía que remarcan la relación entre los individuos y el Estado, así como entre la sociedad y los individuos" (Bhalla y Lapeyre, 1994).

En este sentido, esta aproximación puede verse como más amplia y complementaria a la dada por la de pobreza, centrada en el ingreso, el gasto o el consumo.[4] No se trata de conceptos en competencia o contrapuestos. Por el contrario, como veremos mas adelante, pueden considerarse conjuntamente, enriqueciendo el análisis social.

En cuanto al concepto de exclusión, es importante señalar que la vaguedad del mismo ha llevado a que su uso abarque situaciones muy disímiles, haciéndole perder su especificidad. Por ello resulta importante acotarlo a las situaciones que implican una fuerte acumulación de desventajas. Es en este sentido que resulta especialmente útil la noción de vulnerabilidad, la cual permite reflejar una amplia gama de situaciones intermedias, o sea de exclusión en algunos aspectos o esferas, e inclusión en otras.

Sin duda se debe reservar el uso del término exclusión para condiciones sociales de fuerte privación. Según Castel, se debe tener "... una gran reserva en el uso del término (exclusión), tratar, en la mayor parte de los caso de excluirlo, es decir remplazarlo por una noción más apropiada..." (Castel, 1995b y 1997). Este autor señala con propiedad algunos de los peligros del uso generalizado del término de exclusión así como de su utilización en forma autónoma a la dinámica social general. En primer término, el hablar sólo de exclusión conduce a compartimentar situaciones límites que tiene sentido dentro de un proceso. No se es excluido, no se está siempre excluido, salvo en situaciones muy específicas; no hay fronteras cerradas entre la exclusión y la vulnerabilidad.

En segundo lugar, la focalización en la problemática de exclusión corresponde a un aislamiento y fraccionamiento de la acción social en zonas de intervención a través de mecanismos asistenciales de compensación y reparación. Cabe señalar que algo similar ocurre con la noción de pobreza que ha adquirido una suerte de independencia y no se la relaciona con el problema de la distribución del ingreso y los recursos. En estos momento es muy habitual que los programas de "combate

---

4. Es importante señalar que la temática de la pobreza tiene una enorme "ventaja". Se han desarrollado métodos de medición de la misma ampliamente utilizados y muy difundidos en el mundo. El método de la Línea de Pobreza es el más difundido y tanto este como el de Necesidades Básicas Insatisfechas tienen alcances y limitaciones metodológicas que han sido discutidas por varios autores (Beccaria y Minujin, 1991; Sen,1992; Rowntree,1941; Boltvinik, 1991).

En América Latina se han utilizado ambos métodos en forma simultánea con el objetivo de abarcar las nuevas heterogeneidades de la pobreza dadas por el empobrecimiento de los sectores medios (Minujin, 1992). Sin embargo, el crecimiento y profundización de situaciones de vulnerabilidad social vuelve a hacer insuficientes estas mediciones.

a la pobreza" se focalicen en esta temática sin ninguna consideración respecto a los problemas distributivos, sin tomar en la mas mínima consideración que la contracara de la extrema pobreza la constituye la extrema riqueza. Esto lleva a que los programas sociales que se establecen sean básicamente asistencialistas, poco sostenibles, que no lleven a un fortalecimiento de la ciudadanía y tengan baja integración con la esfera económica. Así mismo, evita o esquiva el desarrollo de las políticas redistributivas y la consideración de uno de los problemas centrales en la Región, el cual es la inequidad de ingreso.

Finalmente, se puede observar que en la mayor parte de los casos en que se habla de exclusión, en realidad se trata de situaciones de vulnerabilidad, precarización, riesgo respecto a un factor, por ejemplo, la falta de acceso a servicios de salud, pero no necesariamente respecto a otros factores.

En América Latina existen situaciones de extrema precariedad, así como de la más absoluta exclusión al acceso de bienes básicos, pero en una gran proporción, la dinámica social, dada por los procesos de urbanización, de expansión de la escolaridad, etc., ha llevado a formas parciales de integración.

I.2 De la vulnerabilidad a la exclusión

La inclusión social, así como la exclusión, se dirime en diversas esferas de la vida política, económica, social y cultural. Situaciones de inclusión parcial en una u otra esfera implican riesgo y vulnerabilidad. El estar excluido en una esfera no implica necesariamente el estarlo en las otras. Es decir, la falta de éxito no conduce necesariamente a la exclusión, pero ciertamente multiplica las posibilidades de caer en ella.

Así, problemas en el ámbito laboral suelen llevar a situaciones conflictivas en el ámbito de las relaciones con amigos, la familia y en la autoestima, que pueden conducir a condiciones de alta vulnerabilidad social y eventualmente a la exclusión.

Diversos autores se refieren al proceso de "acumulación de desventajas" o acumulación de fallas, o de vulnerabilidades como el que lleva a la exclusión (Fitoussi y Rosanvallon, 1996, Kessler y Golbert, 1996).

Estas desventajas pueden constituir una suerte de marca inicial, como en el caso de las niñas y niños pertenecientes a hogares pobres, o irrumpir en cualquier momento de la vida, tal como les sucede a las familias de sectores medios que se ven empujadas por el proceso económico a la pobreza.

También dentro de una misma esfera se pueden distinguir diversas formas y grados de falta de inclusión que no dan lugar a situaciones de exclusión sino a distintas formas de vulnerabilidad. Así, el tener una situación de precariedad laboral incluye a aquellos que trabajan como cuenta propia, en condiciones de alta inestabilidad pero ingresos aceptables, como los conductores de taxi, y también a aquellos con nula calificación y salarios extremadamente bajos, como los obreros de la construcción.

La vulnerabilidad no necesariamente conduce a la exclusión, en muchas ocasiones los individuos o las familias logran superarla y pasar al grupo de los incluidos. Por el contrario, en muchas otras, se da el proceso contrario y las dificultades se incrementan y potencian llevando a la exclusión.

Sin embargo, si bien el proceso es altamente dinámico, la condición de vulnerabilidad se constituye en permanente y es característica de la actual estructura social. Los individuos y grupos permanecen o se mueven dentro de diversas formas de vulnerabilidad.

Una característica de las actuales políticas económicas y sociales es la falta de sistemas de contención y de búsqueda colectiva de inclusión. La superación de situaciones de vulnerabilidad se hace a través de los mecanismos de mercado y en forma individual, lo cual es adecuado en la medida que el mercado tenga la capacidad de absorber e incluir a estos grupos. Esto no ocurre en la Región, en donde la tendencia es más hacia la exclusión y la vulnerabilidad, que hacia la incorporación.

II. INCLUSIÓN/EXCLUSIÓN ECONÓMICA Y SOCIAL

Como ya se mencionó, el concepto de inclusión constituye un concepto multifacético que se dirime en distintas esferas interrelacionadas. De ellas se pueden priorizar las que significan integración política, integración económica e integración social. La inclusión/exclusión política está directamente ligada con lo que puede denominarse ciudadanía formal y con la participación o no como ciudadanos en la marcha de la sociedad. La inclusión económica y la social están relacionadas con la participación en la vida colectiva y pueden distinguirse dos ejes. Por un lado, el que se refiere al empleo y la protección social, fuertemente determinado por la estructura económica y que da lugar a la inclusión-exclusión económica.

Por el otro lado, el que toma en cuenta las interrelaciones individuales y colectivas en el contexto de lo que se ha denominado el capital social[5] y que demarca la inclusión social. En este caso se incluyen una serie de factores decisivos

5. El concepto de capital social es más abarcativo que el de capital humano, pues incluye el conjunto de prácticas y redes políticas y sociales, prevalecientes, así como, su desarrollo histórico. Robert Putnam en un estudio comparativo entre el norte y el sur de Italia, muestra que este es un elemento clave para el desarrollo económico e institucional (Putnam,1993).

para el bienestar del ser humano en su vida individual, familiar, comunitaria y social.

Tal como puede observarse en el Gráfico 1, los dos ejes están íntimamente relacionados y en algún sentido puede decirse que la inclusión económica es básica para la social, pero en la social se abren las posibilidades para una sociedad integrada y democrática.

Gráfico 1
Inclusión Económica y Social

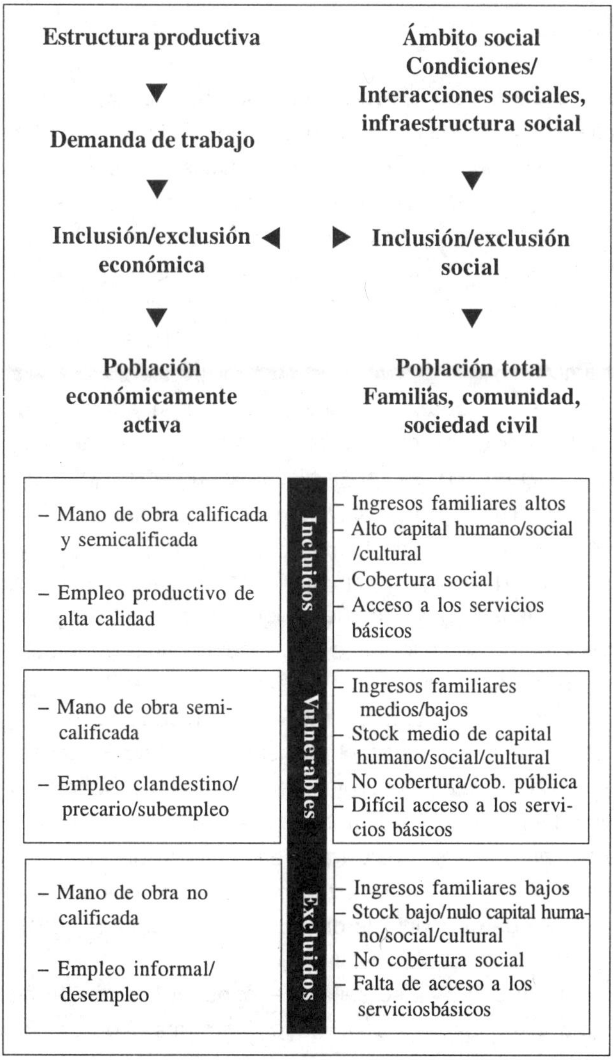

Estructura productiva	Ámbito social Condiciones/ Interacciones sociales, infraestructura social	
▼		
Demanda de trabajo		
▼	▼	
Inclusión/exclusión ◄ económica	► Inclusión/exclusión social	
▼	▼	
Población económicamente activa	Población total Familias, comunidad, sociedad civil	
– Mano de obra calificada y semicalificada – Empleo productivo de alta calidad	Incluidos	– Ingresos familiares altos – Alto capital humano/social /cultural – Cobertura social – Acceso a los servicios básicos
– Mano de obra semi- calificada – Empleo clandestino/ precario/subempleo	Vulnerables	– Ingresos familiares medios/bajos – Stock medio de capital humano/social/cultural – No cobertura/cob. pública – Difícil acceso a los servi- cios básicos
– Mano de obra no calificada – Empleo informal/ desempleo	Excluidos	– Ingresos familiares bajos – Stock bajo/nulo capital huma- no/social/cultural – No cobertura social – Falta de acceso a los serviciosbásicos

Así, no existe una correspondencia absoluta entre ambos ejes, sino una alta interacción. Una de las diferencias sustantivas entre ambos ejes y que justifica la necesidad de su consideración simultánea, radica en que en el primer caso, se analiza a la población económicamente activa, bajo un enfoque individual. En el segundo caso se incluye al total de la población en su interacción en y entre distintas esferas, tales como la familia; los grupos de pertenencia, como amigos, los jóvenes, etc.; el entorno local; los ámbitos de socialización, como la escuela, etc; la participación en la sociedad, y otros.

II.1 Inclusión Económica

La problemática de la inclusión-vulnerabilidad-exclusión económica se dirime en términos de la relación de los individuos con el mercado laboral. Esta esfera es sin duda decisiva en cuanto a la cuestión de la inclusión social. Al decir de Martine Xiberras, "en una sociedad donde el modelo dominante supone el *homo economicus*, se requiere participar del intercambio material y simbólico generalizado. Todos aquellos que se niegan o son incapaces de participar en el mercado serán percibidos como excluidos" (Xiberras, 1996). En este caso la incapacidad no esta referida a incapacidad física sino a falta de espacio en el mercado laboral.

Los fenómenos de pobreza, los cuales implican incapacidad para participar en el mercado de consumo, como los de desempleo y diversas formas de empleo informal y precario, que a su vez expresan incapacidad para participar en el mercado productivo, constituyen formas de fragilidad, debilitamiento o ruptura de las relaciones económicas.

En un escenario globalizado y de economías abiertas, tal como en el que se ubican los países de la Región, se pueden distinguir distintos niveles de inclusión económica de acuerdo con el grado de integración que se tenga en el modelo de economía abierta. El mayor dinamismo e inclusión está dado por aquellos sectores o empresas que se han insertado en la economía global, es decir, que una parte significativa de su producción se orienta al mercado externo. En general, los distintos niveles de inclusión con la economía internacional corresponden a distintos niveles de productividad y condiciones de trabajo.

Así, pueden diferenciarse tres estratos de productividad/inclusión –alta, media y baja– que han sido un rasgo básico de las economías latinoamericanas. Esto determina la demanda de mano de obra que condiciona las posibilidades de la oferta.

Paralelamente y como ya se señaló, el concepto "inclusión económica" se relaciona con la inserción de los individuos en el mercado de trabajo; con las características, calidad y modalidad del empleo y el nivel de ingresos a los que han tenido acceso, lo cual es función de las características de la demanda de una economía particular.

En este sentido, tal como puede observarse en la Gráfica 2, la población trabajadora se puede desagregar en tres grandes grupos. El primero está conformado por la población "incluida", una minoría que se caracteriza por estar vinculada a empresas altamente dinámicas y productivas, intensivas en tecnología y cuya producción se destina total o parcialmente al mercado externo. Las empresas que generan este tipo de empleo han sido responsables en buena medida del incremento del producto en los '90. En términos generales se trata de esquemas de producción intensivos en capital, cuyo nivel de generación de empleo es bajo. También integran esta "zona de inclusión" algunas empresas medianas o pequeñas, de productividad media que están articuladas con otras empresas plenamente incluidas, proveyéndolas básicamente de servicios e insumos intermedios, y cuya capacidad para generar empleos es bastante limitada.

El segundo grupo se ubica en la "zona de vulnerabilidad", en la cual operan empresas de productividad media, orientadas principalmente al mercado interno. Se denomina zona de "vulnerabilidad" porque los individuos viven una situación de muy poca estabilidad y con tendencia a caer en la zona de exclusión. Este grupo abarca a un número importante de trabajadores semi calificados y no calificados, e incluye una alta proporción de trabajadores del sector público. En este caso no se encuentran empleos que se pudieran denominar de "calidad", entendiéndose por tal el que proporciona simultáneamente altos ingresos, permanencia laboral y cobertura social, ya sea por el tipo de contrato laboral, por las expectativas futuras o por el nivel de ingreso.

El tercer grupo que lo conforman los "excluidos", comprende un gran porcentaje de la población trabajadora. En su mayoría son empleados no calificados, vinculados a empresas "tradicionales" escasas en capital y de baja productividad, orientadas al mercado interno. También se encuentran en este grupo los "cuenta propia", o trabajadores independientes no calificados. Se trata de trabajadores informales, cuyo volumen, tal como hemos analizado anteriormente, es el que más ha crecido en la Región.

Gráfico 2
Inclusión Económica

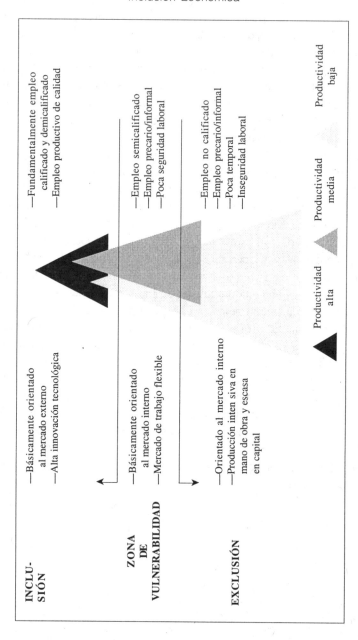

INCLU-
SIÓN

—Básicamente orientado
al mercado externo
—Alta innovación tecnológica

—Fundamentalmente empleo
calificado y demicalificado
—Empleo productivo de calidad

ZONA
DE
VULNERABILIDAD

—Básicamente orientado
al mercado interno
—Mercado de trabajo flexible

—Empleo semicalificado
—Empleo precario/informal
—Poca seguridad laboral

EXCLUSIÓN

—Orientado al mercado interno
—Producción inten siva en
mano de obra y escasa
en capital

—Empleo no calificado
—Empleo precario/informal
—Poca temporal
—Inseguridad laboral

Productividad
alta

Productividad
media

Productividad
baja

Ahora bien, la estructura de la inclusión económica está estrechamente relacionada con la de "inclusión social", la cual considera aspectos pertinentes al capital social de la familia y de la comunidad, la cobertura de salud, educación, seguridad social y el ingreso familiar, entre otros. (Fitoussi y Rosanvallon, 1996; Castel, 1995b). El tipo de empleo y el nivel de ingreso constituyen los elementos de conexión entre la inclusión económica y la social. Pero el pasaje de un tipo de inclusión a otro no es automático; el tamaño y la composición familiar, la pertenencia a uno u otro sector social, el capital cultural y social acumulado, etc., pueden hacer que alguien que tiene un empleo informal o precario pudiese eventualmente estar socialmente integrado e inversamente. En el primer caso se pueden encontrar los hijos de familias de sectores altos, quienes más allá de las circunstanciales condiciones laborales, no por ello dejan de estar socialmente integrados. En el segundo, están los sectores más discriminados de la sociedad.

II.2 Inclusión social

Al igual que en el caso anterior, la población se puede clasificar en tres grandes grupos disímiles entre sí: los plenamente incluidos, los vulnerables y los excluidos. Dada la diversidad de situaciones, las fronteras entre los distintos grupos son todavía menos nítidas que en el caso anterior y es mayor el dinamismo entre ellos.

La población plenamente incluida comprende a las familias de los estratos medios altos y altos de la población. Se trata de familias que tienen no sólo cubiertas sus necesidades básicas sino que tienen una base de sustentación altamente estable en términos de capital económico y social. Pertenecen también a este grupo familias de sectores medios, que si bien han sido sacudidas por el proceso de ajuste, han mantenido o logrado nuevas vías de inclusión, aún cuando hayan declinado parcialmente su calidad de vida.

En el otro extremo se encuentran los excluidos, grupo al cual pertenecen las familias que subsisten en situaciones de alto riesgo, con barreras educativas, culturales y con dificultades de acceso a los servicios básicos, etc., que los deja fuera de los canales de socialización prevalecientes.

Si bien la zona de "exclusión" está conformada por pobres "estructurales",[6] fundamentalmente aquellos que están en situación de extrema pobreza, y por

---

6. Se denominan "pobres estructurales" a aquellos que provienen de una pobreza histórica. Generalmente tienen las características que se supone tienen los sectores pobres: bajo nivel de educación, mayor tasa de fecundidad, bajo capital económico y social. Los "nuevos pobres" están integrados por sectores medios empobrecidos como consecuencia del proceso de ajuste económico reciente. No se trata de situaciones coyunturales sino de una pérdida permanente de su capital (Minujin y Kessler; 1995).

algunos "nuevos pobres", la misma no coincide necesariamente con los pobres, definidos estos como los que están por debajo de la línea de pobreza. También pertenecen a este grupo las poblaciones o individuos que sufren algún tipo de discriminación social o de situación de relegación o aislamiento en espacios físicos determinados, como el caso de los refugiados y desplazados por los problemas de violencia.

Las poblaciones indígenas y negras, tanto rurales como las de reciente migración urbana, pueden señalarse como uno de los claros ejemplos de exclusión en la mayor parte de los países de la Región. La inequidad de género constituye también un evidente motivo de exclusión o vulnerabilidad (Wieringa, 1995). Existen sobradas evidencias que muestran que la condición de mujer incrementa las probabilidades de pobreza y de permanecer en esta situación tanto para ella como para su familia en el caso de las jefas de hogar (Rubery, 1985; CEPAL, 1995). Así, la condición de hogares con jefatura femenina e hijos significa, para un alto porcentaje de casos, una condición de vulnerabilidad. Si a esto se le agrega bajo nivel de educación o capacitación, la situación posiblemente sea de exclusión.

La zona de vulnerabilidad está formada por sectores pobres que tienen o buscan alternativas de inclusión y por sectores medios empobrecidos que han ido perdiendo canales de inclusión. Esta es la zona que se ha ido ampliando en los años recientes hasta abarcar a amplios grupos de población. Los que están en esa situación tratan, ante todo, de mantenerse en la misma, buscando no seguir cayendo o no retroceder. Las posibilidades de pasar a la zona de inclusión son bajas en la mayor parte de los países de la Región, ya que depende de una serie de condiciones que van desde los niveles de educación, el punto del ciclo vital en que se encuentra la familia o los individuos, hasta aspectos relacionados con el arrojo, la suerte, etc.

En la zona de vulnerabilidad se da una suerte de lucha en la que se hacen valer las ventajas comparativas que tiene cada uno de los grupos. Los "pobres estructurales" se mueven con mayor habilidad en el mercado informal y de servicios no calificados, mientras que los "nuevos pobres" lo hacen en el comercio formal y los servicios semi-calificados.

Gráfico 3
Inclusión Social

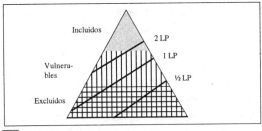

▨ **INCLUIDOS**
— Ingresos familiares altos
— *Stock* alto de capital humano-social-cultural
— Fuertes lazos sociales
— Cobertura social
— Acceso a servicios básicos, educación y salud
— Sector alto y alto-medio

▥ **VULNERABLES**
— Ingresos familiares medios-bajos
— Stock medio-bajo de capital humano-social-cultural
— Lazos sociales débiles
— No cobertura-cobertura pública
— Difícil acceso a servicios básicos, educación y salud
— Sector medio y medio-bajo

▦ **EXCLUIDOS**
— Ingresos familiares bajos
— Stock muy bajo-nulo de capital humano-social-cultural
— Lazos sociales muy débiles-inexistentes
— No cobertura
— Falta de acceso a servicios básicos, educación y salud
— Sector bajo

Ninguno de estos grupos es estable ni rígido; existe un dinamismo social, en buena medida dado por una movilidad descendente, pero también por logros básicamente individuales. El grupo vulnerable está frente a lo que podríamos denominar un proceso de desigualdad dinámica.

En el esquema de integración social que se presenta en la Gráfica No. 3, se pueden visualizar estos grupos y su relación con la estructura de ingresos y pobreza.

Como puede observarse, no existe una coincidencia absoluta entre la pobreza medida en términos de la línea de pobreza (LP) y la situación de exclusión. Dentro de las familias cuyo ingreso per cápita está por debajo de la línea de pobreza, se encuentra un significativo porcentaje de asalariados que si bien tienen un bajo ingreso, cuentan con un empleo permanente con cobertura social que los coloca más en una situación de vulnerabilidad social que de exclusión. Por el contrario, familias con ingreso superior a 1 LP pueden estar viviendo en condiciones de alta precariedad que los coloca en una situación de creciente exclusión. Tal es el caso de muchos pobres "estructurales" que aunque mediante el trabajo del grupo familiar en el sector informal, incluidos los niños, logran obtener un ingreso corriente superior a 1 LP, no les será posible quebrar el círculo de la pobreza. Así, el grupo de los excluidos, si bien está conformado por aquellas familias en situación de pobreza extrema, también lo integra un conjunto de "no pobres".

Por otro lado se encuentra el creciente grupo de familias en situación de vulnerabilidad. A este grupo pertenecen tanto los pobres que se encuentran en una relativa movilidad ascendente, con ingresos que pueden o no estar por encima de 1 LP, como los sectores medios empobrecidos o en proceso de empobrecimiento, cuyos ingresos pueden alcanzar hasta 2 o 2.5 LP dependiendo del país. La situación de inclusión social se relaciona básicamente con el proceso o el recorrido vital de los individuos y las familias. Por ello, familias con ingreso medio pueden encontrarse en un proceso de deterioro que los lleve a situaciones de alta vulnerabilidad. Una alta proporción de los denominados "nuevos pobres" se encuentra entre el grupo de los vulnerables.

II.3 Infancia e inclusión social

El marco de análisis de la inclusión/exclusión presentado anteriormente, permite ver que más allá de las carencias materiales inherentes a la pobreza, existe una serie de obstáculos sociales, políticos, económicos y culturales que impiden la plena incorporación de los individuos a la sociedad. Estos obstáculos están presentes desde el comienzo mismo de la vida e implican desventajas que se van acumulando hasta crear situaciones de vulnerabilidad, marcando así el camino hacia la exclusión. Surge de esta manera la infancia como espacio central para implementar acciones que, teniendo la Convención sobre los Derechos del Niño (CDN) como referencia, frenen el proceso de acumulación de desventajas y conduzcan hacia sociedades inclusivas y democráticas.

Como se mencionó anteriormente, la CDN ha sido ratificada por un gran número de países, entre los cuales se encuentran todos los de América Latina. Al ratificar una convención, como en el caso de las convenciones de derechos humanos, los Estados se comprometen a actuar en concordancia con el objetivo y propósito de ese mismo tratado, y no simplemente tomar sus provisiones como "mera guía" o "recomendaciones vagas".

En el caso de la Convención de los Derechos del Niño, como generalmente ocurre con todas las convenciones de derechos humanos en el momento de ser ratificadas por los países, el Estado adquiere dos responsabilidades esenciales, una obligación de propósito y una obligación de conducta. En concordancia con la primera, se requiere que los Estados respeten y aseguren el cumplimiento de los derechos reconocidos por la Convención sin discriminación alguna (artículo 2 de la CDN); para alcanzar tal propósito, se requiere que "adopten todas las medidas apropiadas", incluyendo aquellas de naturaleza legislativa y administrativa (UNICEF, 1997a).

Tradicionalmente, los derechos de los niños, adolescentes y mujeres han sido adoptados como un referente jurídico importante, predominantemente de carácter ético, pero no han sido incorporados en políticas específicas para su consecución. En la actualidad, la CDN, junto con las responsabilidades que adquieren los Estados al ratificar una convención, permite avanzar hacia la construcción de una política pública basada en el reconocimiento de derechos como habilitaciones de todas las personas y orientada a garantizar el cumplimiento de los derechos del niño y el adolescente.

Una política económica y social de este tipo necesita fundamentarse en el interés superior del niño como elemento rector, y también requiere de un Estado que garantice el respeto, protección y realización de los derechos humanos y actúe en consonancia y cooperación con la sociedad civil. Adicionalmente, para ser efectiva, desde la perspectiva de la infancia, necesita dar garantía a los derechos de niños, adolescentes y jóvenes, no como mera materia de beneficencia o compasión sino como obligación ética, jurídica y económica de las generaciones adultas. Pero además de constituir una obligación, dar garantía a estos derechos genera beneficios tanto económicos como sociales tan cuantiosos que resultan difíciles de enumerar.

Piénsese, por ejemplo, en el derecho a la educación. Por un lado, en el contexto de globalización que predomina en la actualidad, las economías de la Región se han tenido que enfrentar a crecientes niveles de competencia que demandan técnicas eficientes de producción, innovación tecnológica y una adecuada capacitación de la mano de obra, entre otros. Uno de los elementos fundamentales que determina en gran medida la productividad de los individuos es la educación. Se ha señalado que esta desarrolla las habilidades primordiales para sobrevivir en un mundo moderno; que mejora la capacidad de usar los recursos existentes para producir bienes y servicios; que socializa a los jóvenes en los usos y hábitos de la sociedad moderna, y que el éxito escolar es un estímulo crucial para la búsqueda posterior del éxito económico (Carnoy, 1992). Adicionalmente, se ha identificado a la infancia como el espacio óptimo para realizar la inversión en capital humano, ya que es allí donde se obtiene una mayor rentabilidad; se ha estimado que la inversión necesaria para proporcionar a un estudiante tres años suplementarios de educación primaria proporciona niveles de retribución en promedio entre 6 y 8 veces el valor de esa inversión[7] (CEPAL,1996). De esta manera, se evidencia que

---

7. El incremento en los ingresos resulta en promedio ser entre 6-8 veces el valor de la mensualidad si se considera un período de repago de diez años. Si se deseara recuperar la inversión en 5 años, el aumento en el ingreso del individuo que recibió los tres años adicionales de educación, resultaría ser entre 4-6 veces el monto de dichas mensualidades.

la inversión temprana en educación asegura el bienestar económico de un país en el mediano y el largo plazo.

Sin embargo, la importancia de la educación trasciende ampliamente la problemática de la inserción económica futura. La educación constituye uno de los espacios centrales para la formación personal, social, ética y ciudadana de los individuos y grupos, así como para la construcción de la democracia, la paz y la solidaridad (Setubal, 1997). La educación es entonces una de las herramientas esenciales para proporcionar a la infancia los conocimientos y habilidades básicas que les permita no solamente aumentar su productividad y romper con el círculo de la pobreza, sino también, adquirir valores de equidad, tolerancia, solidaridad y ciudadanía.

Sin embargo, si bien la educación representa uno de los derechos de los niños y niñas, existen otros derechos fundamentales que hay que abordar en cuanto inciden significativamente sobre la infancia y contribuyen a generar o remover, según sea el caso, las desventajas que trazan el camino hacia la exclusión. En general el respeto a todos los derechos del niño, lo cual abarca tanto su supervivencia como su desarrollo y participación, así como su protección integral, es la condición fundamental para lograr avanzar hacia una sociedad plenamente incluyente y una ciudadanía emancipada.

Finalmente, la fortaleza del sistema de relaciones sociales de un país particular y el grado en que las relaciones de cooperación y solidaridad adquieren prioridad con respecto al individualismo extremo y la promoción de la competencia entre las personas es su capital social. En una economía abierta que debe hacer frente a crecientes niveles de competitividad internacional, el capital social deviene en "el" principal disparador del desarrollo. Así, entre dos economías con un equivalente stock de factores y similar nivel de desarrollo tecnológico y productivo, triunfará en la competencia internacional la que tenga mayor acumulación en capital social, o sea, la que más eduque a su población en el conocimiento de sus derechos y responsabilidades públicas, la que promueva las ventajas de la cooperación y de la equidad entre su gente, la que optimice los procesos de inclusión social, la que construya ciudadanía, no sólo para la infancia, sino muy especialmente desde la infancia (UNICEF, 1997b).

III. LA SOCIEDAD QUE SE AVIZORA

Las políticas económicas y sociales que predominan en la Región están generando situaciones de vulnerabilidad y exclusión para amplias porciones de la población (Bustelo y Minujin, 1997). Esto se evidencia en la creciente inequidad en la distribución del ingreso y la riqueza; en la conformación de un mercado laboral que incluye a un número cada vez menor, en términos relativos y absolutos, de población; en la baja elasticidad del empleo que genera el crecimiento económico y en su carácter predominantemente informal, de baja productividad y en condiciones de precariedad.

¿Implica esto una suerte de dualización de la sociedad, ricos por un lado y pobres por el otro? No parecería ser así. Se trata de una conformación mucho más compleja, en las que la dispersión de los sectores medios, con un empobrecimiento significativo de muchos de ellos, la urbanización de la pobreza estructural, la aparición de nuevos "nuevos ricos" y "nuevos pobres", conforman un mapa social distinto al que se conocía hace una década.

Desde la óptica de las políticas sociales, y más en general desde las políticas públicas, resulta crucial contar con una hipótesis respecto a las tendencias prevalecientes y tipo de sociedad que se está conformando. Sólo con base en esta y en objetivos consensuados respecto a la direccionalidad que se busca, es posible discutir la orientación y contenido de las mismas.

La hipótesis que se está formulando, y que se sustenta empíricamente, es que la estructura social de la mayor parte de los países de la Región se ha complejizado y heterogeneizado. La concentración del ingreso ha aumentado, es decir hay ricos más ricos, pero simultáneamente una porción significativa de los sectores medios se ha empobrecido mientras que, en algunos países, los más pobres han mejorado su situación relativa, reflejado en un incremento de la mediana y media de ingresos. Esto último no implica que el problema de la pobreza no esté presente o no se haya agravado en América Latina. Sino que, por una parte, el campo de la pobreza se ha complejizado pues en el mismo se deben incluir no sólo a los pobres "históricos", sino también a los "nuevos" pobres provenientes de sectores medios empobrecidos. Estos "nuevos" pobres, además de características socio-demográficas distintas, tienen formas de relaciones sociales y modos de integración disímiles de los pobres "históricos". A esto se ha agregado una amplia zona de vulnerabilidad económica y social, de grupos no incluidos en la nueva modalidad de economías abiertas.

Las situaciones de inclusión plena abarcan a grupos privilegiados de la población, algunos de los cuales acumulan una significativa porción de la riqueza. Entre ambos grupos se presenta una diversidad de situaciones de semi-inclusión que establecen un continuo movimiento entre los mismos.

Finalmente cabe señalar que no se trata de situaciones estratificadas, en particular en la zona de vulnerabilidad existe un dinamismo dado por el proceso de cambios que se están viviendo, produciéndose una suerte de "desigualdad dinámica" la que cambia su contenido y quienes la integran (Fitoussi y Rosanvallon, 1996).

Como se mencionó, esto permite avizorar no una situación de dualidad, pero sí, sociedades con amplios sectores de la población desintegrados o no plenamente integrados. Esta desintegración se da en diversas esferas de la vida social y con distintas intensidades.

De continuar la tendencia prevaleciente, América Latina entrará en el siglo XXI con serios problemas de integración social e inequidad sin resolver, y con una mayor diversidad y amplitud de situaciones de vulnerabilidad social. Es posible, y deseable, que en algunos países haya circunstancialmente disminuido la pobreza extrema e inclusive, en términos relativos, la pobreza total. Sin embargo, es altamente probable que los signos de desintegración social, política, cultural y los "problemas" sociales se hayan incrementado.

Se postula que salvo que se efectúen modificaciones cualitativas en la orientación de las políticas económicas y sociales de modo que, no continúen "esquivando" explícitamente la redistribución del ingreso y la riqueza, la desigualdad social se mantendrá en sus niveles actuales o aumentará y, la vulnerabilidad social continuará incrementándose y alejando las posibilidades de construir sociedades integradas en términos del ejercicio de derechos y ciudadanía.

IV. COMENTARIOS FINALES

Desde el punto de vista metodológico, se pueden señalar los siguientes aspectos centrales acerca del marco constituido por los conceptos exclusión-vulnerabilidad-inclusión:

a) Se constituye a partir del marco constituido por los derechos políticos, civiles y sociales como elementos bases para la construcción de una ciudadanía plena y de sociedades integradas. Esto tiene implicaciones directas en la visión política, la formulación de políticas públicas y programas sociales, etc.

b) Está directamente relacionado con la constitución de ciudadanía. En este sentido, permite relacionar la esfera social con la política, civil y económica en un todo interactivo.

c) Toma en consideración los aspectos económicos y los sociales de manera explícita e interrelacionada.

d) Se refiere a la sociedad como un todo interactivo, evitando el habitual riesgo de mirar sólo al extremo de los excluidos o los pobres sin referirse al resto de la sociedad. Complementa y potencia el análisis de la pobreza.

e) Permite incorporar el dinamismo que caracteriza las actuales relaciones sociales. La posibilidad de definir distintas esferas de inclusión-exclusión, lo que da lugar a diferentes y cambiantes situaciones de vulnerabilidad.

f) Incorpora las nuevas condiciones de desigualdad bajo un esquema integrado con las desigualdades que históricamente vienen sufriendo los sectores relegados.

g) Es observable empíricamente (ver anexo) y puede ser utilizado para orientar políticas públicas desde el concepto de derechos, considerando a la población excluida y vulnerable no como objetos de política, sino como sujetos.

Tomando en consideración este marco, es posible señalar que el actual proceso económico y social está dando lugar a un incremento y diversificación de situaciones de vulnerabilidad que se pueden cristalizar en sociedades con una fuerte tendencia a la exclusión social y económica.

La tendencia central es hacia la conformación de sociedades excluyentes en las que la vulnerabilidad es la regla y no la excepción, donde los jóvenes en su gran mayoría no encuentran lugar, y donde se mira hacia el futuro con temor, con inseguridad y con desesperanza por lo inevitable.

Esto conduce a la necesidad de plantear un cambio, una transformación en los modelos actualmente prevalecientes. Cualquier alternativa que se plantee deberá dar centralidad a la problemática de la inclusión social integrada en el marco de una creciente expansión de la ciudadanía, en particular en el ámbito de los derechos sociales y de la democracia.

V. BIBLIOGRAFÍA

Beccaria, L. y Minujin, A., (1991): Sobre la Medición de la Pobreza. Mimeo. UNICEF Argentina.

Bhalla, A.S.; Lapeyre, F. (1994): A note on Exclusion, Geneva, IILS, mimeo.

Boltvinik, Julio: *Conceptos y mediciones de la pobreza predominantes en América Latina, evaluación crítica en Pobreza, Violencia y Desigualdad*, Retos para la Nueva Colombia, PNUD.

Bulmer-Thomas, Víctor (1996): *The New Economic Model in Latin America and its Impact on Income Distribution and Poverty*, MacMillan Press Ltd.

Bustelo, E. (1997): "Expansión de la Ciudadanía y Construcción Democrática", en *Todos Entran*, UNICEF/Santillana.

Bustelo, E.y Minujin, A. (1997): "La Política Social Esquiva en Espacios", *Revista Centroamericana de Cultura Política*, julio/diciembre, No. 8, San José, Costa Rica.

Carnoy, M. (1992): *Early Childhood development: Investing on Future*, Washington, D.C., Banco Mundial.

Castel Robert (1995a): *Les métamorphoses de la question sociale. Une chronique du salariat*, Fayard ed., Paris.

— (1995b): *Les pieges de l' exclusion,* Lien Social Et Politiques- RIAC, 34 Automne.

— (1997): "La Lógica de la Exclusión", en *Todos Entran*, UNICEF/Santillana.

Commission of the European Communities (CEC) (1993): *Towards a Europe of Solidarity, Intensifying the fight against social exclusion, fostering integration,* Brussels.

CEPAL (1993), (1994), (1995) y (1996): Panorama Social de América Latina, Santiago, Chile.

Faría, Vilmar (1995): "Social Exclusion and Latin American analyses of poverty and deprivation", on *Social Exclusion: Rhetoric, Reality, Responses.* Edited by Gerry Rodgers, Charles Gore and José Figueiredo.

Fitoussi, Jean-Paul y Rosanvallon, Pierre (1996): *Le nouvel âge des inégalités,* Editions du Seuil, Paris.

Grazier, B. (1996): "L'implicites et imcompletes: les Theories economiques de L'exclusion" en *L'exclusion l'état des savoirs*, Ed. La Recouverte, Paris.

Guillebaud, Jean-Claude (1995): *La Traición a la Ilustración. Investigación sobre el malestar contemporáneo*, Ediciones Manantial.

Jordan, Bill (1996): *A Theory of Poverty & Social Exclusion*, Polity Press.

Kessler, Gabriel y Goldbert, Laura (1996): "Latin America: Poverty as a Challenge for Government and Society", en Oyen, E., Miller, S.M. y Samad, S. (eds.), *Poverty: A Global Review,* Handbook on International Poverty Research, Oslo, Scandinavian University Press.

Kuttner, Robert (1996): *Everything for Sale. The Virtues and Limits of Markets, A 20th Century Fund Book*, Alfred Knopf, New York.

Leman, Nicholas (1997): "When Markets Fail", en *The New York Times, Book Review,* January 26.

Morin, Edgar et Naïr, Samir (1997), *Une politique de Civilizacion,* Arlea, Paris.

Minujin, Alberto (ed.) (1992): *Cuesta Abajo. Los Nuevos pobres: efectos de la crisis en la sociedad argentina,* UNICEF/Losada.

Minujin, Alberto y Kessler, G. (1995): *La nueva pobreza en la Argentina*, Temas de Hoy, Editorial Planeta, Argentina.

Minujin, A. y Sainz, P.: "Indicators and Information for the New Latin American Social Structure", Presentado en la Reunión del International Statistical Institute (ISI), Turquía.

PNUD (1995): Informe Sobre Desarrollo Humano, Fondo de Cultura Económica, EE.UU.

Putnam, Robert (1993): Making Democracy Work, Princeton University Press.

Rodger G., C. Gore, J.B. Figueiredo (eds.), (1995) *Social Exclusion: Rhetoric, Reality, Responses*, ILO-UNDP, Geneva.

Rowntree, B.S. (1941): *Poverty, A study of town life in Poverty and Progress*, London, 1941.

Rubery, Jill (ed.) (1985): *Women and Recession*, Routledge & Kegan Paul, London.

Schnapper, D. (1996): "Integration et exclusion dans les sociétés modernes", in *L'exclusion l'état des savoirs*, Ed. La Recouverte, Paris.

Sen, Amartya (1992): "Sobre conceptos y medidas de pobreza", en *Comercio Exterior*, Vol. 42, 4.

— (1992): *Inequality Reexamined*, Harvard University Press, Cambridge, Mass.

Setubal, Maria Alice (1997): Educación y Convivencia Democrática Documento Interno de Trabajo, UNICEF, Oficina Regional para América Latina y el Caribe.

Stewart, Frances (1997): "La Insuficiencia Crónica del Ajuste", en *Todos Entran*, UNICEF/Santillana.

UNICEF, FAO, ILO, OECD, UNESCO, UNIFEM, UNRISD, UN, UNU (1995), World Summit for Social Development.

UNICEF (1996): Opinion Polls: A Tool for Monitoring and Evaluation: The LAC Experience Regional Office for Latin América and The Caribbean, Santafé de Bogotá, Colombia.

UNICEF/Oficina Regional para América Latina y el Caribe (1997a): Enfoque de derechos, formulación de políticas y programación, Documento de Trabajo Interno.

UNICEF/Oficina Regional para América Latina y el Caribe (1997b): Derechos e Inclusión Social: desafíos para el Siglo XXI Documento presentado en el Foro América Latina-Europa para un Desarrollo Social Sostenible en el Siglo XXI.

Wieringa Saskia (comp.) (1995): Triángulo de poder, TM Ed., Bogotá.

Xiberras, Martine (1996): *Les théories de l'exclusion,* Masson & Armand Colin Editeurs, Paris.

DESREGULACIÓN LABORAL, ESTADO Y MERCADO EN AMÉRICA LATINA: BALANCE Y RETOS SOCIOPOLÍTICOS

Wilfredo Lozano

INTRODUCCIÓN

Una de las paradojas más evidentes, y por ello no menos dramática, de las opciones neoliberales, hoy hegemónicas en América Latina, es el reconocimiento de que los procesos desreguladores de la economía que han acompañado a los ajustes y programas de reestructuración se han asumido como condiciones de la competitividad y vínculo de la región al sistema mundial, bajo la lógica de la globalización. Sin embargo, es este proceso el eje central de la presencia de un amplio sector informal en expansión, el cual para sostenerse, precisamente, se organiza en base a objetivos económicos de simple sobrevivencia, cuando se lee el fenómeno con ojos puestos en las familias trabajadoras excluidas de los sectores modernos de la economía, o de mecanismos de simple subcontratación, apoyados en el uso intensivo de mano de obra barata como ejes de la inserción al mercado mundial, cuando se trata de emergentes sectores económicos como los nuevos transables.

La hipótesis metodológica de la cual se parte en este trabajo es relativamente simple: un modelo de desarrollo (y por ello entendemos tanto un régimen de acumulación como un esquema de regulación económica), no puede sostenerse únicamente en la racionalidad que ordena las acciones de sus agentes económicos. Demanda de una estrategia de hegemonía de sus actores dominantes, precisamente como condición de su reproducción social y económica. Corresponde al Estado una función central en el propósito de alcanzar dicha hegemonía, pero son los actores del sistema sociopolítico los que definitivamente producen y organizan las posibilidades de alcanzarla.[1]

Independientemente de sus éxitos económicos,[2] el neoliberalismo latinoamericano enfrenta, en tanto esquema de acumulación, dificultades de orden sociopolítico que, en el mejor de los casos, le dificultan la producción de un espacio de hegemonía sobre los actores laborales. Con ello el nuevo modelo económico (NME)[3] en desarrollo choca con obstáculos sociopolíticos que potencialmente pueden revertirse sobre sus éxitos económicos. En este artículo se discuten básicamente algunos de esos obstáculos y se ponderan algunas de su posibles consecuencias. Específicamente, se trata de discutir: 1) la debilidad del potencial de generación de empleos productivos por el NME, 2) la desregulación del mercado laboral y sus consecuencias excluyentes en el plano social y político, 3) la informalización del mercado de trabajo urbano y su impacto en el potencial de organización corporativa y política de los trabajadores, 4) el papel del Estado en el NME, particularmente su capacidad de intervención en el mundo del trabajo y de gobernabilidad democrática, 5) la presencia estructural de la pobreza en el NME y las contradicciones que los programas sociales tienen al respecto y finalmente, 6) algunas de las implicaciones políticas de la hegemonía empresarial en el NME.

1. Vale la pena dejar establecido aquí que si bien la teoría de la regulación puede dar cuenta de la lógica organizativa y dinámica del régimen de producción y del proceso de acumulación, destacando la racionalidad que articula las relaciones entre los actores económicos, a partir de su matriz conceptual, por sí sola no se puede explicar el efecto que sobre la lógica reguladora del proceso económico producen los actores en su expresión política. Esto último remite a un marco más amplio que involucra no sólo al Estado, sino a los grupos de intereses en la sociedad civil y al propio sistema político.

2. Para un balance de las políticas de apertura y reforma del Estado de corte neoliberal véase a Ramos (1997).

3. En Bulmer-Thomas (1997) se realiza una de las mejores evaluaciones acerca del impacto del NME en la desigual distribución de ingreso y el crecimiento de la pobreza que se observa en la región. Bulmer Thomas define al NME por la integración de los siguientes elementos: 1) el reemplazamiento de la orientación del crecimiento de un esquema orientado hacia adentro por uno basado en las exportaciones, 2) el desplazamiento del papel directivo del Estado en la conducción de la economía por las fuerzas del mercado, 3) la liberalización comercial, 4) la reforma del mercado laboral orientado hacia una mayor flexibilización y desregulación laboral y 4) la privatización de las empresas en manos del Estado.

NUEVO MODELO ECONÓMICO (NME), DESREGULACIÓN Y MERCADO DE TRABAJO

Tras el fin de la segunda guerra mundial, y el ascenso de la hegemonía norteamericana en el sistema internacional, se organiza un nuevo orden o régimen de producción que implicó una nueva lógica de acumulación y un nuevo esquema de regulación económica. Se ha definido a este orden socioeconómico como "fordista".[4] Varios aspectos caracterizaron al fordismo. En primer lugar, el fordismo elevó las escalas de producción a dimensiones nunca vistas en el mundo capitalista, de forma tal que los propios trabajadores se integraron a esta dinámica económica no sólo como agentes productores, sino también como los principales sujetos consumidores: se trata de la producción, distribución y venta a escala de masas. En segundo lugar, el fordismo implicó una lógica productivista que no se conformaba con las dimensiones del mercado nacional, expandiéndose el capitalismo en una escala planetaria. En esta dinámica el salariado se extendió como la forma hegemónica de organización laboral, en esquemas productivos de corte tayloristas en grandes talleres o fábricas. Asimismo, las relaciones obrero/patronales asumieron, en lo que respecta a los contratos de trabajo, una lógica negociadora donde predominaban los contratos colectivos por encima de los individuales, los acuerdos por ramas o sectores por encima de los acuerdos empresariales e incluso acuerdos nacionales de negociaciones salariales marcaban la pauta del tipo de relaciones laborales que en la fábrica o taller se establecían. Ello dio pie a la estructuración de mercados laborales a escala nacional regulados donde el Estado tenía un gran poder de intervención y ordenamiento, tanto en lo que compete a las lógicas o normas de las negociaciones, como a la fijación de escalas salariales mínimas, organización y control de la seguridad social, por no decir del fuerte peso estatista que la propia legislación laboral sostenía en dicho esquema. En la práctica, dicha legislación laboral suponía un ordenamiento jurídico de carácter universal, que en principio debía cubrir al conjunto de los trabajadores. Pero quizás lo más importante era que la propia lógica reguladora del mundo del trabajo tendía, por su vocación universalista y por el fuerte peso del intervencionismo estatal, a proteger los acuerdos laborales de las fluctuaciones del ciclo económico, como de los cambios que el propio régimen de acumulación se viera forzado a asumir (Campero, Flisfich, Tironi y Tokman, 1993).

---

4. La literatura sobre el fordismo es muy amplia. Para nuestros fines, que persiguen sobre todo el análisis de la lógica económica de dicho sistema productivo en el plano del mercado laboral, basta con referir el texto de Sabel (1985), que tiene la virtud de presentar un análisis de la dimensión política del fordismo. Para una visión del debate sobre el fordismo en sus implicaciones para América Latina véase a de la Garza (1993), R. Dombois y L. Pries (1994) y A. Lipietz (1997).

En esas condiciones, dado el peso del intervencionismo estatal y la propia lógica del proceso de negociación obrero/patronal, el movimiento obrero priorizó la organización federativa y nacional por sobre la local en el lugar de trabajo, asumiendo una visión hegemonista respecto a los restantes actores sociales no empresariales. Esto determinó un sindicalismo fuertemente organizado a nivel nacional, estructurado burocráticamente y estrechamente vinculado a los partidos socialistas o socialdemócratas, lo que produjo un amplio margen y capacidad negociadora de los trabajadores respecto al empresariado.

Aun cuando una de las características del fordismo como modelo productivo y de orden económico dominante de la posguerra fue su universalización, en América Latina el orden capitalista asumió especificidades propias.[5] Por lo pronto, en la región el trabajo asalariado nunca alcanzó la universalización que en los países industriales de los centros capitalistas mantuvo hasta hace unos años (Portes, Castells y Benton, 1990).[6] Por lo demás, las formas del intervencionismo estatal, aun cuando en sus consecuencias económicas terminaron fortaleciendo a sectores monopolistas locales, nunca alcanzaron el peso regulador de los centros. Sin embargo, en América Latina el estado sí mantuvo una mayor presencia en la economía, como agente empresario, que en países como Estados Unidos, Inglaterra, Japón y Alemania (Fajnzylber, 1983). De esta forma, grandes monopolios como PEMEX en México, Petrobras en Brasil, los monopolios auríferos de Bolivia, Chile, Jamaica, y las corporaciones azucareras estatales del Caribe, en el ámbito de sus respectivos países condicionaban el curso mismo de la economía en la región (Fajnzylber, 1983).

En el plano político hubo también sus significativas diferencias. Mientras en los centros capitalistas industriales desarrollados el fordismo se apoyó en una clase obrera organizada en grandes sindicatos, que, como afirmamos, por lo general mantenían fuertes lazos con partidos socialdemócratas o socialistas (Sabel,

5. El texto de Campero, Flisfich, Tironi y Tokman (1993) constituye una de las reflexiones más sistemáticas relativas al impacto del nuevo orden económico internacional en Latinoamérica en sus consecuencias para el mundo del trabajo. Muchas de las reflexiones del presente artículo se orientan al diálogo con la perspectiva que estos autores establecen. En cuanto a la cuestión propiamente sindical, véase a de la Garza (1993), Portella y Wachendorfer (1995) y a Campero y Cuevas (editores) (1991), que discuten las consecuencias para el sindicalismo latinoamericano de los cambios modernizadores de las empresas fabriles latinoamericanas, como de los procesos políticos de cambio democrático.

6. Por ejemplo, entre 1980-1987 el crecimiento sectorial del empleo ya revelaba una fuerte presencia y dinamismo del sector informal en la economía urbana. En dicho período mientras el empleo formal privado total creció apenas en un 17%, el SIU lo hizo en un 56%, el empleo total en un 25% y el desempleo en un 16%. Véase a PREALC (1988). Para un análisis de estas tendencias globales véase a Roubaud (1995).

1985), y el movimiento obrero mantuvo una significativa autonomía respecto al Estado (Montgomery, 1985; Portes, 1995; Lozano, 1997), en la región el rasgo fundamental de la movilización obrera fue el populismo (Lozano, 1997).

La movilización populista no tenía como su centro articulador a la clase obrera organizada, sino a un tinglado heterogéneo de fuerzas sociales, entre las cuales se encontraba ciertamente el movimiento obrero organizado, pero que no se limitaba a él. Allí confluían sectores medios, burocracias estatales comprometidas con el nacionalismo desarrollista, y sobre todo la elite política urbana antioligárquica (Weffort, 1993).

El industrialismo promovido en la región tenía un carácter distinto al que sostenía la experiencia fordista en los centros. En Latinoamérica fue la industrialización por sustitución de importaciones el eje del esquema de crecimiento hacia adentro, mientras en los centros la producción industrial tenía una tendencia a la expansión internacional (Fajnzylber, 1983; Portes y Kincaid, 1990). La sustitución de importaciones se apoyó en un salariado formal limitado y escaso, con amplios privilegios en materia de seguridad social, mientras en los centros el salariado era amplio y de masas.

Orden fordista de posguerra y modelo de desarrollo hacia adentro
en América Latina vía sustitución de importaciones

Elementos estructurales	Fordismo	Sustitución de importaciones
Organización del trabajo	Taylorismo	Taylorismo salvaje proteccionista
Modelos de acumulación y mercados	Producción y consumo de masas	Mercado interno limitado
Esquema de regulación	Regulacionismo universalista	Regulación y proteccionismo del núcleo formal de trabajadores de la ISI y desregulación del núcleo informal
Organización corporativa del trabajo	Movimiento obrero de masas y apoyo de los grandes partidos	Limitada y clientelar organización de los trabajadores
Esquema de alianza	Estado de bienestar	Pacto populista

El esquema de arriba resume las principales características del fordismo en su expresión en los centros y del industrialismo sustitutivo de importaciones en América Latina, en base a cinco elementos: la organización del trabajo, las relaciones entre el régimen de acumulación y los mercados, el esquema regulador de las relaciones laborales, la expresión corporativa de los trabajadores y finalmente el papel del Estado.

Mientras el fordismo se apoyó en una lógica productivista, en torno al taylorismo fabril, en Latinoamérica el taylorismo nunca tuvo una aplicación masiva en su vertiente clásica. Más bien se trató de un taylorismo limitado por el proteccionismo y aplicado de manera salvaje, precisamente a consecuencia de la debilidad del sindicalismo obrero (de la Garza, 1993; Lipietz, 1997). En los países capitalistas centrales el fordismo no puede asumirse limitado al ámbito fabril, pues este modelo de organización del trabajo envolvió al mercado y en ambos casos se trató de un modelo de masas, que expandió el consumo del salariado (Sabel, 1985). En cambio, en Latinoamérica los trabajadores urbanos y la población rural nunca lograron integrarse masivamente al mercado como fuente de consumo de masas para la producción industrial (Weffort, 1993). Dado el peso determinante del Estado y la extensión del salariado, y debido a la presencia política nacional de grandes partidos de masas y de un movimiento obrero organizado, la regulación del trabajo y la protección benefactora del Estado alcanzó en los centros capitalistas a toda, o casi a toda, la sociedad. En cambio, en la periferia latinoamericana la protección estatal sólo cubrió a un segmento protegido de los trabajadores y a los grupos medios (Roberts, 1998; Bustelo y Menujin, 1997). La mayoría de la población en la práctica nunca alcanzó una efectiva protección en el régimen de seguridad social (BID/Mesa Lagos, 1991). El esquema de alianzas en que se sostuvo el fordismo en los centros capitalistas remite a un amplio acuerdo entre el Estado, el empresariado, el movimiento obrero organizado y los grandes partidos de masas (Navarro, 1997); en cambio, en América Latina el industrialismo capitalista orientado a la sustitución de importaciones, en el plano político, se apoyó en el Estado populista, sostenido en un heterogéneo e inestable equilibrio de compromisos entre el reducido movimiento obrero organizado, los partidos populistas, la burocracia de Estado, las clases medias y el reducido empresariado industrial (Weffort, 1993).

A mediados de los años setenta, este orden sociolaboral y productivo entró en crisis, fortaleciéndose a escala planetaria un nuevo esquema o régimen de producción que podría definirse como "posfordista". Según Coriat (1990), en el ámbito del proceso productivo el posfordismo se articularía en torno a la especialización flexible, pero también remitiría a un nuevo modelo de integración entre la producción y el consumo, donde la innovación tecnológica ocuparía quizás el lugar articulador central. En la sociedad informacional, como Castells (1997) denomina al emergente orden societal en gestación a escala planetaria, articulado en redes globales de producción y consumo, el trabajo se determinaría por nuevas características. Por lo pronto, el valor añadido se generaría sobre todo por la innovación, tanto del proceso de trabajo como del producto, la ejecución de tareas se hace más eficiente, adquiere un lugar central la labor de organización e innovación en el proceso de trabajo, dada su capacidad de adaptación a las demandas externas y su flexibilidad consecuente, siendo, finalmente, la tecnología de la información el ingrediente crítico que articula la lógica del proceso.

Ahora bien, en América latina el shock petrolero de 1974 dio la voz de alarma del agotamiento del modelo sustitutivo de importaciones (ISI). La crisis de la deuda de 1982 dio la pauta para el inicio de medidas de ajuste que rápidamente evolucionaron hacia la conformación de esquemas de política económica desreguladoras que en la práctica desmontaron, entre 1982 y el presente, el viejo esquema proteccionista-estatista (Bulmer-Thomas, 1998).

Entre mediados de los años setenta y los años noventa se articuló en la región un nuevo modelo económico. En términos de la organización del trabajo y la lógica regulatoria de la economía el elemento clave de este nuevo modelo es la pérdida del poder interventor del Estado. Esta reorganización socioproductiva y laboral debilitó la centralidad hegemónica que el salariado ocupaba en el dinamismo de los mercados laborales y creó situaciones de extrema flexibilización en la actividad productiva. En esta nueva situación, se expandió el trabajo informal y en general se desarrollaron formas y mecanismos de subcontratación del trabajo, que debilitaron la presencia del trabajo formal como esquema central de las relaciones laborales en la esfera productiva (Portes, Castells y Benton, 1990). La tendencia hacia la internacionalización se acentuó y en general se produjo una reversión del proteccionismo estatal, que dio, como resultado, un esquema y una organización del trabajo no sólo descentralizado y flexible sino menos regulado (Campero, Flisfich, Tironi y Tokman, 1993; Portes, 1995). El keynesianismo estatal que estimulaba la protección del trabajador por el Estado fue abandonado, desarrollándose una ola privatizadora, no sólo de las empresas industriales en manos del Estado, sino del manejo de servicios sociales básicos como la producción de energía, comunicaciones y salud (Navarro, 1997; Castells, 1997; Díaz, 1995).

La flexibilización del mercado laboral supuso el reordenamiento de los términos políticos en que se había apoyado el pacto populista. Por lo pronto, la flexibilización dio pie al rompimiento y anulación de los esquemas de relaciones laborales que protegían a la fracción asalariada de los trabajadores vinculados al esquema de crecimiento hacia adentro. En virtud de ello, por ejemplo, el causal de despidos por motivos económicos fue abiertamente reconocido y legislado, los horarios laborales fueron flexibilizados, se fortalecieron los contratos individuales por sobre los colectivos, así como los esquemas de contratación temporales y la subcontratación adquirieron cada vez mayor importancia (Campero, Tironi, Flisfich y Tokman, 1993).

De todos modos, a diferencia de los centros capitalistas de alta tecnología, en Latinoamérica la desregulación no ha tenido hasta ahora un carácter sistemático y universalizante. Las legislaciones laborales, todavía en muchos aspectos, mantienen la normativa jurídica del orden "fordista" y en la práctica la flexibilización se ha apoyado en la informalización espontánea del mercado laboral y una desregulación de facto del mundo del trabajo.[7]

REESTRUCTURACIÓN ECONÓMICA EN LOS NOVENTA Y MERCADO DE TRABAJO

Los cambios socioeconómicos que caracterizaron los procesos de ajuste y reestructuración en los ochenta y principios de los noventa afectaron significativamente la organización del trabajo, pero sobre todo el orden de relaciones obrero/patronales, lo que modificó, a su vez, el dinamismo de los mercados laborales.

Quizás el cambio más relevante en el dinamismo de los mercados laborales en los noventa es su creciente informalización.[8] De esta forma, según los datos de la OIT (1997) entre 1990 y 1996 el sector informal urbano (SIU) elevó su participación en la absorción de mano de obra urbana ocupada de un 51,6% a un 57,4%. En este

---

7. Es éste un punto decisivo del debate en torno a las políticas neoliberales. A diferencia de las reformas fiscales, de los procesos de privatización y de la apertura comercial con la reducción de aranceles y otras estrategias de estímulo al comercio exterior, la desregulación del mercado laboral no ha tenido que esperar a la reforma "legal" de los códigos laborales, pues el proceso de informalización ha impuesto su lógica, con la consecuente pérdida de capacidad negociadora de los trabajadores en su conjunto. Cuando se toma como argumento la "tardanza" de la reforma desreguladora en el ámbito laboral, de hecho sólo se está tomando en cuenta al segmento formal de la clase trabajadora urbana, puesto que en el ámbito del trabajo informal ya se opera en condiciones "desreguladas", con las consecuentes ventajas para el empresariado en actividades subcontratadas y en sectores punta como la maquila.

8. Es necesario hacer la distinción entre el crecimiento del sector informal urbano (SIU) que se observa en los noventa y la desregulación. Que el SIU se convierta en el sector dinámico y principal en materia de absorción de mano de obra en las ciudades latinoamericanas no significa que sea la economía informal el motor del proceso de desarrollo. Bien puede suceder lo contrario y, de hecho, sucede: muchos de los puestos laborales que se crean en el SIU son simplemente la expresión de su precariedad como sector, no de su dinamismo. Por otro lado, si asumimos con Portes que el sector informal se define como "todas las actividades generadoras de ingresos que no están reguladas por el Estado en un ambiente social donde actividades similares están reguladas" (Portes, Cartells y Benton, 1990), entonces la desregulación del mercado laboral no debe confundirse con informalización, esta última aparece como una de sus expresiones más importantes, pero no la agota. De esta manera la desregulación del mundo del trabajo que hoy observamos en la región asume otras modalidades, incluso en los sectores formales, como es el caso de los cambios en los regímenes de contratación de mano de obra asalariada que hacen más flexible el manejo de los contratos, la fijación de tarifas salariales, condiciones de despido, etc.

proceso, el mayor dinamismo de crecimiento del SIU se produce en las microempresas pese a que el cuentapropismo también aumenta de manera significativa. El empleo microempresarial creció entre 1990-96 a una tasa de 5,2%, mientras los trabajadores cuenta propia aumentaban su participación a una tasa del 4,6% (Cuadro 1).

En ese mismo período, en el sector formal y moderno de la economía el empleo público se reduce (de un 15,3% a un 13% entre 1990-96). Sin embargo, es el empleo en las grandes empresas privadas el que sufre una mayor contracción (de un 33% al 29,6% entre 1990 y 1996) (Cuadro 1).

Esta contracción del empleo formal moderno y la elevación del empleo informal se relaciona con los siguientes aspectos: 1) pese a que el desempleo no ha tenido un aumento como el observado en los ochenta, su proporción se mantiene en niveles muy significativos; 2) esto afecta más a las mujeres que a los hombres y a los jóvenes de recién ingreso al mercado de trabajo que a los adultos y viejos (BID, 1997); 3) en tercer lugar, reconocemos el aumento de las tasas de participación, correlativo con el deterioro de los salarios reales y el descenso del nivel de ingreso de las familias trabajadoras, que las obliga a incorporar más miembros del hogar al mercado de trabajo (CEPAL, 1997 y 1997b).

Es esto lo que a lo largo de los noventa ha mantenido alta la oferta de trabajo (OIT, 1997), a lo que se añade el hecho de un nivel de generación de empleo de apenas 3,5% en los últimos años (1996/1997). La OIT destaca que pese al ligero descenso del desempleo abierto en los años 1996/97, en un contexto de crecimiento caracterizado por niveles de inversión moderados o bajos (de alrededor del 3%) no ha habido importantes aumentos de la productividad del trabajo.

Si bien estas son las tendencias generales del mercado de trabajo en la región, a nivel de los países hay una gran heterogeneidad. Tomemos como marco comparativo nueve países: Argentina, Brasil, Colombia, Chile, Costa Rica, México, Panamá, Perú y Venezuela.

Respecto a estos países observamos que en sus mercados de trabajo el SIU mantiene una significativa presencia, pero la misma es muy heterogénea: 1) en Brasil, México y Venezuela el SIU aumentó en el período 1990-96 entre un 3% y un 5%; 2) en Chile, Colombia y Panamá descendió entre un 1% y un 2%; y 3) en Argentina se mantuvo prácticamente estable. En la mayoría de los países el SIU sobrepasa el 40% de la PEA urbana, pero es en Brasil y en Perú donde su proporción se eleva por encima del 50%. Es en Chile donde el SIU tiene una proporción significativamente menor a la del resto de los países, mientras en Venezuela pasa de un nivel semejante al de Chile a alcanzar las proporciones que Argentina y México observan a final del período (1996) (Cuadro 2).

Sectorialmente el SIU tiene una distribución relativa muy desigual. Para los nueve países analizados conserva la característica que le ha sido propia desde los ochenta: el amplio peso del comercio como actividad económica de los informales. Esto es común a los nueve países que aparecen en el Cuadro 2. Sin embargo, salvo en Venezuela, la tendencia es a la pérdida de importancia relativa del comercio en el SIU. En segundo lugar, apreciamos el amplio crecimiento relativo de la actividad industrial-manufacturera. Salvo en los casos de Brasil y Chile, para 1996 el empleo informal en esta rama sobrepasa el 30% de la ocupación industrial en el resto de países. El tercer aspecto relevante es la pérdida de dinamismo de los servicios como actividad de los informales, aunque dicho sector conserva su significativo peso, la excepción es Brasil y Perú donde el trabajo informal concentra la mayoría de la ocupación en esta rama: 71% y 47%, respectivamente. En cuarto lugar, apreciamos que la actividad de construcción continúa siendo una rama de ocupación importante para los informales, pero esta presencia es heterogénea: muy estable y alta en Argentina, descendiente en Chile, ascendiente y de gran concentración en Brasil, Costa Rica, México y Venezuela. Finalmente, en Brasil, México y Colombia la ocupación informal en el sector finanzas es poco dinámica, mientras en los restantes países es muy dinámica, pese a que concentra una baja proporción de trabajadores; el caso argentino es excepción, pues en este país esta rama concentra alrededor del 30% del empleo en el SIU.

Dado el bajo dinamismo del sector moderno en generar empleos productivos, y la rápida incorporación de mano de obra al mercado laboral, el SIU se ha convertido en el principal generador de empleo en la región. Vemos así que salvo en Chile y Colombia, es el SIU el que concentra la mayor proporción de nuevos empleos: 81% en Brasil, 53% en Argentina, 58% en México, 77% en Venezuela, 69% en Perú. En cambio, en Colombia el sector moderno concentra entre 1990-96 el 63% de los nuevos empleos y en Chile el 71% (Cuadro 3). En Argentina el SIU ha sido poco dinámico en la generación de nuevos empleos, aun cuando es muy alta la creación de empleos informales en las microempresas. Lo importante del crecimiento del SIU es que, a diferencia de los años ochenta, este crecimiento favorece sobre todo al empleo en las microempresas, y sólo en menor proporción al trabajo por cuenta propia. Este es un claro indicador de que en el interior del SIU se está generando un relativo dinamismo modernizador con posibilidades de crecimiento y desarrollo.[9]

---

9. No puede asimilarse mecánicamente el crecimiento de las microempresas a los procesos de apertura sin correr el riesgo de la simplificación. Es claro que el "retiro" del Estado de la regulación mercantil en importantes áreas de la economía, al desproteger a muchos segmentos laborales en ciertos núcleos, ha estimulado la opción microempresarial. Pero el éxito de éstas se debe más a la intervención estatal en programas dirigidas al estímulo de las microempresas que a su retiro. A esto se añade la intervención de importantes variables no económicas para, precisamente, sostener el éxito económico microempresarial (capital social), tales como: 1) el papel activo de redes sociales y 2) el rol decisivo de la familia microempresaria. Véase a Portes (1995).

En lo referente a su impacto en el mercado trabajo, además del crecimiento del sector informal, la característica principal del NME es la significativa permanencia del desempleo abierto y del subempleo. Ambos casos expresan aspectos distintos de una misma realidad, pero las implicaciones de ese matiz deben destacarse. Mientras el desempleo se relaciona directamente con la baja capacidad de generación de empleos productivos en el sector moderno, el subempleo es, sobre todo, un resultado de la baja productividad de los sectores tradicionales e informales.[10]

Los expertos del BID (1997) reconocen las realidades hasta aquí descritas y señalan en el informe de 1997 que ciertamente el desempleo ha aumentado en la región, aunque puntualizan que, salvo Argentina, la tasa de desocupación abierta registra un peso menor y su tasa de incremento permanece por debajo de la observada en los mediados de los años ochenta.[11] Admiten incluso que si bien las reformas han acelerado el crecimiento no han logrado elevar al ritmo requerido la tasa de creación de empleo. Destacan que esto no es un producto inevitable de las reformas, sino de la débil flexibilización de los mercados laborales. A su juicio, reformas más profundas, que continúen profundizando el crecimiento y flexibilicen el mercado laboral, pueden elevar la tasa de empleo.

Estas reformas laborales se han concentrado en moderar los costos del causal de despido, facilitar el despido por causal económico y la contratación temporaria. Pero, quizás, el aspecto más importante es la elevación de la relación capital/trabajo que se observa en los noventa. El BID sostiene que debido a las rigideces del mercado laboral el aumento de la relación capital/trabajo no ha logrado, sin embargo, influir positivamente en el aumento del ritmo de generación de empleo. Reformas más profundas pueden revertir esta situación, si se flexibilizan los mercados laborales facilitando la movilidad inter-sectorial de la fuerza de trabajo, argumenta el BID (1997).

El BID tiene razón al sostener que el aumento de la relación capital/trabajo es deseable, pues es condición del aumento de la productividad, lo malo es que esto no ha venido acompañado del incremento del empleo. Es probable –sostiene el BID– que esto refleje rigideces mayores del mercado laboral que dificultan las

---

10. Aunque los datos no guardan igual consistencia que los referentes al desempleo abierto, los estudios de CEPAL permiten reconocer que el subempleo: 1) afecta más a los recién ingresados al mercado laboral, 2) a las mujeres que a los hombres, 3) a los jóvenes y, naturalmente, 4) a los de menor calificación (CEPAL; 1997), por lo que el SIU es el sector del mercado laboral urbano que concentra el mayor volumen de subocupados.

11. Como se ha discutido, esto no es exacto, pues de hecho las actuales tasas de desempleo se encuentran por encima de las observadas al final de la década pasada y principios de los noventa. Todo depende del parámetro comparativo que se asuma.

contrataciones o los cambios en las remuneraciones que tendrían que producirse como parte de la reestructuración. En este marco, el BID llega a reconocer que probablemente la flexibilización podría reducir las remuneraciones reales y aumentar la desprotección, pero destacan que no es evidente que esto deba ser siempre así. Menores tasas de desempleo son características de mercados laborales más flexibles, mientras, por otro lado, legislaciones laborales rígidas lo que favorecen es a segmentos de trabajadores privilegiados y deprimen los ingresos de los temporarios, de los cuenta propia y de los jornaleros rurales (BID, 1997).

El argumento del BID arriba expuesto en muchos aspectos es realista y se apoya en evidencia razonablemente sólida. Sin embargo, deben hacerse algunas precisiones. En primer lugar, las políticas de ajuste no son las únicas responsables de la significativa presencia histórica del SIU en el mercado laboral urbano. Lo que las políticas de ajuste y los posteriores procesos de desregulación han provocado es aumentar el ya significativo peso del trabajo informal en la economía urbana. En este sentido, no puede soslayarse que la desregulación laboral que de facto se plantea en la región no ha esperado a las reformas de los códigos laborales, más bien asistimos a una desregulación por vía no institucional, que debilita aún más la ya precaria posición de los trabajadores. De esta forma, el llamado sector moderno formal se ha beneficiado de esta desregulación pese a que la misma no se ha formalizado en un nuevo marco legal y reglas del juego laboral. Esto es observable, sobre todo, en los nuevos transables, en la manufactura de zonas francas para exportación y en general en toda suerte de subcontrataciones laborales.[12] Pese a esto, la productividad del sector moderno, en sus sectores punta continúa siendo baja.[13] De aquí que no puede decirse de manera tajante que es la flexibilización pendiente del mercado laboral la responsable de la baja productividad y de la baja capacidad de generación de empleos modernos por parte del sector formal. Más que en la flexibilización laboral pendiente la respuesta debe buscarse en factores como la todavía baja capacidad de ahorro e inversión del sector formal moderno, el fortalecimiento de facto de oligopolios privados sustitutos funcionales de los monopolios estatales en desaparición, el dinámico papel del capital bancario como sector privilegiado para la captación de las nuevas inversiones directas que,

12. Véase por ejemplo a Pérez Sainz (1994) que analiza el caso centroamericano, a González-Aréchiga y Ramírez (comps.) (1990), que analizan el caso mexicano, y a Itzingsohn (1994) que analiza en una perspectiva comparativa los casos dominicano y centroamericano.

13. Si se aprecia la dinámica del valor agregado en términos sectoriales para el período 1990-1996, podremos reconocer, por los datos que el propio BID (1997) aporta, que sigue siendo lenta. Y aún cuando es en el sector industrial que se observa un mayor dinamismo, todavía en esta rama el ritmo de crecimiento es bajo, de alrededor de un 3% acumulativo anual. En las actividades terciarias el crecimiento es mucho más lento, menor al 2%. Véase a Tokman (1998).

obviamente, deprimen las inversiones en los sectores productivos, el rápido ritmo de incorporación de mano de obra en el mercado laboral urbano como resultado del aumento de la vulnerabilidad de las familias trabajadoras, etc.; aunque es claro que una clase trabajadora con mayor nivel educativo, capacidad y entrenamiento, no sólo elevaría sus niveles de vida, sino también la productividad del trabajo y con ello los niveles de beneficios, como afirma el BID (1997). Pero esto sólo produciría las condiciones potenciales para el aumento de las tasas de inversión, condición necesaria, pero no suficiente, para aumentar los niveles de empleos productivos.

Por otro lado, en cuanto a la necesidad de reducir el potencial de intervención económica del Estado en el dinamismo de los mercados, parece haber suficiente evidencia de que en la práctica esto ha permitido un mayor y más racional desempeño de la economía.[14] Pero no debe olvidarse que hay sectores (informales) como las microempresas que, precisamente, para alcanzar espacios de éxito y elevar su productividad se han apoyado en programas estatales protegidos que le han abierto espacios de mercado.[15] De todos modos, lo referido al menos evidencia que no está claro, en un contexto de desregulación salvaje, cómo acontece en la región, si los bajos salarios son esencialmente el producto de la baja productividad del trabajador o del debilitamiento de la capacidad negociadora de los trabajadores, o de ambos factores.

De estos datos podemos inferir un patrón del mercado laboral en los noventa. En primer lugar, es indudable la informalización del trabajo en las ciudades latinoamericanas. Esto representa una realidad heterogénea, puesto que si bien en términos generales el crecimiento de la informalidad es una clara expresión de baja productividad y de la creciente vulnerabilidad de los trabajadores, por otro lado, se inscribe en una nueva lógica de subordinación del trabajo al capital en un contexto de globalización. De aquí que autores como Pérez Sainz (1996) han hecho la pertinente distinción entre un sector informal vinculado a las tendencias

---

14. En particular véase el *Informe de 1997* del BID, y el *Informe Sobre el Desarrollo Mundial 1995* del Banco Mundial.

15. Para un análisis general del SIU con potencialidad de desarrollo véase a Portes (1995). En México hay algunos estudios de casos muy consistentes, a título de ilustración véase a: Bensusán, García y Von Bulow (1996), y Saraví (1997). No debemos olvidar que pese a la creciente importancia de ámbitos productivos microempresariales con opciones de desarrollo en toda la región, la sola expansión de las microempresas no asegura una vía para la elevación sistemática del empleo productivo; se requieren, en última instancia, niveles más altos de inversión y productividad. Aquí debemos recordar que en la Italia del Norte el trabajo microempresario exitoso en los distritos industriales de la Emilia Romagna se debe en parte al apoyo "externo" de los municipios dominados por la izquierda y al elevado nivel de desarrollo tecnológico de las microempresas, dada la naturaleza altamente calificada de muchos de los microempresarios. En Latinoamérica faltan ambos elementos: el apoyo estatal sistemático y la base tecnológica (Sabel, 1985).

de reinserción internacional de la región, a través de los nuevos transables y los procesos de creciente subcontratación laboral que las zonas francas y maquiladoras han implicado y un sector de cuentapropistas cuyo espacio económico está determinado por una lógica de simple sobrevivencia.[16]

En segundo lugar, debe destacarse la creciente heterogeneidad del mercado laboral donde se reconoce un sector laboral de alta productividad, generalmente ligado a las tendencias de la globalización, donde la productividad crece y los salarios son relativamente altos, en relación al SIU. Sin embargo, el crecimiento de este sector no tiene un impacto dinámico sobre el resto de la economía en materia de generación de empleos y aumento de los salarios.

De aquí que una tercera característica del mercado laboral sea la ampliación de la brecha entre un sector moderno de alta productividad e ingresos y uno tradicional de baja productividad e ingresos precarios vinculado al SIU, pero no de manera única.

POBREZA, EXCLUSIÓN Y ESTRATIFICACIÓN SOCIAL URBANAS

En América Latina a pesar de la recuperación económica que siguió a la crisis de la deuda y al proceso de ajuste, ha aumentado la desigualdad en términos de distribución de ingresos.[17] Pese a que en muchos países se comienza a reducir los niveles de pobreza crítica, en general en las zonas urbanas se incrementa la pobreza. Uno de los elementos nuevos de esta situación, es la conformación de lo que Bustelo y Minujin (1997) denominan una zona de vulnerabilidad que incluye a

---

16. Aclaremos que, sin embargo, no todo el trabajo en la maquila puede considerarse que se organiza en base a un esquema de "salarización informal". Hay mucha maquila, como la industria automotriz mexicana, que opera bajo regímenes de contratación bastante formalizados, aunque hay otra maquila que opera bajo formas de subcontrataciones de microempresarios que sí puede considerarse sometidos a una lógica laboral de tipo informal, en la actividad textil abunda este tipo de situaciones. Asimismo, debemos también admitir que el SIU no está compuesto sólo por cuentapropistas, sino también por trabajadores asalariados que operan en empleos precarios, inestables, sin contratos laborales jurídicamente definidos y que no reciben las prestaciones tradicionales que sí reciben los obreros asalariados del sector formal. A este segmento laboral Portes (1995) le llama proletariado informal. Lo que sí puede sostenerse como tendencia general es la creciente flexibilización de los procesos productivos.

17. Con el tiempo se ha ido acumulando una consistente bibliografía relativa al impacto de los ajustes y la reestructuración en la distribución del ingreso y la pobreza, véase a: Lustig (ed.) (1997), que proporciona una visión muy completa para la década de los ochenta, a Bulmer Thomas (ed.) (1997), a nuestro juicio el mejor trabajo a la fecha para los años noventa; a Menjívar, Kruijt y Vucht Tijssen (eds.) (1997), que aporta un panorama muy completo del debate sobre la pobreza y la exclusión social.

pobres estructurales y a nuevos pobres procedentes de los grupos medios más golpeados por la crisis y la desregulación laboral.

Históricamente, la región presenta una distribución del ingreso muy inequitativa, siendo uno de los motivos que explica por qué a pesar del crecimiento económico relativo no se ha podido erradicar la pobreza. Así, mientras que en general el ingreso per capita se ha mantenido estable, el coeficiente de Gini ha tendido a incrementarse (Bustelo y Menujin, 1997; Bulmer Thomas, 1997), puesto que al tiempo que hay un mayor ingreso medio se produce una mayor desigualdad. Entre 1980-94 el coeficiente de Gini estaba por encima de 0,40 y en algunos países llegaba al 0,50 (Bustelo y Menujin ,1997).

En los ochenta el crecimiento de la desigualdad en la región ha incrementado la pobreza extrema manteniendo el resto de la distribución del ingreso estable (Bulmer Thomas, 1997). Entre los principales perdedores reconocemos a los grupos medios, que no sólo han visto descender sus ingresos, sino que han experimentado una creciente inseguridad vía el desempleo abierto y el descenso de su capacidad de acceso a bienes y servicios. En esta situación, argumentan Bustelo y Minujin (1997), los más pobres si bien no pueden ascender socialmente, logran al menos mantener sus ya precarios niveles de vida, pero los grupos medios se han visto en una escalera de descenso. De esta forma, aun cuando los pobres logren subir algunos peldaños no alcanzan con ello mayor seguridad, pues se mueven en una franja vulnerable (Bustelo y Minujin, 1997). Pero aquellos segmentos de pobres que han logrado una subida relativa, pero estable, de sus niveles de ingresos, aumentan su capacidad competitiva para mantener sus puestos laborales, mientras que para los grupos medios empobrecidos su tránsito a la informalidad debilita su situación social.

En los noventa, ha habido una mejora en el ingreso de muchas familias, pero en muchos casos lo que esto ha permitido es un regreso a la situación de los ochenta, no tanto un incremento de ingresos que modifique su situación social, sobre todo en los segmentos de población más pobres y en los grupos medios empobrecidos (Bustelo y Minujin (1997). Esto se debe a una recuperación de la economía y al control de la inflación (Ugarteche, 1997), pero aún así ha habido un incremento absoluto de los hogares en situación de pobreza, al tiempo que hay un deslizamiento hacia abajo de muchos grupos medios (Bulmer-Thomas, 1997; CEPAL; 1997). Todo esto lo que indica es un incremento de la zona de vulnerabilidad, en términos del argumento de Bustelo y Minujin (1997). Como destacan estos dos autores: hoy hay ricos más ricos y grupos medios y pobres en situación de mayor vulnerabilidad.

La lógica de la inclusión/exclusión puede manejarse en base al mercado laboral, donde se destacan las siguientes variables: 1) tipos de empleo, 2) ingresos, 3) calidad y productividad del trabajo. De aquí puede resultar un ilustrativo esquema de estratificación social:

La Estratificación Social del NME: Inclusión y Exclusión Social Urbana
en Base a Tipos de Empleo, Ingresos y Productividad

Inclusión/exclusión social	Tipos de empleo status	Ingresos y grupos de	Calidad y productividad
Población incluida	*Modernos:* trabajadores industria y en servicios modernos formales	*Altos y medios:* clase media urbana y clase obrera formal	Alta
Población vulnerable	*Tradicionales:* SIU de desarrollo burocracia estatal	*Medios y bajos:* microempresarios del SIU, empleados públicos, clase media emprobecida	Baja
Población excluida	*Precarios:* SIU de subsistencia, indigencia	*Muy bajos:* cuentapropistas asalariados precarios, indigentes (depauperados)	Muy baja

La novedad de este esquema de estratificación, respecto al que fue propio del período previo organizado en torno a la ISI, es la siguiente: a) en la clase trabajadora se produce una mayor segmentación de la ya existente en la situación de sustitución de importaciones y crecimiento del mercado interior entre el sector formal y el informal. De tal suerte que el sector informal crece significativamente concentrando al mayor segmento de trabajadores, mientras las diferencias salariales se acrecientan a favor del sector formal. Esto tiene un claro efecto en la productividad del trabajo, puesto que la fracción formal de trabajadores en actividades productivas modernas eleva su productividad respecto a los trabajadores ocupados en el sector informal, pero no permite aumentar y sostener el ritmo del crecimiento de la economía, como para crear dinámicamente nuevos empleos productivos;[18] b) surge un

18. No deben exagerarse las diferencias salariales entre los sectores formales e informales. Pese a que la flexibilización del mercado laboral tiende a que los salarios mínimos pierdan importancia, resulta de todos modos interesante la comparación entre éstos y los salarios medios industriales. De esta forma, para todo el período 1990-1995 los salarios mínimos reales permanecieron casi estancados (0,8% de crecimiento acumulativo anual), pero los salarios promedios reales en la industria crecieron a un ritmo igualmente lento (1,0%). Más interesante es que en todo ese período, la razón salarios medios industriales/salarios mínimos nunca llegó a 2 (OIT, 1997). Véase el Cuadro 1.

segmento de población en situación de vulnerabilidad social que no es exclusivamente trabajadora manual, pues incluye a sectores empobrecidos de la clase media vinculada a la economía de servicios, sobre todo en empleos estatales. Sin embargo, en este segmento de población se reconocen sectores con potencial de desarrollo vinculados a actividades microempresariales en la economía informal, como ya hemos señalado. Por esto puede decirse que el segmento vulnerable no sólo es fuente de pauperización, sino de vías no salariables de organización productiva con potencial de crecimiento; c) el segmento propiamente excluido de la población crece, pese al interés estatal en disminuir su peso social a través de estrategias de focalización de los programas sociales (Filgueiras, 1998). Es en este segmento que se concentran los excluidos de las actividades tradicionales, los empobrecidos del SIU, los depauperados provenientes de una clase media en decadencia, los desempleados del sector público sin opciones de reinserción productiva en actividades modernas o tradicionales no estatales y los pobres estructurales e indigentes.[19]

Este esquema de estratificación organizado en torno a un *continuum* de inclusión-exclusión social reconoce una serie de "pautas" estructurantes. En primer lugar, apreciamos el descenso del tamaño e importancia sociopolítica del salariado, pero en condiciones de baja productividad y precariedad económica. Correlativamente, se fortalecen las ocupaciones vinculadas a los servicios, terciarizándose el mercado laboral urbano. Es en torno a estas dos pautas que se fortalece el llamado sector informal urbano.

El segundo rasgo de este esquema de estratificación es su heterogeneidad. Si bien las clases trabajadoras reconocen un significativo descenso de sus niveles de vida, un segmento del salariado logra vincularse a actividades productivas bien remuneradas y de alta productividad. Esto no ocurre sólo en las ramas industriales, sino también en los servicios. Al mismo tiempo un segmento del trabajo no asalariado logra abrir espacios y rutas de potencial crecimiento, pero en condiciones de desregulación e inestabilidad económica, es el caso de las microempresas con posibilidades de desarrollo y el de actividades cuentapropistas desarrolladas por profesionistas con ocupaciones terciarias modernas, como las vinculadas a la informática, las comunicaciones, la publicidad, servicios privados de asesoría en alta gerencia, etc.

---

19. Es claro que las tendencias arriba señaladas en materia de estratificación social son demasiado generales y en modo alguno pretenden sustituir la necesaria visión particular de las diversas situaciones de pobreza en la región. En la realidad, las situaciones en los países asumen especificidades que deben tomarse muy en cuenta para cada caso, pero también dichas tendencias son más o menos reconocidas en la mayoría de los países, lo que permite, de alguna manera, razonar en el sentido de pautas estructurantes del NME, particularmente en sus consecuencias para el mundo del trabajo.

En tercer lugar, apreciamos la pérdida de importancia del Estado en su capacidad de generación directa o indirecta de empleo, correlativamente a la pérdida de su centralidad en el proceso productivo y regulación de la economía. Unido a esto, la capacidad estatal de subvencionar los costos reproductivos indirectos de las clases trabajadoras, por medio de políticas sociales de amplia cobertura en áreas estratégicas como salud, educación, y transporte, se ve limitada (Roberts, 1998). Se fortalecen programas de seguridad social vía la privatización, que pese a su éxito financiero no logran cubrir a los segmentos mayoritarios de los trabajadores vinculados al sector informal (Tokman, 1998; BID/Mesa lagos, 1991). En este sentido, Bustelo y Menujin (1997) refieren que la focalización, al concentrarse en los grupos más vulnerables, orienta la política social hacia la contención del conflicto y no a la integración social y la ciudadanización. Se potencia así la fragmentación social estimulando por esta vía nuevas formas de clientelismo, que fortalecen esquemas de hegemonía sobre una base no institucional (Bustelo y Menujin, 1997).

La desregulación de la economía da pie a mecanismos de organización del trabajo que potencian la subcontratación y en general nuevas formas de subordinación indirecta del trabajo, por vías no salariales, a circuitos del capital de tipo transnacional o incluso local: se trata de una amplia gama de situaciones sociales que van desde la maquila, la producción para exportación en zonas industriales especializadas, los circuitos de distribución de productos al detalle en las grandes ciudades controlados por cadenas de distribución informales, etc.[20]

Este esquema de estratificación da pie a una serie de fenómenos sociales de nuevo tipo, siendo quizás el de mayor importancia y consecuencias políticas el hecho de que al sostenerse en una lógica laboral desregulada, tienda a "individualizar" el potencial de acción y movilización de los trabajadores, con el consecuente saldo negativo a propósito de la organización corporativa del trabajo.

Es por ello que la pobreza, más allá de los imperativos éticos que exigen su combate y eliminación, no puede sólo asumirse como obstáculo al crecimiento, constituye quizás la principal dificultad del reordenamiento societal actualmente en proceso en la región, tras el nuevo esquema de reinserción en el sistema mundial, pero sobre todo representa un formidable obstáculo político del NME en términos de la gobernabilidad democrática.

Bustelo y Minujin (1997) han planteado el problema en términos de lógicas de exclusión y sus consecuencias para la estratificación social, por un lado, y la construcción de ciudadanía por el otro. La lógica excluyente del NME se expresa

---

20. El estudio de Portes y otros autores (1996) presenta un interesante análisis de este fenómeno en cinco ciudades de la Cuenca del Caribe: Puerto Príncipe, Santo Domingo, San José, Guatemala y Kingston.

claramente, a juicio de estos autores, en las políticas sociales en marcha, las cuales continúan siendo asistencialistas y clientelares, dependientes del ciclo electoral y "esquivando" la base del problema: la concentración de la riqueza y el ingreso. A su juicio, este problema debe ser atacado en dos niveles, el propiamente estructural cuyo ámbito de referencia es el de las relaciones capital/trabajo y el de la construcción de ciudadanía, cuyo ámbito de referencia es el del sistema político y social. En ambos niveles es claro que la mediación estatal constituye una obligada referencia y espacio de articulación.

Como ha sostenido Marshall (1964) la ciudadanía moderna representa un estatus social que asigna derechos y deberes a los grupos y clases sociales que surgieron con la industrialización en el occidente capitalista. La misma asume tres modalidades: ciudadanía civil, política y social. Lo que distingue a las modalidades de ciudadanía es su tensión respecto al problema de la igualdad. La pregunta clave es: cómo estabilizar el sistema social al estar en tensión los principios de libertad (de mercado) e igualdad (social), como base constitutiva del orden social. De ahí que la propuesta de ciudadanía social tuviese en el capitalismo industrial desarrollado una base reformista en su origen. En esencia, el problema, según Marshall, radica en que la ciudadanía social encuentra una limitante estructural en la estratificación de clase en el orden económico capitalista. Sin embargo, reconocer la ciudadanía social no supone eliminar la desigualdad en el acceso al ingreso y la riqueza. Lo que ésta garantiza es un piso mínimo de bienestar. Pero esos derechos sociales no son dádivas, sino conquistas políticas que a su vez suponen un cierto esquema de excelencia y recompensa de logros, lo cual remite a un proceso no sólo de manejo de conflictos, sino de solución institucional de los desacuerdos.

Para el caso que nos ocupa, como bien ha señalado Roberts (1998), hay una clara tensión entre el debilitamiento del Estado que ha seguido a los ajustes y el aumento de las presiones comunitarias al que asistimos hoy en la región. La confluencia de ambos procesos generan inseguridad económica y vulnerabilidad social (Roberts, 1998). A nuestro juicio, y siguiendo la línea argumentativa de Bustelo/Minujin (1997) y Roberts (1998), esto expresa los tensos lazos que atan la construcción de ciudadanía al proceso de expansión de los mercados, tensiones que se acrecientan en Latinoamérica, no sólo por los problemas derivados del atraso sino, principalmente, por las consecuencias de la acentuada desigualdad en materia de ingresos y en general en el control de los recursos del desarrollo: tierra, educación, capitales (Bulmer-Thomas, 1997).

Lo referido puede claramente reconocerse en los modelos de seguridad social. Para Roberts, en la región hasta los años ochenta primaba el modelo corporativo de bienestar, que otorgaba beneficios a grupos específicos: asalariados, empleados públicos, fuerzas armadas, etc. En un contexto autoritario esos privilegios consolidaban el poder de la elite dirigente. A pesar de la ampliación relativa de la cobertura, la seguridad social a lo largo de los años setenta y ochenta continuó beneficiando a una minoría del mercado laboral, excluyendo al SIU y a los trabajadores agrícolas. En ese contexto la familia y la comunidad suplieron muchas de las funciones que dejaba vacías la seguridad social corporativa y restringida (Roberts, 1998). Fue precisamente esto último –argumenta Roberts– lo que permitió que la acelerada urbanización del período 1950-1980, en un contexto de escasez y acentuada desigualdad, amortiguara el alcance del conflicto político. A esto habría que añadir la lógica misma de la movilización clientelar de tipo populista (Lozano, 1997), la cual al tiempo que limitaba la capacidad de ampliación corporativa de los trabajadores, debilitaba las bases institucionales del propio Estado, al hacer converger a ambos en torno a liderazgos providenciales y esquemas patrimonialistas de relaciones entre el Estado y las masas.

Actualmente se asiste, según Roberts (1998) a un período de transición. En esta nueva situación, pese a la dispersión del movimiento obrero organizado y el fin del Estado populista, se aprecia una gran participación popular. Sin embargo, esta participación es fragmentada, conservando, en consecuencia, uno de los rasgos básicos del anterior esquema de movilización: su poca capacidad corporativa de alcance nacional. El modelo que está surgiendo, según Roberts, se acerca a la experiencias liberales europeas, donde el Estado tiene un papel determinante en la "asignación y suministro" de bienestar, siendo este último el fruto de una combinación de participación comunitaria, mecanismos de mercado y garantías estatales, dándose prioridad a la focalización de los más necesitados.

Para Roberts (1998), cuatro variables deben considerarse en la evaluación de las posibilidades del nuevo modelo de seguridad social que se construye en América Latina: el Estado, el mercado, la familia y las propias organizaciones populares. A juicio de este autor, las posibilidades de relaciones entre estos ámbitos en la búsqueda del bienestar se orientan en torno a la definición de responsabilidades de la comunidad y/o del individuo. La fortaleza de la opción comunitaria robustece la construcción de ciudadanía social, en tanto la del individuo hace lo mismo con el mercado. Para el autor, la ciudadanía social depende de relaciones sociales y de un sentido de identidad y obligación social, y es en este punto donde las redes sociales activas pueden potenciar una democracia deliberante. Por ello, sólo surgirán instituciones de bienestar social estables cuando así lo sean las coaliciones de clase que las sostengan.

La argumentación de Roberts, demasiado resumida arriba, abre un camino interesante para el análisis de los límites políticos de la reestructuración laboral en marcha en la región. Aún cuando se reconozca el papel decisivo que históricamente ha jugado la familia y los grupos comunitarios cubriendo los "espacios vacíos" que han dejado abiertos los modelos de seguridad social en América

Latina, el perfil de ciudadanía que de ello ha resultado ha sido "trunco". Esto no ha sido un producto de debilidades de la acción comunitaria, sino del modelo político en que dicha acción ha tenido que desplegarse. En ese contexto, la propia acción familiar y comunitaria se ha visto mediada por la práctica clientelar, tras la cual el populismo vinculó a individuos, comunidades y grupos, a una lógica política que fortalecía el uso patrimonialista del Estado.[21]

De esta forma, no sólo el mercado (laboral) tiene dificultades para generar las bases de la solidaridad social mínima que se requiere para movilizar a los actores en que podría sostenerse la articulación de la nueva agenda social, sino que el propio Estado al verse constreñido en su potencialidad económica y no tener el potencial hegemónico sobre la sociedad que requiere la nueva situación, no puede actuar con igual fuerza en la articulación de las bases políticas que le den alcance nacional a una potencialidad que por sí misma (la acción comunitaria) es esencialmente local y territorial. De aquí que las consecuencias sociales excluyentes del nuevo modelo económico en marcha, a su vez actúen limitando el potencial de cohesión política y solidaridad social que, en el plano. nacional, requiere la construcción y fortalecimiento de una ciudadanía social activa.

LA REARTICULACIÓN DE LAS REGULACIONES ESTADO-SOCIEDAD Y LA HEGEMONÍA EMPRESARIAL EN EL NME

Se ha sostenido que los procesos de ajuste y reestructuración perseguían (o en todo caso lograron) la ruptura del vínculo entre economía y política que, a partir del intervencionismo estatal, caracterizó el proceso de desarrollo orientado hacia adentro. Como ha señalado Díaz (1995), de hecho, la reestructuración no produjo tal ruptura sino su rearticulación, desplazando el intervencionismo estatal del ámbito regulador del mercado, y más puntualmente de las relaciones trabajo/capital, al ámbito más delimitado de las políticas económicas reguladoras de la economía monetaria y fiscal, dejando al empresariado el espacio libre para el control del mercado.

---

21. Para un análisis de las tensas relaciones entre los actores comunitarios en contextos urbanos en sus relaciones con el Estado véase a Lozano (1997). El estudio dirigido por Portes (1996) arroja interesantes datos comparativos para el caso de los países del Caribe. La investigación de Tapia (1995) para el Perú permite apreciar las tensiones de la cultura de corte fabril/clasista y la del microempresario/individualista en el mismo sujeto laboral. En cualquiera de estos casos algunos hechos resultan comunes: 1) la fragilidad de la acción comunitaria en su permanencia en el tiempo ante el embate del clientelismo, 2) las tensiones entre el grupo y el individuo y 3) el decisivo papel del Estado en la articulación misma de la acción de los pobladores urbanos como su principal referente institucional y político.

En la práctica, lo que se observa es que el propio Estado constituye el eje a través del cual se está articulando el proceso de reforma estructural y cambio desregulador y no a través de un cambio en la base productiva de la economía. En otras palabras, el proceso mismo de reestructuración que el Estado en la práctica impulsa, por su propia naturaleza es un acto político. De aquí que si nuestra hipótesis inicial es correcta debemos asumir que la reestructuración misma ha dependido del equilibrio de fuerzas de los actores políticos que coexisten en el Estado, como de los posibles cambios en su composición y naturaleza. Esto conduce a tres cuestiones estrechamente relacionadas: a) la naturaleza política de los gobiernos en relación al sistema de partidos, b) los equilibrios de fuerza en el conjunto de instituciones del Estado, c) las relaciones del Estado con los actores del sistema político, laboral y empresarial (Campero, Tironi, Flisfich y Tokman, 1993).

Los dos primeros aspectos obligan a reconocer un importante cambio en el sistema político. Por lo pronto permiten apreciar la declinación del esquema populista de movilización de masas, organizado en torno al clientelismo patrimonialista. En parte esto es producto del agotamiento del esquema de desarrollo hacia adentro y del debilitamiento del potencial económico del Estado para sostener el proceso de crecimiento, pero en parte es el resultado del fracaso mismo de la elite populista. En su defecto, los actores políticos han tenido que redefinir sus estilos de trabajo y movilización, afectando ello la propia constitución de sus organizaciones. A partir de aquí, como del clima democrático que en general vive la región, se ha debilitado la posibilidad de un control absoluto (o cuasi absoluto) de los aparatos de Estado por parte de una sola fuerza, planteándose, en consecuencia, la necesidad de equilibrios de compromisos que reconocen la presencia de varias fuerzas en los poderes del Estado. Esto puede debilitar en muchos casos el potencial gubernamental para impulsar las políticas de reforma, pero tiene la virtud de obligar al acuerdo entre las partes y a reconocer las presiones de masas que en la nueva situación no encuentran una articulación organizativa amplia y efectiva más que por la vía de los votos.

En esta situación, el principal problema político que enfrenta el nuevo esquema de organización socioeconómica es el hecho de que el predominio del empresariado en la articulación de las nuevas relaciones sociolaborales lo conduce a un liderazgo por encima del Estado, que en principio lo obligará a asumir tareas hegemónicas (que limitan su espacio corporativo) con la adopción de roles no directamente vinculados a la lógica del mercado. El reto del empresariado como actor hegemónico no sólo será el de atender las señales del mercado, sino también, de alguna manera, asumir las tareas y demandas de la gobernabilidad democrática a las que se enfrenta el Estado, tarea esta última para lo que no vale la sola apelación a la racionalidad del mercado.

De manera, pues, que el nuevo modelo económico emergente en América Latina coloca al empresariado como el eje articulador hegemónico. De aquí que el nuevo empresariado latinoamericano se vea en principio obligado a un cambio de la matriz ideológica usualmente proteccionista, estatista y patrimonialista que le caracterizó bajo el esquema sustitutivo de importaciones. Ello implicará de su parte el cumplimiento de un rol de liderazgo sociopolítico que lo llevará a cumplir un papel dirigente en el manejo del conflicto social. En principio esto supone el abandono del viejo esquema corporativo en que se apoyó tanto sus relaciones con los trabajadores como con el propio Estado y su sustitución por un esquema de liderazgo hegemónico. Esto supone el desplazamiento del eje central del conflicto al que deberá enfrentarse el empresariado como actor hegemónico del campo microeconómico/corporativo al campo macropolítico/social. Para que el empresariado pueda asumir con éxito esa tarea requerirá de un esquema menos corporativo en sus relaciones con el Estado y con los actores sociales.

Algunos autores sostienen que este nuevo liderazgo empresarial se hace posible si se reconoce que en la nueva situación la empresa pasa a ocupar un lugar central en la estructura societal en lugar del Estado, ya que es el ámbito donde se tiene que asegurar la competitividad y puesto que es aquí donde se debe verificar la innovación y modernización, pero, sobre todo, debido a que es en este nivel donde deben articularse los nuevos términos de la relación capital/trabajo (Campero, Tironi, Flisfich, Tokman, 1993).

De todas maneras, salvo en los países donde mayor desarrollo y éxito ha tenido el proceso de apertura (Chile, México y en menor medida Brasil) este lugar estratégico de la empresa flexible y moderna constituye todavía una posibilidad. Aún así, en los casos de México y Brasil, dichas empresas modernas coexisten con un espacio económico informal muy amplio, el cual resulta determinante para una exitosa estrategia de gobernabilidad por parte del Estado.

Ante esta situación, Campero, Tironi, Flisfich y Tokman (1993) sostienen que pueden ensayarse líneas estratégicas alternativas. En primer lugar, se puede asumir una estrategia de canalización de conflictos por vía institucional. El problema de esta alternativa –sostienen estos autores– es que no siempre se tienen gratificadores inmediatos con los cuales los actores puedan reconocerse al menos parcialmente atendidos. En segundo lugar, existe siempre la posibilidad de la respuesta populista que en la práctica lo que hace es posponer la respuesta institucional o la salida autoritaria. Es claro que en el plano económico esta última respuesta puede tener en lo inmediato éxitos tangibles, pero en el mediano y largo plazo le resulta insostenible el mantenimiento de las condiciones de la gobernabilidad, lo cual socava su hegemonía, sobre todo por su incapacidad de dar respuesta a las demandas de equidad y ciudadanía. De aquí que estos autores sostengan que en la práctica sólo hay dos opciones: la populista o la institucional.

Estas opciones conducen más temprano que tarde al debate sobre las condiciones de sostenibilidad del Estado en su capacidad de respuesta a las demandas, tanto del mercado como de la sociedad, es decir devienen en retos para la gobernabilidad. De un lado se plantea, así, la estrategia de minimalización del Estado, del otro, la del mantenimiento de un potencial significativo del estado como agente regulador, aún en las nuevas condiciones que imponen la internacionalización de la economía latinoamericana. La idea del Estado mínimo sólo es viable a través de una coalición minoritaria en el poder, sobre la base del autoritarismo, con su consecuente déficit de legitimidad. En el largo plazo, mantener esta situación es poco probable, puesto que desde el momento en que se plantee un espacio de apertura se plantearán, en la práctica, demandas que conducen a formas de regulación, con lo que se estaría en la opción reguladora.

A propósito de esta última opción debe reconocerse que la capacidad reguladora (desreguladora) del Estado cubre sobre todo al sector formal del mercado laboral. En el sector formal, pues, Campero y los otros autores citados (1993) suponen que la mejor estrategia es promover el tripartismo como esquema negociador, tocando al empresariado la búsqueda de la autorregulación de su economía y en lo posible del manejo mismo de sus relaciones laborales. Es en el contrato individual de trabajo donde toca al Estado definir condiciones mínimas, articulando una lógica de reclamos frente a incumplimientos de contratos, fiscalizando dichos acuerdos. Pero si el actor hegemónico resulta ser en la nueva situación el empresariado, aún cuando se mantenga una distancia racional entre dicho actor y el Estado, éste último para poder actuar como ente de equilibrio deberá apoyarse en un esquema institucional claramente delimitado donde los actores ocupen roles bien definidos en base a reglas mutuamente aceptadas.

Se requiere, así, un esfuerzo compartido entre el Estado, el empresariado, los actores populares y el sistema político para poder enfrentar con éxito no sólo las tareas de modernización económica, sino de ciudadanización del trabajador. En gran medida es esta tarea la faltante en los programas estatales y societales dirigidos al SIU, por la vía propiamente empresarial o comunitaria,[22] en el NME vigente en Latinoamérica.

---

22. Debe señalarse que los esfuerzos de autores como Tokman (1998) son notables en la tarea de proponer opciones viables de modernización del SIU en el nuevo contexto de la flexibilización del mercado de trabajo.

BALANCE

Como se ha podido apreciar, la creciente internacionalización de las economías latinoamericanas y los consecuentes procesos de apertura y reestructuración a los que ha conducido no han tenido un impacto dinámico en la generación de empleo productivo moderno. Por el contrario, más bien han estimulado una creciente informalización del mercado laboral. Ello ha traído consigo, entre otras de sus consecuencias, el deterioro del nivel de vida de los trabajadores y dificultades crecientes de productividad, generando muchas veces consecuencias no buscadas por sus actores hegemónicos: tras la persecución de la competitividad no se ha logrado elevar el nivel de vida, aumentando, por el contrario, la desigualdad; tras la búsqueda de la flexibilidad el ritmo de la acumulación aún no alcanza niveles como para asegurar el crecimiento sostenido.

En segundo lugar, la desregulación del mundo del trabajo ha reducido el margen negociador del sindicalismo organizado, fortaleciendo al empresariado como sujeto corporativo. Aquí apreciamos también que a *contrario sensu* esto no ha reducido los niveles de conflictividad laborales,[23] pero sí ha generado crecientes problemas de gobernabilidad en ámbitos territoriales específicos y a propósito de reivindicaciones puntuales relativas a la esfera de los servicios o de la seguridad social. De esta forma, el fortalecimiento del corporativismo empresarial no ha tenido un balance hegemónico que asegure las condiciones de gobernabilidad ciudadana. Es aquí donde la reestructuración económica a que conduce el NME fortalece la lógica del mercado, pero, al individualizar las relaciones contractuales en el mundo del trabajo, debilita la capacidad de concertación hegemónica del empresariado como sujeto político frente a los trabajadores como grupo social.

La reestructuración del Estado reduce su incidencia en la economía, pero fortalece su intervención en el control del mundo del trabajo. En este punto subsisten por lo menos dos grandes mitos. En primer lugar, la reducción del papel del Estado en el ámbito económico no implica su desaparición como agente regulador. Lo que más bien ha ocurrido es una transformación de la matriz de relaciones del Estado con la economía, pasando el primero a desempeñar un papel de regulador macroeconómico y dejando al "libre juego" del mercado la función de control de la actividad propiamente productiva (Díaz, 1995).[24] En segundo lugar, la flexibilización

---

23. Los datos que aporta OIT (1997) sobre conflictos laborales y huelgas para el período 1990-96 evidencian que en la mayoría de los países los índices han aumentado. Sólo en condiciones de autoritarismo, como el Perú de Fujimori, o de permanencia del peso del corporativismo estatal, como México, estos índices en el contexto de la desregulación y desmovilización laborales en marcha, han tendido a bajar.

24. Alvaro Díaz ha insistido con razón en este punto, véanse sus artículos de 1987 y 1995.

del mercado laboral no supone ausencia de intervención estatal. Más bien se trata de una modificación de los vínculos estatales con el mundo del trabajo que de su ausencia. De este modo, la informalización del mercado laboral, los procesos de subcontratación, la privatización misma de la seguridad social, suponen la intervención estratégica del Estado precisamente como el elemento que asegura la estabilidad y las condiciones básicas de la flexibilización.

De esta forma, más que de la ruptura de las relaciones entre economía y política, en el contexto de la flexibilización alcanzado en el mundo del trabajo, debemos hablar de un cambio de matriz de estas relaciones. En este punto de nuevo se plantea el problema de la hegemonía a que el NME conduce. Bajo el anterior esquema estatista la hegemonía se lograba en tanto el Estado, y no los agentes empresariales directos, asumía la función de dirección y regulación de las relaciones capital/trabajo, así como establecía un campo de protección relativamente efectivo a segmentos estratégicos de los trabajadores, que a su vez eran los que tenían un importante nivel de agrupamiento corporativo. De esta forma, el mundo del trabajo definía una relación de sumisión clientelar al Estado.

En la nueva situación, al trasladarse las relaciones de control y regulación (desregulación) directamente al empresariado la mediación que permitía el vínculo hegemónico con los trabajadores en torno al campo clientelar/patrimonialista (del Estado) se rompe, quedando un campo vacío que hasta ahora no ha podido ser llenado, lo cual da pie a una relación de incertidumbre hegemónica que dificulta la estabilidad del orden político (gobernabilidad).

Es aquí donde el proceso de exclusión social y la permanencia de la pobreza se convierten en un problema de gobernabilidad, puesto que para combatirla se requiere del fortalecimiento de los programas sociales del Estado, pero éstos se debilitan en el contexto de la desregulación y la reducción de la capacidad económica del Estado. Lo que es más, aun cuando los programas focalizados de combate a la pobreza atacan a los segmentos más vulnerables, no tocan la raíz del problema (la desigualdad de ingresos y la incapacidad de generación de empleos productivos), pero sobre todo, en muchos casos fortalecen un campo de relaciones clientelares entre el Estado y los pobladores urbanos (Bustelo y Minujin, 1997), pero sin el potencial de movilización social que sostuvo al populismo.

La otra cara de la rearticulación del vínculo Estado/sociedad se refiere al nuevo papel que los sindicatos pasan a desempeñar en la nueva situación.[25] El viejo modelo asumía que el comportamiento del mercado y del proceso productivo eran relativamente independientes, asumiéndose que ambos eran objetos de regulaciones estatales significativas. El nuevo modelo, al acentuar la libertad de

___

25. Véase a de la Garza (1993), Portella y Wachendorfer (1995), Campero *et al.* (1991).

los mercados, flexibilizar las relaciones capital/trabajo y reducir, precisamente, el potencial regulador del Estado, de hecho asume que el mercado está estrechamente vinculado al proceso productivo y que por lo demás ambos demandan de la reducción o eliminación del potencial interventor del Estado. El sindicalismo asumía en el viejo esquema un rol decisivo en la permanencia de la separación de los ámbitos productivos/laborales y el mercado, dado el fuerte componente estatista de su visión. Estas realidades dieron pie al predominio de los acuerdos obrero/patronales en el ámbito de ramas y sectores por sobre los de empresa, definiéndose así un particular estilo o esquema de solución de conflictos y articulación social (Campero, Tironi, Flisfich y Tokman, 1993), fuertemente clientelar.

Hoy el sindicalismo enfrenta un desafío inédito. Por lo pronto, el nuevo orden económico articula en el ámbito de la empresa los ejes de la relación empleo-salarios, desplazando así el lugar central de la regulación estatal en la estructuración de este lazo por la preeminencia del mercado. Esto supone que el Estado restringe su capacidad de intervención reguladora en el mundo de la economía y, en particular, en el mercado laboral, pero asegura las condiciones macro de reproducción del sistema. Por otro lado, como ya hemos visto, todo esto ocurre en un clima político donde el peso político del empresariado adquiere mayor capacidad hegemónica.

En ese contexto es de esperar una rearticulación de la estrategia sindical. El sindicalismo latinoamericano de querer sobrevivir en la nueva situación tendrá que superar debilidades tradicionales que le han caracterizado. Por lo pronto su debilidad corporativa debe dar pie a un esquema que, sin necesariamente abandonar la articulación de la federación o la organización por rama o sector, preste mayor atención al mundo de la empresa. A partir de este punto es claro que el nuevo sindicalismo se verá obligado a fortalecer su presencia nacional en la escena política, pero reconociendo la importancia del trabajo en la empresa, enfrentando problemas como los de la protección y seguridad social de sus afiliados y apoyando procesos de innovación y cambio tecnológico en la empresa. Todo ello debe conducir a una redefinición total de las relaciones con el Estado, sobre todo al abandono del proteccionismo y el clientelismo patrimonialista, en un nuevo esquema de relaciones con el empresariado que permita el reconocimiento de las necesidades de la empresa, las demandas globales de la economía, pero también la protección y seguridad social básica de los trabajadores y del conjunto de los ciudadanos.

El talón de Aquiles de la desregulación continúa siendo uno de sus principales productos: el trabajo informal. Resulta difícil desde este último sostener esquemas negociadores que le aseguren, por lo menos a sus sectores más dinámicos (las microempresas), no sólo opciones viables de desarrollo sino, también, espacios políticos de expresión nacional. Para ello se requeriría de un Estado con capacidad de articular esta demanda a un nuevo esquema hegemónico. Desde una perspectiva territorial y comunitaria también surgen dificultades semejantes para sostener un proceso de ciudadanización efectivo. Ello demandaría de parte del sistema político el real abandono de la lógica clientelar como esquema de movilización de masas, de parte de la sociedad un efectivo grado de organización con impacto y alcance nacional, y del propio Estado una efectiva capacidad de canalización de conflictos y demandas sobre bases institucionales. El fortalecimiento de la democracia que hoy observamos en la región crea el clima para que esto se produzca, pero su cumplimiento efectivo dependerá de los propios actores sociales y políticos.

7. BIBLIOGRAFÍA

Banco Interamericano de Desarrollo (BID) (1991): *Informe económico y social en América Latina. Informe 1991. Tema especial: Seguridad social*, Washington.
— (1997): *Informe económico y social en América Latina. Informe 1997. Tema Especial: América Latina tras una década de reformas*, Washington.
Banco Mundial (1995): *Informe sobre el desarrollo mundial: el mundo del trabajo en una economía integrada*, Washington.
Bensusán, Graciela, C.; García y M. Von Bulow (1996): *Relaciones laborales en las pequeñas y medianas empresas de México*, México, Friedrich Ebert Stiftung-Juán Pablo Editor.
Bustelo, Eduardo y Alberto Minujin (1997): "La política social esquiva", en: Menjívar, Rafael, D. Kruijt y L. Van Tucht Tijssen (eds.): *Pobreza, exclusión y política social*, FLACSO-Costa Rica, pp. 113-154.
Bulmer-Thomas, Víctor (comp.) (1997): *El nuevo modelo económico en América Latina. Su efecto en la distribución del ingreso*, México, Fondo de Cultura Económica.
— (1998): *La historia económica de América Latina desde la Independencia*, México, Fondo de Cultura Económica.
Campero, Guillermo y A. Cuevas (eds.) (1991): *Sindicatos y transición democrática*, Buenos Aires, CLACSO.
Campero, Guillermo, A. Flisfich, E. Tironi y V. Tokmann (1993): *Los actores sociales en el nuevo orden laboral*, OIT, Santiago de Chile, Ediciones Dolmen.
Castells, Manuel (1997): *La era de la información: economía, sociedad y cultura* (Volumen Primero: Economía, sociedad y cultura), Madrid, Alianza Editorial.
Comisión Económica para América Latina y el Caribe (CEPAL) (1997): *Panorama social de América Latina 1996*, Santiago de Chile.

Comisión Económica para América Latina y el Caribe (CEPAL) (1997b): *Balance preliminar de la economía de América Latina y el Caribe 1997*, Santiago de Chile.

Coriat, Benjamin (1990): *L' atelier et le robot*, Paris, Christian Bourgois Editeur.

De la Garza, Enrique (1993): "Reestructuración productiva y respuesta sindical en América Latina (1982-1992)", en: *Sociología del trabajo*, Nº 19.

Dombois, R. y L. Pries (1994): "Structural change and trends in the evolution of industrial relations in Latin America", mimeo. *XIII Congreso Mundial de Sociología*, Bielefeld, 18 al 23 de julio.

Díaz, Alvaro (1987): "Tendencias de la reestructuración económica y social en Latinoamérica", pp. 99-130, en: *Síntesis*, (22) julio-diciembre.

— (1995): "Ajuste estructural y actores sociales en México y Chile", en: *Revista Latinoamericana de Estudios del Trabajo*, (1), Nº 1, pp. 155-192.

Fajnzylber, Fernando (1983): *La industrialización trunca en América Latina*, México, Nueva Imagen.

Filgueira, Fernando (1998): "El nuevo modelo de prestaciones sociales en América Latina. Eficiencia, residualismo y ciudadanía estratificada", en Robert, B. (ed.): *Ciudadanía y política social*, FLACSO-Costa Rica.

Godio, Julio (1995): "Empresas transformadas y estrategia sindical en América Latina", pp. 57-65, en: Portella, de Castro, María Luisa y Wachendorfe, Achim: *Sindicalismo latinoamericano, entre la renovación y la resignación*, Caracas, Nueva Sociedad.

González-Aréchiga, Bernardo y Ramírez, J. C. (comps.) (1990): *Subcontratación y empresas trasnacionales. Apertura y reestructuración en la maquiladora*, México, El Colegio de la Frontera Norte-Fundación Friedrich Ebert.

Itzigsohn, José A. (1994): "The Informal Economy in Santo Domingo and San José: A comparative study", Tesis Doctoral, Departamento de Sociología, Johns Hopkins University.

Lipietz, Alain (1997): "El mundo del postfordismo", pp. 11-52, en: *Ensayos de economía*, vol. 7, julio.

Lozano, Wilfredo (1997): *La urbanización de la pobreza*, FLACSO-República Dominicana, Santo Domingo.

Lustig, Nora (comp.) (1997): *El desafío de la austeridad. Pobreza y desigualdad en la América Latina*, México, Fondo de Cultura Económica.

Marshall, T. H. (1964): "Citizenships and Social Class". En: T. H. Marshall: *Class, citizenships and social development*, The University Chicago Press.

Montgomery, David (1985): *El control obrero en Estados Unidos*, España, Ministerio de Trabajo y Seguridad Social.

Navarro, Vicente (1997): *Neoliberalismo y Estado de Bienestar*, Barcelona, Editorial Ariel.

Organización Internacional del Trabajo (OIT) (1997): *América Latina y el Caribe. Panorama Laboral 1997*, Ginebra.

Pérez Sainz, J. P. (1991): *Informalidad urbana en América Latina*, Caracas, Nueva Sociedad-FLACSO Guatemala.

— (1994): *El dilema del Nahual, globalización, exclusión y trabajo en Centroamérica*, San José, FLACSO-Costa Rica.

(1996): "Los nuevos escenarios laborales en América latina", en: *Nueva Sociedad* (14), mayo-junio, pp. 20-29.

Portella de Castro, María Luisa y Wachendorfer, Achim (1995): *Sindicalismo latinoamericano, entre la renovación y la resignación*, Caracas, Nueva Sociedad.

Portes, Alejandro, Castells, M. y Benton, L. (eds.) (1990): *La economía informal en los países desarrollados y en los menos avanzados*, Buenos Aires, Planeta.

Portes, Alejandro y Kincaid, A. D. (eds.) (1990): *Teorías del desarrollo nacional*, San José, Costa Rica, EDUCA.

Portes, Alejandro (1995): *En torno a la informalidad: ensayos sobre teoría y medición de la economía no regulada*, México, Miguel Angel Porrúa-FLACSO.

Portes, Alejandro y Dore, C. (coords.) (1996): *Ciudades del Caribe en el umbral de un nuevo siglo*, Caracas, Nueva Sociedad.

Programa Regional de Empleo para América Latina y el Caribe (PREALC) (1988): "La evolución del mercado laboral entre 1980 y 1987". Mimeo, Santiago de Chile.

Ramos, Joseph (1997): "Un balance de las reformas estructurales neoliberales en América Latina", pp. 15-38, en: *Revista de la CEPAL* (62), agosto.

Roberts, Bryan (ed.) (1998): *Ciudadanía y política social*, San José, FLACSO-Costa Rica.

Roubaud, François (1995): *La economía informal en México*, México, Fondo de Cultura Económica.

Sabel, Charles F. (1985): *Trabajo y política, la división del trabajo en la industria*, España, Ministerio de Trabajo y Seguridad Social.

Saraví, Gonzalo A. (1997): *Redescubriendo la microempresa, dinámica y configuración de un distrito industrial en México*, México, FLACSO Sede México-Juan Pablo Editores.

Tapia, Rafael (1995): "Patrones de su destino: sindicalismo clasista y nuevas mentalidades obreras en la pequeña empresa peruana", en: María Silva Portella de Castro y Achim Wachendorfer (eds.): *Sindicalismo latinoamericano: entre la renovación y la resignación*, Caracas, Nueva Sociedad.

Tokman, Víctor (1995): "Pobreza y homogenización social: tareas para los noventa", en: Reyna, José Luis (comp.): *América Latina a fines de siglo*, México, Fondo de Cultura Económico.

— (1998): "Generación de empleos y reformas laborales", en: *Anuario Social y Político de América Latina y el Caribe* Nº 1/1997, editado por la Secretaría General de FLACSO y Nueva Sociedad, pp. 151-158.

Ugarteche, Oscar (1997): *El falso dilema. América Latina en la economía global,* Caracas, Fundación Friedrich Ebert (Perú)-Nueva Sociedad.

Weffort, Francisco (1993): *¿Cuál democracia?,* Costa Rica, FLACSO-Secretaría General San José.

AMÉRICA LATINA Y ARGENTINA EN LOS '90: MÁS EDUCACIÓN, MENOS TRABAJO = MÁS DESIGUALDAD*

Daniel Filmus
Ana Miranda

INTRODUCCIÓN

Con el inicio de la década de los '90 la educación y el conocimiento se colocaron nuevamente en un lugar central en el debate acerca de las estrategias de desarrollo económico y social de los países latinoamericanos. La recuperación de una perspectiva optimista acerca del aporte de la educación a la sociedad estuvo sustentada en la necesidad de retomar la senda del crecimiento y de mejorar los niveles de equidad, partiendo de la crisis económica y la profundización de la pobreza que significó la "década perdida". Es así que, dejando de lado las concepciones que desvalorizaron durante el decenio anterior el papel de la educación, los Estados de la región comenzaron a retomar la idea de que la distribución democrática de conocimientos de alta calidad a través de los sistemas educativos debía convertirse en una herramienta fundamental para la constitución de la ciudadanía plena y el crecimiento económico.

Los principales conceptos que conformaron el nuevo enfoque con que se abordó la problemática educativa quedaron delineados en el documento "Educación y Conocimiento, eje de la transformación productiva con equidad",

---

*. El análisis de las principales tendencias entre educación y desigualdad en América Latina se ha realizado en base al artículo Filmus, D. (1999) "Educación y Desigualdad en América Latina: ¿Otra década perdida?" Anuario de la FLACSO, *Nueva Visión*. Caracas, 1999.

publicado por CEPAL-UNESCO en 1992. Este trabajo analizó la potencial contribución de la educación a la propuesta socio-económica lanzada por la CEPAL dos años antes (CEPAL 1990). En esta dirección, ubicó a la creación, incorporación y distribución del conocimiento como el factor principal para las tareas de crecimiento y equidad social que se habían colocado como prioritarias para el desarrollo de América Latina en la última década del siglo.

El incremento de las expectativas fundadas en el aporte de la educación al desarrollo, y la constatación de los profundos déficit que mostraban los sistemas educativos latinoamericanos, tuvieron su correlato en el diseño y puesta en marcha de reformas educativas en la casi totalidad de los países de la región. Es así que en muchos de ellos se acrecentaron los esfuerzos materiales, técnicos y humanos dedicados a la enseñanza.

A casi 10 años de haberse iniciado este proceso, es posible comenzar a realizar un balance del rol cumplido por la educación en relación con los objetivos que se le plantearon al comienzo de la década. Distintos informes publicados recientemente sobre la realidad latinoamericana de fin de siglo (CEPAL 1998, BID 1998, OIT 1998) parecen mostrar que, si bien ha habido ciertos progresos macroeconómicos, los niveles de desigualdad social en la región se han incrementado. Como bien sintetiza Ernesto Ottone (1998:128): "El tremendo esfuerzo que significó el ajuste ha tenido resultados ambiguos y diferenciados, con avances y rezagos. Sin duda se ha avanzado en el logro de una recuperación económica moderada, de una creciente estabilidad financiera, una gradual modernización de los sistemas productivos, una mejor gestión macroeconómica y un leve aumento del ahorro y la inversión... En cambio, los avances han sido mucho menores en el terreno de la equidad y la disminución de la pobreza. El ritmo y las características del crecimiento económico actual (...) continúan permitiendo una marcada desigualdad en la distribución del ingreso y un ritmo de disminución de la pobreza lento e irregular".

Esta situación promueve un conjunto de interrogantes para quienes proponen un sentido democratizador para la acción educativa: ¿Qué papel le cupo a la educación en estos procesos? ¿Qué responsabilidad tienen los sistemas educativos en el incremento de la dualización de las sociedades? ¿Cómo condicionan las políticas macroeconómicas la posibilidad de una profunda transformación educativa? ¿Puede jugar la educación un rol democratizador en el marco de políticas cuyas consecuencias promueven una mayor desigualdad social y un creciente estrechamiento del mercado de trabajo formal? ¿Cuáles son los desafíos que debe enfrentar la educación para potenciar su futuro aporte a la construcción de sociedades más productivas, pero al mismo tiempo más integradas?

El propósito del presente artículo no es brindar respuestas acabadas a estos interrogantes. La brevedad del abordaje sólo nos permitirá analizar la relación entre educación y desigualdad para América Latina y en particular la vinculación entre educación y trabajo en Argentina. El objetivo principal es incorporar algunos elementos empíricos nuevos que contribuyan a profundizar el debate respecto de las capacidades y limitaciones de los sistemas educativos en su aporte a la democratización de las sociedades en contextos de aplicación de reformas económicas de contenido neo-liberal.

II. LA RECUPERACIÓN DE LA CENTRALIDAD DE LA EDUCACIÓN

El importante énfasis en el rol económico otorgado a la educación latinoamericana a partir de la Segunda Guerra tuvo un efecto "boomerang" cuando, a partir de mediados de los '70 comenzó a quebrarse la correlación positiva entre educación y desarrollo. Mientras que la primera continuó con importante ritmo de expansión, las economías comenzaron a estancarse. En efecto, durante la década de los '80 el Producto Bruto Interno per cápita de América Latina decreció a una tasa media del -1,1% (BID 1993). Al mismo tiempo, las tasas brutas de matriculación en la enseñanza básica tendieron a universalizarse y en la enseñanza secundaria y superior crecieron, del 45% y el 14% en 1980 al 53% y el 17% en 1990 respectivamente (Schiefelbein, E.; Wolff, L.; Valenzuela, J. 1994). Las consecuencias de este proceso fueron previsibles: "...durante la década de los '80 el efecto combinado de la recesión, el ajuste y la reestructuración afectó relativamente más la demanda de trabajadores más calificados frente al rápido aumento de la oferta. Los ingresos promedio de la fuerza de trabajo urbana con instrucción secundaria y universitaria disminuyeron, en general, con respecto a quienes sólo habían recibido instrucción primaria" (Altimir O., 1997:18).

De esta manera, es posible sostener que una de las principales causas de la referida pérdida de confianza en la educación fue el retroceso económico ocurrido durante este período. Para las perspectivas que absolutizaban el papel económico de la educación la pregunta pasó a ser: ¿para qué invertir en educación, cuando existe un alto nivel de incertidumbre respecto de la tasa de retorno futura que esta inversión devengará?

Otros elementos de la coyuntura macroeconómica también confluyeron en la creciente desatención de los Estados latinoamericanos hacia la educación. El incremento de la deuda externa a niveles sin precedentes, la crisis fiscal y el ascenso de la espiral inflacionaria fueron algunos de los factores que sirvieron como argumento para promover las políticas de ajuste que signaron la época y promovieron un marcado descenso en la inversión educativa. La retracción de los recursos financieros presentó su principal impacto en torno a uno de los factores que regulan más fuertemente la calidad educativa: el salario docente (Cuadro 1). Una investigación sobre la inversión educativa en distintas regiones del mundo realizada por Fernando Reimers (1996:110) sobre datos de 1989 describe sintéticamente la situación latinoamericana sobre el fin de la década: "Basándose en comparaciones con otras regiones, este trabajo llega a la conclusión de que América Latina tiene grandes problemas de financiamiento de la educación (...) especialmente en cuanto a la falta global de fondos en el sector. Por lo tanto, no sorprende que los sistemas de educación de la región elaboren productos de baja calidad y en forma muy ineficiente".

Cuadro 1
Evolución del salario real y el gasto educativo 1980-1990 Nivel Primario
Países seleccionados

Países	Salarios Docentes			Variación del gasto educativo
	1980	1985	1990	1980-90
Argentina	100	95	59	-0.2
Bolivia	100	23	73 (1987)	-3.3
Chile	100	105	120	-2.6
Colombia	100	102	102 (1987)	5.0
Costa Rica	100	72	96	-2.4
El Salvador	100	62	32	-7.1
Guatemala	100	70	54 (1987)	-2.2
México	100 (1981)	58	40 (1993)	-2.5
Panamá	SD	100	98 (1993)	1.7
Uruguay	SD	100	125 (1993)	1.7
Venezuela	100		70 (1998)	-1.2

Fuente: M. Carnoy y De Moura Castro, ¿Qué rumbo debe tomar el mejoramiento de la educación en América Latina? La reforma educativa en América Latina, BID, 1997, Washington.

Es posible plantear que la profundidad del deterioro de la educación que ocurrió en este período haya mostrado consecuencias tan graves y quizás más difíciles de revertir que las ocurridas en el mismo tiempo en el ámbito económico. Se trata de mucho más que una década perdida. No sólo porque el impacto de una formación escolar de baja calidad repercute durante muchos años en el sistema productivo (y en el caso de la formación docente en el propio sistema educativo), sino porque los procesos de recuperación o creación de la excelencia en las instituciones escolares exigen períodos prolongados de tiempo y gran cantidad de recursos.

En un escrito reciente, Cecilia Braslavsky (1998) ha caracterizado este período como un "suicidio pedagógico". La metáfora tiene sentido. Hace referencia a un autoperjuicio voluntario, pero que, una vez cometido, no alcanza la voluntad para conseguir la recuperación de la situación perdida. Para la década de los '90 se presentaba el desafío de alcanzar el "milagro" de aunar esfuerzos, recursos y voluntades de tal manera que el Estado y el conjunto de las fuerzas políticas y sociales generaran las condiciones económico-políticas y pedagógicas para permitir un verdadero "renacimiento" de la educación latinoamericana.

En este marco, la toma de conciencia acerca de la profundidad de la crisis educativa latinoamericana y las transformaciones económicas, políticas, sociales e ideológicas que ocurrieron durante la década de los '80 generaron las condiciones para que se gestara un creciente consenso respecto de la necesidad de recuperar el rol central de la educación en la construcción de las sociedades del nuevo milenio.

a) En lo que respecta a los cambios económicos, el creciente proceso de internacionalización y globalización de las economías, el acelerado avance científico-tecnológico y la generación de nuevos patrones de producción y de organización del trabajo comenzaron a exigir un nivel superior en la formación de los recursos humanos de la región. La globalización y el camino de apertura de las economías en el que se inscribieron la mayor parte de los países latinoamericanos presentaron la necesidad de alcanzar altos niveles de competitividad genuina. Se trata de competir sobre la base de un aumento de la productividad y no de la depredación de la naturaleza o la mayor explotación de la mano de obra (CEPAL-UNESCO 1992).

b) En lo que respecta a las transformaciones políticas, sin duda la que más contribuyó a la recuperación de la centralidad de la educación fue el proceso de institucionalización de la democracia, ocurrido en la mayor parte de los países de la región durante la década de los '80. La vigencia del sistema democrático permite la rearticulación de las demandas populares por educación frente a gobiernos mucho más permeables al reclamo de la ciudadanía, especialmente en aquellos países en los que el proceso de escolarización era más limitado. Pero al mismo tiempo, la recuperación democrática instaló el debate acerca de cuáles deben ser los horizontes de integración para la constitución de una ciudadanía plena. Es en este punto donde la escuela es llamada a desarrollar una importante tarea. En primer lugar, en la formación de hábitos de comportamiento democráticos en sociedades que atravesaron largas etapas de autoritarismo e intolerancia. En segundo lugar, en el aprendizaje de los saberes, actitudes y competencias necesarios para alcanzar una participación social integral, que no se reduzca al voto, en sociedades cada vez más complejas que exigen un mayor nivel de conocimientos para ejercer un protagonismo responsable.

c) Desde la perspectiva social, la década de los '80 había significado un notorio aumento de la pobreza y la desigualdad. En el período 1980/90 los habitantes por debajo de la línea de la pobreza se habían incrementado del 37% al 39% y en el caso de la pobreza urbana, del 25% al 34% (Bustelo E., Minujin A. 1998; Bulmer-Thomas V. 1997).

En este contexto, y ante la incapacidad de otras políticas (trabajo, protección social, etc.) para incorporar a sectores de la población marginados, el impulso a la educación fue planteado como una de las principales estrategias de integración social. Cabe destacar que el aporte de la educación como herramienta principal para integrar a la ciudadanía plena a los sectores excluidos no es concebido únicamente con una "finalidad ética" (F. Calderón, M. Hopenhayn y E. Ottone 1996). El efecto sistémico del desarrollo generalizado de las nuevas competencias y una mayor socialización con los códigos de la modernidad significan, desde el punto de vista político, un aporte a la gobernabilidad democrática (BID, 1998), ya que contribuyen a elevar los niveles de legitimidad de las instituciones. Desde la perspectiva económica, se convierten en un importante sustento del incremento de la competitividad global de la sociedad.

d) La última de las transformaciones a las que haremos referencia se produjo en el ámbito de las concepciones dominantes respecto del valor del conocimiento, la ciencia y la tecnología en la competitividad de las naciones. A fines de los '80 comenzaron a tener una fuerte presencia en la región las nuevas perspectivas acerca de la importancia estratégica de la educación, que ya se estaban convirtiendo en hegemónicas en los países centrales. Los escritos de A. Toffler (1992), L. Thurow (1993), R. Reich (1993), entre otros, definieron la nueva época como la de la "sociedad del conocimiento" y plantearon que en el nuevo siglo las disputas y la competencia entre las naciones se dirimirán en torno a la capacidad de creación, distribución y aplicación de los nuevos conocimientos.

Estas posturas comenzaron a tener gran predicamento en la región y permitieron dar sustento ideológico a la necesidad de recuperación del papel central de la educación que habían generado las transformaciones económicas, sociales y políticas que anteriormente se mencionaron.

Es así que la década de los '90 comienza con un alto grado de homogeneidad regional en cuanto a dos aspectos centrales del discurso educativo: 1) la profunda crisis de la educación latinoamericana, y 2) la necesidad de producir transformaciones para atender las demandas de la economía globalizada y de la construcción de un nueva ciudadanía.

III. LA APLICACIÓN DEL NUEVO MODELO ECONÓMICO COMO CONDICIONANTE DE LAS TRANSFORMACIONES EDUCATIVAS EN AMÉRICA LATINA

La instrumentación de la reforma educativa en América Latina coincidió con la profundización de los cambios macroeconómicos que, en la mayor parte de los países de la región, comenzaron a implementarse sobre finales de la década del '80. Distintos autores (Nun J., 1999, Bulmer-Thomas V., 1997, Lozano W., 1998) coinciden en que los rasgos principales del Nuevo Modelo Económico (NME) han sido: el achicamiento del Estado (a partir de las privatizaciones y la reducción del gasto público); estabilidad macroeconómica (combate a la inflación y reducción del déficit fiscal); desplazamiento del papel directivo del Estado hacia la conducción de la economía por las fuerzas del mercado; un modelo de crecimiento basado en las exportaciones y en la apertura de la economía al comercio y las finanzas internacionales, y la flexibilización y desregulación del mercado laboral. Las consecuencias de la aplicación del nuevo modelo repercutieron fuertemente en la educación. Muchas de ellas se han convertido en verdaderos límites a la potencialidad democratizadora que presentan las transformaciones educativas.

I. El primer límite ha sido la inversión educativa. Hemos visto que el crecimiento económico obtenido durante los '90 y la revalorización de las políticas educativas produjeron un incremento en la inversión educativa en la mayor parte de los países de la región, lo cual permitió que se revirtiera la tendencia decreciente de la década anterior y se alcanzaran niveles superiores a los anteriores de la crisis de la deuda (Ottone, 1998). A pesar de ello, el gasto por alumno continúa siendo alarmantemente bajo. Como señala Víctor Bulmer-Thomas (1997:371): "Dada la necesidad de estabilidad macroeconómica y presupuestos equilibrados, no es probable que el NME logre dedicar recursos suficientes a la educación, a menos que se acelere el ritmo del crecimiento económico".

Cuadro 2

Gasto Anual por alumno por nivel de educación: 1992 alumno por nivel de educación

	América Latina y el Caribe	Países de la OCDE
Educación preescolar y primaria	$252	$4.170
Secundaria	$394	$5.170
Superior	$1.485	$10.030

Fuente: UNESCO, World Education Report, 1995 (París: UNESCO, 1995); Centre for Educational Research and Innovation, Education at a Glance (París: Organización para la Cooperación y Desarrollo Económicos, 1995).

En este contexto, la diferencia con los países desarrollados se profundiza. Los países de la OCDE invierten en educación per cápita 8 veces más que los países latinoamericanos. Pero si tomamos la inversión por alumno en la escuela primaria, la brecha se agiganta: los integrantes de la OCDE invierten 16 veces más (Cuadro 2). La situación se torna más grave aún si analizamos las desigualdades al interior de la región. Mientras que los países con más altos niveles de gasto en educación (Argentina, Costa Rica y Panamá) destinan entre 80 y 140 dólares anuales por habitante, un conjunto de países no superan la inversión de 40 dólares: Bolivia, El Salvador, Guatemala, Honduras, Nicaragua, Paraguay, Perú y República Dominicana (Cuadro 3). Son precisamente estos países, que en líneas generales muestran índices más bajos de escolarización, los que han hecho un menor esfuerzo relativo medido en porcentaje de PBI dedicado a Capital Humano (CEPAL 1996).

Cuadro 3

América Latina (18 países): Evolución del gasto en educación per cápita

Educación	Gasto social real per cápita*		Variación	Variación
	1990 – 1991	1994 –1995	Absoluta *	Porcentual
TOTAL	46.7	58.1		
Argentina	105.9	145.8	39.9	37.6
Bolivia	22.1	34.6	12.5	56.8
Brasil b/	26.0	27.3	1.3	5.1
Chile	51.1	67.4	16.3	31.8
Colombia	31.0	46.0	15.0	48.4
Costa Rica	80.7	100.9	20.2	25.0
Ecuador	34.7	50.2	15.5	44.8
El Salvador	19.0	15.8	(3.2)	(16.6)
Guatemala	13.7	14.0	0.3	2.3
Honduras	40.4	37.3	(3.1)	(7.6)
México	53.7	76.5	22.7	42.3
Nicaragua	44.7	36.6	(0.8)	(18.0)
Panamá	94.1	113.9	19.8	21.1
Paraguay	11.1	32.4	21.3	192.4
Perú	15.2	-	-	-
República Dominicana	9.3	-	-	-
Uruguay	71.7	72.1	0.4	0.6
Venezuela	83.7	-	-	-

Fuente: El gasto social en los años noventa.
* Dólares de 1987

II. La escasez de recursos no sólo repercute en la infraestructura, el material pedagógico, la tecnología educativa, bibliotecas, etc., sino también, y principalmente, en el tiempo efectivo de clase que reciben los estudiantes y en los salarios y las condiciones de trabajo docente. La cantidad de horas de clase es uno de los factores que se encuentran más asociados al mejoramiento de la calidad educativa (Banco Mundial 1996). En este punto, las diferencias entre la educación pública latinoamericana y la educación privada de la misma región, o con las escuelas de los países de la OCDE, son muy amplias. Mientras que en la primera se imparten anualmente entre 500 y 800 horas de clase, en las segundas esta cifra se eleva a 1.200 (PREAL, 1998).

Por otra parte, el mantenimiento de bajos salarios se ha constituido en una de las principales causas del fracaso de uno de los sustentos básicos de los discursos de las reformas: la profesionalización del trabajo docente. La calidad de la educación se ve afectada por el conjunto de carencias anteriormente enunciadas, pero el tema de la desjerarquización de los profesores es, quizás, el más importante. La tensión entre profesionalización y proletarización del trabajo docente pasó a ser uno de los dilemas centrales en torno al cual se decide el destino de los cambios. Por un lado, los requerimientos para el ejercicio de la docencia en el marco de la complejidad de la sociedad de fin de siglo son cada vez mayores. Por el otro, las condiciones materiales de trabajo impiden el acceso a la profesión de los jóvenes mejor preparados y la capacitación permanente de quienes se encuentran dentro de ella. Un ejemplo de ello es que más del 25% de los docentes de América Latina y el Caribe carecen de un título o certificado profesional (PREAL, 1998).

Existe una verdadera contradicción entre el discurso pedagógico y las políticas implementadas. Desde la perspectiva de las estrategias de transformación se llama a los maestros y profesores a abordar la tarea educativa con un mayor nivel de formación, autonomía y de responsabilidad en la calidad del resultado de su trabajo. En cambio, desde las políticas de financiamiento se condicionan las posibilidades materiales de acceder a las capacidades y competencias necesarias para que esta autonomía pueda ser responsablemente ejercida en dirección a elevar la calidad de la educación que se brinda. Cabe aclarar que el impulso de estrategias que no contemplan la recuperación salarial docente está sostenido en concepciones que subestiman su rol y que plantean que no existe una fuerte correlación positiva entre ingresos del maestro y calidad educativa (Torres R.M. 1997)

Por último, el bajo nivel de salarios también dificulta la posibilidad de avanzar en otro de los elementos reiterados en un conjunto de estrategias de cambio: la modificación de ciertas pautas anacrónicas del contrato de trabajo y la búsqueda de incentivos a la mejora de la calidad de la tarea docente. Como hemos visto, durante la década de los '80 los gobiernos se vieron imposibilitados de negociar mejoras salariales para los docentes. Por lo tanto, atendieron sus demandas a partir de conceder la disminución de exigencias formales en las condiciones de trabajo. Ello implicó una política perversa desde los gobiernos. Esta política se podría sintetizar en: "Como pago poco, exijo menos". Las consecuencias se reflejaron en el ya citado deterioro de la calidad educativa. Ahora bien, parece difícil que la recuperación de condiciones profesionales de trabajo se pueda realizar a menos que esté acompañada de una recuperación correlativa de los ingresos docentes. Los continuos conflictos gremiales docentes en la región así lo confirman.

III. La coincidencia de la aplicación de las reformas educativas con la vigencia de serias políticas de ajuste fiscal destinadas a bajar el gasto público también impactó fuertemente en la lógica que hegemonizó las estrategias de cambio. Distintos autores han categorizado los diferentes procesos de transformación educativa latinoamericanos (Hevia Rivas, 1991, Carnoy y De Moura Castro, 1996 y Filmus, 1996) de acuerdo a las lógicas que prevalecieron. Según estos trabajos, y producto de la presión generada por la crisis fiscal, en muchos casos se privilegiaron las lógicas burocrático-financieras por encima de las pedagógico-políticas. Ello implicó que en estos casos el eje central de la nueva estructura del sistema educativo propuesto se constituyera en torno del objetivo de restringir los gastos del presupuesto nacional transfiriendo las erogaciones a los gobiernos provinciales o municipales o descargando una parte de la inversión educativa en los aportes de organizaciones privadas o comunitarias y en las propias familias (Psacharópoulos, 1987, FIEL, 1993).

Es así que en lugar de centrar las reformas en los aspectos pedagógicos vinculados a la calidad de la educación, en muchos casos se abordó la descentralización como un proceso de reingeniería burocrático-institucional desde una perspectiva que privilegia los parámetros empresariales, sin tomar en cuenta la esencia pedagógica del trabajo que se desarrolla en las escuelas. Contrariando esta perspectiva, las investigaciones han mostrado que en los casos en que, por ejemplo, se transfirieron servicios a los organismos locales sin mejorar el nivel de financiamiento y el apoyo técnico-profesional y sin realizar las transformaciones pedagógicas pertinentes, la calidad de la educación descendió y los objetivos del cambio no se cumplieron (Carnoy y De Moura Castro, 1996, Tedesco J.C., 1995, Espínola V., 1994, etc.). En cambio, los avances más importantes en torno a la elevación de los niveles de aprendizaje se obtuvieron en aquellos casos donde se combinaron ajustadamente las estrategias pedagógicas con cambios organizativo-institucionales que otorgaron más poder y participación a los actores locales para adaptar las políticas a cada realidad particular (Braslavsky C., 1998, Cox C., 1998).

Cabe destacar que los organismos financieros internacionales, por la propia esencia de su función principal, tuvieron una gran incidencia en aquellos casos donde primó la lógica del ajuste. Esta incidencia no estuvo sustentada únicamente por las inversiones que han realizado en el sector educación ya que, por ejemplo, en el caso del Banco Mundial no representaron ni "la mitad del 1% del total del gasto en educación de los países en desarrollo" (Banco Mundial 1995). La influencia en la construcción del discurso y en la elaboración de las estrategias educativas de corte neo-liberal estuvo principalmente vinculada a la capacidad de influir y asesorar a los conductores de las políticas educativas de los diferentes países (Coraggio J.L., 1997). No es de extrañar entonces que las propuestas de transformación orientadas por estos organismos hayan sido adoptadas de una forma más integral y con menor adecuación a la situación local en aquellos países con menor tradición en la democratización de los sistemas educativos y con menor fortaleza técnica entre los equipos de conducción de los ministerios.

IV. Otro de los aspectos de las políticas macroeconómicas aplicadas en la región que impactan fuertemente en el resultado del aprendizaje escolar es el deterioro de las condiciones socioeconómicas de las familias de los sectores populares. Existen suficientes investigaciones empíricas que muestran que el origen socioeconómico de los alumnos, en particular el nivel educativo alcanzado por los padres, es la variable que encuentra una mayor correlación con la exclusión, el abandono y el fracaso escolar. No se trata únicamente de la incidencia de los elementos materiales de la diferenciación con que los niños ingresarán a la escuela, como la alimentación, vivienda, salud, materiales escolares, etc., sino también de los factores culturales; las actitudes, predisposiciones y valoraciones que determinarán la relación con el ámbito educativo (Tenti Fanfani E., 1993).

Finalizando la década y como una de las consecuencias principales de la concentración del ingreso, "...la pobreza se ha extendido a más de 150.000.000 de latinoamericanos, que equivalen a cerca del 33% de la población, que se encuentran por debajo de un nivel de ingresos de 2 dólares por día que se considera el mínimo necesario para cubrir las necesidades básicas de consumo..." (BID, 1998:25). El crecimiento de este grupo es uno de los factores que más obstaculiza la función democratizadora de la escuela, pues "quienes más abandonan la escuela son los pobres: de cada 100 niños que provienen del 40% más pobre, menos de la mitad permanecen en el sistema en el quinto año de escolaridad, y tan sólo 10 persisten hasta el noveno año. En contraste, de cada 100 niños del 20% más alto, 90 terminan el quinto año, y más de la mitad llegan a completar el noveno año" (BID, 1998b:7).

Indudablemente, es necesario realizar profundas transformaciones educativas para posibilitar que, al contrario de lo que actualmente sucede, la escuela permita romper con el círculo de la pobreza. Un conjunto de políticas educativas focalizadas han sido desarrolladas con el objetivo de revertir la actual segmentación educativa, que brinda peores calidades de educación a quienes provienen de puntos de partida más desfavorables. Sin embargo, y a pesar de los avances obtenidos, parece muy difícil que la institución escolar pueda realizar esta tarea ciclópea cuando las "condiciones de educabilidad" (Tedesco J.C., 1998) de quienes traspasan el umbral de la escuela no garantizan las plataformas materiales y culturales mínimas como para poder permanecer en el ámbito escolar y adquirir los aprendizajes que allí se prometen. El último informe de CEPAL (1998:68) brinda evidencias elocuentes de esta realidad: "...los datos de 11 países indican que las diferencias en la proporción de jóvenes de 20 a 24 años de edad con 12 años de estudios cursados provenientes de hogares con distinto capital educativo se mantuvieron prácticamente invariables... ello permite afirmar que el capital cultural sigue dependiendo de factores adscriptivos: la probabilidad de recibir un mínimo adecuado de educación está condicionada en gran medida por la educación de los padres y por la capacidad económica del hogar de origen".

V. Por último, las políticas de ajuste condicionan el papel que los diferentes actores pueden desempeñar en relación con el apoyo a las reformas educativas. En el escenario público de muchos de los países de la región, el consenso en torno a la necesidad del cambio educativo deja lugar a la disputa por los recursos que necesita la educación. En este contexto, algunos de los actores más interesados e imprescindibles para el cambio, como las organizaciones magisteriales, retoman las actitudes defensivas propias de los momentos autoritarios por temor a que la transformación se convierta en una excusa para profundizar el ajuste en el ámbito educativo y deteriorar aún más su situación laboral. De esta manera, los docentes y otros actores de la sociedad aparecen defendiendo un *statu quo* que no los favorece, al oponerse a cambios que no les prometen mejores condiciones de trabajo.

Al mismo tiempo, los costos frente a la opinión pública que significan las políticas de ajuste en la educación, alejan a la oposición política de la posibilidad de compartir el liderazgo del cambio e impiden el abordaje de las transformaciones educativas como políticas de Estado que trasciendan los períodos y los intereses electorales coyunturales (Filmus D. y Tiramonti G., 1995 y Tedesco J.C., 1995).

IV. EL PAPEL DE LA EDUCACIÓN FRENTE A LAS DESIGUALDADES

En el último capítulo hemos observado cómo la aplicación del NME condicionó fuertemente los cambios que se efectuaron en los sistemas educativos latinoamericanos en la década de los '90. En el presente punto realizaremos un breve análisis de cómo los cambios ocurridos en la estructura económico-social de los países de la región se convirtieron en un factor que limitó el impacto de las transformaciones educativas en dirección a disminuir las desigualdades sociales.

Como señalamos en la introducción, existe consenso en afirmar que los principales avances producidos por la reestructuración económica están vinculados al sostenimiento de la estabilidad, el control de las variables macroeconómicas, un moderado crecimiento económico y un ligero aumento de la productividad (Cuadro 4). La paradoja principal es que estos avances han sido acompañados por el crecimiento de la desigualdad y la escasa disminución relativa de la pobreza.

Cuadro 4
América Latina y el Caribe
Crecimiento del producto, el empleo y la productividad en actividades no agropecuarias, 1990 – 1997 y 1998
(Tasas de Crecimiento anual)

País	PIB	PEA 1990-1997	Ocupados	Productividad	
				1990-1997	1998 a/
Argentina	5.5	3.0	1.8	3.6	0.1
Barbados	0.8	1.5	1.4	-0.6	0.1
Brasil	2.8	2.7	2.5	0.3	-0.2
Bolivia	3.9	3.2	3.7	0.2	-
Chile	7.1	3.2	3.5	3.4	3.5
Colombia	4.1	3.3	3.0	1.0	1.0
Costa Rica	3.4	3.9	3.8	-0.4	-
Ecuador	3.5	4.5	4.0	-0.5	-
Honduras	3.7	4.8	4.9	-1.1	-
Jamaica	0.5	1.2	1.0	-0.5	-1.6
México	2.8	3.9	3.7	-0.9	-0.9
Panamá	4.8	5.4	6.3	-1.4	0.0
Paraguay	2.7	5.6	5.6	-2.7	-
Perú	5.5	3.5	3.2	2.2	-1.4
República Dominicana	4.7	1.2	2.7	1.9	-
Trinidad y Tobago	1.9	2.1	3.0	-1.1	0.6
Uruguay	4.2	1.9	1.4	2.8	-0.7
Venezuela	2.9	3.1	2.6	0.3	-6.0
América Latina y el Caribe	3.5	3.1	2.9	0.6	0.0

Fuente: Elaboración OIT con base en información CEPAL y cifras oficiales de los países.
a/ Estimados

El reemplazo de la estrategia de sustitución de importaciones por otra, basada principalmente en la exportación, significó la reestructuración del modelo productivo ahora dirigido principalmente hacia la producción de servicios y bienes exportables (Thomas J., 1997). La incorporación de capitales, sumada a las nuevas condiciones tecnológicas, produjo un crecimiento de la productividad laboral en los servicios y la industria manufacturera de un conjunto de países de la región, en algunos casos comparable con el incremento que experimentó EE.UU. (Cuadro 5). Sin embargo, y tal como lo demuestra J. Katz (1998:71) para el caso de las industrias, el incremento de la productividad parece estar "...más asociado a fuertes caídas del empleo industrial que a logros particularmente significativos en lo que a la expansión del volumen físico de producción industrial se refiere".

Cuadro 5
Evolución de la productividad laboral en 7 países latinoamericanos
y su comparación con Estados Unidos en 1990-1996

	Producto Industrial 1990-1996	Empleo 1990-1996	Productividad Laboral 1990-1996
Argentina	4,87	-3,15	8,02
Brasil	2,26	-6,41	8,67
Chile**	6,40	3,49	2,91
Colombia	3,52	-0,22	3,74
México*	2,27	-0,03	23,00
Perú	5,09	1,97	3,12
Uruguay**	-1,46	-8,58	7,12
Estados Unidos	5,04	0,3	4,74

Fuente: Katz, J. (1998) "Conferencia: el Estado, la educación y la investigación tecnológica en las instituciones de fin de siglo: el orden democrático y el funcionamiento del mercado", II Congreso de Economía, Consejo Profesional de Ciencias Económicas de la Capital Federal.

Esta parece ser una de las principales limitaciones del NME: su escasa capacidad para generar empleo productivo moderno e incluso para mantener los niveles de ocupación que generaba al principio de la década. La privatización de las empresas públicas, el retiro del Estado de su rol regulador en el mercado laboral, los procesos de flexibilización del trabajo y la sensible disminución de la capacidad negociadora de los sindicatos fueron algunos de los factores que coadyuvaron en el sostenimiento de altas tasas de desocupación y subocupación y en el crecimiento permanente del trabajo informal, particularmente en sectores de muy baja productividad. Este último proceso ha tendido a neutralizar para la economía en general los altos índices de crecimiento de la productividad alcanzados en las áreas donde se produjo la transformación productiva con un uso intensivo de nuevas tecnologías.

Sin lugar a dudas, la informalización del trabajo parece ser uno de los factores principales de la profundización de los procesos de dualización de las sociedades latinoamericanas. A pesar del crecimiento del PBI (3.5%) obtenido en promedio en la década, los países latinoamericanos vieron disminuir la ocupación en el sector formal del 48,2% al 42,3% (Cuadro 6). Ello implica que de cada 10 nuevos empleos creados, 9 han sido informales (OIT 1998). El decrecimiento del porcentaje de trabajadores incluidos en el sector formal no sólo ocurrió en el ámbito de las empresas estatales, como producto de los procesos de privatización, sino también en las grandes empresas del sector privado. El crecimiento del sector informal urbano, tanto por políticas desde "arriba" utilizadas por el Gobierno y los empresarios para bajar el costo de la mano de obra haciendo que los mercados sean más flexibles, como por estrategias desde "abajo" por quienes son expulsados o no logran acceder al trabajo formal, tiende a disminuir los ingresos promedio de quienes se encuentran en él. Ello se debe a que la demanda de producción del sistema informal urbano muestra una creciente inelasticidad (Thomas J., 1997).

Cuadro 6
América Latina: Estructura del empleo no agrícola, 1990 – 1997
(Porcentajes)

		Sector Informal				Sector Formal	
	Total	Trabajador Independiente	Servicio Doméstico	Empresas Pequeñas	Total	Sector Público	Grandes Empresas
América Latina							
1990	51,8	24,7	7,0	20,1	48,2	15,5	32,7
1991	52,5	25,1	6,9	20,6	47,5	15,2	32,3
1992	53,2	25,6	6,9	20,7	46,8	14,8	32,0
1993	54,1	25,4	7,3	21,4	45,9	13,9	32,0
1994	55,1	25,9	7,3	21,8	44,9	13,5	31,4
1995	56,2	26,7	7,4	22,2	43,8	13,4	30,4
1996	57,4	27,3	7,4	22,7	42,6	13,2	29,4
1997	57,7	27,1	7,6	· 23,0	42,3	13,0	29,3

Fuente: Panorama Laboral '98, OIT América Latina y el Caribe

El resultado de estos procesos ha sido una profundización de la heterogeneización y segmentación del mercado laboral donde "...existe una ampliación de la brecha entre el sector moderno de alta productividad e ingresos y uno tradicional de baja productividad y de ingresos precarios vinculados al trabajo informal..." (Lozano W. 1998:131). En efecto, la distancia entre los ingresos de los profesionales y técnicos y los trabajadores de los sectores de baja productividad aumentó entre el 40% y el 60% entre 1990 y 1994 (CEPAL 1998). En otro estudio sobre 4 países (Chile, Colombia, Costa Rica y Uruguay), se muestra que quienes desempeñan cargos directivos, son profesionales o técnicos aumentaron sus ingresos a un ritmo de 7% por año, mientras que operarios, obreros, vigilantes y empleados domésticos crecieron a un ritmo del 3.5% (CEPAL 1998).

Es tiempo de preguntarnos acerca del impacto de la educación en estos procesos. Aunque las consecuencias de los cambios educativos no son observables a corto plazo en el mercado de trabajo, es posible señalar que la expansión educativa en un contexto como el descripto no pudo contrarrestar el proceso de crecimiento de la desigualdad. En un reciente trabajo, O. Altimir (1997:7) plantea esta perspectiva y sugiere que para su explicación una hipótesis admisible es que "...con tasas de crecimiento bajas e inestables, los factores institucionales y la segmentación del mercado de trabajo tienen precedencia respecto de la dinámica del capital humano para mantener o incrementar los rendimientos de la educación en el sector formal, y para mantener mal remunerados aun a los trabajadores de buen nivel de instrucción en las actividades informales". De esta manera, el estrechamiento de las posibilidades de inclusión en el sector moderno de la economía, el deterioro de los ingresos de quienes no logran acceder a él y las reformas en la legislación que tienden a la flexiblización laboral, son algunos de los factores que están decidiendo el tipo de inserción en el mercado de trabajo de quienes desarrollan itinerarios diferenciados en el sistema educativo. En esta dirección, parecen recobrar vigencia las concepciones que criticaron a la teoría del capital humano desde la perspectiva del funcionamiento del mercado de trabajo dual (Doeringer y Piore, 1971). Estas concepciones plantean que los ingresos están más vinculados a la naturaleza de los empleos y la diferenciación de los mismos, el tipo de capital y tecnología relacionados con cada uno de los puestos ocupacionales que a las características del capital humano de los trabajadores que ocupan los empleos.

Pero el proceso de desigualdad se profundiza porque no sólo se segmenta cada vez más el mercado laboral, sino que al mismo tiempo la distribución de la educación en Latinoamérica también es cada vez más desigual. Contrariando la tendencia mundial, en nuestra región, a medida que se elevó el promedio de años de educación, la dispersión se tornó cada vez más amplia. De esta manera, "...a partir de 1980, la educación ha estado peor distribuida en América Latina de lo que podría justificarse. Las diferencias típicas de los niveles de educación entre los individuos de un mismo país son ahora de más de 4 años, para un nivel promedio de educación que no llega a los 5 años" (BID 1998:51).

De esta manera es posible plantear para América Latina un proceso que en trabajos anteriores hemos analizado para la realidad argentina (Filmus D., 1996 y 1998). En momentos en que existe un marcado deterioro del mercado laboral acompañado de un proceso de expansión educativa, los sistemas educativos tienden a desempeñar una función denominada por M. Carnoy (1982) como "efecto fila". Este proceso hace referencia a la idea de que, junto con aportar a la productividad, la educación les proporciona a los empresarios un proceso conveniente para identificar a los trabajadores que reúnen las condiciones que ellos requieren. En otras palabras, la educación no siempre genera mejores trabajos sino que "reasigna" los lugares en la fila de buscadores de empleo. Quienes han accedido a más años de escolaridad desalojan de los primeros lugares de la "fila" a los sectores con menor instrucción formal, aun para puestos que exigen poca calificación. Debido a que la correlación entre las credenciales educativas y el nivel socioeconómico de origen es alta, es posible plantear que en muchos casos la educación latinoamericana habilita para acceder a mejores trabajos, más por su función de selección social que por los saberes y calificaciones que brinda.

Los datos permiten proponer que, si bien los años de escolarización de la región aumentan, se han desarrollado fuertemente dos tendencias que limitan la capacidad democratizadora de este proceso. La primera de ellas es que también se incrementan los años de escolaridad mínima requerida para el acceso a ingresos dignos. En efecto, en la mayor parte de los países de la región es necesario completar el secundario y poseer una plataforma mínima de 12 años de escolaridad para tener una probabilidad superior al 80% en la percepción de un ingreso que permita situarse fuera de la pobreza. Ello implica que entre la mitad y 2 de cada 3 trabajadores en cada país queda al margen de esta alternativa (CEPAL 1998). Pero en los países con mayor promedio de escolarización este umbral comienza a resultar insuficiente. Un sector de quienes completaron los estudios secundarios y terciarios deben "degradarse" y ocupar puestos de baja productividad (Altimir O. 1997).

En este punto comienzan a cobrar relevancia los aspectos vinculados a la segmentación de la calidad educativa recibida. Ya no alcanzan los años de escolaridad como pasaporte para el ingreso a los modernos puestos de trabajo. La "contraseña" comienza a ser el origen de la credencial educativa y los contactos familiares. Por un lado, "el mayor nivel de contactos de los hogares implica cerca de un 30% más de ingresos de sus jóvenes, aunque trabajen en los mismos grupos ocupacionales y tengan similares niveles de educación" (CEPAL 1998:84). Por el otro, la búsqueda de mejores credenciales educativas explica la "desbandada" que ocurre entre los grupos de mayores ingresos respecto de la escuela pública. Mientras que entre el 40% de las familias más pobres, el 90% de los niños y jóvenes concurren a las escuelas públicas, en el decil de más altos ingresos esta proporción se reduce a cifras que oscilan entre el 25% y el 40%, de acuerdo a cada país (BID 1998).

La segunda tendencia es que se amplía la brecha entre los más educados y quienes alcanzan menos años de escolaridad. Se ha señalado que el conjunto de los sectores que no logran acceder a los modernos puestos de la economía se ven perjudicados, aun aquellos que poseen credenciales educativas secundarias y terciarias. Sin embargo, parece evidente que los más perjudicados son los grupos sociales que no logran alcanzar un mínimo de escolaridad, ya que en el sector formal ocupan los puestos de trabajo más fácilmente reemplazables por las nuevas tecnologías y en el sector informal se ven desplazados por quienes, a pesar de poseer un alto nivel educativo, no logran acceder a empleos formales. El Cuadro 7 permite observar cómo, para las mismas categorías ocupacionales (aun para las que exigen menor calificación) la cantidad de años de escolarización muestra una correlación positiva con el ingreso.

Cuadro 7

América Latina (6 países): Ingreso medio de los jóvenes de 20 a 29 años que trabajan 20 o más horas a la semana según inserción laboral y nivel educacional, zonas urbanas, 1994

(Expresado en múltiplos de línea de pobreza per cápita)

	Total	Profesionales y Técnicos	Cargos directivos	Empleados administrativos y contadores	Vendedores y dependientes	Obreros	Construcción	Empleados domésticos mozos y guardias	Trabajadores agrícolas
Total	3,4	5,3	7,0	3,6	2,9	2,9	2,7	2,1	2,5
0 - 8	2,5	-	-	2,9	2,5	2,6	2,6	1,9	2,4
11 - 9	3,4	-	-	3,3	3,1	3,3	2,8	2,4	2,2
12 y más	5,2	6,1	8,9	4,2	4,4	4,2	-	-	-

Fuente: CEPAL (1998), Panorama Social de América Latina

Esta situación se ha reflejado en las tasas de rendimiento que producen los diferentes niveles educativos. A nivel mundial, la tasa de rendimiento de la educación básica resulta ampliamente superior a la del resto de los niveles. Pero los cambios producidos en el mercado de trabajo en la última década han provocado un descenso en la tasa de rendimiento de la educación básica en la región. A fines de los '80 esta tasa era del 26%, mientras que en la actualidad se ha reducido al 10%. Estas tasas colocan el rendimiento de la escuela primaria por debajo de la secundaria (11%) y muy atrás de la universitaria (18%) (BID 1998). Estos datos coinciden con los resultados de las investigaciones que han comenzado a mostrar que los años adicionales de estudio tienen un rendimiento mayor en términos de ingresos cuando se producen por encima del umbral de los 12 años de escolaridad: "Uno, dos, o tres años más de estudios cuando se ingresa al mercado laboral sin haber completado el nivel secundario no influyen mayormente en la remuneración percibida, y en la mayor parte de los casos se traducen en un ingreso laboral muy bajo y en escasas posibilidades de situarse fuera de la pobreza. En cambio, el ingreso aumenta aceleradamente cuando los estudios cursados se suman a dicho umbral" (CEPAL, 1998:66).

Estos datos respecto del rendimiento económico de la educación nos colocan frente a dos graves peligros. El primero de ellos es que la falta de reconocimiento económico puede restar estímulos para el estudio a aquellos sectores de la población que son conscientes de que no pueden alcanzar los niveles superiores del sistema. El segundo de los peligros es que los gobiernos de la región y los organismos de financiamiento internacional, con el objetivo de maximizar las tasas de retorno de la inversión educativa, pueden verse tentados de privilegiar la inversión en los niveles superiores cuando aún no se han resuelto los problemas cuantitativos y cualitativos de la educación básica.

V. EDUCACIÓN Y EMPLEO EN LA ARGENTINA DE LOS '90

Es posible proponer que la aplicación del NME en la Argentina muestra un conjunto de consecuencias similares a las que hemos observado respecto de América Latina. A pesar de ello, existen particularidades que es necesario analizar para el estudio de las nuevas características que presenta la relación entre la educación y el mercado de trabajo. La particularidad principal consiste en que en la Argentina de la década de los '90 convergen, por un lado, tasas de crecimiento económico y de incremento de la productividad que han sido notoriamente superiores a las del promedio de la región, y por otro, un proceso de deterioro relativo del mercado laboral y un aumento de la desigualdad de una profundidad sin precedentes en las últimas décadas.

En efecto, Argentina ha sido, con la excepción del caso chileno, el país en donde más ha crecido el PBI durante la década (5,3% anual). Al mismo tiempo, la productividad del trabajo (4,8% anual) se elevó a niveles que se encuentran muy por encima de los promedios de la región (0.4% anual) (Cuadro 4). Sin embargo, estos procesos de crecimiento fueron acompañados por un notorio aumento de la tasa de desocupación (que actualmente es la más alta de América Latina) y una marcada tendencia al deterioro del mercado de trabajo. Ello se tradujo en un sostenido proceso de concentración de la riqueza e incremento de la desigualdad social. De esta manera, mientras que en el año 1990 el 40% más pobre de la población percibía el 18% de los ingresos, y el 10% más rico el 29,8%, en el año 1996 los primeros vieron descender su participación al 12.9%

y los segundos la elevaron al 35,9%. Es así que el coeficiente Gini[1] se incrementó sustantivamente en la década de los 90, pasó del 0,42 en 1990 al 0,48 en 1996 (CEPAL, 1998, BID, 1998).

Existe coincidencia en que las principales razones de la profundidad que muestran estos contrastes están vinculadas tanto a la crisis del modelo de desarrollo encarado por la Argentina después de la Segunda Guerra Mundial, como a las características particulares que mostró la aplicación del NME en la última década. Respecto del primero de los factores, es necesario señalar que el comienzo del agotamiento del modelo de sustitución de importaciones comienza a evidenciarse sobre mediados de los '60 y se profundizó a partir de la mitad de la siguiente década. Una economía que sostuvo históricamente muy bajas tasas de desempleo y niveles de equidad relativamente altos para la región, comenzó un creciente proceso de "latinoamericanización" de su estructura ocupacional (Villarreal J., 1984). La caída del PBI durante los '80 agudizó este proceso, cuyas consecuencias más graves sobre el nivel de empleo fueron disimuladas temporariamente por la existencia de una importante sub-ocupación estatal y un crecimiento de los niveles de informalización del trabajo en puestos de baja productividad (Monza A. 1998 y Filmus D. 1996).

Respecto a la aplicación del NME, la principal característica ha sido la forma acelerada y simultánea con que se implementó el conjunto de políticas que componen el modelo. De esta manera, la privatización de empresas estatales, la disminución de la capacidad reguladora del Estado y su retiro de un conjunto de funciones sociales, la apertura de la economía, el cambio del paradigma productivo, la reconversión tecnológica y una tendencia hacia la flexibilización del trabajo fueron llevadas adelante en un lapso relativamente breve de tiempo. Todas estas medidas fueron aplicadas sin que se generara al mismo tiempo una red de contención social o políticas destinadas a paliar los efectos expulsivos del mercado de trabajo que conlleva este tipo de estrategias.

El resultado de estos procesos, brevemente enunciados, ha generado profundas transformaciones en las condiciones de trabajo de la población. La principal ha sido inaugurar la época del "desempleo de masas en la Argentina" (Delich F., 1998). Pero también ha habido cambios en cuanto a las características de la PEA y la conformación de los puestos de trabajo existentes sobre fin de siglo. La descripción de algunos de estos cambios permitirá avanzar en el análisis del papel de la educación frente a la nueva situación laboral del país.

---

1. El índice de Gini mide el grado de desigualdad. La variación se representa entre el 0 y el 1 (máximo nivel de desigualdad) y representa el promedio de las diferencias interpersonales de bienestar.

VI. LOS CAMBIOS EN EL MERCADO DE TRABAJO

Sintéticamente enunciados, los principales procesos del mercado de trabajo en la Argentina durante la década del '90 han sido los siguientes: el aumento de la tasa de actividad, la reducción de puestos de trabajo en el sector formal, el deterioro del empleo en el sector informal, el crecimiento de la terciarización del trabajo, la precarización laboral y el auge del desempleo.

I. La tasa de actividad se incrementó en forma sostenida durante los '90. Este proceso, que comienza a expandirse sobre a mediados de la década anterior, revierte la tendencia decreciente en la oferta laboral de la población que se manifestó a partir de los '70. El fenómeno es por demás complejo y ha sido asociado a diversos factores, entre ellos se encuentran:

a) La necesidad creciente de las familias de compensar el deterioro salarial de quienes ya trabajan, enviando nuevos miembros del hogar en busca de trabajo, especialmente a las mujeres y a quienes tienen edades avanzadas (Monza A., 1993, Gallart M.A., 1993, Cortés R., 1993).

b) El aumento en las expectativas laborales que generó la reactivación económica, y la recuperación del poder adquisitivo de los salarios durante la primera etapa del plan de Convertibilidad, luego de la crisis 89-90 (Llach J., 1997, Salvia y Zelarrayán, 1998).

Cuadro 8
Evolución de la tasa de actividad económica
Gran Buenos Aires

	1991	1992	1993	1994	1995	1996	1997	1998
Tasa de actividad	40.8	41.7	43.3	43.1	44.2	44.9	45.1	45.4

Fuente: Elaboración propia en base a datos INDEC. Encuesta Permanente de Hogares. Onda Octubre

En el Cuadro 8 puede observarse la tendencia creciente de la participación económica de la población en el Gran Buenos Aires[2] a lo largo de la década. Ahora bien, es necesario destacar que este fenómeno no fue homogéneo para el conjunto del país, ya que la mayor parte del crecimiento de la PEA corresponde al Gran Buenos Aires.

2. El aglomerado del Gran Buenos Aires está compuesto por la Ciudad de Buenos Aires y los 24 partidos que integran el Conurbano Bonaerense. Este aglomerado representa aproximadamente al 38% de la población urbana del país.

II. En el punto anterior nos hemos referido a la oferta de trabajo. Nos ocuparemos ahora de la demanda, comenzando por el análisis del sector formal. La aplicación del NME generó, a lo largo de la década, una destrucción directa de puestos de trabajo en el sector formal. Por otro lado, este proceso implicó también un estancamiento en la generación de nuevos empleos (Salvia y Zelarrayán, 1998). Como se puede observar (Cuadro 9), este proceso perjudicó principalmente a los asalariados y no a los patrones.

De acuerdo a los datos de la OIT (1998), ha sido el Estado quien ha perdido una proporción mayor de participación en la ocupación de fuerza de trabajo (del 19,3 en 1990 al 13,2% en 1996) como resultado de las privatizaciones y las políticas de racionalización de personal. Sin embargo, esta caída en el empleo no ha podido ser compensada por las empresas privadas que se hicieron cargo del conjunto de tareas que hasta el momento desempeñaba la administración pública. Su participación en la estructura del empleo se ha mantenido estable a lo largo del período (33.2%).

Cuadro 9

Población Económicamente Activa de Hogares Familiares según tipo de inserción socio-ocupacional sector formal: 1991-1997 Gran Buenos Aires

	1991	1997	Dif. p.p.
Patrones Formales o Profesionales	3.6	3.6	0
Asalariados Formales	48.6	44.5	-4.1
Sector Formal	52.2	48.1	-4.1

Fuente: Salvia, A. y J. Zelarrayán: "Cambio Estructural, Inserción Sectorial y Estrategias Familiares", 1998.

III. El proceso que ha sufrido el sector informal en la última década muestra marcadas diferencias respecto a la tendencia anteriormente analizada para el mismo período en el caso del conjunto de los países latinoamericanos, e incluso significa una ruptura con el proceso que vivió la Argentina durante los '80. En estos últimos casos, el sector informal adquiere características de "refugio". Es decir que, cuando se produce un deterioro de las ocupaciones en el sector formal, se incrementa. De esta manera contiene el avance de la tasa de desocupación abierta. Ahora bien, en la Argentina, en la última década, la evolución del sector informal adquiere singularidades propias. En efecto, diversos estudios han demostrado una tendencia al deterioro (Monza, 1998, Salvia y Zelarrayán, 1998).

Cuadro 10

Población Económicamente Activa de Hogares Familiares según
tipo de inserción socio-ocupacional sector informal: 1991-1997 Gran Buenos Aires

	1991	1997	Dif. p.p.
Patrones Informales	2.8	2.6	-0.2
Cuenta Propia	18.5	14.0	-4.5
Asalariados Informales	14.3	13.6	-0.7
Trabajadores del Servicio Doméstico	6.2	6.1	-0.1
Sector Informal	41.8	36.3	-5.5

Fuente: Salvia, A. y J. Zelarrayán: "Cambio Estructural, Inserción Sectorial y Estrategias Familiares", 1998

En el Cuadro 10 puede observarse la disminución que sufre el empleo en el sector informal a lo largo de la década, especialmente en la categoría de los trabajadores por cuenta propia. Las determinaciones de este proceso están relacionadas con la apertura de los mercados y con las nuevas condiciones de competencia propias de la aplicación del NME (Salvia, A. y Zelarrayán J. 1998). Sin duda, este fenómeno representa una de las principales características de los cambios ocurridos en el mercado de trabajo, ya que los cuenta propia en nuestro país representaban una clara diferencia en la relación con la estructura ocupacional de la región. Así, durante el desarrollo del modelo de sustitución de importaciones, los factores clave que representan a la categoría están vinculados a que: "disponen de un ingreso promedio más elevado que el percibido por los asalariados (u otros grupos) equivalentes, logran una continuidad en sus actividades relativamente prolongada, y exhiben una elevada integración en el medio social" (Palomino, 1996: 13). El desarrollo de este proceso ha determinado en gran medida la vulnerabilización de importantes sectores de clase media. Pero las consecuencias más importantes se verifican en relación con el aumento de la desocupación abierta.

IV. En investigaciones realizadas con anterioridad se ha destacado que, mientras en el año 1980 el sector terciario agrupaba cerca de la mitad de la PEA, sobre el principio de la década del '90 pasó a representar dos de cada tres oportunidades laborales (Filmus, 1998). Es evidente que este recorrido sigue el movimiento de las tendencias mundiales en la incorporación de un mayor porcentaje de mano de obra en el sector servicios. Durante el período que estamos analizando el porcentaje de ocupados que trabajan en el sector servicios pasó del 46,5% al 53,9%. Si sumamos a este porcentaje a quienes trabajan en el comercio, encontramos que en la Argentina de fin de siglo 3 de cada 4 trabajadores están ocupados en actividades terciarias no afectadas directamente a la producción de bienes. Por otra parte, al haber aumentado considerablemente el Producto Industrial (4,9% anual entre 1990/96) y disminuido el empleo (-3,2% anual en el mismo período), el sector manufacturero se ha colocado a la cabeza del aumento de la productividad laboral del país (8,2% anual).

Cuadro 11

Distribución porcentual de los ocupados por rama de actividad económica
Gran Buenos Aires: 1991-1997

	1991	1993	1995	1997
Actividades primarias	0.3	0.5	0.4	0.3
Manufactura	25.3	22.3	20.9	19.4
Construcción	7.2	6.7	6.4	6.8
Comercio	19.6	22.0	19.5	18.6
Servicios	46.5	47.9	52.3	53.9

Fuente: Elaboración propia en base a datos del INDEC. Encuesta Permanente de Hogares. Onda Octubre

V. Otra de las tendencias que se fortalecieron durante la década de los '90 es la precarización de las condiciones de trabajo. Las reformas de las normativas que regulan el trabajo, en dirección a la flexibilización y las nuevas modalidades de contratación por tiempo determinado, sumaron nuevos sectores de asalariados a la precarización que ya sufrían los trabajadores en "negro" y otras formas de subocupación. Entre 1991 y 1995 la población con "disponibilidad para la actividad laboral" se eleva del 33% al 51% (Murmis, M. y Feldman, S., 1997). La fragilidad de la inserción laboral presenta un conjunto de consecuencias graves, tanto en función de la integración social como de la posibilidad de percibir los beneficios que acompañan a la ocupación plena. Un ejemplo de ello es que entre 1991 y 1997 el porcentaje de trabajadores sin ningún tipo de beneficios sociales se incrementó del 28,6% al 34,7% de la PEA (Cuadro 12). La situación de vulnerabilidad que genera este proceso muestra un impacto particular con respecto a la salud de la población: "En aproximadamente la mitad de los hogares no hay ningún miembro con un puesto de trabajo no precario, lo cual impide que estas familias accedan a los servicios de salud de las obras sociales. En el estrato bajo, 2 de cada 3 familias están en esta situación" (Beccaria L. y López N., 1997: 94).

Cuadro 12

Distribución porcentual de los asalariados según percepción de beneficios sociales
GBA: 1991-1997

	1991	1993	1995	1997
Sin beneficios	28,6	28,0	29,7	34,7
Un solo beneficio	2,9	4,4	3,5	1,3
Más de un beneficio	8,2	8,1	5,9	3,5
Todos los beneficios	59,0	58,0	60,0	59,3

Fuente: Elaboración propia en base a datos del INDEC. Encuesta Permanente de Hogares. Onda Octubre

VI. Por último, y ante la ya señalada imposibilidad del sector informal de mantener su función de "refugio" frente a la expulsión de trabajadores del sector formal y del cuentapropismo, se desarrolla la tendencia más significativa del mercado laboral argentino durante los últimos años: el incremento de la tasa de desempleo. Tras haber alcanzado sus niveles más altos en momentos del fuerte impacto del "efecto tequila", la tasa de desocupación sobre el fin de la década alcanza niveles superiores al doble de las que se observaron al inicio de la misma (Cuadro 13).

Esta problemática adquiere una relevancia mucho más que económica, ya que el empleo significó en nuestro país, sobre todo a partir de la generalización del modelo de sustitución de importaciones, el principal mecanismo de integración social (Minujin, 1998). En efecto, la temática ha cobrado fundamental importancia y se la ha señalado como el principal antecedente de los nuevos procesos de vulnerabilidad y exclusión social (Beccaria y López, 1996, Castel, 1998). Uno de los datos más preocupantes al respecto es el aumento de la proporción de trabajadores que enfrentan desempleos de larga duración. El porcentaje de hogares con desempleados que llevaban más de 6 meses sin trabajo se incrementó del 11.5% al 25,9% entre 1991 y 1995. En el mismo lapso, el de quienes tenían una desocupación que superaba los 12 meses se elevó del 1,8% al 9,3%.

Cuadro 13

Evolución de la tasa de desempleo, GBA: 1991-1998

	1991	1992	1993	1994	1995	1996	1997	1998
Total de la PEA	5.3	6.7	9.6	13.1	17.4	18.8	14.3	13.3

Fuente: Elaboración propia en base a datos del INDEC. Encuesta Permanente de Hogares. Onda Octubre

VII. EL PAPEL DE LA EDUCACIÓN

Otra de las contradicciones que muestra la realidad argentina de la década de los '90 es que el deterioro del empleo ha sido acompañado por un permanente crecimiento del nivel educativo de la PEA. Los datos muestran que quienes sólo alcanzaron a culminar la escuela primaria o tienen menos estudios aún, disminuyeron su participación en la PEA en un 6%. En una proporción similar se incrementó la participación de quienes, al menos, tienen estudios terciarios incompletos (Cuadro 14). Distintos factores contribuyen a este proceso. Algunos de ellos están vinculados a las políticas oficiales destinadas a extender los años de la escolaridad obligatoria de acuerdo a lo legislado por la nueva Ley Federal de Educación. Otros, en cambio, tienen que ver con la decisión de las familias que, a pesar de la crisis económica, deciden realizar un mayor esfuerzo para mantener a los niños y jóvenes dentro del sistema educativo, en la convicción de que los años de escolaridad se convertirán en un pasaporte que les permitirá acceder al trabajo en mejores condiciones (Filmus D., 1996). Como veremos seguidamente, aun a pesar de haber perdido una parte importante de su capacidad de facilitar la movilidad social ascendente, esta valorización positiva de la educación por parte de la población está sustentada por los datos que describen la realidad.

Cuadro 14
Perfil educativo de la población económicamente activa
GBA: 1991-1997

	1991	1997
Primario incompleto	10.9	9.0
Primario completo	31.1	27.5
Secundario incompleto	19.7	20.0
Secundario completo	18.1	17.9
Terciario incompleto	9.2	12.4
Terciario completo	10.9	13.2
Total	100.0	100.0

Fuente: Riquelme, G. y P. Razquin: "Mercado de trabajo y educación: el papel de la educación en el acceso al trabajo".

Un reciente estudio del BID sobre la población mayor de 25 años muestra que el promedio de años de escolaridad para la población argentina de esta franja etárea es el más alto de América Latina y alcanza los 9,44 años. Sin embargo, esta media esconde profundas desigualdades. El 40% más pobre de la población obtiene un promedio que se encuentra entre los 7 y 8 años de escolaridad, mientras que el 10% más rico alcanza a los 13,57 años. Esta diferencia se profundiza cuando analizamos el porcentaje de población entre 20 y 25 años que culmina la escuela media. Poco más del 10% alcanza esta meta entre el decil más pobre. Esta proporción es prácticamente inversa cuando nos referimos al decil de mayores ingresos (Cuadro 15).

Cuadro 15
Educación según nivel de ingresos
Gran Buenos Aires: 1996

	Deciles										Total
	1	2	3	4	5	6	7	8	9	10	
Años promedio de educación para la población de 25 años	7.04	7.48	7.74	7.71	8.52	8.82	8.99	9.91	11.13	13.57	9.44
Tasa primaria completa para la población entre 20 y 25 años	83	94	92	99	96	98	100	99	99	100	97
Tasa de secundaria completa para la población entre 20 y 25 años	13	17	27	31	42	51	54	65	68	92	50

Fuente: Elaboración propia en base a datos del BID. "América Latina frente a la desigualdad", Informe 1998-1999.

Tomando en cuanta que la principal particularidad de la década de los '90 ha sido el notable incremento de la desocupación, es posible afirmar que esta desigualdad se expresa con fuerza en la posibilidad de acceder al trabajo. Entre 1991 y 1997, la desocupación ha aumentado cerca del 250% en el caso de los trabajadores con menor instrucción y "sólo" un 55% entre quienes poseen el nivel terciario completo. De esta manera, en 1991 la diferencia entre la tasa de desocupación de quienes poseían primaria completa respecto de quienes habían finalizado el nivel superior era un 30% mayor. En 1997 esta misma diferencia alcanza al 200% (Cuadro 16).

Cuadro 16
Evolución de la tasa de desocupación según máximo nivel educativo alcanzado
GBA: 1991-1997

	1991	1993	1995	1997	Dif. 91-97%
Primario incompleto	5,0	9,1	21,4	17,7	254
Primario completo	5,3	11,4	19,0	16,6	213
Secundario incompleto	6,4	12,1	21,1	15,7	145
Secundario completo	6,0	8,1	17,1	13,6	127
Superior incompleto	3,4	9,4	14,2	14,5	326
Superior completo	3,7	3,5	7,3	5,9	59

Fuente: Elaboración propia en base datos del SIEMPRO. EPH INDEC Onda octubre

Pero la combinación de los factores anteriormente mencionados ha tenido otra consecuencia importante de destacar: la notable pérdida de valor del título secundario como ventaja comparativa para acceder al mercado de trabajo. Quienes terminaron el nivel medio y aun quienes tienen estudios terciarios incompletos muestran tasas de desocupación mucho más cercanas a las de aquellos que no avanzaron más allá de la primaria que a las de quienes obtuvieron un título superior. En un reciente trabajo, Graciela Riquelme ha utilizado diferentes modelos para lograr un análisis más preciso de las posibilidades de estar ocupado de acuerdo al nivel educativo alcanzado. La aplicación del modelo Logit[3] para comparar las posibilidades de tener empleo pago entre 1980 y 1995 muestra que éstas aumentan sensiblemente cuando se han aprobado más niveles educativos y que esta diferencia es sumamente mayor en 1995.

Cuadro 17
Probabilidad de estar ocupado según modelo logit, por año, género y nivel educativo
GBA: 1980 y 1995 (1)

	1980		1995	
	Hombres	Mujeres	Hombres	Mujeres
Primario incompleto (2)	0.87	0.16	0.74	0.28
Primario completo	0.89	0.17	0.83	0.26
Secundario completo	0.92	0.31	0.88	0.38
Superior completo	0.95	0.61	0.96	0.70

(1) Las probabilidades corresponden a personas casadas que tienen en promedio 2.6 número de dependientes en el hogar.
(2) Las probabilidades para el nivel primario incompleto fueron calculadas usando los coeficientes correspondientes a la constante.
Fuente: Riquelme, G. y P. Razquin (1998): "Mercado de trabajo y educación: el papel de la educación en el acceso al trabajo".

3. Los coeficientes logits permiten determinar la dirección (y su significatividad) del efecto que la educación tiene sobre la probabilidad de estar empleado.

Los datos también permiten observar que la mayor selectividad en el acceso al trabajo afecta más a las mujeres que a los hombres. La histórica brecha a favor de estos últimos en la posibilidad de conseguir trabajo se ha ampliado en la década de los '90. Pero este proceso no ha afectado con similar intensidad a todas las mujeres. La desocupación ha crecido más entre aquellas que tienen menor educación (226%). Las mujeres que no han alcanzado a culminar la escuela secundaria constituyen el grupo que en 1997 muestra un mayor porcentaje de desocupados (19,6%) (Cuadro 18).

Cuadro 18
Tasa de desocupación según máximo nivel educativo alcanzado y género.
GBA: 1991-1997

		1991	1997	Dif. 91-97 %
Hasta secundario incompleto	Hombres	5.4	14.9	175
	Mujeres	6.0	19.6	226
Secundario completo y más	Hombres	3.8	8.4	121
	Mujeres	5.8	15.0	158

Fuente: Elaboración propia en base datos del SIEMPRO. EPH INDEC Onda octubre

Pero la mayor educación no sólo está correlacionada con la posibilidad de tener trabajo. Los datos permiten observar que también incide fuertemente en las condiciones de trabajo a las cuales se accede. Quienes avanzaron más años en el sistema educativo también poseen mayor posibilidad de trabajar en el sector terciario y en empresas que incorporan mayor cantidad de trabajadores. La modificación del patrón de reclutamiento de mano de obra en las diferentes ramas de la actividad económica ha tenido como consecuencia que el sector que incorpora más traba- jadores privilegie cada vez más la contratación de personal con alto nivel educativo. Ello permite prever para el futuro mayores dificultades aún para el acceso al trabajo de quienes poseen menor educación. El tamaño del establecimiento, por su parte, muestra una correlación positiva con la utilización de mayor y más moderna tecnología y la productividad del trabajo. Es por ello que este grupo de empresas también opta por incorporar trabajadores con mayor nivel educativo. En la actualidad, 2 de cada 3 asalariados que poseen educación superior se emplean en las empresas que poseen más de 5 trabajadores. En el caso de los asalariados de más baja educación, la proporción es inversa (Cuadro 19).

Cuadro 19
Distribución porcentual de los asalariados según tamaño del
establecimiento y máximo nivel educativo alcanzado. GBA: 1991-1997

	Hasta 5 trabajadores			Más de 5 trabajadores		
	1991	1997	Dif. 91-97	1991	1997	Dif. 91-97
Primario incompleto	58,7	64,4	9,7	27,6	27,5	-0,4
Primario completo	49,9	54,9	10,0	34,3	38,6	12,5
Secundario incompleto	51,7	49,7	-3,9	34,5	41,8	21,2
Secundario completo	36,9	35,9	-2,7	42,9	56,2	31,0
Más secundario completo	36,5	31,7	-13,2	57,1	61,8	8,2

Fuente: Elaboración propia en base a datos del INDEC. Encuesta Permanente de
Hogares. Onda Octubre

En este contexto, no parece difícil proponer que la creciente segmentación del
mercado de trabajo arroja hacia los empleos más precarios, con menor estabilidad,
beneficios sociales y salarios a los trabajadores menos educados. Aun cuando la
posibilidad de acceder a beneficios sociales ha disminuido para los trabajadores
de todos los niveles educativos, la mayor pérdida ha ocurrido entre aquellos que
poseen menor educación. Para 1997, cerca de la mitad de ellos no poseía ningún
beneficio social (Cuadro 20). Respecto de los ingresos la brecha también se amplió.
Para 1995, cerca del 50% de quienes poseían hasta educación primaria se
encontraban en los 4 deciles más bajos de la escala de ingresos, mientras que una
proporción similar de quienes habían culminado los estudios superiores percibían
salarios que los ubicaban entre los 2 deciles más altos.

Cuadro 20
Distribución porcentual de los asalariados sin beneficios sociales y
máximo nivel educativo alcanzado. GBA: 1991-1997

		1991	1997	Dif. 91-97 %
	TOTAL	28.4	34.7	23.9
Hasta secundario Incompleto	15 a 24 años	57.7	61.5	6.5
	25 años y más	30.0	40.7	35.6
Secundario completo y más	15 a 24 años	25.2	33.3	30.6
	25 años y más	12.4	18.9	52.4

Fuente: Elaboración propia en base datos del SIEMPRO. EPH INDEC Onda octubre

Cuadro 21

Ingreso salarial según nivel educativo GBA: 1995

	TOTAL	Sin ins.	Prim. inc.	Prim. comp.	Sec. Inc.	Sec. comp.	Univ. Inc.	Univ. comp.
Sin inf.	16.5	15.1	16.6	17.0	22.2	16.3	16.8	5.4
Decil 1 a 4	22.5	50.3	41.0	28.0	24.2	14.9	14.6	10.1
Decil 5 a 8	35.4	27.1	34.8	40.8	34.5	36.2	34.4	24.3
Decil 9 y 10	18.6	7.5	3.6	9.0	14.3	22.6	26.8	48.4

Fuente: Filmus, D. (1996): *Estado, sociedad y educación en la Argentina de fin de siglo. Proceso y desafíos*, Troquel, Buenos Aires.

VIII. LOS JÓVENES

En épocas en las que se estrecha fuertemente el mercado laboral y el ingreso al mismo se torna cada vez más selectivo, la disputa por los puestos de trabajo entre las diferentes generaciones se profundiza. En esta disputa, siempre han sido los mayores quienes mantuvieron una importante ventaja. Sin embargo, en la Argentina de los '90 comienza a cambiar esta tendencia. Si bien la desocupación de los jóvenes continúa siendo sensiblemente superior a la de los adultos, las diferencias comienzan a estrecharse. El aumento de los niveles de desocupación en la última década ha sido notoriamente más alto entre los adultos que entre los jóvenes. Entre 1991 y 1997 la tasa de desocupación en el Gran Buenos Aires creció un 115% entre quienes tienen de 15 a 19 años. Este incremento se eleva a 146% para los que están entre 20 y 24 años y al 216% para los mayores de 25.

Diversas razones confluyen en este cambio de tendencia. Algunas de ellas están vinculadas al retiro de una importante cantidad de adolescentes y jóvenes del mercado de trabajo porque permanecen más años en el sistema educativo. Otras están relacionadas con que son quienes más se adaptan a las condiciones de precarización y flexibilización laboral que se han difundido en los últimos años (Monza A. 1998). Pero sin lugar a dudas también juega un papel importante el aumento de los años de escolaridad que presenta la generación más joven y el cambio del tipo de saberes y competencias que requieren los nuevos empleos. Especialmente en el área de las nuevas tecnologías y el comercio, la búsqueda de las empresas se empieza a orientar principalmente hacia personas más jóvenes, con mayor formación y con un perfil más abarcativo, flexible y polivalente. En muchos casos, la experiencia laboral previa, que hasta hace poco era una ventaja comparativa, se ha convertido en una dificultad cuando las especializaciones y las tecnologías evolucionan constantemente.

Pero si bien en su conjunto los jóvenes presentan ventajas frente a los adultos, no todos se benefician de la misma manera con esta tendencia. Quienes abandonan más tempranamente los estudios, también tienen menos posibilidades de acceder al mercado de trabajo. En efecto, en diversos estudios se ha demostrado la problemática de los jóvenes que luego de abandonar el sistema de educación formal se encuentran desocupados involuntariamente. Al respecto, se ha denominado a esta población como "población joven excluida", y representa uno de los sectores más vulnerados por la aplicación del nuevo modelo económico (Salvia, A. y A. Miranda, 1998).

El Gráfico 1 permite observar que el sector que se ha visto menos afectado por el crecimiento de la desocupación ha sido el de jóvenes de 15 a 24 años con secundaria completa. En el marco de un fuerte reestructuración del mercado laboral, la demanda de estos jóvenes parece estar desplazando a los adultos con baja educación.

Gráfico 1
Evolución de la tasa de desempleo según máximo nivel educativo alcanzado.
Población Masculina. GBA/ Período 1991-1997. 1991=100

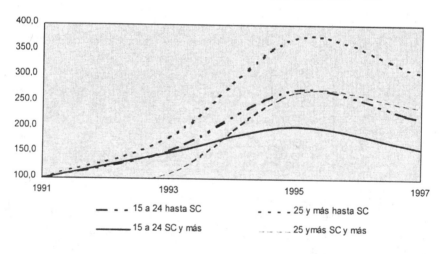

Ahora bien, hasta aquí hemos analizado que en la década de los '90 se han desarrollado, en forma convergente, entre otros, 4 procesos principales: 1) ?echamiento y deterioro del mercado de trabajo, 2) mayor selectividad y ?tación en el reclutamiento de la mano de obra, 3) Aumento del nivel educativo de la PEA, y 4) persistencia en una desigual distribución del bien educativo. Es posible afirmar que la conjunción de estos factores ha significado la profundización de algunas de las tendencias que, en un trabajo anterior, ya habíamos analizado para la década de los '80 (Filmus D. 1996:110): "...la brecha laboral y de ingresos entre quienes poseen diferentes niveles educativos se ha ensanchado" (Minujin, A., 1993). "Se han incrementado las ventajas comparativas de quienes han transitado más años por el sistema educativo y se han aumentado los límites mínimos de años de escolaridad formal aun para puestos de trabajo escasamente calificados" (Gallart M.A. y otros, 1993). Pero la desigualdad social en el acceso a la educación pone en evidencia que en realidad estas diferencias educativas están encubriendo desigualdades de origen socioeconómico. Como señalan Beccaria L. y López N. (1997:107): "La inequitativa distribución de capacidades y conocimientos, que resulta del paso diferencial de los distintos estratos de la sociedad por el sistema educativo, crea un escenario en el que la posibilidad de competir por los nuevos puestos de trabajo está dada sólo a los miembros de las familias mejor posicionadas, cristalizando el límite entre los que participan de los beneficios del crecimiento y los que no".

Los datos hasta aquí expuestos permiten retomar el debate con aquellos paradigmas de la investigación socio-educativa que plantean un función social universal y única (igualadora o reproductora) para la educación en cualquier contexto. En contraposición con la perspectiva que plantean estos paradigmas, es posible proponer que la definición del rol social que desempeña la educación sólo puede ser analizada a partir del análisis concreto de realidades socio-históricas concretas. Es así que, en el marco de procesos de movilidad social ascendente, en distintos momentos del presente siglo la educación latinoamericana –y en particular la argentina– potenció su papel democratizador. De esta forma permitió que amplios sectores de la población accedieran a bienes culturales que les generaron mejores condiciones en la disputa por un mayor bienestar y un protagonismo político más activo. En cambio, en contextos de fuerte deterioro del mercado de trabajo, la fuerza democratizadora de la escuela encuentra serias dificultades para hacer prevalecer su capacidad de aporte a la homogeneización de las desigualdades sociales, en el sentido de generar una mayor igualdad de posibilidades frente al empleo y, por lo tanto, frente al bienestar. Por el contrario, se refuerza su capacidad de reproducir los circuitos de condiciones sociales diferenciadas. Pero precisando más aún, y tomando en cuenta la incidencia específica de la dimensión individual de la contribución de la educación a mejores condiciones de acceso al mercado de trabajo, las evidencias empíricas hasta aquí expuestas permiten proponer que en las actuales condiciones la educación puede pasar a ser un factor de reproducción social y a su vez de relativo progreso personal (o por lo menos de resistencia a la crisis) para importantes sectores de la población..." (Braslavsky C. y Filmus D., 1985).

VI. COMENTARIOS FINALES

En un reciente artículo, J.C. Tedesco (1998) planteó que junto con el cuestionamiento de la contribución de la educación a la equidad social también es necesario preguntarnos "¿...cuánta equidad social es necesaria para que haya una educación exitosa?". Los datos aportados en el punto III brindan un conjunto de elementos que permiten proponer que, independientemente del análisis específico que requieren las políticas educativas de cada país y los aspectos técnico-pedagógicos de su implementación, que no hemos abordado en el presente trabajo, las condiciones socioeconómicas generadas por el NME limitan seriamente las posibilidades de éxito de las reformas. Las restricciones a la inversión educativa, las difíciles condiciones de trabajo de los docentes, las lógicas del ajuste que predominan en un conjunto de estrategias de cambio, la carencia de condiciones sociales de educabilidad mínimas de una gran cantidad de alumnos, y la dificultad para avanzar en procesos de concertación educativa son algunos de los condicionantes más importantes que el contexto impone a las transformaciones educativas.

En el punto IV hemos analizado que las potencialidades igualadoras de la expansión del sistema educativo encuentran un obstáculo difícil de eludir en las nuevas condiciones que presenta el empleo en América Latina. La segmentación, flexibilización, polarización e informalización del mercado de trabajo son algunos de los rasgos que afectan principalmente a los sectores más pobres que, aun cuando logran permanecer más años en el sistema educativo, pocas veces alcanzan a acceder a empleos que modifiquen sus condiciones de vida.

En el punto siguiente hemos estudiado con mayor detalle la relación entre educación y mercado de trabajo para el caso argentino. Aun con particularidades, las tendencias principales no difieren sustantivamente de las observadas para el conjunto de la región. En este caso, la situación del trabajo informal también se ha deteriorado y por lo tanto no puede convertirse en "refugio" para quienes son expulsados del sector formal. El importante crecimiento de la desocupación abierta es el resultado natural de este proceso. Aquí nuevamente podemos analizar que en circunstancias de deterioro del mercado laboral, la potencialidad democratizadora de la educación se resiente y que los sectores más carenciados, a pesar de obtener niveles educativos superiores a la media de la región, también quedan excluidos de los mejores trabajos y, en muchos casos, de la propia posibilidad de acceder al empleo. También como especificidad hemos observado una nueva tendencia que probablemente comience a expandirse al conjunto de la región: a partir de la reconfiguración de la demanda laboral, los jóvenes, especialmente los más educados están, desplazando a los adultos del mercado de trabajo.

En síntesis, tanto para América Latina como en particular para el caso argentino, las nuevas condiciones generadas por la aplicación del NME tienen como consecuencia que quienes provienen de los sectores más pobres y transitan por el sistema educativo precisan correr cada vez más deprisa para permanecer en el mismo lugar en la "pista ocupacional". Pero la situación es más grave aún, pues el número de carriles en esta pista es cada vez menor (S. Torrado, 1993). Para ellos la educación no ha disminuido su importancia, pero ha dejado de ser un "trampolín" que les posibilita un proceso de movilidad social ascendente, para convertirse en un "paracaídas" que, cuanto más grande, más les permite resistir la "gravedad" del deterioro de las condiciones del mercado de trabajo (Filmus, 1996 y Gallart M. A. et al., 1993). Al mismo tiempo, la mayor selectividad para el acceso al sector formal que ha incorporado las modernas tecnologías de producción, polariza aún más los niveles de productividad del trabajo y, por lo tanto, tiende a profundizar las desigualdades respecto de los ingresos, a pesar del incremento general en los años de escolaridad.

Desde las perspectivas neoliberales se afirma que la solución a esta problemática depende principalmente de la elevación de las tasas de crecimiento de la economía. Sostienen que con altas tasas de evolución del PBI en la región, los problemas de inequidad comenzarán a resolverse y en estas circunstancias el papel de la educación en torno a disminuir las desigualdades será fundamental. La realidad parece cuestionar fuertemente esta perspectiva. No sólo porque, como hemos visto para el caso argentino, con tasas superiores al 5% de crecimiento del PBI la polarización social continuó ampliándose, sino porque las perspectivas de mejoramiento de las economías también están cuestionadas. De hecho, en 1998 con un crecimiento del PBI del 2,6, la desocupación en América Latina se incrementó del 7,2 al 8,4. Además, la totalidad del aumento del empleo en ese año se generó en el sector informal de la economía. Las previsiones de la OIT para 1999 no son mejores: señalan un incremento del PBI del 1% y una elevación del desempleo al 9,5% (OIT, 1998).

Para revertir la situación no sólo parece necesario el crecimiento sino también cambiar el estilo de desarrollo hacia un modelo capaz de generar los empleos productivos necesarios, que permitan sociedades más equitativas e integradas (Ottone, E. 1998). Como señalara recientemente J. Nun (1999: 997), "...el contenido de empleo de cualquier proceso de crecimiento está lejos de ser un fenómeno estrictamente económico, según lo pone en evidencia la comparación entre países". Depende en buena medida de la capacidad de los diferentes actores sociales de articular sus intereses y de hacer prevalecer sus perspectivas tanto a nivel de la correlación de fuerzas en el Estado y la sociedad, como en la implementación concreta de las políticas públicas.

Finalizando, es posible plantear que los elementos brindados en este artículo pueden dar lugar a dos tipos de lecturas. La primera de ellas plantea un retorno al pesimismo educativo: ¿Para qué educar, si el aporte de los sistemas educativos al cumplimiento de las promesas de mayor productividad y equidad no ha sido el esperado? O también invita a colocar en manos del mercado la oferta y demanda del servicio educativo, a los efectos de que, como en el caso de la economía, se "autorregule".

La segunda, por la cual nos inclinamos, propone el fortalecimiento de la acción educativa del Estado y la sociedad en su conjunto. Sostiene que las limitaciones a la capacidad democratizadora de la educación son producto de que la escuela es un factor necesario pero no suficiente para alcanzar mayores niveles de igualdad. Que los beneficios de la educación sólo pueden fructificar en plenitud en un contexto de políticas económicas y sociales que promuevan la integración del conjunto de la ciudadanía. Pero que aun en el caso de que estas políticas no existieran, también tendría sentido invertir, transformar y mejorar la calidad de la educación para todos. ¿Por qué?: a) Porque, aunque en forma limitada, permite condiciones más democráticas para el acceso a los mejores puestos de trabajo, en el sentido de que sea la capacidad –y no las condiciones sociales de origen– la que determine la posibilidad de incorporación a estos puestos; b) porque la generación masiva de las competencias que determinen la "empleabilidad" del conjunto de la población, también contribuirá a mejorar las condiciones de selección y por lo tanto el perfil de quienes ingresen a los sectores de mayor incorporación de tecnologías. De esta manera se potenciará el aporte de la educación al aumento de la productividad de los sectores de punta; c) porque, según hemos visto, aun trabajando en el sector informal quienes tienen más educación poseen mayores posibilidades de acceder a empleos de mayor productividad y a los que les brindan mejores ingresos; d) porque contribuye deslegitimar la idea de que las desigualdades sociales dependen fundamentalmente de la diferente capacidad de las personas y, por lo tanto, de su suerte en el sistema educativo. De esta manera aporta a reubicar en el ámbito del modelo socioeconómico el debate acerca de las causas de la pobreza y la desigualdad; y, principalmente, e) porque la educación contribuye a desarrollar una formación ciudadana que puede generar las condiciones para una mirada crítica del modelo vigente y un protagonismo más activo en su transformación.

BIBLIOGRAFÍA

Altimir, O. (1997): "Desigualdad, empleo y pobreza en América Latina: efectos del ajuste y del cambio en el estilo de desarrollo", en *Desarrollo Económico*, Revista de Ciencias Sociales, Nº 145, Vol. 37.

Banco Mundial (1995): *El mundo del trabajo en una economía integrada*, Washington, BM.

Banco Mundial (1996): *Prioridades y estrategias para la educación: Examen del Banco Mundial*, Washington, BM.

Beccaria, L. y N. López (1997): *Sin trabajo*, UNICEF/Losada, Buenos Aires.

BID (1998): *América Latina frente a la desigualdad. Progreso Económico y Social en América Latina*, Informe 1998-1999.

— (1998 b): *Políticas Económicas de América Latina*, Cuarto Trimestre, Nº 5.

— (1993): *Progreso económico y social en América Latina*, Informe 1993, Washington.

Braslavsky, C. (1998): "Haciendo Escuela. Hacia un nuevo paradigma en la Educación Latinoamericana", Mimeo.

Braslavsky, C. y D. Filmus (1985): *Ultimo año del colegio secundario y discriminación educativa*, FLACSO–GEL, Buenos Aires.

Bulmer-Thomas, Víctor (1997): "Conclusiones", en *El nuevo modelo económico en América Latina, su efecto en la distribución del ingreso y en la pobreza*, Víctor Bulmer-Thomas (comp.), *El Trimestre económico*, Fondo de Cultura Económica, México.

Bustelo, E., Minujin, A. (eds.) (1998): *Todos entran. Propuesta para sociedades incluyentes*, UNICEF–Santillana, Buenos Aires.

Calderón, F., Hopenhayn, M. y Ottone, E. (1996): "Desarrollo, Ciudadanía y negación del otro", en *Relea* Nº 1, Caracas, CEPAL, UNESCO.

Carnoy, M. y de Moura Castro, C. (1996): *¿Qué rumbo debe tomar el mejoramiento de la educación en América Latina?*, Documento de Antecedentes para el Banco Interamericano de Desarrollo, Seminario sobre Reforma Educativa, Buenos Aires.

Carnoy, M. (1982): *Economía de la educación*, Buenos Aires.

Castel, R. (1998): "La lógica de la exclusión", en Bustelo, E., Minujin, A. (eds.), *Todos entran. Propuesta para sociedades incluyentes*, UNICEF/Santillana, Buenos Aires.

CEPAL (1998): *Panorama social de América Latina*, Naciones Unidas, Santiago de Chile.

— (1996): *Panorama social de América Latina*, Naciones Unidas, Santiago de Chile.

CEPAL (1990): *Transformación productiva con equidad: la tarea prioritaria del desarrollo de América Latina y el Caribe*, Naciones Unidas, Santiago de Chile.

CEPAL-UNESCO (1992): *Educación y conocimiento: Eje de la transformación productiva con equidad*, Naciones Unidas, Santiago de Chile.

Coraggio J. L. (1997): "Las propuestas del Banco Mundial para la educación: ¿sentido oculto o problemas de concepción?", en Coraggio, J.L.; Torres, R.M.:

La educación según el Banco Mundial: un análisis de sus propuestas y métodos, Centro de Estudios Multidisciplinarios, Miño y Dávila, Buenos Aires.

Cortés, R. (1993): "Regulación Industrial y relación asalariada en el mercado urbano de trabajo. Argentina 1980/90", Mimeo, Buenos Aires.

Cox, C. (comp.) (1998): "El proceso de cambio curricular en la reforma educacional de Chile", en *Las Transformaciones educativas en Iberoamérica, Tres desafíos: Democracia, desarrollo e integración*, Troquel, OEI, Buenos Aires.

Delich, F. (1998): *El desempleo de masas en la Argentina*, FLACSO/Grupo Editorial Norma, Buenos Aires.

Doeringer, P.; Piore, M. (1971): *Internal labor marketsand manpower analysis*, Massachusetts, Heath Lexington Books.

Espínola, V. (1994): *La construcción de lo local*, Viola Espínola editora, Chile.

FIEL (1993): *Descentralización de la Escuela Primaria y Media. Una propuesta de reforma*, FIEL, Buenos Aires.

Filmus, D.; Tiramonti, G. (comps.) (1995): *¿Es posible concertar las políticas educativas? La concertación de políticas educativas en Argentina y América Latina*, FLACSO-Fundación Concretar-Fundación Ford-OREALC/UNESCO.

Filmus D. (1996): *Estado, sociedad y educación en la Argentina de fin de siglo*, Troquel, Buenos Aires.

— (comp.) (1998): *Las Transformaciones educativas en Iberoamérica. Tres desafíos: Democracia, desarrollo e integración*, Troquel, OEI, Buenos Aires.

Gallart, M.A.; Moreno, M.; Cerrutti, M. (1993): *Educación y Empleo en el GBA 1980-1991. Situación y perspectivas de investigación*, CENEP, Buenos Aires.

Gallart, M. A. (1992): "Educación y trabajo. Desafíos y perspectivas de investigación y política para la década de los noventa", *Red Latinoamericana de Educación y Trabajo* (comp.), CIID-CENEP/CINTEFOR, Montevideo.

Hevia Rivas, R. (1991): *Política de descentralización en la educación básica y media en América Latina*. Estado del Arte. UNESCO/REDUC, Santiago de Chile.

Katz, J. (1998) "Conferencia: El Estado, la educación y la investigación tecnológica", en *Las instituciones de fin de siglo: el orden democrático y el funcionamiento del mercado*. II Congreso de Economía, Consejo Profesional de Ciencias Económicas de la Capital Federal.

Llach, J. (1997): *Otro siglo, otra Argentina. Una estrategia para el desarrollo económico y social nacida de la Convertibilidad y de su historia*, Ariel, Buenos Aires.

Lozano, W. (1998): "Desregulación laboral, Estado y mercado en América Latina: Balance y retos sociopolíticos", en *Perfiles Latinoamericanos*, nro. 13, Revista de la Sede Académica de México de FLACSO, Año 7, México DF.

Minujin, A. (1998): "Vulnerabilidad y exclusión en América Latina", en Bustelo, E. y

A. Minujin (Editores): *Todos entran: propuesta para sociedades incluyentes*, UNICEF/Santillana, Buenos Aires.

Monza, A. (1998): "La crisis del empleo en la Argentina de los 90", en Isuani, A. y D. Filmus (comp.): *La Argentina que viene*, UNICEF/FLACSO/NORMA, Buenos Aires.

— (1993): "La situación ocupacional argentina. Diagnóstico y perspectivas", en Minujin, A. (comp.): *Desigualdad y exclusión*, UNICEF/Losada, Buenos Aires.

Murmis, M. y Feldman, S. (1997): "De seguir así", en Beccaria, L. y N. López (comps.), *Sin trabajo*, UNICEF/Losada, Buenos Aires.

Nun, J. (1999): "El futuro del empleo y la tesis de la masa marginal", en *Desarrollo Económico*, Revista de Ciencias Sociales nro. 152, IDES.

OIT (1998): "Informe América Latina y el Caribe", *Panorama Laboral* '98, Nº 5.

Ottone Ernesto (1998): "La apuesta educativa en América Latina", en *Globalización, América Latina y la diplomacia de cumbres*, LACC FLACSO, Santiago de Chile.

Palomino, H. y Schvarzer, J. (1996): "Del pleno empleo al colapso", en Rev. *Encrucijadas*, UBA, Nº 4, Buenos Aires.

Psachorópoulos, G. (1987): *El financiamiento educativo en los países en desarrollo*, Washington, Banco Mundial.

PREAL (1998): *El futuro está en juego*, Diálogo Interamericano, CINDE.

Reich, R. (1993): *El trabajo de las Naciones*, Ed. Vergara. Buenos Aires

Reimers, F. (1996): "El financiamiento de la educación en América Latina: peligros y oportunidades", en Administración de la Educación, VII Curso Subregional para la Formación de Administradores de la Educación, Países del Cono Sur, MCE, OEI, FLACSO, Buenos Aires.

Riquelme, G. y Razquin, P. (1998): "Mercado de trabajo y educación: el papel de la educación en el acceso al trabajo", Ponencia presentada en el IV Congreso Nacional de Estudios del Trabajo, Buenos Aires.

Salvia, A. y Miranda, A. (1998): "Norte de nada. Los jóvenes y la exclusión en la década del '90", Ponencia presentada en las III Jornadas de la Carrera de Sociología, Buenos Aires.

Salvia, A. y Zelarrayán, J. (1998): "Cambio Estructural, Inserción Sectorial y Estrategias Familiares", Ponencia presentada en el IV Congreso Nacional de Estudios del Trabajo, Buenos Aires.

Schiefelbein, E., Woeff, L. y Valenzuela, J. (1994): *Mejoramiento de la calidad de la Educación Primaria en América Latina y Caribe: hacia el siglo XXI*, Banco Mundial, Washington.

Tedesco, J.C. (1995): *El Nuevo Pacto Educativo. Educación, competitividad y ciudadanía en la sociedad moderna*, Ed. Anaya, Madrid.

— (1998): "Desafíos de las reformas educativas en América Latina", en *Propuesta Educativa*, Nº 19, FLACSO/Ediciones Novedades Educativas.

Tenti Fanfani, E. (1993): *La Escuela Vacía. Deberes del Estado y responsabilidades de la sociedad*, UNICEF/Losada, Buenos Aires.

Thomas, Jim (1997): "El nuevo modelo económico y los mercados laborales en América Latina", en *El nuevo modelo económico en América Latina, su efecto en la distribución del ingreso y en la pobreza*, Víctor Bulmer-Thomas (comp.), *El Trimestre económico*, Fondo de Cultura Económica, México.

Torrado, S. (1993): *Estructura Social de la Argentina: 1945-1983*, Ediciones de la Flor, Buenos Aires.

Torres, R.M. (1997): "¿Mejorar la calidad de la educación básica?: Las estrategias del Banco Mundial", en Coraggio, J.L.; Torres, R.M: *La educación según el Banco Mundial: un análisis de sus propuestas y métodos*, Centro de Estudios Multidisciplinarios, Miño y Dávila, Buenos Aires.

Thurow, L. (1993): *La guerra del siglo XXI*, Ed. Vergara, Buenos Aires.

Villarreal, J. (1984): "El movimiento de la estructura social", en *Capitalismo Dependiente*, Siglo XXI, Buenos Aires.

EL PAPEL DE LAS REDES EN EL DESARROLLO LOCAL COMO PRÁCTICAS ASOCIADAS ENTRE ESTADO Y SOCIEDAD

Héctor Poggiese
María Elena Redín
Patricia Alí

PRESENTACIÓN

El presente artículo trata la evolución presente de los movimientos sociales y el surgimiento de las redes como forma asociativa en el marco de los cambios que están viviendo nuestras sociedades.

En la primera parte abordamos las relaciones entre estado, descentralización y participación, con la finalidad de identificar campos de superposición emergentes de la reforma del estado.

A continuación realizamos un encuadre teórico sobre los movimientos sociales para luego analizar las redes como forma configuradora de algunos de ellos e incorporamos la modalidad redes de gestión asociada como aporte para una democratización político social

Al final presentamos algunas experiencias de redes de este tipo y proponemos una guía analítica para estudiarlas desde una perspectiva diferente.

Concebimos que uno de los roles fundamentales del conocimiento científico es considerar teoría, método y práctica en complementariedad. Por eso concluimos proponiendo una modalidad estratégica, en la cual cierto tipo de redes -constituidas como actor social relevante- pueden contribuir a la articulación estado y sociedad y a la resolución de problemas que hacen al desarrollo.

1. REFORMA DEL ESTADO, DESCENTRALIZACIÓN Y PARTICIPACIÓN SOCIAL

Las relaciones Estado-Sociedad se han conmovido como resultado de los procesos de reforma del Estado, instalados en los últimos quince años en el marco de la reconfiguración neoliberal que ha tomado cuenta de los cambios económicos y políticos a nivel mundial.

Respecto a esos cambios vemos que, hacia fines del siglo XX, se está produciendo un vertiginoso avance tecnológico. Con la microelectrónica, la biotecnología y la robótica se reemplazaron las materias primas tradicionales y con la revolución informática y de las telecomunicaciones la visión del mundo desde una escala global se amplía con relación a la determinada por el concepto de Estado-Nación. Estas tendencias impactan en el campo de la producción de bienes y servicios y también en la vida cotidiana (Kliksberg, 1994).

El fin de la guerra fria, la caída del muro de Berlín y la consiguiente desaparición de uno de los dos grandes bloques cambiaron el escenario político mundial, mientras la emergencia del NAFTA, la Unión Europea o el Mercosur, conforman bloques regionales enmarcados en la internacionalización de la economía. Existe una marcada tendencia a encarar la política desde otros niveles, el local, el regional intra nacional y regional transfronterizo que desde una perspectiva de Estado-Nación, tendencia que tiene también una fuerte expresión en los procesos de descentralización de los Estados como viene sucediendo en otras sociedades.[1]

Estamos ante una nueva concepción del mundo como aldea global que muestra la emergencia de una escala regional poblada de nuevos agrupamientos territoriales. Complementariamente a estas dos escalas, surge lo local como un nuevo espacio de articulación. Por eso lo local solo puede ser entendido cuando referenciado a un contexto global-regional, de forma que combinando estas dimensiones se puede abordar el conocimiento de la realidad como un todo complejo.

Una definición de sociedad local lleva a involucrar tanto aspectos socio-económicos como culturales (Arocena 1995), "...un territorio con determinados límites es entonces sociedad local cuando es portador de una identidad colectiva expresada en valores y normas interiorizados por sus miembros y cuando conforma

---

1. La Unión Europea, el NAFTA ,y el Mercosur como nuevas grandes regiones, las experiencias de organización regional transfronteriza entre Brasil y Argentina en el NEA, o entre Argentina chile en el NOA, o las políticas de descentralización en Brasil, España, México y otros. Es singular la organización comunal de Buenos Aires que fija para el 2001 la Constitución de la Ciudad Autónoma.

un sistema de relaciones de poder constituido en torno a procesos locales de generación de riqueza".[2]

Este giro hacia lo local requiere la construcción de escenarios que creen las condiciones necesarias para un nuevo tipo de participación social. Puede considerarse propicio a aquel que resulta de un proceso de descentralización.

La tendencia hacia la descentralización político-administrativa de la gestión estatal se corresponde con la nueva ola democratizadora que se vive en varias partes del mundo, pero para que sea efectivamente democratizante deben darse ciertas condiciones. Por un lado una participación real de la ciudadanía en la gestión de la administración local. Por otro lado, una dotación, a dicha administración, de los recursos necesarios y capacidades para afrontar las demandas de la población. "La descentralización supone un achicamiento del Estado nacional y una correlativa expansión de los estados locales que asumen funciones descentralizadas, a lo cual debe agregarse por lo general una mayor presencia de la sociedad local en los procesos de decisión, gestión o control vinculados con estas funciones"[3] (Oszlak, 1994).

Suele indicarse que la participación social en todo proceso de reforma del estado supone la identificación técnica de potenciales de descentralización, o puntos de convergencia entre las funciones que se pretende descentralizar y la posibilidad de ser receptadas por actores sociales. Sin embargo deberían formularse políticas cuyo objetivo sea promover el interés socio-comunitario para receptar funciones.

El cambio de funciones y responsabilidades que el Estado asume en su reforma deja a la descentralización un campo neutral de temas de interés público y social sin asignación de responsabilidades, ya que sólo adquieren relevancia los campos activos de los temas que se privatizan. La privatización es también una política de descentralización, porque extrae de la responsabilidad central del Estado actividades que pasan a las empresas privadas, con alguna sujeción a controles de entes especializados.

Esos campos neutrales (p. ej. los espacios públicos, la gestión de riesgos, la integración multiétnica y cultural, y otros) debieran ser observados como espacios superpuestos de co-responsabilidad entre estado y sociedad y disponer de un tiempo para la rediscusión de los acuerdos y compromisos que permitan orientar su gestión en forma coparticipada. Quien plantea la política de descentralización es responsable de sus resultados y por lo tanto debe preocuparse de la eficacia en

---

2. Ver José Arocena, "El desarrollo local: un desafío contemporáneo", Nueva sociedad, Venezuela, 1995, p. 20.

3. Ver Oscar Oszlak, "Estado y sociedad: las nuevas fronteras", en *El rediseño del estado, una perspectiva internacional*, Kliksberg, B. (comp.), FCE, México, 1994.

las actividades de la que es parte. Así como para las empresas privadas debe ejercer control, en su asociación con la comunidad para actividades de interés público, debe practicar su compromiso en tanto partícipe. Para estos campos y en esta transición, la preocupación del estado debe asentarse más en cómo asumir una práctica de co-participación que en cómo delegar.

Esto también implica poner la mirada sobre quién es convocado a esa coparticipación: la comunidad, y cómo se reposiciona frente a esta demanda de corresponsabilidad. Desde este punto de vista hay dos aspectos a resaltar que hacen a la política de descentralización. Primero, qué sucede en los movimientos sociales como consecuencia de los procesos globales arriba explicados y segundo, que modelos de gestión y decisión se estudian y se ensayan para hacer viables las formas particulares de relación entre estado y sociedad.

Con esto queremos decir que toda política de descentralización demanda además de la voluntad del estado de reformarse, la voluntad de la sociedad de acompañar esa reforma y la preexistencia de formas de resolución entre ambos. En los apartados siguientes nos concentramos en estos dos últimos aspectos, ya que por lo general predomina el análisis de la descentralización desde el lugar del estado.

2. MOVIMIENTOS SOCIALES

Las teorías más extendidas sobre los movimientos sociales (MS) los explican como una trayectoria elíptica que va creciendo hasta un cierto punto y luego tiende a decaer y desaparecer, al margen de si logró o no el éxito en la reivindicación planteada. Desde este ángulo conceptual el nivel de la organización colectiva transformado en institución es uno de los horizontes probables y el otro es el la desaparición lisa y llana del movimiento.

En este punto aparecen en el presente, a la luz del cuadro explicitado en el capítulo anterior, algunos nuevos interrogantes, de los cuales escogemos dos que nos parecen muy relevantes respecto al tema de redes y desarrollo local.

El primer interrogante puede ser formulado así: ¿están configurándose nuevos movimientos sociales (NMS) que no responden al encuadre tradicional con que se los analiza? En todo caso la pregunta no pretende simplemente registrar cuánto son nuevos en cuanto a temática, porque ahí la discusión es histórica.[4] Por lo tanto

4. Por ejemplo el movimiento feminista es en verdad nuevo, en cuanto a contemporaneidad, o es casi tan antiguo como la sociedad humana. Comparativamente tal vez el feminismo sea menos nuevo que el movimiento verde.

una forma más precisa de interrogarnos sería: ¿entre los NMS que están configurándose, hay algunos que no responden al encuadre tradicional con que se los analiza?

Aquí se inicia un debate interesante respecto a una diferenciación bastante evidente respecto a la diferencia entre MS que se basan en el principio de privación relativa (o una materialidad demandada, reclamada, insatisfecha) con la existencia de NMS que se basan en valores más generales/universales (o una inmaterialidad).[5] Los movimientos en defensa de la paz, los ecológicos, los de los derechos humanos, por ejemplo, ingresan a la arena política internacional y se entrelazan en un nuevo orden político todavía informal (Sonntag y Arena, 1995) cumpliendo un papel consistente apuntar a resolver lo que preocupa sobre el futuro del mundo (Jaguaribe, 1996). Estaríamos frente a movimientos de temáticas nuevas sí pero colocados en un nivel diferenciado en lo conceptual, en otra escala de la estructura sociopolítica en lo orgánico. (Algo así como descubrir una nueva galaxia en vez de nuevos planetas en galaxias conocidas...).

El segundo interrogante sería: ¿es posible identificar en algunos de esos NMS algún cambio en el componente de perdurabilidad temporal que les de una nueva perspectiva de persistencia, ampliación y renovación?

Vemos que los MS crean nuevas identidades sociales y son autores de una cierta praxis cognitiva. Desde un enfoque cognitivo se presentarán como espacios públicos de creación colectiva que producen conocimiento social y desde un enfoque de redes se conciben como manifestación de redes sociales latentes aglutinados en comunidades de valores. (Reichman y Fernandes Buey, 1994).

Desde un enfoque de gestión como el nuestro, comienzan a aparecer como prácticas sociales sistematizadas, capaces de crear mecanismos de decisión y de producción de consenso.

En una simbiosis de identidad, conocimiento y método asistimos a la etapa inicial de una emergencia de movimientos sociales como actores sociales complejos en constante transformación y adaptación estratégica, dotados de una práctica de sustentabilidad que no solo los haría más perdurables sino que los coloca –en el contexto socio político– como actores más relevantes.

En esta emergencia de nuevos actores sociales en la cual algunos MS se están transformando, el funcionamiento en red es una de las formas que van adquiriendo y de hecho muchos de ellos se autodenominan redes, por lo que consideramos conveniente abordar su conceptualización.

---

5. Uno de los perfiles que se distingue en esa discusión es respecto a la existencia o no de los valores llamados posmaterialistas.

3. ACERCA DEL CONCEPTO DE RED. ALGUNOS DE SUS COMPONENTES

Este concepto tiene multiplicidad de sentidos, hace alusión a un modo de funcionamiento de lo social, a una línea conceptual, tiene también un sentido instrumental, técnico. Es en muchos casos "un modo espontáneo de organización pero también se nos presenta como forma de evitar lo instituido".[6]

La noción de red está reñida fundamentalmente con el concepto de centralidad. Por lo tanto en las redes no se habla de jerarquías absolutas, se introduce un nuevo concepto que es el de heterarquía en las relaciones, es decir, jerarquías relativas: hay diferentes momentos en que diferentes integrantes de la red pueden asumir posiciones de jerarquía, pero ésta no es ni definitiva, ni única, sino solo relativa a un momento determinado, donde hay una posibilidad de acción, un conocimiento que le da protagonismo a un actor o a un conjunto de actores. Se pasa de una jerarquía absoluta a una autonomía relativa, porque no es una autonomía independiente de un consenso con el otro.

Representa una estructura de pensamiento diferente a la tradicional ya que cuestiona también nociones como adentro, afuera, lo de arriba o abajo (con las connotaciones que esto entraña) porque son concepciones ligadas a una topología que corresponden a un modelo cartesiano de pensamiento, en el cual hay un ordenamiento a priori de la realidad y entonces se resuelve de antemano lo que está afuera, adentro, en el centro, en el Norte y en el Sur, poniendo de manifiesto y jerarquizando las nociones de diversidad, simultaneidad, complejidad como inherentes a la realidad social, y nos da una nueva idea de la temporalidad: el tiempo de la construcción colectiva, diferente de la temporalidad de los relojes.

Por otra parte recupera la noción de historia como reconstrucción de los actores sociales involucrados, dato no secundario en este contexto. En este sentido, "pensar en red no puede estar guiado por una actitud voluntarista sino que requiere de un pensamiento acerca de la complejidad que tenga en cuenta la producción de subjetividad social en los más diversos acontecimientos".[7]

6. Osvaldo Saidón, "Redes", en *Redes, el lenguaje de los vínculos*, Dabas-Najmanovich (comp.), Paidós, Buenos Aires 1995 , p. 203.

7. Ibidem, p. 205.

La red como concepción epistemológica

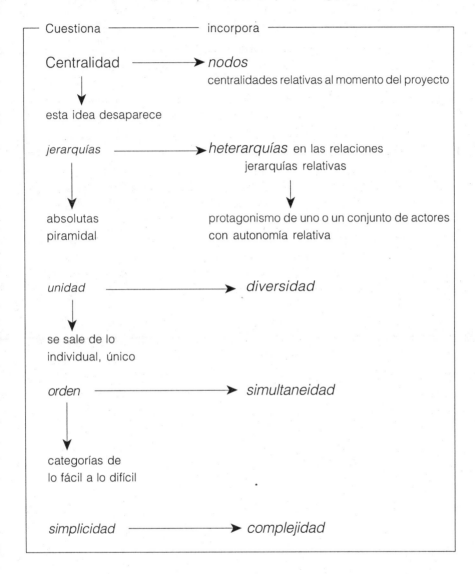

Cuestiona ———————— incorpora ———————

Centralidad ——————➤ *nodos*
                            centralidades relativas al momento del proyecto

esta idea desaparece

jerarquías ——————➤ *heterarquías* en las relaciones
                            jerarquías relativas

absolutas   protagonismo de uno o un conjunto de actores
piramidal   con autonomía relativa

unidad ——————➤ *diversidad*

se sale de lo
individual, único

orden ——————➤ *simultaneidad*

categorías de
lo fácil a lo difícil

simplicidad ——————➤ *complejidad*

Es así que concebimos a las redes como una relación articulada que desarrolla la práctica de la intersectorialidad e integralidad. Pertenecer a una red significa trabajar con otros, formando parte de un proceso donde se intercambia información, se generan nuevos conocimientos, se potencian las experiencias, se intercambian recursos, se hacen prácticas integradas y se construyen modelos replicables para otros proyectos.

4. REDES DE GESTIÓN ASOCIADA. CONCEPTUALIZACIÓN Y MÉTODO

En el contexto referido en los capítulos anteriores se hace evidente la necesidad de estructuras más flexibles de organización social, una de ellas son las redes que se nos evidencian como nuevas construcciones que se vienen dando en la organización de distintos movimientos sociales urbanos tanto de Buenos Aires, y en otros lugares del país así como también en el plano internacional.

Las redes se presentan como formas de presión sobre la sociedad política, sobre la primacía de lo económico y ejercen una importante tarea de desverticalización tanto en la cultura política como social. Han dado lugar al crecimiento de nuevos tipos de reivindicación y propuestas conformando espacios de pertenencia y afiliación en torno a los nuevos valores que va dictando la realidad socio-urbana.

Representan un nuevo estilo de militancia social que en el caso de las 'Redes de gestión asociada' pone en valor la necesidad de conformar espacios de capacitación para el desarrollo cívico-comunitario. En este sentido "...las redes vienen constituyendo espacios estimulantes para la elaboración de normas y valores y para su procesamiento".[8]

En este marco la situación de red es apoyatura y sostén del proceso de elaboración de estrategias de trabajo y cumple una importante función de articulación, es decir de reconstitución del tejido social lesionado. Implica una nueva modalidad de funcionamiento y por ende un cambio en la estructura de pensamiento que tiende hacia formas más flexibles, abiertas y con mayor horizontalidad que rescate la solidaridad como valor social.

Resulta importante valorar a las redes como un "vasto conjunto de comportamientos sistemáticos pautados por usos y costumbres capaces de producir efectos de masas sin requerir de un organismo para tal fin".[9] Y considerar que "...las redes en muchos casos son la posibilidad de gestar un plano de consistencia donde la organización fija y estereotipada ceda su dominio a procesos de creatividad e innovación".[10]

Sin embargo, no se constituirán espontáneamente este tipo de redes activas, creativas, sin dotar a las mismas de métodos capaces de asegurar su misión y

8. Es importante ver Ana Quiroga, *La otra mirada*, Escuela de Psicología Social de Castelar Nº 7, 1993, pp. 6-8.

9. Ver José Luis Coraggio, "La agenda del desarrollo local", en *Desarrollo local, democracia y ciudadanía*, CLAEH, Montevideo 1996, p. 43.

10. Osvaldo Saidón, op. cit. , p. 203.

funcionamiento. Y si la red se coloca en el plano singular de un campo superpuesto entre sociedad y estado, dichos métodos deberán ser también singulares. No pretendemos discutir aquí la calidad, ni la eficiencia de los más diversos métodos que se conocen y aplican, sino afirmar que tal como son, no se adecuan a las necesidades planteadas por la teoría y el contexto cambiante.[11]

Por eso lo que distingue a las redes de gestión asociada (GA) es estar dotadas de una concepción y una práctica sistemática, utilizando en sus procesos de conformación metodologías pertinentes que combinan procesos de planificación participativa con mecanismos de gestión compartida entre los más diversos actores.[12]

Estas prácticas permiten a las redes moverse dentro de lineamientos estratégicos y de gestión diseñados en forma conjunta y sujetos a revisión periódica, dando al conjunto de actores de la red ideas del qué hacer, lo sustantivo, las hipótesis, las estrategias y del cómo hacer, la metodología y los procedimientos reglados.

Otra de sus notas distintivas es que estas redes se dan en torno a proyectos co-gestivos. Co-gestión lleva intrínseca la idea de gestionar con otros –donde es necesario el actor estatal– saliéndose de las prácticas autogestivas o de tipo verticalistas.

Las redes de gestión asociada propician la formalización de escenarios participativos de planificación-gestión. Estos escenarios son realizados desde la etapa preparatoria por todos los actores involucrados, constituyendo instancias que permiten la capacitación que la sociedad local está necesitando. Esta capacitación para la co-gestión se adquiere en construcciones colectivas de diverso tipo y grados de formalidad practicando y vivenciando este nuevo modo en talleres de planificación-gestión; congresos y seminarios donde departen ciudadanos y decisores; plenarios de gestión y cursos de especialización para las redes.

Otro aporte sustantivo de estas redes es que como construcciones adquieren, dentro de este proceso metodológico, cierta sustentabilidad sin verse desvirtuadas (ni estructuradas ni cristalizadas) en su funcionamiento. Destacamos este aspecto de sustentabilidad (en el sentido de ayudarles a superar la coyuntura que les dio razón para formarse), ya que su carencia constituye un aspecto limitante y a veces frustrante en el accionar en red.

---

11. Un caso que ejemplifica lo que afirmamos es el de la planificación. Durante muchos años Carlos Mattus en sus textos avanzaba en la propuesta de un concepto diferente de planificación y en sus últimos trabajos se dedicó a experimentar y diseminar una metodología.

12. Ver Poggiese, Héctor, "Metodología de planificación-gestión", Serie Documentos e Informes, FLACSO Nº 163, Buenos Aires, 1994, una de las componentes de la familia de metodologías de Planificación Participativa y Gestión Asociada (PPGA) que vienen experimentando FLACSO y otras redes.

La transformación de una red referida a lo social pasa de una lógica de localización cuando hay creación de nuevos colectivos en esa red o por una de deslocalización cuando hay supresión de los mismos. En las redes importa más la densidad (esto es el espesor y volumen de colectivos que relaciona) que el límite territorial. En su movimiento, la red pasa por procesos de complejización y simplificación. Es más compleja cuando aumenta su densidad y es rica en colectivos tanto territorial como horizontalmente: en cambio una red vertical y centralizada (como la estructura orgánica del sistema educativo) resulta pobre en colectivos, deslocalizada y simplificada en sus contenidos.

De qué hablamos cuando decimos gestión asociada

Se refiere a una concepción y un método que propicia una forma de gestión concertada entre Estado y Sociedad dando lugar a acuerdos, negociaciones o concertaciones y al diseño de propuestas, integrando visiones e intereses diferentes y hasta contrapuestos.

De lo que se trata es de pasar en las relaciones Estado - Sociedad, es decir, entre las organizaciones sociales y los decisores, a la explicitación concreta y clara de un pacto de resolución conjunta. Los procesos de gestión participativa son escenarios altamente propicios –cuando construidos con métodos correctos y practicados con suficiente seriedad– para la reconstrucción del pacto entre Sociedad y Estado, a los efectos de gestionar los cambios que se presentan (Poggiese, 1998).

Esta concepción sostiene que la gestión de las decisiones es asociada, lo que significa que aún cuando ciertos órganos tengan la responsabilidad de tomar las decisiones que les competen por sus atribuciones legales, la preparación de esa decisión tiene que ser articulada, participativa e integrada. Supone una relación entre distintos actores a través de reglas que les permiten acordar y consensuar la toma de decisiones, trabajando el conflicto para la resolución de contradicciones.

La modalidad de Gestión Asociada representa un tipo de construcción político-técnico-comunitaria con un sentido de poder compartido que se contrapone al habitual juego de suma cero de nuestra tradición política. Por el contrario, el desarrollo de esta modalidad consiste en la llegada a acuerdos a través del consenso en el que cada uno de los actores se ve reflejado y asume su compromiso y responsabilidad. Pensando que el rol del Estado es indelegable sobre todo en ciertas áreas de su quehacer y que la Sociedad no puede transformarse, ahora, en el único receptáculo de las demandas y necesidades, se torna indispensable la participación activa de la Comunidad y el Estado para la conjunta planificación, gestión y control de las políticas.

La relación entre Estado y Redes requiere de la democratización de la gestión tanto del Estado como de la cultura de la Sociedad, favoreciendo la complementariedad, la asociación de recursos, la generación conjunta de políticas con la disposición de construir proyectos co-gestivos para una participación en la toma de decisiones.

El contexto socio-político es un eje de trabajo que estas redes incorporan siempre como marco referencial de la planificación-gestión participativas. Para estar acordes con la coyuntura política actual, como es el proceso de descentralización político-administrativa propiciada por el Estado, se hace necesario que las redes adquieran un método de funcionamiento adecuado acerca de la complejidad, donde se tenga en cuenta el nuevo contexto, la multiplicidad de variables que atraviesan cada problemática, y se tome conciencia de la dimensión social y comunitaria de los problemas. De esta manera podrán incidir y tendrán ingerencia en los procesos decisorios.

Es necesario advertir el riesgo de una sociedad descentralizada sin participación de la comunidad: convertirse en lo contrario de lo que proponen las redes y ser factor de dispersión social.

Práctica de la gestión asociada

La gestión asociada como método incluye la creación de escenarios formales de planificación-gestión, los procedimientos y reglas de funcionamiento y la sistematización de los mecanismos de la co-gestión. Llamamos escenarios formales de planificación-gestión a espacios de articulación formalizados como procesos decisorios con reglas definidas, que se construyen por acuerdos. Los ciclos de escenarios formales producen un conocimiento anticipado, posibilitando a los grupos sociales pensar de una manera diferente al contexto en un marco de confianza y solidaridad, abriendo perspectivas a su propia reconfiguración en previsión de cambios futuros.

En cuanto a la sistematización de mecanismos de la co-gestión[13] en un proyecto en red de este tipo, la práctica de Gestión Asociada, impulsa la secuencia de escenarios y es también su resultado. Realiza una interacción temprana de actores en el grupo inicial de la experiencia, que se va reconfigurando y ampliando hasta alcanzar nuevos niveles de articulación y sistematicidad. Este grupo debe combinar multiplicidad de actores: decisores políticos, técnicos, comunitarios, académicos, entes gubernamentales y no gubernamentales, diversas disciplinas y sectores.

---

13. Ver H. Poggiese y M.E. Redín, "La región Oeste de la Ciudad de Buenos Aires. La gestión asociada en la red regional, Serie de Documentos e Informes FLACSO Nº 220, Buenos Aires, 1997.

La puesta en marcha de este mecanismo prevé un funcionamiento agregado que se va construyendo en una sistemática de plenarios periódicos y de grupos de trabajo, que actúan con criterio coherente a la concepción.

Los grupos de trabajo son abiertos, específicos, permanecen sólo hasta el logro de su cometido y luego se reformulan. El llamado "gestión de la gestión" –también abierto– por la naturaleza de su función es el único permanente, operando como motor dentro de este complejo proceso participativo. Revisa la planificación global, monitorea las estrategias, actualiza el ciclo de planificación, circula la información, apoya a los grupos intra-red, articula relaciones extra-red y va registrando el documento técnico conceptual del proyecto.

Otra innovación es el "mecanismo de solidaridad" implementado entre las diversas funciones de la red. Todo el conjunto necesita de esta funcionalidad dinámica y complementaria: así como el grupo de "gestión de la gestión" no se consolidará en tanto no se agreguen nuevos nodos a la red, ésta no se desplegará si no posee un grupo sostén de la planificación-gestión.

Algunas condiciones para que se pueda dar este proceso

La reproducción de escenarios de gestión asociada es una innovación en planificación participativa. Esta propuesta implica la formulación de un proyecto que será asociado en sus estrategias y cuya implementación tiene que ser asociada en determinadas condiciones:

a) Que haya voluntad de asociarse, la *affetio societatis*, es decir si entre aquéllos que van a ser parte de un proceso participativo no existiera la verdadera voluntad de ser socios en un emprendimiento se estaría frente a una manipulación, alguna manera de maquillar intereses, pero en todo caso no significaría una concreta posibilidad de transformación.

b) Que se dé la construcción de una voluntad política dispuesta ensayar y practicar este tipo de innovaciones. Estos escenarios configuran una ampliación del proceso democrático en cuanto significan una combinación de actores múltiples, entre los que están también los actores políticos participando en situaciones de trabajo pluralista.

c) Que estos escenarios se incluyan en políticas de descentralización y que el esfuerzo de relacionar actores diversos en una práctica conjunta interdisciplinaria y multisectorial, implique también un cambio en las posibilidades del desarrollo local. Se supone que un esfuerzo de tal naturaleza lleva hacia un gobierno de lo local.

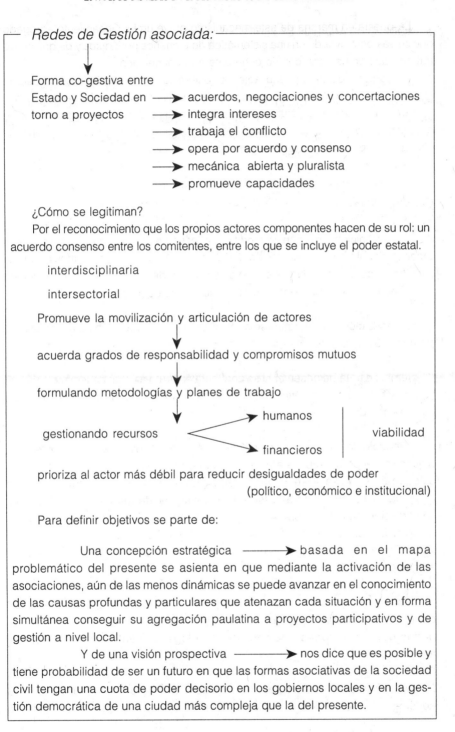

Redes de Gestión asociada:

Forma co-gestiva entre
Estado y Sociedad en ⟶ acuerdos, negociaciones y concertaciones
torno a proyectos   ⟶ integra intereses
                   ⟶ trabaja el conflicto
                   ⟶ opera por acuerdo y consenso
                   ⟶ mecánica abierta y pluralista
                   ⟶ promueve capacidades

¿Cómo se legitiman?
Por el reconocimiento que los propios actores componentes hacen de su rol: un acuerdo consenso entre los comitentes, entre los que se incluye el poder estatal.

    interdisciplinaria

    intersectorial

Promueve la movilización y articulación de actores

acuerda grados de responsabilidad y compromisos mutuos

formulando metodologías y planes de trabajo

gestionando recursos ⟨ humanos / financieros ⟩   viabilidad

prioriza al actor más débil para reducir desigualdades de poder
                               (político, económico e institucional)

Para definir objetivos se parte de:

       Una concepción estratégica ⟶ basada en el mapa problemático del presente se asienta en que mediante la activación de las asociaciones, aún de las menos dinámicas se puede avanzar en el conocimiento de las causas profundas y particulares que atenazan cada situación y en forma simultánea conseguir su agregación paulatina a proyectos participativos y de gestión a nivel local.

       Y de una visión prospectiva ⟶ nos dice que es posible y tiene probabilidad de ser un futuro en que las formas asociativas de la sociedad civil tengan una cuota de poder decisorio en los gobiernos locales y en la gestión democrática de una ciudad más compleja que la del presente.

5. MODELO DE ANÁLISIS DE REDES

El estudio y comprensión de las redes, si tomamos en cuenta lo que venimos exponiendo, requiere de un modelo analítico de mayor complejidad y múltiples variables. A continuación y a título de ejemplo presentamos una guía analítica útil para el estudio y comparación de diversos casos, y enseguida una aplicación de la misma a casos relevantes.

Guía analítica

Autodefinición: lo que se pretende es saber cómo se ve a sí mismo ese conjunto organizacional. Por ejemplo si se autodefine red, o red de redes, o movimiento, o asociación comunitaria. No se es red sólo por autodenominarse red, a veces bajo esa denominación se ocultan formas tradicionales de organización.

Composición: ¿la integran sólo instituciones, o agrega también personas y grupos? ¿Suma proyectos organizados en red?

Tema: se trata de observar si se configura en torno a un único tema, o a varios, y si acaso fuera mutitemático, dichos temas son tratados integralmente o como items separados.

Metodología: se trata de identificar qué metodología usa. Siempre tendrán alguna, a veces es supuesta, no explicitada, otras veces es de tipo *ad hoc* o artesanal (se crea y se elimina según necesidades o coyunturas como coordinaciones rotativa o fija) o es destreza de alguno de sus integrantes (especialidad disciplinaria). Otras pueden llegar a utilizar de manera formalizada una metodología, pudiendo ser adaptada a un caso (trabajo en grupos) o pudiendo ser pertinente a su complejidad (métodos específicamente diseñados para abordar articulaciones multiactorales).

Modelo de gestión: los procedimientos aplicados a la gestión de la red componen un modelo que por lo general no está explicitado y debe ser deducido, ¿es autogestivo, cogestivo, delegado, centralizado, de pares, asociado, etc.?

Origen: puede tenerlo en el mandato de una política estatal o de una ONG poderosa, puede ser la adecuación oportunista a requisitos de financiamiento, o tal vez puede ser el producto de una construcción consensuada y propiciada entre actores diversos?

Finalidad: se trata de identificar cuál es la trascendencia mayor que conlleva la experiencia.

Alcance territorial: sin condición de contigüidad, ¿se limita a un barrio, a un conjunto de barrios, a una región de la ciudad,. toda una ciudad, etc.

Sistema de registro: no hay registros, se registra de manera burocrática a fines puramente funcionales, o se registra a sabiendas de que es una experiencia social que debe dar cuenta del proceso y dejar marcas que permitan su estudio posterior y su evaluación.

Documentos: ¿utiliza sólo documentos de promoción e información, o textos de proyectos o elabora también documentos estratégicos y conceptuales para su accionar?

Densidad de colectivos: importa conocer el volumen de colectivos que relaciona vs. colectivos simples o personas coparticipantes.

Horizontalidad/ verticalidad: se trata de conocer que combinación de prácticas de estos niveles se realiza.

Meta organizacional: ¿es coordinar acciones entre instituciones, promover acciones solidarias, consolidar prácticas de transformación derivadas de construcciones colectivas, configurar procesos de reconstrucción de identidades?

Recursos: ¿son personales, locales, gubernamentales, mixtos?

Trabajo voluntario/rentado: se trata de identificar si consigue combinaciones de trabajo voluntario y rentado entre personas o de una misma persona, o si escoge exclusivamente el voluntariado o la profesionalización rentada.

Naturaleza de la innovación: observar si existe una innovación, caracterizarla y observar si existe conciencia de la misma.

Nivel de complejidad: ¿trabaja en único plano o en planos, dimensiones y escalas diferentes?

Comparación de casos relevantes

Seleccionamos para comparar dos casos que venimos trabajando y permiten aplicar estas variables.

Red de Gestión Asociada del Oeste de la Ciudad de Buenos Aires (GAO)

La experiencia que aquí reseñamos mostrará un complejo proceso comunitario, técnico, político y académico que va entramando una red en torno a un vasto proyecto incorporando en instituciones, en grupos y en personas tanto una concepción y una práctica como una nueva manera de aprender para participar transformando.

Se trata de una red regional de proyectos, instituciones, grupos y personas que se ha venido conformando en torno a un proyecto territorial de investigación-gestión participativa que aborda la complejidad urbana.

En cuanto región, caracterizando rápidamente, estamos hablando de un territorio de 70 km² y su población, 1.000.000 de habitantes aproximadamente, que constituyen un tercio del total de la ciudad, en las dos variables. Su urbanización fue recién en la primera mitad de este siglo. Era un área periférica con estancias y chacras. Esto permitió que ahí se emplazara el trazado de los ferrocarriles y las rutas de comunicación con el interior del país, así como la localización de servicios que el crecimiento de la ciudad necesitaba, como cementerios, cárceles, depósitos, industrias, hospitales y luego se completó la trama urbana con el loteamiento de aquellos campos para uso residencial.

Es una zona con barreras, muros, espacios inaccesibles, islas barriales, es decir, fragmentación espacial y social y la emergencia de situaciones que demandan una acción socio-urbana preventiva de las condiciones del hábitat. El uso del suelo sigue siendo mixto, convivencia de industrias, depósitos y vivienda; aunque hay un cambio, existen casas donde se localizan industrias clandestinas y familias que habitan en fábricas abandonadas. En estos momentos se está presenciando además la rápida introducción del modelo urbano de ciudad global inequitativa, donde la velocidad de los negocios inmobiliarios (construcción de edificios torres, hipermercados, vías rápidas) están superando la organización social y la comprensión social de ese fenómeno y por lo tanto su poder de respuesta.

Con respecto a su delimitación nos referimos al territorio entornado por la avenida General Paz como vía de circunvalación que linda con su área metropolitana al oeste y que a modo de cuña se introduce hacia el centro de la ciudad en dirección este, el resto de su contorno tiene un límite menos preciso en el resto de su contorno.

La GAO es un actor social colectivo que se fue configurando en este territorio con voluntad asociativa, poniendo énfasis en la articulación de múltiples interrelaciones que se vienen produciendo, sustentándolas a través de procesos de planificación / gestión.

Se origina en el Proyecto de Gestión Urbana Integrada Paternal Agronomía desarrollado entre 1989 y 1992 centrado en la urbanización del predio del ex-albergue Warnes (19 has. no urbanizadas, de impacto metropolitano).

Para desarrollarlo se constituyó la unidad de gestión compuesta por la Municipalidad de Buenos Aires (MCBA), consejos vecinales, organizaciones intermedias y barriales, universidades, ONGs y los dueños del predio. Como Proyecto de Gestión Urbana Integrada Paternal Agronomía (PGUIPA) aborda en 1992 la cuestión regional y parte de las hipótesis siguientes:

La legitimación de los proyectos e iniciativas en decisiones favorables y contundentes dependen del aumento de la visibilidad política de la región.

Los vacíos urbanos del Oeste son potencialidades para el desarrollo urbano de toda la cuidad.

El desarrollo de la región depende de una descentralización selectiva y eficiente que posibilite el sostenimiento y negociación de las iniciativas locales, transfiriendo –en tiempo y forma– la capacidad de iniciativa y decisión.

La actitud de soportar la fragmentación como estigma se supera por la comprensión de su rol potencial de interconexión urbana e intercambio social.

En 1992 el ciclo de planificación participativa definió estrategias regionales:

"legitimar de la práctica asociativa a partir del intercambio de proyectos culturales y la reconstrucción de las redes sociales, sobre la problemática socio-urbana";

"elaborar un programa de descentralización, en forma asociada y articulada entre el nivel local y el central, en base a mecanismos abiertos para el debate de cuestiones regionales";

"explicitar el pacto urbano que contribuya a la formación y consolidación del poder local".

Con estas hipótesis, estrategias y metodología la GAO despliega su accionar en la gestión urbana de Buenos Aires, en medio de una coyuntura política donde se instala, en los '90, la propuesta de la reforma institucional de la ciudad. El rediseño político emergente demanda descentralización e instrumentos y procedimientos orientadores de las nuevas relaciones entre el estado local y la sociedad local. La GAO prioriza en 1993 el programa local de descentralización, para aumentar la visibilidad política de la región y fortalecer el gobierno de lo local. Trata de obtener la transferencia de recursos económicos y decisionales, a través de compromisos entre niveles orgánicos de la sociedad local y del Estado Municipal, en la forma de un pacto urbano territorial explícito. En el mismo año el gobierno nacional reinstala la reforma de la carta orgánica municipal, la elección directa del intendente, la autonomía de la ciudad, la creación de alcaldías y la descentralización.

La GAO genera un proceso socio-comunitario simultáneo al debate parlamentario y produce intercambios entre ambos planos. A fines de 1993 asume el papel de movimiento regional, sostiene y postula su proyecto regional en un encuentro público con decisores políticos. A partir de ese momento la relación entre el proyecto regional y la reforma política se plantea en términos de descentralización y gestión urbana participativa. Para la transición la GAO propone implementar programas o proyectos co-gestionados entre municipio y vecinos: acotados en un territorio local/microrregional, articulados, sostenidos en una red de instituciones, organismos y vecinos, configurando una acción de descentralización participativa (una experiencia de gobierno de lo local entre niveles gubernamentales y vecinales) en torno a términos de referencia específicos:

significar una experiencia de poder compartido;
ser un aprendizaje para la comunidad de su papel en la cogestión;
posibilitar la adaptación del estado central a la transferencia de poderes a la comunidad;
constituir un episodio de eficiencia;
incluir evaluaciones y tiempos definidos;
fortalecer el desarrollo de un poder local/regional;
sustentarse en criterios de descentralización selectiva;
transformarse en un insumo para la política global del municipio;
constituir un apoyo a la política social en el territorio local;

En 1994, como la cuestión de la autonomía de la ciudad fue derivada a la reforma de la constitución nacional, la GAO concentró sus esfuerzos en la organización de proyectos co-gestionados descentralizados prioritarios. Escalando en el nivel global de la ciudad, en julio de 1995 impulsa un foro ciudadano para la estatuyente con el objetivo de generar un proceso socio- comunitario simultáneo a los debates, iniciativa que junto con otras resultó en el Buenos Aires VIVA.

Hacia finales de 1994 dos de aquellos proyectos microrregionales (La Casa de la Ciudadanía y de los vecinos de Villa Crespo y alrededores y el Plan de Manejo de Parque Avellaneda), estructurados en base a las estrategias del proyecto regional, congregan nuevos grupos de actores.

En el primero, Casa de la Ciudadanía y los vecinos la estrategia de "construcción de una red de intercambio entre las comunidades e instituciones de Villa Crespo y alrededores para reconstituir el entramado social de la región, basada en la identificación y elaboración conjunta de cuestiones de interés común, en la confianza mutua y la inclusión de la minorías, por el método de ir "La Casa a las instituciones", define como acción la necesidad de realizar un proyecto de investigación cualitativo y participativo para esos fines.

En el caso del Plan de manejo de Parque Avellaneda se definen las estrategias "de reconocimiento del Parque como territorio cultural", "de recuperación ecológica y sustentabilidad productiva", "de gestión asociada del Plan de Manejo", "de integración territorial urbana y del sistema de áreas verdes SO de B. Aires", y "de impulso a la comunicación y cooperación interinstitucional en el tejido asociativo".

En ellas se incluyen una multiplicidad de acciones, programas y proyectos tales como el programa de valoración histórico-cultural y reciclamiento -para protección y uso de los edificios significativos-; la zonificación y definición de usos complementarios; proyectos productivos de rentabilidad socio-ambiental-económica; las reglas de funcionamiento y relación entre intendencia del Parque y Gestión Asociada del Plan de Manejo; un esquema director de áreas verdes integradas para el SO de la Ciudad.

En estos proyectos-red, en particular para la reconstitución del tejido asociativo, se prevé impulsar un proyecto de intercambio y comunicación en red entre las organizaciones vecinales, con componentes de elaboración de proyectos comunitarios asociados y de capacitación para esos fines.

Habiendo reproducido el modelo de planificación participativa en escala interbarrial o microrregional, estos proyectos practican hoy el mecanismo de GA en su escala. Como definen estrategias particularizadas para la microrregión, al operar sobre temas de gestión más tangibles (el manejo de áreas públicas, integración cultural de grupos sociales) influyen de manera directa en la cotidianeidad socio-urbana, atrayendo una participación mayor de los organismos municipales.

Hacia fines de 1998 se percibe un crecimiento de las prácticas cogestivas en ambos proyectos. En Parque Avellaneda esas prácticas, con constantes ajustes, están en marcha a través de una Mesa de Trabajo y Consenso entre la Red y el Intendente del parque, designado por el Gobierno de la Ciudad de Buenos Aires (GCBA). En la Casa de la Ciudadanía el Plan cultural descentralizado, a partir de un convenio GAO/FLACSO/ Secretaría de Cultura-MCBA, se organizó en 1994 el Centro Cultural de Villa Crespo con el objetivo ser una experiencia de co-gestión, centro que está asentándose como actor relevante en la microrregión.

El área de Planificación Participativa y Gestión Asociada de la FLACSO es un colectivo en red más, dentro de este sistema, de carácter necesario porque contribuye en la orientación estratégica y la visión prospectiva, a la vez que constituye el espacio de formación para las redes, siendo una instancia de retroalimentación entre teoría y práctica. Este nodo de la red incluye las tareas de 'gestión de redes', para la articulación del sistema y la asociación con otras redes. También constituye la instancia de capacitación de este proyecto en red, a través de sus cursos de gestión socio-urbana, de especialización en metodologías y en otras temáticas como prevención de desastres y negociación en conflictos ambientales.

A fines de 1998 la GAO retoma su nivel de mayor complejidad e impulsa y realiza, junto con otras organizaciones de la ciudad, el "Primer Congreso de la Región Oeste de la Ciudad de Buenos Aires", constituyendo un escenario apropiado y participativo para la realización de un proyecto regional para la gestión futura de la ciudad. Experiencia inédita si se piensa que fue un Congreso realizado desde el movimiento social, utilizando reglas académicas y teniendo como finalidad las políticas sociales.

En cuanto al modelo de gestión de la GAO prevé el funcionamiento de un grupo permanente 'gestión de la gestión' que funciona como sostén y apoyatura de las estrategias diseñadas para el sistema. Por la naturaleza de sus función y para el logro de la sistematicidad y coordinación de acciones en los diferentes planos, se repite en los nodos microrregionales como productos de sus propios ciclos de planificación.

Buenos Aires VIVA

El movimiento conocido como Buenos Aires Viva se constituyó a mediados de 1995 como una confluencia de una serie de iniciativas de distintos grupos y organizaciones de la ciudad frente a la concreción de una asamblea constituyente derivada del artículo 129 de la Constitución Nacional reformada en 1994, que le da a la ciudad de Buenos Aires un "régimen de gobierno autónomo".

En apretada síntesis se propuso:
- diseñar estrategias de desarrollo regional a la luz del cambio institucional de la ciudad;
- aumentar la comprensión y participación de organizaciones sociales ciudadanas del proceso de cambio institucional;
- diseñar niveles de intervención que posibiliten la gestión ciudadana;
- activar y promover la participación de las asociaciones menos dinámicas.

Realizó tres encuentros/etapas que respondieron a progresivas aproximaciones a la cuestión y siguiendo el contexto político que determinaba los plazos. Cada uno de esos encuentros -que fueron distintos en su calidad, extensión e intensidad, recibió denominaciones diferentes: así hubo Buenos Aires VIVA I (octubre-diciembre 1995), Buenos Aires VIVA II (junio 1996) y Buenos Aires VIVA III (agosto-diciembre de 1996).

Para cada etapa hubo un Grupo Promotor responsable de organizarla y la composición de esos grupos era cambiante, aunque algunos actores, entre ellos la GAO, tuvieron una participación permanente. De hecho la convocatoria tendía a ser amplia y fue expresivo el número de organizaciones del más diverso tipo (unas 200)[14] y personas (más de 500) que participaron en el ciclo completo (1995-96) que culminó junto a la sanción de la Constitución de la Ciudad Autónoma.

La característica esencial del movimiento fue la acción descentralizada, llevando el proceso de producción y discusión de la Constituyente a los territorios de la ciudad[15], incluyendo a los políticos primero y a los constituyentes electos después, materializada luego de un proceso participativo en la sistematización y presentación de un conjunto de proyectos (8 en total)[16] que fueron considerados en el debate de la Constituyente, algunos de los cuales, como el de redes tuvo cabida en el articulado final.[17]

Los proyectos fueron:

Participación de las organizaciones intermedias en el nivel central y en las alcaldías.

Programa de transición para la descentralización.

Redes. Nuevas formas de gestión urbana.

Preámbulo.

Procedimientos para la delimitación de las alcaldías.

Identidad, porteñidad y políticas pluriculturales.

Espacios públicos y planificación participativa.

Régimen de participación ciudadana.

14. Es significativa la partipación de vecinos, organizaciones intermedias, comunitarias, sociales y vecinales, redes locales y regionales, entidades académicas, empresariales, fundaciones y grupos-proyecto. Una expresión de la diversidad social de la ciudad.

15. Conviene destacar que en el Buenos Aires VIVA III se realizaron 5 jornadas descentralizadas por regiones: Oeste (Villa Crespo y alrededores), Oeste (Parque Avellaneda y Flores), Norte (Belgrano y Alrededores), Sudoeste (Villa Lugano), Oeste (Boedo y Caballito).

16. Ver Buenos Aires VIVA "Proyectos presentados a la Convención Constituyente de la Ciudad de Buenos Aires, Buenos Aires, Agosto de 1996. La edición incluye además de los proyectos elaborados en el ciclo de Buenos Aires VIVA, otros que fueron elaborados en forma particular por algunas organizaciones o personas asociadas al movimiento.

17. El art. 131 dice que "...cada Comuna debe crear un organimo consultivo y hononorario de deliberación, asesoramiento...integrado por representantes de entidades vecinales no gubernamentales, redes, y otras formas de organización...".

Matriz de análisis

Variables de interpretación	REDES		MOVIMIENTOS SOCIALES URBANOS	
	Red X	Red GAO	Buenos Aires VIVA	Nombre
AUTODEFINICION		Red (de redes)	Movimiento social urbano	
COMPOSICION		Proyectos en red, instituciones, grupos y personas,	Instituciones, grupos, personas, proyectos, redes	
METODOLOGIA		Flia PPGA (Planificacion Participativa y Gestion Asociada).	Apoyo en Planificación Participativa	
MODELO DE GESTION		Por agregación Grupos de trabajo contínuos. Plenarios/ Actas	Grupo promotor temporario. Reuniones periódicas y grupos de trabajos	
ORIGEN		Talleres de Planificación-gestión de la MCBA	GAO / Proceso Estatuyente	
FINALIDAD		Instalar un modelo co-gestivo en políticas públicas	La ampliación democrática	
ALCANCE TERRITORIAL		Una región de la ciudad	Ciudad	
SISTEMA DE REGISTRO		Actas como documento histórico conceptual y estratégico	Sólo en las acciones descentralizadas. No en grupo promotor (Modelo de gestión)	

Variables de interpretación	Red X	Red GAO	Buenos Aires VIVA	Nombre
DOCUMENTOS		Estrategicos	De fundamentación	
DENSIDAD DE COLECTIVOS		Proyectos en red. Colect. densos, integrados. Desarrollo local y regional	Sin densidad	
RELACION HORIZ /VERTICAL		Propone combinar estos niveles	Horizontal con método tradicional	
META ORGANIZACIONAL		Reconfiguración de identidades sociales	Constituir un movimiento de opinión cívico político. Coordinac. interinstituc.	
RECURSOS		Propios, gubernamentales y académicos	Propios del grupo promotor	
TRABAJO VOLUNTARIO - RENTADO		Mixto, con reglas consensuadas	Sólo voluntario	
NATURALEZA DE LA INNOVACION		Actor colectivo anticipatorio (prospectiva)	Proceso decisorio con participación social. Aumentar representatividad	
COMPLEJIDAD		Alcanza niveles relacionales (planos, dimensiones y escalas)	No alcanza niveles de complejidad	

Esta matriz fue ejercitada por primera vez en el 'Taller Redes' del Curso «Gestión Socio-Urbana y Ciudad Autónoma». Area PPGA /FLACSO en 1997. Se reproducen las ponderaciones de GAO y Buenos Aires VIVA efectuadas en esa ocasión.

Muchos de esos proyectos quedaron derivados a un tiempo pos-constituyente, como por ejemplo la "reglamentación de los instrumentos participativos[18]" y la "organización y delimitación de las comunas", derivando naturalmente el accionar del Buenos Aires VIVA hacia el acompañamiento y debate de la tarea legislativa, entrando en un período de latencia e indefinición. Por un lado algunos objetivos de su origen están pendientes (aunque otros hayan sido logrados), sin haberse consolidado en una red con método y persistencia.

En la Matriz de Análisis de la página siguiente realizamos un ejercicio de aplicación de la guía analítica para los casos presentados. Las columnas en blanco invitan a complementar el ejercicio comparativo agregándole otros casos.

6. CONCLUSIONES

El Estado y la Sociedad deberían entender que ambos se necesitan para fortalecerse y que abriendo el juego hacia la co-gestión facilitan la transparencia, el control, la integración y un trayecto hacia una sociedad más democrática y equitativa. Lo que significa también que deberían "entenderse" de otro modo.

Lo distintivo de esta propuesta es que plantea como necesario que esta relación de asociación entre estado y sociedad debe darse con un método de acción que ponga en igualdad de situación a ambos. En lo que respecta a los sectores sociales, capacitándolos para negociar con el estado. En lo que respecta al estado, capacitando a sus funcionarios para entenderse con la sociedad. De esta manera ambos (sociedad y estado) estarían en mejores condiciones para poder coparticipar en el proceso de toma de decisiones.

En este punto existen posibilidades para que las redes contribuyan a la resolución de problemas y a los objetivos del desarrollo social y puedan tener influencia simultánea en los reconocidos procesos de inercia estatal y anemia social

En primer lugar, como actor social las redes deben tender a complejizarse y densificarse, absorbiendo nuevos temas de manera integral, aumentando los proyectos en red de múltiples actores y agregando metodologías de conocimiento, planeamiento y gestión a sus prácticas. Como ya comentamos más arriba, no es sencillo ni natural para los movimientos sociales adoptar mecanismos de gestión de mayor exigencia.

En segundo lugar deben tender a constituirse en escenarios de relación articulada y cogestiva entre estado y sociedad. Habida cuenta que estado inerte y sociedad anómica se realimentan, una contratendencia debe localizarse en la superposición de ambos campos (de actores de uno y otro con voluntad de transformación y asociación) que les devuelva a ambos el resultado creativo de una práctica cogestiva, en la forma de una retomada del rol social del estado y de un fortalecimiento del entramado social dañado.

BIBLIOGRAFÍA

Alí, Patricia y Balanovski, Vivian: "El proceso de formación del actor local", presentado en el seminario internacional Desarrollo Local en la Globalización. CLAEH, Montevideo,1997.

Alí, Patricia y Redín María Elena: "Redes sociales y redes institucionales", presentado en el seminario Municipios sin fronteras, GCBA, Buenos Aires, abril de 1998.

Arocena, José, "El desarrollo local, un desafío contemporáneo", CLAEH Venezuela, Nueva Sociedad, 1995.

Buenos Aires VIVA: Proyectos presentados a la Convención Constituyente de la Ciudad Autónoma, Buenos Aires, agosto de 1996.

CESAV /RED /GAO /FLACSO, Plan de Manejo de Parque Avellaneda, Buenos Aires, 1996.

CLAEH: "Desarrollo local, democracia y ciudadanía", Síntesis de seminario, mimeo, Montevideo, 1996.

Constitución de la Nación Argentina, 1994.

Constitución de la Ciudad Autónoma de Buenos Aires, 1996.

Francioni, Ma. C. y Poggiese, H.: "Escenarios de gestión asociada y nuevas fronteras entre el Estado y la sociedad", Conferencia internacional de Ciencias Administrativas, Toluca, México, julio 1993.

Francioni, Ma. C. y Fernández De la Puente, L.: "Prácticas de intersectorialidad en la reformulación de políticas sociales", Viedma, junio de 1996, Mimeo.

Gestión Asociada del Oeste, "Programa local de descentralización para la región Oeste de la ciudad de Buenos Aires", (INAP: Buenos Aires) diciembre 1993, mimeo.

— Actas de los Plenarios, nº 1 a 5 Buenos Aires, 1994.

— Actas de los Plenarios, nº 1 a 3 Buenos Aires, 1997.

Jaguaribe, Hélio: "Tendencias evolutivas y rupturas parametrales en el mundo", conferencia en la UCES, Buenos Aires, 15 de mayo de 1996.

Kliksberg, Bernardo (comp.): "El rediseño del Estado, una perspectiva internacional" FCE, México, 1994.

Lechner, Norbert: "Los condicionantes de la gobernabilidad democrática en América Latina de fin de siglo", conferencia en los 40 años de FLACSO, Buenos Aires noviembre de 1997.

Oszlak, Oscar: "Estado y sociedad: las nuevas fronteras" en "El rediseño del Estado...", Kliksberg, B. (comp), FCE, México, 1994, pp. 45-78.

Poggiese, Héctor y Redín, María Elena: "La Región Oeste de la Ciudad de Buenos Aires: La gestión asociada en la red regional", FLACSO, Serie Documentos e Informes de investigación, No. 220, Buenos Aires, 1997.

Poggiese, Héctor: "Grandes ciudades y gestión participativa", FLACSO, Argentina, Buenos Aires, 1995.

— "Metodología FLACSO de Planificación-Gestión. Serie de Documentos e Informes de investigación. FLACSO, No. 163, 1994.

— "Redes de gestión asociada y medio ambiente urbano: nuevos actores para el desarrollo local sustentable", FLACSO, Guatemala, 1998.

Poggiese, H., Balanovski, V. y otros: "Proyecto La Casa de la Ciudadanía y de los Vecinos de Villa Crespo y alrededores", FLACSO/GAO, Doc. No. 1, Buenos Aires, 1995.

Quiroga Ana: "Redes y Grupos", en La otra mirada, Esc. De Psc. Social año III, Buenos Aires, septiembre de 1993.

Riechman, Jorge y Fernández Buey, Francisco: Redes que dan libertad, Paidós, Barcelona, 1994.

Saidón, Osvaldo: "Redes, pensar de otro modo", en Redes, el lenguaje de los vínculos, Dabas y Najmanovic (comp.), Paidós, Buenos Aires, 1995.

Sonntag, Heinz y Arenas, Nelly: "Lo global, lo local, lo híbrido. Aproximaciones a una discusión que comienza", ponencia en la I reunión regional para AL del MOST/UNESCO, Buenos Aires, marzo de 1995.

Villarreal, Juan: "La exclusión social", FLACSO, Ed. Norma, Buenos Aires, 1996.

LA SOCIEDAD ARGENTINA DE LOS '90: CRISIS DE SOCIALIZACIÓN

Martha Mancebo

INTRODUCCIÓN

Reflexionar sobre la crisis argentina de los '90 implica buscar sus causas en una crisis mayor que se inicia en los '70, válida tanto para el contexto mundial como para el nacional. Significa remontar los procesos que la causaron y la complejidad de sus dimensiones.

El concepto de *crisis* alude a una mutación importante en el desarrollo de los procesos históricos que dan marco a la vida en sociedad. También, a situaciones complicadas y difíciles que en las ciencias sociales remiten a dos polos antagónicos, aunque además complementarios: *decadencia* y *oportunidad de superación* (entendida como intento de creación de una realidad mejor).

Este trabajo intenta repasar y revisar algunas dimensiones de la crisis, orientándose por el objetivo central de la investigación sociológica: ampliar el conocimiento de la sociedad desde una visión que desnaturaliza al orden dado y le otorga sentido justamente a partir de su reapropiación por parte de la misma sociedad. Por eso, este trabajo se centra en un tema básico para la sociología: la producción y reproducción social a través del *proceso de socialización* en el contexto de la crisis de la relación sociedad - estado.

1. SOCIEDAD Y VIDA SOCIAL

La sociedad existe como realidad tanto objetiva como subjetiva. La primera dimensión alude a una combinación de fenómenos independientes de la voluntad individual y dispuestos de antemano. Esta realidad se presenta como un orden ya constituido, con significaciones derivadas del mismo que se traducen a través de un lenguaje también ya establecido.

Además, la realidad se presenta como un mundo que es necesario compartir. La existencia de cada individuo consiste en interactuar, comunicándose continuamente con otros. Para ello se requiere la interpretación y apropiación individuales de sectores de esa realidad para insertarse en la vida social, observando las conductas coherentes con la comprensión de esa realidad. Se construye así la realidad subjetiva.

Vivir en sociedad implica una correspondencia entre los significados de uno con los de los otros, significa compartir un sentido común de la realidad.

Este proceso se define como socialización e implica "la inducción amplia y coherente de un individuo en el mundo objetivo de la sociedad o en un sector de él" (Berger y Luckmann, 1979).

El objetivo de este proceso es convertir al individuo en ser social, capaz de vivir en sociedad a partir de la internalización de la realidad social tal como los otros la mediatizan para él. Se trata entonces de un proceso simultáneo y dialéctico en que individuo y sociedad interactúan sin descanso.

La aceptación del mundo de los otros implica el conocimiento del mismo, pero también determinadas cargas afectivas y la legitimación del otro como agente socializador. La necesidad de vivir en sociedad y de lograr una identidad dentro de ella completan el proceso. La sociedad, la identidad y la realidad se cristalizan en el mismo proceso.

Asumir una identidad determinada exige aceptar además la aprobación y desaprobación de los otros en un juego especular que nunca termina. Esa evaluación depende del sentido común dominante en la sociedad que define los valores orientadores de las relaciones sociales, como también las instituciones destinadas a reproducir el ordenamiento social. La aceptación de dicha evaluación por parte del socializado proviene del reconocimiento de los otros como significativos en principio por imposición, aunque esa significación admite luego una selección condicionada por la búsqueda de confirmaciones y de compatibilidades sociales, económicas e ideológicas.

La abstracción de los roles y actitudes de los otros se denomina *otro generalizado*. Su formación dentro de la conciencia de cada uno implica la internalización de la sociedad y de la realidad en ella establecida.

De esta manera, cada individuo se inserta en la sociedad y aporta para su reproducción, pero también para su transformación a partir del intercambio creativo propio del proceso: la construcción social de la realidad.

La realidad social difiere entre una sociedad y otra. Esa diferencia proviene de la particularidades y características de las sociedades que a su vez, las hace diferentes entre sí. Esas características se agrupan bajo el término de cultura, entendida como forma de vida específica de cada sociedad, constituyendo la identidad de la sociedad.

La relación *sociedad - individuo - cultura* aparece entonces como un entrecruzamiento multidireccional (a partir de su reconocimiento como construcción social recíproca) en la que cada uno de los términos actúa sobre los otros otorgándoles distintos significados relativos al momento histórico, a las características de la estructura social, a los regímenes políticos, a la modalidad de inserción de la sociedad en el contexto mundial, al estado de desarrollo de la ciencia y la técnica y a la particular ubicación de cada uno de sus integrantes en el ordenamiento resultante.

Los cambios operados en cualquiera de estos factores representan modificaciones más o menos importantes en los contenidos y legitimaciones de los procesos socializadores. De la magnitud y extensión de los cambios dependen también la permanencia o reposicionamiento de los agentes con atribuciones para socializar. Los objetivos mismos de la socialización y la redefinición de sus alcances y destinatarios son inevitablemente el resultado de las transformaciones realizadas en cada sociedad.

Cuando los cambios involucran a todos los factores señalados puede hablarse de un cambio de sociedad y, por lo tanto, de la realidad que la representa. La vida en sociedad exige entonces un replanteo global del proceso socializador y de sus objetivos.

Los fines de la socialización reconocen distintas interpretaciones teóricas según los supuestos subyacentes de cada una. Para el funcionalismo consiste en crear individuos útiles e integrados con respecto a un orden dado, ubicándolos en una escala jerárquica y meritocrática a partir de la construcción de un consenso que haga compatibles las conductas individuales con las pautas y normas sociales.

Para el marxismo, la socialización implica un proceso de sometimiento de los individuos a los intereses del modelo de dominación vigente. Se trata de la búsqueda de la reproducción ideológica y social, como mecanismo de sustentación y con-servación del poder de los sectores dominantes y del orden que los representa.

Pero desde cualquiera de las perspectivas planteadas, la socialización de los individuos es un fenómeno verificable tanto para sociedades en etapas de estabilidad como de transformación.

Argentina representa un ejemplo del último caso. En los últimos veinticinco años, la sociedad argentina atraviesa el pasaje entre dos grandes etapas históricas que confrontan dos modelos diferentes de desarrollo.

El *Estado de bienestar* o *keynesiano* o *social* (caracterizado por una fuerte interpenetración entre estado y sociedad a través de una activa intervención estatal en la economía y de la asunción por parte del estado del rol de garante de los derechos sociales y del compromiso entre clases) entra en crisis en consonancia con la crisis mundial capitalista de 1973 (asociada luego a las crisis petroleras) y se reestructura en un nuevo modelo denominado, según los autores, *Estado postsocial* o *neoliberal* que niega las características del anterior a partir de una nueva modalidad de inserción del país en el desarrollo del capitalismo mundial, con fuerte aumento de la dependencia y notables recortes de las funciones estatales de regulación, de organización de identidades colectivas y, fundamentalmente, de pérdida por parte del estado de identificación con la sociedad y de su capacidad de reproducirla, afectando gravemente la integración social.

Se trata de un corte brusco, de una transformación que más que buscar la superación del modelo anterior apuesta a una ruptura definitiva (García Delgado, 1994).

No sólo cambia el estado, sino también la sociedad y con ella, los valores orientadores y las instituciones de ordenamiento social.

2. SOCIEDAD Y ESTADO EN ARGENTINA: EL CAMBIO ESTRUCTURAL

Hablar de cambio estructural de las relaciones entre sociedad y estado implica reconocer la instalación de características en la organización de la vida social sustancialmente diferentes a la etapa anterior.

2.1 La relación en crisis

Analizar la relación sociedad - estado exige seleccionar definiciones para cada uno de los términos.

En este trabajo, la consideración del estado se aleja de concepciones tanto juridicistas como sistémicas que lo entienden como autónomo de la sociedad civil y de su cultura y no influido o modelado recíprocamente por éstas (García Delgado, 1994).

Esta concepción de interrelación compleja entre sociedad y estado permite enfatizar no sólo en la dimensión política del estado, sino también en la socio-cultural. Se trata de una concepción *relacional* del estado que aporta O' Donnell (1995).

Resulta interesante transcribir el concepto de estado que utiliza el autor: "El estado no es sólo el aparato estatal o el conjunto de las burocracias públicas; es también un conjunto de relaciones sociales que establece un cierto orden y en última instancia lo respalda con una garantía coactiva centralizada, sobre un territorio dado.

Muchas de estas relaciones se formalizan en un sistema legal surgido del estado y respaldado por él. El sistema legal es una dimensión constitutiva del estado y del orden que éste establece y garantiza en un cierto territorio.

Este orden no es ni igualitario ni socialmente imparcial. Tanto en el capitalismo como en el socialismo burocrático, sustenta y contribuye a reproducir relaciones de poder sistemáticamente asimétricas. Sin embargo, se trata de un orden, en el sentido que entran en juego múltiples relaciones sociales sobre la base de normas y expectativas estables (aunque no necesariamente aprobadas)".

El estado genera y define un orden que no es ni igualitario ni imparcial, pero que es orden en tanto sus prescripciones son obedecidas, reglando las relaciones sociales. Se refiere así a la obediencia sustentada en la creencia de la legitimidad que planteara Max Weber en su célebre tipología de la dominación legítima.

Esa obediencia es la conformidad que permite reafirmar y reproducir el orden social vigente y otorga para Weber racionalidad a la acción.

El tipo de dominación racional-legal weberiano define a la ley como sustento de la legitimidad: se obedece a la ley. La eficacia de la ley consiste en que las conductas y los comportamientos son compatibles con lo que ella prescribe ya que existe la expectativa generalizada de que dicha ley será impuesta por la autoridad central dotada de los poderes pertinentes.

La ley es entonces "un elemento constitutivo del estado: es la parte del estado que proporciona la textura subyacente del orden social existente en un territorio dado."

De esta manera, O'Donnell pone el acento en los aspectos sociológicos y políticos de la ley escrita, otorgando mayor complejidad al estudio del estado.

Tampoco soslaya el mencionado autor otra dimensión del estado: la ideológica como definitoria de un discurso que encubre parcialmente (respaldado por la ley) las desigualdades implicadas en el orden social.

Sin embargo, enfatiza O'Donnell, ese encubrimiento no le resta realidad al orden que se transforma en el bien colectivo supremo y garantiza la ciudadanía a todos los miembros de la nación, fundamental para el funcionamiento de la democracia.

La ciudadanía engloba tanto al derecho privado como al derecho público. Implica el trato justo de parte del estado para todos los ciudadanos.

Conceptualizado el estado, O'Donnell plantea que Argentina (junto con Brasil y Perú) atraviesa y sufre una profunda crisis del estado.

La crisis se manifiesta en todas sus dimensiones. "La del estado como conjunto de burocracias capaces de cumplir sus funciones con razonada eficacia; la de la efectividad de la ley y la vinculada con la pretensión con que los organismos estatales normalmente orientan sus decisiones basándose en algún concepto de bien público".

El concepto de *ciudadanía,* exponente de la universalización del ideario de la Revolución Francesa, es algo más que una categoría jurídica. En el siglo XIX, la igualdad ante la ley y la conquista progresiva de los derechos políticos constituyen la primera construcción de la relación sociedad - estado. Durante el siglo XX, la lucha por los derechos de la ciudadanía social y económica definen su constitución más acabada: se trata de una nueva realidad construida socialmente y resulta imposible considerarla en dimensiones separadas.

Cuando el estado pierde su rol de representante universal de los intereses del conjunto (bien común), fracasa en garantizar la ciudadanía: se trata de la crisis del estado (y de su relación con la sociedad), descubriéndose la falacia de considerar la ciudadanía política separada de la ciudadanía económico-social.

Los derechos sociales, económicos y políticos que configuran la ciudadanía plena aluden al *bienestar* de la sociedad y el estado es responsable de su garantía a través de la efectiva satisfacción de las demandas de la sociedad. Se trata de la disposición y/o capacidad del estado para satisfacerlas. Esa disposición estatal a la satisfacción de las demandas de la sociedad está en íntima correlación con la capacidad de aquélla para presionar e influir en las decisiones políticas.

"Ciudadanía política y ciudadanía socio-económica son, por lo tanto, dos caras solidarias de una misma moneda: el progreso de una de las caras alimenta el progreso de la otra; lo mismo puede decirse de sus respectivos retrocesos. Una degradación del bienestar económico y social indefectiblemente representará una degradación paralela en la capacidad de ejercicio de los derechos políticos. Los derechos sociales no son pues un mero plus sobre los políticos, sino un componente crucial de la ciudadanía –entendida como capacidad de participación activa de la sociedad en las decisiones políticas– que califica de manera esencial a una democracia moderna" (Grüner, 1991).

2.2 La crisis del Estado de Bienestar

La crisis en la relación sociedad - estado emerge con claridad en la Argentina a partir de 1976.[1] No sólo cambia el estado, sino que también cambia la sociedad a partir de una drástica separación entre ambos que no se revierte con la recuperación democrática, sino que se extiende progresivamente en el tiempo,

---

1. Sobre la consideración de "corte histórico" a partir de un proyecto "fundacional" de la última dictadura militar ver Azpiazu y Nochteff, *El desarrollo ausente,* 1994; Azpiazu, Basualdo y Khavisse, *El nuevo poder económico en la Argentina de los '80,* 1987. También Mancebo, "Argentina fin de siglo: crisis y cambio" (1997) y "El nuevo bloque de poder y el nuevo modelo de dominación" (1998).

modificando severamente las condiciones de vida de los argentinos e impactando en las vivencias e identidades, creencias e intereses de los distintos sectores.

Este trabajo se sustenta sobre el supuesto de que la última dictadura militar (1976-1983) constituye en Argentina el avance del nuevo patrón de acumulación[2] instaurado a partir de la crisis operada en el capitalismo mundial que dio origen a una profunda transformación afectando al mundo occidental primero y, luego de 1989, al resto de los países en una globalización ampliada con respecto a etapas anteriores.

El inicio de la crisis mundial se sitúa a principios de los '70 con una situación irremediable con las recetas keynesianas: la *stagflation* (combinación de estancamiento e inflación). Resurgen entonces las teorías reaccionarias contra el modelo de la posguerra que durante tres décadas definió la etapa de oro del capitalismo (el mentado Estado de Bienestar) al resolver no sólo los problemas de crecimiento, sino también los relativos al orden social (Isuani, 1998).

Estas teorías explican la crisis de acumulación (a diferencia de la gran depresión de 1929, que se definió como crisis de consumo) por el poder creciente de las clases subordinadas y sus representantes –los sindicatos– fomentado por el pleno empleo que, con su presión reivindicativa sobre los salarios y su presión parasitaria sobre el estado para obtener gastos a su favor, socavaron las bases de acumulación privada.

Desde esta teorización, que reconoce entre sus principales promotores a Hayek, Friedman, Popper y Polanyi, se gesta una nueva etapa histórica: el neoliberalismo, cuyos parámetros se alejan drásticamente de los keynesianos y se aproximan (con diferencias) al liberalismo previo. La visión descarnada sobre la nueva variante capitalista que plantea el historiador inglés Perry Anderson (1997) define al neoliberalismo "como un fenómeno diferente al liberalismo clásico, como una reacción teórico-política contra el estado intervencionista y de bienestar, sentando las bases para un capitalismo más duro y desregulado".

Lo que está planteando este ideario es la exigencia de sociedades "saludablemente desiguales" como mecanismo dinamizador de las economías agotadas: se trata del quiebre de las políticas distributivas estatales y el empobrecimiento de los trabajadores vía baja del salario o de la destrucción del empleo, o ambas estrategias simultáneamente. El predominio de la economía sobre la política marca el fin de la etapa estado-céntrica que otorgó sentido al siglo XX.[3]

---

2. El concepto de modelo de acumulación involucra al estado como garante de la propiedad y de un determinado modo de control del excedente; también como decisor de las políticas públicas que abarcan a toda la sociedad.

3. El pensamiento neoconservador (como variante política del neoliberalismo) atribuye un efecto coactivo sobre la libertad de mercado a la acción del estado (Lechner, 1982).

La apuesta antiestatista apunta a disminuir a toda costa el tamaño de las burocracias estatales y el déficit público; *en la práctica significó el debilitamiento del estado como garantía de resguardo y defensa del bien común.*

Se trata de un quiebre ideológico que devalúa las utopías de la modernidad (el desarrollo nacional, el socialismo, la liberación) y la política como emancipación, el fin de la idea redentorista vinculada al concepto de sujeto histórico (García Delgado, 1998).

La crisis capitalista mundial se potencia con una acelerada revolución científico-técnica expresada fundamentalmente en las comunicaciones y la informática que permiten mayor fluidez a la movilidad del capital, acentuando la tendencia del capitalismo hacia la globalización.

Como resultado del incremento del precio del petróleo en los '70, aparece una disponibilidad de fondos fiduciarios otorgando un nuevo sesgo al capitalismo que de productivo vira a financiero con su lógica de especulación, concentración e internacionalización (bancarización de la economía) que refuerza la pérdida de fronteras en el juego de las transacciones, generando una pérdida de autonomía a los estados nacionales.

El alcance de la hegemonía del programa neoliberal llevó casi una década. En los '80, con el triunfo de la derecha conservadora en Europa y en Estados Unidos y la posterior caída del bloque socialista, se consolida definitivamente y su esencia teórica se vuelve dogma: un nuevo modelo de desarrollo, pero también un nuevo concepto de democracia y de ciudadanía, restringidas y vaciadas ambas de contenido igualitario. *Libertad e igualdad* fueron los valores centrales en la filosofía política; mientras que el liberalismo enfatizó en el primero, el socialismo hizo centro en el segundo. En el contexto neoliberal, es posible avanzar en términos de libertad y participación para una parte (cada vez más restringida) de la sociedad. *Pero, difícilmente podrá pensarse en avances en materia de igualdad* (Isuani, 1998).

Sociedades atomizadas, pauperizadas y degradadas en sus condiciones de vida serán el resultado de la aplicación de estas teorías a través de la reconversión capitalista. En Argentina, la sociedad integrada en base a la participación ampliada de los últimos treinta años se atomizó a partir del deterioro evidente del bienestar de los sectores medios y bajos.

En los '90 se consolida la *crisis filosófica* del estado (Rosanvallon, 1995): *la exclusión social.* Sectores cada vez más amplios de la población quedan en los márgenes o decididamente caen de ellos a partir del abandono del estado de sus funciones reguladoras y redistributivas. Los que quedan afuera por el desempleo generalizado, la precarización laboral y la degradación de la educación y de la salud pública ya no constituyen el "ejército industrial de reserva" que definieran Marx y Engels un siglo atrás, sino población excedente, humanidad sobrante, irrecuperable para los nuevos parámetros de eficiencia marcados por el mercado como pautas de inclusión.

La crisis del estado de bienestar implica la desarticulación de una dinámica incluyente a partir de un crecimiento económico que expandía el trabajo asalariado y la seguridad social.

"La nueva dinámica excluyente no es un mero resultado de relaciones técnicas, sino que también debe comprenderse como la imposición de imágenes legitimantes, de un sistema de valores contrarios al ideario que simboliza el estado de bienestar. Ya no se puede seguir hablando de crisis del estado de bienestar en nuestra región, sino de la imposición de un nuevo régimen que simboliza un ideario diferente, uno de exclusión social" (Lo Vuolo,1996).

Así, categóricamente, se define el surgimiento y consolidación de una nueva cultura, una nueva legitimación del modelo de relación entre sociedad y estado; pero también de un modelo socializador en el contexto de la paradoja central de los '90 en Argentina: democracia política y exclusión socio-económica. Se definen también otras crisis que afectan dimensiones psicosociales en relación con la vida en sociedad: la nueva realidad ya no admite construcciones solidarias porque la totalidad ha sido fragmentada. Variados mundos coexisten con difícil vinculación entre sí.

3. CRISIS DE LEGITIMACIÓN Y DE REPRESENTACIÓN: CRISIS DE SOCIALIZACIÓN

"La evolución económica, política y social (y cultural) de la Argentina desde la reconquista de la democracia en 1983 sólo puede ser interpretada a partir del reconocimiento previo de las profundas transformaciones producidas por el golpe militar de 1976" (Azpiazu y Nochteff, 1998).

3.1 La nueva Argentina: la derrota del proyecto de igualdad social

El proceso de inserción de la Argentina en la nueva etapa de la economía mundial y su correlato de transformación en la relación sociedad-estado reconoce tres etapas.

La primera corresponde a la dictadura autoproclamada como Proceso de Reorganización Nacional (1976-1983) con la desarticulación deliberada del modelo característico del estado de bienestar.[4]

---

4. O populismo para diferenciar del modelo de estado de bienestar de los países desarrollados. En Argentina, se reconocen dos variantes: justicialismo y desarrollismo (Torrado, 1992).

El proyecto de la dictadura afectó todas las dimensiones que configuran la realidad. "Por primera vez, junto a la quiebra del régimen democrático, se construye una perspectiva de sociedad de libre mercado, asociada a un proceso de disciplinamiento y de terrorismo de estado. Un intento fallido de superación de la crisis del estado, agravada por la desindustrialización y el endeudamiento provocados" (García Delgado, 1994).

La alteración de la estructura productiva, de la estructura de clases, de los liderazgos y de las alianzas que habían sustentado niveles ampliados de participación y de movilidad social ascendente son características de esta etapa. El proyecto militar apunta fundamentalmente a la destrucción de "la sociedad de empate" del modelo precedente a través del sometimiento de la sociedad.

Se trata de una reorganización que afecta tanto al modelo de desarrollo (relación estado-economía) como al modelo de hegemonía (relación estado-sociedad) (Portantiero, 1983).

La segunda etapa (1983-1989) se caracteriza por la transición a la democracia con la constitución del modelo representativo, dificultosamente ensamblado con las políticas de ajuste exigidas por el pasaje del modelo de acumulación y por el fuerte endeudamiento externo originado durante la dictadura. Con las hiperinflaciones de 1989 eclosiona la crisis del estado benefactor: la recuperación de la democracia generó un nivel de expectativas que se vieron frustradas por la consolidación del poder del bloque conformado al amparo dictatorial y la agudización de la crisis de la deuda. La retirada anticipada (y apresurada) del primer gobierno constitucional evidencia crudamente el nuevo modelo de dominación y la derrota sin posibilidades de revancha del proyecto homogeneizador de los sectores dominados.

En la tercera etapa (1989-1999), las políticas de reforma del estado y la consolidación definitiva del nuevo régimen de acumulación terminan de quebrar la matriz estado-céntrica y las relaciones sociales de ella derivadas. "No sólo se desplazan diversas actividades públicas hacia el mercado, sino que termina por hacerse viable y definitiva la configuración del nuevo modelo de relaciones estado-sociedad, de un nuevo paradigma" (García Delgado, 1994).

3.2 Las normas, los valores y los roles de la crisis

Retomando el concepto de estado de O'Donnell, resulta interesante rescatar el rol de la ley como elemento constitutivo del estado, tanto en su carácter de fundamento del orden social como de su arraigo en la realidad social.

Moreno Ocampo (1998) presenta una interesante diferenciación entre *normas míticas y códigos operativos*, verificables en todo proceso social.

Las primeras aluden a las reglas y prohibiciones vigentes en una sociedad; los segundos definen el cuándo, el cómo y el por quién pueden hacerse las cosas prohibidas. *Se trata de la existencia simultánea de diferentes sistemas normativos: uno formal y otro informal (y secreto, pero vigente). Uno que se supone que se aplica y otro que realmente se aplica.*

La simultaneidad del fenómeno de dos subsistemas normativos desvinculados que explican la distinción entre la ley y las reglas efectivamente aplicadas forma parte de la cultura argentina.

Sin embargo, el nivel de ilegalidad aumenta a partir de los '70. Durante la dictadura militar se llega al punto más alto con la aplicación sistemática de un código operativo (secreto y violento) en el marco de una retórica de observancia de la ley.[5] "Para los miembros de las fuerzas armadas y de seguridad, el riesgo de desobedecer el código operativo era muy superior al de infringir la ley penal que prohíbe el secuestro y la tortura", explica Moreno Ocampo. Y agrega que muchas personas desconocían la utilización de sistemas paralelos y, creyendo en la vigencia del sistema mítico, justificaron secuestros y desapariciones con el "por algo será" que alude a la creencia internalizada de que "no hay castigo sin culpa".

Más allá de coincidir o no con esta explicación del autoritarismo implícito en estas reacciones de parte de la sociedad argentina, se puede aceptar la afirmación de Moreno Ocampo acerca de que la posterior divulgación pública de los códigos operativos (a partir de los juicios a la jerarquía militar y de la publicación del *Nunca más*) otorga verosimilitud a las denuncias de los movimientos de derechos humanos e inicia el proceso (aún incompleto) de deslegitimación social del poder militar. Se consolida así la adhesión al sistema mítico establecido por la Constitución y a los valores democráticos, junto al desprecio generalizado hacia las experiencias autoritarias.

Sin embargo, continúa Moreno Ocampo: "El restablecimiento del sistema democrático termina con el terrorismo de estado, pero no implica la vigencia plena del sistema mítico".

Es conocida la preocupación central del abogado: la corrupción. De ahí su énfasis en mostrar (y demostrar) la crudeza del abuso de poder que significa el apoderamiento de los fondos públicos y el predominio adquirido por el tema en la agenda pública. "Los niveles de corrupción que se perciben ilustran sobre la falta de vigencia de la ley en las relaciones de los ciudadanos entre sí y con el sector público", concluye.

---

5. En la proclama del 24/3/76 se anuncia el golpe (violación de la ley suprema) prometiendo "la observancia plena de los principios éticos y morales, de la justicia (...) del respeto a los derechos y dignidad del hombre".

Pero este planteo soslaya la relación corrupción-impunidad que sí rescatan García Delgado (1998) y O'Donnell (1997) como fuerte percepción social. Las leyes de Obediencia Debida, de Punto Final y su culminación, los indultos, son una afrenta a la vigencia del principio de igualdad ante la ley.

Los resonantes casos criminales sin resolución de justicia (Embajada israelí, AMIA, Cabezas, María Soledad) y los escándalos económico-políticos (aduana paralela, tráfico de armas, IBM-Banco Nación, PAMI) evidencian asociación ilícita entre jueces, políticos y empresarios, *llevando a identificar poder y política con corrupción e impunidad.*

Estas reflexiones sobre la realidad argentina contemporánea no destacan que impunidad y corrupción en las dosis actuales constituyen una herencia del modelo de relaciones dictatorial. La revisión de la historia de violaciones sistemática a los derechos humanos y de enriquecimientos ilícitos de la época (a manos de militares, fuerzas de seguridad y civiles) y su continuación en el tiempo por los mismos actores evidencia el desprecio por la ley y *explican la devaluación de la justicia como institución y como valor orientador de conductas.*

Las consideraciones sobre la justicia no pueden soslayar su dimensión central en la construcción de la realidad social: la distributiva.

Las políticas de ajuste implementadas (con mayor énfasis en los '90) descuentan altos porcentajes al gasto social (salud, vivienda, educación y seguridad social) y minimizan la responsabilidad estatal en la garantía del empleo, ambas estrategias orientadas a la redistribución del ingreso producido por toda la sociedad. Esta orientación evidencia claramente el desmantelamiento final de los restos del estado benefactor y la adhesión abierta a los postulados neoliberales y neoconservadores más extremos.

El deterioro creciente de los servicios destinados a satisfacer las necesidades básicas se complica con la reducción de los salarios (pese al crecimiento de la productividad), la precarización del trabajo (de hecho y de derecho por las normas de flexibilización) y las altas tasas de desempleo que contrastan con la concentración del ingreso y la ostentación lujosa de los sectores privilegiados: se plantea por primera vez en los últimos sesenta años la exclusión como fenómeno ampliado, en agudo contraste con los anteriores procesos democráticos de fuerte contenido inclusivo.

En la agenda pública de los '90, la corrupción compite desfavorablemente con el desempleo, constituido en preocupación prioritaria de los argentinos.

En la problemática del desempleo confluyen factores causales que refieren a la privatización de empresas públicas, la "racionalización" del personal estatal, la regresión del crédito y la nueva tecnología (fundamentalmente blanda, en cuanto a reestructuración organizacional y parámetros de selección y promoción de personal) que provocan la destrucción de puestos de trabajo y limitan la creación de nuevos.

Con respecto a la efectividad de políticas públicas dirigidas a atender la cuestión del empleo (en el doble objetivo de reducir las tasas de las distintas modalidades de desocupación y de crear empleos genuinos) "no es absoluta ni está garantida, pero la abundante experiencia de los países ricos en este campo muestra claramente un grado de creatividad y de compromiso social con respecto a los cuales la experiencia argentina es ajena" (Monza, 1998).

La adhesión tozuda a los principios neoliberales y la priorización desenfadada de la seducción del capital transnacional y concentrado parecen definir los objetivos políticos de los '90 en Argentina. En consonancia con estas opciones se realiza la mentada reforma del estado que, de acuerdo a su implementación, implica la transferencia de la responsabilidad estatal en la producción de bienes y servicios al capital privado. El instrumento más conocido fue el de la privatización de las empresas de servicios públicos; pero significa también la descentralización y tercerización de esos servicios. La reforma implica también la desregulación de actividades económicas como el control de precios, la intervención equilibradora en los mercados y los mecanismos de promoción.

Significa una supresión sustancial de los roles tradicionales del estado; en realidad significa su desmantelamiento, ya que además recorta visiblemente la capacidad estatal de asegurar la calidad de otras prestaciones como educación, salud, seguridad (además de los recortes presupuestarios ya mencionados) y de producción y comercialización de alimentos y medicamentos.

Como contracara del proceso privatizador, la reforma dejó pendiente la creación y/o fortalecimiento del aparato institucional destinado a controlar las empresas y servicios privatizados (entes reguladores). Formalmente, estos organismos tienen la función de equilibrar el poder entre los nuevos dueños de las empresas de servicios públicos y los usuarios. "Los entes creados por el gobierno argentino para regular los servicios públicos privatizados presentan importantes déficit de capacidad institucional para llevar a cabo su misión con el alcance y profundidad que exige esta tarea, sobretodo en vista de la importancia de resguardar el interés público involucrado y el de los usuarios" (Oszlak y Felder, 1998).

El dramático apagón de febrero de 1999 en la Ciudad de Buenos Aires pone en evidencia crudamente la irresponsabilidad de la empresa de energía, la ineficiencia del Ente Regulador de Electricidad (ENRE) y la indefensión de los usuarios. Además, la lenta reacción del gobierno (nacional y de la ciudad) y de los políticos agrega un dato inquietante: el desamparo total de los ciudadanos devenidos clientes cautivos de un servicio deplorable.

Este proceso de reforma estatal concreta el traslado al mercado del rol de asignador de recursos, mientras el estado se inhibe de preservar los derechos ciudadanos y de responder a las demandas de la sociedad. *Esto redunda en el cuestionamiento de la legitimidad del estado como garante del bien común y del papel mediador de los partidos políticos.*

Estos ya no aportan para la elaboración de pautas interpretativas de la realidad social que permitan estructurar opciones verdaderamente alternativas y voluntades democráticas eficaces. Frecuentemente operan como simple mecanismo electoral y clientelar en función de la distribución de cargos públicos. A medida que se acercan al poder (en cuanto a probabilidades de ganancia comicial), se alejan de la gente en la esforzada búsqueda de ofrecer garantías a los factores de poder internacional y a los inversores externos (García Delgado, 1998).

La desigualdad creciente ante la ley y ante las políticas estatales refuerza la natural desigualdad que plantea por esencia el mercado.

A medida que se consolida la continuidad democrática (dieciséis años, sin interrupciones) crece paradojalmente el malestar de la sociedad respecto del funcionamiento del sistema político y de la política misma. La pérdida de confianza en los partidos, en el Congreso y en las grandes estructuras de mediación, aunque no en la democracia misma, se puede definir como *crisis de representación.*

Pero la crisis puede ser definida también como *de legitimidad política o de desidentificación con las instituciones políticas tradicionales* como resultado de las tendencias actuales a la disgregación que coexisten con tendencias a la recuperación (no necesariamente conscientes) desde la sociedad de un piso de eficacia en aquellas instituciones que permita reasumir una lucha por la transformación.

La exclusión en sus variadas manifestaciones (como recorte y anulación de los espacios de participación política, económica, social y cultural) define un proceso de "desciudadanización" que remite a una aguda crisis de la sociedad argentina. Fundamentalmente, la crisis refiere a un divorcio entre lo social y lo político, entre la sociedad y el estado (Grüner, 1991).

4. CRISIS DE SOCIALIZACIÓN: LAS RESPUESTAS DE LA SOCIEDAD

Los cambios operados en Argentina, con fuerte incidencia en los '90, implican también la crisis y cambio del *otro generalizado,* exigiendo procesos renovados de socialización. La presencia decisiva de la paradoja democracia-exclusión en los '90 dificulta la construcción de identidades y de lógicas colectivas trascendentes.

4.1 La resocialización

Los cambios descriptos aluden a una transformación drástica de la sociedad entendida como el campo de construcción del sentido común que interpreta la realidad social.

Un proceso de estas características exige una *resocialización*. La realidad objetiva es mutada con resultados similares a los de exilios obligados hacia otros paisajes, otros países.

Vivir en la nueva sociedad exige, como contrapartida, armonizar la realidad subjetiva con la nueva realidad, no en el sentido de transformaciones parciales similares a los cambios laborales o de movilidad social esperados y buscados que se construyen sobre las internalizaciones primarias.

Para las generaciones socializadas en el modelo societal anterior esta resocialización significa sufrir una discontinuidad abrupta en las biografías de sus integrantes. Se trata de reinterpretar el pasado, no de correlacionarlo con el presente. Se trata de renunciar a la coherencia con lo ya internalizado y reconstruir la realidad de nuevo. Para las generaciones nacidas durante el proceso de cambio significa recibir mediaciones esquizofrénicas y paranoicas de sus agentes socializadores.

En el caso argentino, el cambio fue impuesto mediante una resocialización autoritaria: la sociedad y el estado no fueron reformados a partir de un proceso consensuado, sino coactivo y violento en su primera etapa. La nueva realidad se impuso por el terror y la sociedad se sometió, inhibiendo la protesta. Participó desde el miedo visceral o desde la negación.

No hubo un proyecto solidario, sino un proyecto totalitario y vertical. La realidad se construyó desde la soberbia militar asociada a las nuevas versiones autoritarias encarnadas en ciertos grupos que lograron todo y la mayoría que se impuso el silencio o la huida apresurada hacia otras latitudes.

Exilio al interior y al exterior fueron el resultado: la reclusión a lo íntimo, lo doméstico y privado acompañaron a los que se quedaron y a los que se fueron.

Berger y Luckmann (1979) denominan a este proceso de "permuta de mundos" como *alternación* para indicar el caso extremo de transformación de la realidad subjetiva.

Según estos autores, la alternación requiere procesos de resocialización que se asemejan a la socialización primaria porque tiene que atribuir nuevos acentos de realidad y reproducir la identificación fuertemente afectiva con los elencos socializadores, característica de la niñez.

Se trata de desmantelar la estructura anterior de la realidad subjetiva y con ella, las identidades previas. En esto, el proceso se diferencia de la socialización primaria porque no se trata de actuar sobre el individuo virgen, sino ya socializado.

Para el logro de este objetivo se incluyen condiciones tanto sociales como conceptuales, siendo las primeras base de las segundas. La condición social más importante consiste en disponer de una estructura de plausibilidad eficaz, de una base social que sirva de "laboratorio" de transformación.

Todo el país fue un laboratorio: el terror se distribuyó con democrática intensidad en todo el territorio, dividido en zonas al mando de sus respectivos comandantes.

Si, según O'Donnell (1982), "la sociedad se patrulló a sí misma", exacerbando los aspectos autoritarios en la familia, en el trabajo y en la escuela, la coherencia entre el afuera y el adentro de estos ámbitos logró la eficacia de construir esa estructura de plausibilidad requerida, no sólo para "afiliarse" a la nueva realidad, sino para conservar la identidad recién adquirida. Los medios de comunicación masiva (en su mayoría censurados o autocensurados) acompañaron el discurso dictatorial mientras el estado quedaba copado por el nuevo elenco socializador. Para una sociedad acostumbrada al rol socializador del estado, no resultó trabajoso legitimar el mensaje.

La identificación se produce por dependencia emocional con los nuevos significantes: imposible no depender de los dueños de la vida y la muerte de la población.

Los militares se erigieron en los controladores de conductas y hábitos: el traje, el pelo corto en los varones; pollera y modosa humildad en las mujeres.

La alternación comporta también una reorganización del aparato conversacional. El diálogo con los nuevos significantes transforma y ayuda a mantener la realidad subjetiva recién estrenada. Hay que tener cuidado con quien se dialoga: "Las personas e ideas que discrepan con las nuevas definiciones de la realidad deben evitarse sistemáticamente", dicen Berger y Luckmann.

El rótulo de "subversivo apátrida" fue un instrumento contundente. Los jóvenes (militantes o no), los luchadores por los derechos humanos, los docentes universitarios o los periodistas críticos ...o cualquier crítico, mereció la misma etiqueta.

Quienes, a pesar de todo, se rebelaron contra el nuevo orden eran conscientes del costo: la desaparición. Por si quedaban dudas, efectivamente muchos de ellos pasaron al submundo de los campos de concentración. El resto decidió sobrevivir (unos sin perder definitivamente su identidad; otros aceptando la nueva sin vueltas).

Se instala así la idea de la exclusión. El grado más severo de exclusión tuvo su indicador: 30.000 (ni vivos, ni muertos, sencillamente "no ser"). Y, simultáneamente, el concepto de derechos ...desapárece.

El requisito conceptual más importante para la alternación consiste en disponer de un aparato legitimador para toda la serie de transformaciones. Lo que debe legitimarse no es sólo la nueva realidad sino el abandono o repudio de cualquier realidad alternativa, incluida la antigua realidad que debe reinterpretarse dentro del aparato legitimador de la nueva. La biografía anterior se elimina, colocándola dentro de una categoría negativa que ocupa una posición estratégica en el nuevo aparato legitimador. Así, la ruptura biográfica es también cognoscitiva, *inhibiendo el posterior planteo de alternativas.*

El estado benefactor obtiene así su certificado de defunción. Con él se quiebra un mundo cultural de ascenso social, de asociación organizada en base a derechos y a justicia social.

La eficacia de este proceso cuenta con un aliado indispensable: la anulación de la democracia como régimen de vida, como modelo de sociedad y como modelo ético.

La recuperación democrática de los '80 intenta un regreso hacia atrás. El no reconocimiento de la trascendencia de los cambios propone un camino similar al ya conocido de las etapas cíclicas de gobiernos constitucionales y militares. Confunde alternativa con alternancia. Trastabilla y se vuelve incoherente: los juicios y la anulación de sus efectos; la movilización a la Plaza y el "felices Pascuas; la casa está en orden...".

Pero la garantía de permanencia del modelo instaurado por la dictadura está en la nueva sociedad, la deuda externa y en el nuevo bloque de poder, representado por los grupos económicos conformados durante la dictadura que, ampliando su campo de acción y presión, ya inciden en la política.

La democracia se opaca y pierde calidad sustantiva.

En los '90, las políticas implementadas consolidan definitivamente el proyecto fundacional de 1976 ...pero en democracia.

El discurso neoliberal se impone con fuerza de dogma. Se niega la dimensión social y económica del estado, culpando de todos los males al estatismo de los años populistas. Los resocializados ya escucharon esto y, además, admiten las posiciones cerradas, sin alternativas. Forma parte de la realidad subjetiva de la gente. Además, se introduce con promesas de futuro gran bienestar.

Las identidades, producto de la resocialización, cristalizan ahora en democracia, que queda reducida a trámite electoral. Se privatiza lo social y lo político. La acción solidaria y los compromisos globales desaparecen sin dejar rastros...

4.2 La nueva lógica social

La *centrifugación social* (como desarticulación del modelo incluyente) (Villarreal, 1996), la privatización de lo político y la preeminencia de la economía divorciada de la ética del bien común constituyen rasgos decisivos del escenario argentino de los '90.

La heterogeneidad y la diversidad de la exclusión se expresa en su ataque cruzado a lo largo de toda la estructura social: no todos quedan simultáneamente afuera, ni con la misma severidad. Las combinaciones de exclusión son variadas.

La polarización socio-económica, la multiplicidad de carencias, la heterogeneidad de las psicologías sociales producidas por el "borramiento" de las experiencias históricas de clase y el aumento de las desigualdades colapsan las viejas identidades e impiden la formación de nuevas, estableciendo barreras de comunicación entre los diversos y diferenciados fragmentos sociales.

Las reacciones atomizadas parecen ser la característica de la sociedad del "sálvese quien pueda" inaugurada en el período del terror y continuado luego en los períodos democráticos bajo los mecanismos disciplinadores de la permanente confiscación que implica la deuda externa, las hiperinflaciones, el hiperdesempleo y la omnipotencia del mercado.

La renuncia del estado a su propia naturaleza promueve la presencia sólo de gobiernos que encarnan el nuevo rol, descartando del listado de sus funciones la cohesión social y la reproducción de la sociedad. Se permite así la degradación de las instituciones políticas y la desaparición de un agente esencial de la socialización.

El trabajo deja de ser el eje de inserción social y el fundamento de la socialización para la pertenencia, la solidaridad de las semejanzas y el enfrentamiento entre opuestos.

Los sindicatos y partidos políticos pierden su rol representativo, dejando de constituir puntos de referencia para la construcción de identidades.

La escuela tampoco produce efectivos procesos de identificación: la precarización y el vaciamiento de las condiciones de aprendizaje indican el deterioro de la calidad educativa y la ausencia de un proyecto coherente con la formación para la plena participación (Filmus, 1995).

La familia se debate en la búsqueda de sentido y trascendencia: la tradicional familia nuclear se fragmenta en modalidades varias que priorizan las necesidades de pareja antes que las funciones parentales. Las transformaciones de las relaciones intergenéricas e intergeneracionales se asocian con los cambios de la estructura social, pero también con la intención de salvación individual.

Mucho se habla de la intempestiva irrupción de los medios de comunicación como intérpretes de la realidad y como mediadores entre la sociedad y el estado. Pero la fuerte concentración de los multimedia y su articulación con intereses económicos los inhabilita como representantes de los intereses de la sociedad y como constructores de un orden de convivencia.

También se revela la falacia de la libertad del mercado: cuando éste está dominado por monopolios y oligopolios, no hay libre flujo de la oferta y la demanda, sino usuarios imposibilitados de ejercer sus derechos de elección frente a la cínica indiferencia de los poderosos.

En síntesis, el elenco socializador se polariza entre la angustia o el desinterés, abandonando su función de mediatizar la realidad con la coherencia necesaria para construir una comunidad de sentido que ordene los espacios a ocupar y los modelos de acción. La disolución de la noción misma de nacionalidad se verifica en sus reapariciones espasmódicas durante los mundiales de fútbol.

Si en la dictadura hubo un proyecto fundacional para la sociedad argentina, en la democracia de los '90 su ausencia se hace evidente: sólo se declama el dogma neoliberal que vacía de contenidos a las instituciones políticas y sociales, negando la sustancia del orden representativo.

La degradación de la participación ciudadana, la ruptura de los lazos de socialización doméstica, familiar, grupal y la apelación a la violencia que implican no son procesos fácilmente recuperables.

La desaparición de "espejos" que constituyan una referencia fuerte inhibe la generación de identidades. *La vitalidad asociativa se define como inevitable contrapartida de la necesidad.*

Y es en función de necesidades en que adquieren protagonismo efímero los excluidos. Robos, saqueos, ocupación de viviendas, asentamientos en terrenos públicos, cortes de rutas y otras transgresiones son sus indicadores cotidianos. En los extremos de la desesperación surgen expresiones genocidas (justicia por mano propia, discriminación étnica y racial).

Estas manifestaciones que no se expresan por los canales tradicionales se disuelven cuando se alcanzan los objetivos o cuando sufren represión, definiendo una nueva conflictividad social y nuevas lógicas de acción colectiva que sólo parecen apuntar a un orden que se percibe como desorden.

Existen también otras estrategias que, como tales, expresan variados grados de organización y cierto establecimiento de redes cooperativas, aunque también fundadas en necesidades insatisfechas por la inexistencia de canales institucionales formales o incumplimiento estatal de promesas.

Estas estrategias tienden a cristalizar conjuntos humanos *con intereses similares que definen una identidad común.* No se trata de la búsqueda de legitimación política ya que eluden los marcos de los partidos políticos. Sin embargo, pueden llegar a transformarse en movimientos comunitarios y adquirir significación política.

Esta orientación abarca un arco muy amplio que va desde las organizaciones barriales de protesta contra la carencia de servicios públicos o aumento de tarifas hasta el movimiento de jubilados o docentes.

La combinación de las distintas lógicas conforma una *cultura de la urgencia* que "expresa un nuevo modelo de socialización salvaje, como alternativa compulsiva ante la crisis de los mecanismos históricos de integración social en Argentina" (Grüner, 1991).

Se trata, aclara Grüner, de un modelo que arrastra la aparición de conflictos intersticiales que no responden, pero que tampoco excluyen las líneas clásicas de procesamiento de conflictos de las sociedades desarrolladas (lucha de clases o competencia partidaria). Este modelo de socialización informal y no legalizado está generando nuevas formas de legitimidad, apartadas de los canales de legitimación tradicionales, pero que gozan de creciente aceptación social.

La pérdida de identificación tanto racional como afectiva con las instituciones supuestamente representativas de los derechos de la ciudadanía a partir de la incapacidad de su ejercicio puede englobarse en un proceso de *desciudadanización,* continúa Grüner. El intento de reconstrucción de normas y valores, de creación de nuevas formas de legitimidad es también un intento de *reciudadanización,* de búsqueda de reconocimiento mínimo de derechos por parte de las instituciones políticas. Se manifiesta en el agrupamiento de conjuntos de la sociedad contra la clase política.

Es el caso de las "marchas de silencio" (María Soledad, Bulacio, Carrasco, Cabezas) que simbolizan la desconfianza de la sociedad ante los discursos congelados de los políticos: se hace uso instrumental del silencio al que está condenada la sociedad por la falta de respuestas institucionales a sus demandas.

Pero la característica común de todas las manifestaciones descriptas es que no constituyen causas globales que cuestionen el orden vigente. Paradójicamente, estos movimientos no cuestionan la ideología dominante: expresan la imposibilidad de una crítica estructural hacia el desmantelamiento del estado que acompaña al neoliberalismo, concluye Grüner.

Podría agregarse otra hipótesis explicativa: tal vez se trata de un intento de recuperación de la cultura perdida. Tal vez se exprese así la creencia de la transitoriedad de la situación actual y la aceptación del discurso del "futuro derrame" que llevará a futuras satisfacciones, negando la oclusión definitiva de un orden más satisfactorio. Se explicaría entonces la paradoja de respuestas reactivas a la crisis de legitimidad del sistema político que, simultáneamente, reconocen como interlocutor de sus demandas al estado. *Se trata de una combinación de necesidad y aceptación acrítica.*

Los espacios de la crítica global, a partir de la conciencia del ocultamiento de un orden que responde a intereses ajenos al conjunto social, lo ocupan desde el comienzo del cambio estructural los organismos de derechos humanos, encabezados por Madres y Abuelas.

Durante la dictadura militar se constituyeron en los "parias" del sistema ("locas de Plaza de Mayo" o "infiltrados por organizaciones subversivas"). Diezmados por la represión terrorista e ignorados por buena parte de la sociedad, estos grupos no fueron resocializados a causa de su lógica resistencia a identificarse con personajes y valores responsables de las máximas violaciones a la dignidad humana, la cual defendieron temerariamente.

El crecimiento del prestigio y legitimidad de estas organizaciones operado en los últimos años es un dato rescatable para la postulación de verdaderas alternativas a la crisis.

A MODO DE CONCLUSIÓN: EL PAPEL DEL SOCIÓLOGO EN LA ARGENTINA DE LOS '90

La sociología expresa el intento de entender la vida en sociedad. Entender la vida social implica examinar los equilibrios resultantes entre la reproducción y la transformación de la sociedad. Al analizar las conductas humanas en el contexto de la sociedad, la investigación sociológica *altera y reconstruye* las creencias del sentido común: define las limitaciones del conocimiento de la vida cotidiana y simultáneamente retroalimenta ese conocimiento en cuanto lo relaciona con el marco histórico, político, económico y cultural (Giddens, 1991).

La acción del sociólogo debe ser el instrumento gracias al cual *un actor descubre el sentido de su acción,* plantea Alain Touraine (1978).

Toda acción se sitúa en la producción de la relación social que la define: una relación social es una relación de producciones recíprocas (identidades especulares) y de reproducción recíproca (en base a evaluaciones positivas o negativas de acuerdo al modelo ideológico-cultural dominante).

El campo de acción cognitiva del sociólogo son las relaciones sociales que están generalmente ocultas bajo una "naturalización de lo social".

La tarea del sociólogo es la de "descubrir" las relaciones sociales, afirma Touraine. Ampliando su concepción del conocimiento, incluye el rol del sociólogo como *militante del conocimiento* contra los objetivos del poder y de las ideologías: el sociólogo no puede ser ni intelectual orgánico, ni ideólogo. Si no, no conoce. No es actor, es analista. De ahí su desgarramiento; sólo puede trabajar si destruye su identidad para tomar distancia de la sociedad que lo involucra.

No se trata de una "neutralidad valorativa" ni de una pretendida objetividad: al rechazar la falsa positividad del orden y de sus alegatos, ninguna neutralidad es posible. El sociólogo denuncia la alienación y busca el centro del conflicto.

Las sociedades sólo actúan sobre sí mismas cuando modifican las relaciones sociales: esto es *cambio social.* Y el cambio social no está gobernado por fuerzas externas como la tecnología o el estado, sino por sí mismo, por la manera según la cual una sociedad vive el doble movimiento de represión y aspiración que determina su desarrollo. Frente a la concentración del poder, la reapropiación colectiva de los recursos que maneja el poder. Esto es cambio social, afirma Touraine.

Y concluye: "La sociología sólo existe desde el momento en que las sociedades dejan de verse determinadas por la relación que mantienen con un orden que les es ajeno y son comprendidas en cambio por su historicidad, por su capacidad de producirse".

La realidad social argentina de los '90 debe ser analizada entonces desde las condiciones históricas, políticas, económicas y culturales que conformaron las relaciones sociales actuales.

La exclusión no debe considerarse un dato, ni debe asociarse sólo con pobreza. El sociólogo debe remontar los procesos que la causaron y la complejidad de sus dimensiones. También la posibilidad de que los excluidos, al reconocer su condición definitiva, son potencialmente sujetos de cambio, constructores de una contracultura, como sospecha Petras (1992).

Dada la amplitud del fenómeno excluyente que implica pérdida de identidades coherentes con la participación ciudadana (y al renunciar a asociar dicho fenómeno sólo con pobreza económica y/o como anormalidad), se concluye que la mayoría de la sociedad argentina está en esa condición. Deja entonces de ser paradójica la coexistencia entre exclusión y legitimidad democrática. Se verifica la lógica de una versión restringida, precarizada de la democracia, donde "todos son actores de voto y espectadores de la decisión" (Villarreal, 1996).

Desde esta concepción del conocimiento sociológico resulta viable el "descubrir" (en el sentido de desnudar) lo oculto del pensamiento único neoliberal y el voluntarismo (naturalización) de los reformistas. Esa viabilidad remite a las posibilidades de que la sociedad argentina actúe sobre sí misma, enfrentando el conflicto y aumentando su capacidad de producirse y reproducirse.

BIBLIOGRAFÍA

Anderson, Perry: Conferencia dictada en la Facultad de Ciencias Sociales, UBA, 1994. También en *La Trama del neoliberalismo*, Oficina de publicaciones del CBC, UBA, 1997.

Azpiazu, D.; Basualdo, E.; Khavisse, M.: *El nuevo poder económico en la Argentina de los '80*, Legasa, Buenos Aires, 1987.

Azpiazu, D. y Nochteff, H.: *El desarrollo ausente*, Tesis Norma, Buenos Aires, 1994.

— "La democracia condicionada", en *Quince años de democracia*, Norma, Buenos Aires, 1998.

Basualdo, Eduardo: *Deuda externa y poder económico en la Argentina*, Nueva América, Buenos Aires, 1987.

Berger P. y Luckmann, T.: *La construcción social de la realidad*, Amorrortu, Buenos Aires, 1979.

Filmus, Daniel: *Las transformaciones de la educación en diez años de democracia*, Tesis Norma, Buenos Aires, 1995.

García Delgado, Daniel: *Estado y Sociedad*, Tesis Norma, Buenos Aires, 1994.

— "Crisis de representación en la Argentina de fin de siglo", en *La Argentina que viene*, Norma-Flacso-Unicef, Buenos Aires, 1998.

Giddens, Anthony: *Sociología: problemas y perspectivas*, Alianza, Madrid, 1991.

Isuani, Aldo: "Una nueva etapa histórica", en *La Argentina que viene*, Norma-Flacso- Unicef , Buenos Aires, 1998.

Grüner, Eduardo: "Las fronteras del (des)orden", en *El menemato*, Letra Buena, Buenos Aires, 1991.

Lechner, Norbert: *El proyecto neoconservador y la democracia*, Crítica y Utopía, 1982.

Lo Vuolo, Rubén: *Contra la exclusión*, CIEPP, Buenos Aires, 1996.

Mancebo, Martha: *Argentina de fin de siglo: crisis y cambio*, Flacso, 1997.

— "El nuevo bloque de poder y el nuevo modelo de dominación", en *La economía argentina de fin de siglo*, Flacso-Eudeba, Buenos Aires, 1998.

Moreno Ocampo, Luis: "El desafío de la ley", en *La Argentina que viene*, Norma-Flacso-Unicef , Buenos Aires, 1991.

O'Donnell, Guillermo: *Democracia macro y micro*, Buenos Aires, 1982.

— "Acerca del estado, la democratización y algunos problemas conceptuales", en *Desarrollo Económico*, vol. 53, Nº 130, 1995.

Oszlak, O. y Felder, R.: "La capacidad de regulación estatal en la Argentina", en *La Argentina que viene*, Norma-Flacso-Unicef , Buenos Aires, 1991.

Portantiero, Juan Carlos: *Los usos de Gramsci*, Folio, Buenos Aires, 1983.

Przeworski, Adam: *La democracia sustentable*, Paidós, 1998.

Rosanvallon, Pierre: *La nueva cuestión social*, Manantial, Buenos Aires, 1995.

Petras, James: "Ausencia de futuro", en *Página/12*, 1992.

Torrado, Susana: *Estructura social de la Argentina 1955-83*, Ed. de La Flor, Buenos Aires, 1992.

Touraine, Alain: *Introducción a la sociología*, Ariel, Buenos Aires, 1978.

Villarreal, Juan: *La exclusión social*, Flacso-Norma, Buenos Aires, 1996.

POLÍTICA, MEDIOS Y CULTURA EN LA ARGENTINA DE FIN DE SIGLO*

Luis Alberto Quevedo

PRESENTACIÓN

La presencia de los medios de comunicación en la vida cotidiana de la gente constituye uno de los fenómenos culturales más importantes de las sociedades de fin de siglo. De hecho, en nuestro país y en casi todo el mundo, los medios electrónicos y especialmente la televisión se han transformado en el principal consumo de su tiempo libre. Por este motivo, estamos obligados a prestarle una especial atención en su rol de productores de ideologías, saberes, valores y creencias, y a no considerarlos como un fenómeno residual de la cultura contemporánea. En este sentido, no se trata tanto de saber cómo la TV opaca u oculta la realidad, sino de indagar y saber qué realidades construye.

En los últimos años, la TV ha *tomado para sí* importantes zonas de la vida cultural y se ha apropiado de acontecimientos artísticos, deportivos y de esparcimiento, a los cuales les ha impuesto sus formatos y lenguajes, y los ha incorporado a las formas particulares del consumo massmediático. Casi todos los deportes, por ejemplo, han caído bajo los patrones de la televisión y su misma existencia depende muchas veces de ella; la ópera y el ballet, tradicionalmente

* Una versión de este artículo fue publicada en R. Winocur (comp.): *Culturas políticas a fin de siglo*, FLACSO-Juan Pablos Editor, México, 1997.

reservados para públicos selectos, se transformaron en fenómenos de masa por obra de la TV; la guerra misma ingresó a la categoría de espectáculo gracias a la intervención decisiva de la pantalla chica en la construcción del escenario de las batallas. ¿Por qué entonces suponer que la política y la construcción de legitimidad quedarían por fuera de este fenómeno arrasador de nuestro tiempo?

Sin embargo, el *modo* en que la televisión le otorga un formato a la política sigue siendo enigmático. Un político sabe, aunque no sepa más que esto, que la capacidad de ampliar audiencia que tiene la TV es inmensa: ni el mejor acto partidario ni la tapa de un periódico son comparables a la capacidad que tiene la televisión para hacerse escuchar. Pero la televisión está muy lejos de ser el mejor amplificador de la voz de los políticos. Una hipótesis tal nos obligaría a suponer que la aparición en cámaras sería tan sólo *un instrumento* (tal vez el mejor) para conseguir audiencia. Pero las condiciones de la enunciación televisiva imprimen al discurso del político efectos (deseados y no deseados) que no podemos soslayar.

Hace algunas décadas la concepción dominante atribuía una influencia decisiva de los medios masivos en la formación de ideologías y comportamientos de la población. La publicidad, por ejemplo, fue objeto de múltiples estudios a fin de mostrar de qué manera dirigía el gusto y los consumos de la gente. Pero con el correr de los años, y seguramente ante la evidencia de algunos fracasos en las estrategias de "dominación" basadas en los medios, los investigadores comenzaron a interrogarse de otro modo. Se prestó especial atención a la *actividad del receptor* y se descartó la relación directa entre mensajes y efectos. Todo parecía –y parece– indicar que quienes se exponen a los medios practican un cierto *uso* de los mensajes que no se puede reducir a una "teoría de la alienación"[1] como efecto privilegiado de los medios.

Así, las nuevas preguntas que están hoy sobre nuestra mesa son: ¿qué rol juegan los medios en la política y la cultura contemporánea?; ¿de qué manera la gente se vincula con los productos de la oferta mediática?; ¿qué gratificaciones y qué goces se desprenden del solo hecho de exponerse a los medios?; ¿qué efectos producen los discursos políticos y sociales cuando ingresan al universo de la videocultura contemporánea?; ¿qué peso tienen y por qué se producen los "efectos no deseados" de toda comunicación (y de la comunicación política en particular)?;

---

1. Con la idea de "teorías de la alienación" hago referencia a todas las formas en que se ha pensado la acción de los medios de comunicación como dominadores de la conciencia de la gente, dejando en manos del emisor de los mensajes el poder absoluto en la construcción del sentido de la vida social y política, y colocando al receptor como un sujeto que ha perdido total o parcialmente, su capacidad crítica frente a la realidad. Para una revisión de estas teorías, cf.: M. L. de Fleur y S. Ball-Rokeach, *Teorías de la comunicación de masas*, México, Paidós, 1994.

¿de qué manera y con qué elementos la gente decodifica los mensajes massmediáticos?, etcétera.

Pese a este formidable viraje en los análisis de los efectos de los medios de comunicación, hasta el presente no se ha modificado de manera radical la matriz de pensamiento que plantea la ecuación emisor-medio-receptor y atribuye el peso decisivo al emisor-medio. Es más, la mayoría de los estudios con que contamos actualmente son estudios de los emisores y difícilmente se practican los análisis de recepción (que sin duda son –teórica y metodológicamente– más difíciles de llevar adelante). En este artículo plantearemos algunas de estas cuestiones, refiriéndolas especialmente a la realidad de nuestro país, sin abandonar la pregunta específica sobre el papel de los medios en la política, tanto en el presente como durante las experiencias comunicacionales de las décadas pasadas. También nos interrogaremos sobre el modo en que los políticos incursionan en el espacio audiovisual, y sobre las distintas operaciones de comunicación que se practican hoy en el seno de ese poderoso aparato cultural que es la televisión.

LOS NUEVOS ESCENARIOS DE LA DEMOCRACIA

El renacimiento de la democracia que vivieron algunos países de América Latina y particularmente la Argentina, en los años ochenta, se caracterizó por el retorno (y la preeminencia) del discurso político como el elemento simbólico capaz de poner orden en el nuevo escenario, y también por la aparición de los nuevos lenguajes audiovisuales y las nuevas formas de la publicidad y la propaganda en el campo de la política. Esta tendencia se consolidó a fines de los ochenta y fue descrita por Heriberto Muraro[2] de la siguiente forma: "El marketing y la publicidad política son la novedad en la Argentina y, en general, en toda América Latina. Así lo han demostrado recientemente las campañas preelectorales de las que resultara triunfante Carlos Menem en nuestro país, el referéndum en el cual saliera derrotado Pinochet en Chile, la guerra de mensajes protagonizada por Collor de Melo y Lula en Brasil, o por Vargas Llosa y Fujimori en el Perú, y también, aunque pueda resultar sorprendente, la protagonizada por Daniel Ortega en las elecciones nicaragüenses que favorecieron a Violeta Chamorro. Puede decirse, pues, que los latinoamericanos hemos ingresado, por fin, en la era de la videopolítica".

2. H. Muraro, *Poder y comunicación. La irrupción del marketing y la publicidad en la política*, Buenos Aires, Letra Buena, 1991, p.17.

El hecho incontrastable de la preeminencia de los escenarios massmediáticos y de los lenguajes audiovisuales en la política no nos puede hacer olvidar que estas formas novedosas de la palabra pública conviven hoy con las formas clásicas de la actividad política, que siguen teniendo fuerte arraigo en nuestras sociedades. Más aún, en el caso argentino, si bien es cierto que ya en los comienzos de los ochenta se visualizaron formas originales de publicidad política, sobre todo en la campaña del Dr. Raúl Alfonsín, en ese momento el discurso político tradicional seguía jugando un papel preponderante en el ordenamiento de la comunicación que el candidato mantenía con la sociedad. En todo caso, en la campaña presidencial de 1983 asistimos a un uso particular de los medios de comunicación: la de amplificar la palabra del candidato. Como lo ha señalado Oscar Landi:[3] "La imagen televisiva tuvo básicamente la función de llevar a la pantalla el discurso del candidato, ya fuera en actos, detrás de un escritorio y con la bandera nacional al costado o parado con el fondo neutro de una pared. La pantalla acompañó y colaboró en la construcción de cierto rito de pasaje, en la configuración de un sistema de símbolos propios del nuevo régimen que estaba por inaugurarse".

Pero en aquella coyuntura argentina de 1983, la escena pública estuvo dominada mayoritariamente por formas de actividad política que pertenecían a los ciclos históricos que, en alguna medida, el presidente Alfonsín se proponía clausurar. Sobre todo nos referimos a la presencia arrasadora de la gente en la calle: los actos multitudinarios, las movilizaciones partidarias, los discursos de barricada, y todas las formas no discursivas que tiene la política, incluyendo la violencia. Estas formas de actividad pública tenían la fuerza de las multitudes y solían resumirse en consignas que actuaban como ordenadores simbólicos en cada coyuntura. Sin embargo, esta particular dialéctica entre las demandas sociales, que se expresaban en la movilización callejera –y que se canalizaban sobre todo a través del movimiento peronista–, y las periódicas intervenciones militares que tenían como propósito acallar la escena pública y descomprimir los reclamos provenientes de la sociedad, había mostrado sus límites en los comienzos de los ochenta. En efecto, este péndulo político tan característico en los años sesenta y setenta encontró en la última dictadura militar (1976-1983) y en la guerra de Malvinas su punto más dramático en materia de represión política y social en la Argentina. Esto llevó a que el nuevo gobierno constitucional se ofreciera como un punto de ruptura con ese pasado pendular y propusiera el ingreso a otra etapa política para el país.

3. O. Landi, *Devórame otra vez. Qué hizo la televisión con la gente. Qué hace la gente con la televisión*, Buenos Aires, Planeta, 1992.

Esta característica fundacional que tuvo el gobierno de Raúl Alfonsín se propuso también innovar en las formas de hacer política, sobre todo en períodos electorales. El uso intensivo y novedoso de la publicidad y el marketing político en la campaña de 1983 desafiaba las formas tradicionales de la comunicación política y significó una ruptura en el terreno de las estrategias de imagen en la construcción de un presidente y, más tarde, en el vínculo que mantuvo el gobierno con los medios y la sociedad en su conjunto.[4] Pero debimos esperar algunos años para que la política no considerara a los medios como simples transmisores de mensajes, sino que incorporara realmente a los nuevos lenguajes audiovisuales y a los medios de comunicación como escenarios y como actores del proceso político. Y también pasaron algunos años hasta que los hombres que se lanzaban a la disputa del poder modificaran las formas tradicionales de construir su imagen y de utilizar la palabra en el espacio público. En el caso argentino que estamos analizando, fue recién a partir de 1989, con la presencia de Carlos Menem en la presidencia de la Nación, que cambió de manera radical la forma en que se establecen los vínculos y las mediaciones entre la sociedad, los medios, los partidos y los mecanismos _election of Menem_ decisorios de la política.

Como lo señaláramos en otra oportunidad,[5] recién con el arribo de Carlos Menem al gobierno se rompen aquellas formas tradicionales de la comunicación política y comienzan a aparecer los nuevos formatos audiovisuales que habrían de caracterizar a esta nueva etapa, sobre todo por el protagonismo que adquiere la TV. "Carlos Menem es un hombre de la televisión. Cuida privilegiadamente su rostro que en todo momento puede ser captado por las cámaras. Ha renunciado a la movilización popular y a las mediaciones partidarias. Los medios le permiten hablar con la gente casi a diario sin los riesgos de la calle. Ya no necesita de las estructuras sindicales o partidarias que mueven a la gente y que a la hora de cobrar hacen cola en la ventanilla. No quiere convocar solamente a sus adeptos, quiere hablarnos a todos. El presidente quiere que el contacto privilegiado sea con su imagen y su palabra, no con las divisas tradicionales de la política. Habrá que prepararse, entonces, para entender y descifrar no sólo al político Carlos Menem, sino también a este original comunicador que ha surgido en la Argentina". Este panorama que ya se vislumbraba en los comienzos de su gestión se volvió un estilo de gestión en su primer período de gobierno y fue su herramienta comunicativa esencial para el logro de la reelección en 1995.

---

4. Las características de innovación en materia de publicidad y marketing político que introdujo la campaña electoral de Raúl Alfonsín, en 1983, se encuentran expuestas de manera detallada en A. Borrini, _Cómo se hace un presidente_, Buenos Aires, El Cronista Comercial, 1987.

5. L. A. Quevedo, "Los políticos y la televisión", _Unidos_, nº 22, Buenos Aires, 1990, pp. 115-116.

Aquí nos proponemos, en primer lugar, describir brevemente las características que adquirió en la modernidad la palabra pública y su papel en la formación de identidades y culturas políticas. Y, en segundo lugar, presentar de manera sintética los rasgos más generales de la nueva cultura política massmediática que se está gestando en la Argentina, para mostrar las modificaciones que se procesan tanto en el terreno del discurso como en los cambios que se experimentan al pasar del predominio de la cultura letrada a la cultura audiovisual. Un proceso que tiene pocos años, y que se da en medio de grandes transformaciones estructurales que vive el país.

La Argentina, al igual que muchos países de la región, ha experimentado cambios sustanciales en el terreno político-económico a partir de la implementación de la reforma financiera y cambiaria de 1991, de la privatización de las empresas públicas, que también se inicia en ese año, del retiro del Estado de ciertas áreas que eran tradicionalmente de su incumbencia, y de la presencia, cada vez más arrasadora, de los criterios de mercado para la asignación de recursos y competencias. Este nuevo panorama ha modificado el perfil tradicional que tuvo el Estado en la Argentina durante el siglo XX, y el modo en el que se recibían y procesaban las demandas de la sociedad. Sin embargo, el desmantelamiento del Estado de Bienestar como proyecto político de fin de siglo no significó, hasta el momento, el fin de las políticas sociales y de ciertos compromisos que la gestión pública guarda con los sectores más desprotegidos de la sociedad. Si bien ha existido una política tendiente a desresponsabilizar al Estado sobre la suerte de los ciudadanos, la Argentina conserva aún tradiciones, creencias y prácticas ideológicas que siguen formando parte del cimiento de su cultura política. Pero lo que sí podemos constatar es un cambio profundo en los compromisos que el Estado está dispuesto a aceptar en materia de asistencia y de protección social.

En un país como la Argentina, con larga tradición de intervención estatal y con identidades políticas forjadas al calor del asistencialismo, estas transformaciones se viven hoy de manera conflictiva, aunque las consideremos un punto de inflexión en su historia política. Por este motivo, los cambios que se están produciendo en el terreno cultural e ideológico son igualmente importantes a los que se registran en su organización productiva, su estructura social o en el nuevo perfil del Estado. Por otra parte, nos parece que estos cambios, lejos de ser un fenómeno local en nuestro país, más bien acompañan una tendencia generalizada en América Latina y en el mundo: la expansión del liberalismo político, la reformulación del rol del Estado y la globalización de los procesos productivos y culturales. En este panorama, el espacio audiovisual se revela como el lugar privilegiado del debate político, de la formación de identidades y del consumo masivo de productos culturales que nos obliga a prestarle especial atención.

DISCURSO E IDENTIDADES POLÍTICAS EN LA MODERNIDAD

El discurso político actúa en el seno de una sociedad como el elemento simbólico capaz de producir el sentido del orden en una coyuntura determinada y de asociar el presente político a las tradiciones de un pueblo y al futuro que le tocará vivir. Estas formaciones discursivas deben ser entendidas, entonces, como un producto específico de las condiciones sociales en las que fueron enunciadas, y debemos analizarlas en la situación de competencia comunicativa que se halla frente a los otros discursos alternativos. Por otra parte, los saberes sociales y políticos en los que se apoya un discurso son siempre el resultado de las prácticas sociales específicas y tienen una lógica de significación que es necesario desentrañar. En una coyuntura "de pasaje" como suele ser el recomienzo de la democracia en un país –como lo fue, por ejemplo, el año 1983 en la Argentina–, el discurso cobra además la función de refundar un orden, de otorgar sentido al pasado reciente y de ofrecer los ejes interpretativos del futuro político.

Es en este campo de la cultura política, entendida como competencia por el sentido de una sociedad y por la definición de los ejes de identidad en que se socializan los individuos donde se juega la cuestión del orden social. Para ser más exactos, el problema del "buen orden". Se libra en la sociedad una dura lucha en el campo de las significaciones, que arrojará un cierto régimen de verdad que nos permitirá distinguir, en ese universo específico, los discursos "falsos" de los "verdaderos", los "deseables" de los "no deseables". Se instalará también, en el sentido de Michel Foucault, un sistema de exclusión que hará viables algunos discursos e imposibles otros. Podemos decir que el éxito de cualquier estrategia discursiva no consiste solamente en crear las condiciones de aceptación de ciertos discursos sino en volver imposible la escucha de otros. Rechazada entonces la hipótesis esencialista de la conformación de las identidades políticas y sociales –es decir aquellas que las hacen derivar de alguna determinación estructural– y colocados en el plano de una cultura política producida históricamente y que será siempre campo de conflictos por el sentido de una sociedad, podemos afirmar que no existen relaciones políticas que no estén atravesadas por los discursos que se vuelven legítimos o ilegítimos en un momento determinado de la historia, ni de los símbolos de poder que los acompañan.

Esta idea de la centralidad de la palabra y el discurso en la constitución de los vínculos específicamente políticos entre los hombres fue postulada de manera más general por Hannah Arendt en su texto *La condición humana*. En efecto, Arendt ha definido al ámbito de la acción como aquel espacio social donde los hombres escapan a la repetibilidad a la que los arroja la reproducción biológica (labor) y técnica (trabajo), y que les permite ingresar en un orden de diferencia que recupera la relación entre los hombres como una esfera de creación y de pluralidad. En este ámbito, Arendt postula justamente el funcionamiento del discurso como un eje de reconocimiento en las relaciones entre los hombres. Si aceptamos esta perspectiva arentiana sobre la condición de visibilidad que adquieren los hombres en la vida pública, y el papel del discurso en los actos de creación política, el problema a desentrañar se ubica ahora en las formas históricas de la palabra y de los escenarios que la contienen. No siempre los hombres actuaron en los mismos escenarios ni bajo las mismas formas discursivas, ni son siempre los mismos medios los que utiliza para hacerlo.

Si analizamos de manera positiva este vínculo entre las tecnologías y las formas de la palabra pública, podríamos trazar una historia de los medios de comunicación articulada con los procesos culturales, ideológicos y estéticos con los que estuvieron asociados. Este fue un terreno privilegiado en las exploraciones de Marshall McLuhan[6] durante los años sesenta, y fue seguido, en el terreno de la política y la formación de identidades, por algunos autores como Régis Debray. En su texto *El Estado seductor*, por ejemplo, Debray nos propone una clasificación de las formas políticas (monarquía feudal, monarquía absoluta, república y democracia) cruzada por la preeminencia de las formas simbólicas del poder que las acompañaron (logosfera, grafosfera y videosfera).[7] De este modo queda establecido que los formatos culturales y los medios por donde transita el poder en este fin de siglo se ubican sobre todo en la videosfera, significando una ruptura con la grafosfera que dominó desde los comienzos de la modernidad.

Podríamos decir que a partir del siglo XVIII la forma que adquirió la palabra política se relacionó con dos hechos fundamentales: el desarrollo de las ciudades y la aparición de la idea moderna de representación. Ambos elementos se combinaron para dar lugar a nuevas formas de la acción política. En efecto, como lo ha señalado Richard Senett (1978), el crecimiento poblacional que sufrieron las grandes capitales europeas, alimentado principalmente por la población rural que emigraba a los burgos, le dio una nueva fisonomía a la vida pública. Sobre todo porque en esas ciudades comenzaron a aparecer nuevos vínculos entre los hombres. En esta dirección, Senett señala dos fenómenos que nos interesan especialmente: el del

6. Puede verse, a este respecto, su trabajo ya clásico: M. McLuhan, *La comprensión de los medios como las extensiones del hombre*, México, Diana, 1969.

7. R. Débray, *El Estado seductor. Las revoluciones mediológicas del poder*, Buenos Aires, Manantial, 1995, pp. 66-67. El cuadro que propone el autor contempla además todos los elementos que se refieren a la ideología y las identidades políticas: el estatuto del gobierno, el prestigio del jefe, la oferta simbólica, el transporte físico de los signos, las formas del espectáculo, etc.

anonimato de los nuevos habitantes de la ciudad (las multitudes se pueden definir como una reunión de extraños, es decir, hombres todavía sin vínculos), y la aparición de un nuevo espacio urbanístico: la plaza pública moderna. A diferencia de la plaza medieval –lugar donde se concentraban vendedores y volatineros–, la plaza moderna del siglo XVIII tomó una forma monumental y desplazó a los hombres a otros espacios de sociabilidad: el café, los teatros y los parques. Sin embargo, la aparición de estos nuevos espacios representa a la vez –nos dice Senett– un retroceso de la escena pública, ya que toda la historia que sigue, es decir los siglos XIX y XX, no serán más que una profundización de esta tendencia a que las reformas urbanísticas le quiten a las ciudades sus espacios de muchedumbre para organizarlas en espacios de control y visibilidad más adecuados.

Más allá de esta visión pesimista sobre el destino de la vida pública de los hombres que nos describe Richard Senett, y del diagnóstico arentiano sobre el retroceso de la acción en la historia, lo cierto es que el siglo XX conoció nuevas formas de visibilidad política y de palabra pública que se gestaron en los espacios públicos multitudinarios y de poco "encuentro" entre los hombres. La espectacularización de la política, característica de la primera mitad del siglo XX, tuvo en la plaza pública y en la concentración de masas dos de sus componentes centrales. Pero ahora no como muchedumbre, sino como pueblo organizado, o bajo formas de nuevos ordenamientos simbólicos y coreográficos de la política, como lo practicaron los totalitarismos europeos y más tarde algunos populismos latinoamericanos. Estas formas de teatralidad política, tan características del siglo XVIII, han marcado nuestra forma de comprender el mundo y de darle un orden a nuestra vida. El modo en que nombramos lo público como escena pública está fechado justamente en estas formas posrenacentistas de vínculo entre ciudad-hombre-política.

Por otra parte, y ya instalados en el siglo XX, debemos reconocer que estas formas de espectacularización de la acción política le dieron también un sentido nuevo a la vida pública de los individuos. Participar de un acto callejero era no solamente mostrar la adhesión a un líder sino que suponía constituir una identidad social que dotaba de sentido a la práctica política y a la vida social en su conjunto. El mundo del trabajo, de los vínculos comunitarios o de las relaciones familiares estaba estrechamente relacionado con las identidades políticas que se constituían en la plaza. La ecuación que sumaba: participación activa, plaza pública y discursos doctrinarios, daba como resultado la formación de identidades totales, que caracterizó a la acción política de buena parte de las sociedades latinoamericanas en el siglo XX. Y en aquellas en que la dominación se dio por vía de la integración social, como en la Argentina, la escuela fue el instrumento fundamental en la constitución de ciudadanías. El cuadro se completaba con una acción estatal decidida en materia social, que ponía en práctica mecanismos de equidad que daban solidez al modelo político.

LUIS ALBERTO QUEVEDO

LOS ENIGMAS DE LA COMUNICACIÓN POLÍTICA

El enfoque que hemos presentado nos permite reconocer, entonces, la discontinuidad entre los problemas estructurales de la sociedad y los fenómenos de significación. En un trabajo ya clásico, Emilio de Ipola (1987) nos propone un tipo de análisis que incluya las condiciones sociales de producción y recepción de los discursos, que estarían presentes en los textos que circulan y se legitiman, en un momento determinado, como "huellas" que nos hablan, justamente, de las restricciones y los límites que una cultura política determinada le impone a la producción discursiva. Y es en este punto donde nosotros entendemos que debe ingresar el tema de la "escucha" en una sociedad. ¿Qué se puede escuchar –y no sólo decir– en un momento determinado de nuestra historia política? ¿Bajo qué condiciones un discurso ingresa en el horizonte de credibilidad que soporta una sociedad? Esto nos lleva directamente a las condiciones de recepción del discurso político en una coyuntura determinada.

En los años setenta y ochenta los integrantes de la escuela de Birmingham nos alertaron sobre las dificultades de establecer una simetría entre las pretensiones de sentido del enunciado y las formas de la decodificación que practica el receptor. Siguiendo las observaciones que formulara en este sentido Stuart Hall (1980), nosotros preferimos abandonar todas las ideas de "ruido" que enunciaron en las modernas teorías comunicativas y colocarnos en un plano diferente. En política, todo el problema de la comunicación podría resumirse en las condiciones sociales en que se establece la lucha por la codificación/decodificación de los mensajes. Esto quiere decir que lo que se dice y lo que se escucha establecen un vínculo de competencia que no se soluciona nunca con las buenas intenciones comunicativas (el mito de la transparencia), sino que será siempre la expresión de una lucha por las reglas de legitimidad política que funcionan en un momento de la historia. Por lo tanto, la palabra dicha no será nunca absolutamente mía (como sujeto autónomo) ya que dependerá de este doble juego de las condiciones sociales de enunciación y de escucha en que fue producida.

El discurso político siempre está en un campo de competencias donde trata de apoderarse del código del otro y donde los otros discursos intentarán vaciarlo, no sólo de "contenidos", sino de las posibilidades de ser "escuchado" por quienes comparten una misma cultura política. Uno de los discursos más novedosos en occidente en la segunda mitad del siglo XX es, sin duda, el discurso feminista. Pero, a menos que retrocedamos hasta el siglo XV y pensemos que la condición de la mujer es *esencial y naturalmente* una, nos queda aún por explicar por qué este discurso se volvió legítimo en este momento de nuestra historia y por qué sigue resultando imposible de ser escuchado en todos los países de cultura islámica, por ejemplo. En una palabra, para el discurso feminista fue posible adueñarse de la escucha occidental y cristiana, mientras que resultó un discurso "imposible" en culturas de tradiciones islámicas. Y en esto no hay nada de natural, hay historia, tradiciones, nudos de creencias que condicionan la lucha por el sentido y por las reglas de legitimidad del orden social.

En la historia de las transiciones democráticas que vivió América Latina en la década del ochenta, todo esto adquiere especial significación porque se vincula con la reconstrucción de la *cultura política* de sociedades especialmente dañadas en su tejido cultural y social. Podríamos definir, entonces, la cultura política de un pueblo como el conjunto de las formaciones simbólicas e imaginarias a través de las cuales los individuos viven y se representan las luchas por el poder y las competencias por el dominio de los sistemas decisorios de una sociedad. Pero debemos tener presente que los límites y el sentido de estas definiciones y de estas luchas no se desprenden automáticamente de las condiciones sociales o de las bases económicas de una sociedad, aunque se vinculan siempre con las demandas que formula la sociedad. En términos generales, diríamos, más bien, que son el resultado de agudos conflictos por la definición del sentido y de los límites de aquello que entendemos por justo o injusto, público o privado, legítimo o ilegítimo, etcétera.

Es decir, que la reconstrucción del tejido social democrático supone el ingreso a nuevos ejes de individuación y reconocimiento simbólico entre los individuos, los grupos sociales y las instituciones estatales. En este sentido, Claude Lefort[8] ha definido a la democracia como aquel sistema que "nos invita a reemplazar la noción de un régimen regulado por leyes, de un poder legítimo, por la de un régimen fundado en la legitimidad de un debate sobre lo legítimo y lo ilegítimo, debate forzosamente sin garante y sin término". En una sociedad así articulada, donde el fundamento se sustrae a toda certeza, y donde existe una separación entre los fundamentos del poder, el derecho y el saber, la palabra y el debate argumentativo sobre la legitimidad de los principios que regulan la política se vuelven primordiales.

Retomando algunos de los conceptos señalados más arriba podemos concluir que para el análisis del discurso político es necesario dar cuenta siempre de esta lucha entre el emisor y el receptor. Nuestra tradición analítica suele colocar en primer plano al sujeto de la enunciación, dejando afuera la actividad productiva que tiene el sujeto de la escucha. Según nuestra visión, ningún discurso político opera independientemente de estas condiciones de recepción, y siempre muestra las huellas de un pacto entre el que dice y el que escucha. Es la posición relativa

---

8. C. Lefort, "Los derechos humanos y el Estado benefactor", *Vuelta Sudamericana*, nº 12, Buenos Aires, 1987, p. 40.

del "otro" en el interior de mi discurso lo que vuelve posible la comunicación política. Como lo ha dicho H. Osakabe, la garantía semántica del discurso es siempre situacional, esto es, depende del proceso de relación que establecen las personas que entran en competencia por las significaciones sociales. Nadie es, entonces, dueño de su discurso político ni nadie establece un vínculo con el sentido social que esté dado de una vez y para siempre. Y la tarea analítica es, entonces, dar cuenta de estas condiciones de producción y recepción de la palabra política y del contexto mediático en el que es producido.

En este último sentido, nuestra hipótesis acompaña de alguna manera la visión macluhaniana de los medios que los coloca como coproductores de los mensajes que circulan en una sociedad. Así entendidos, los massmedia no son meros "transmisores" de la palabra política, por ejemplo, sino que estas condiciones técnicas de producción y circulación, arrastran formas comunicativas y lenguajes específicos que forman parte de la producción del sentido. Por este motivo, en lo que sigue, no solamente haremos referencia a algunos fenómenos de cambio estructural en las formas que adquiere la política en América Latina, y en la Argentina en particular, sino que también prestaremos especial atención al pasaje de aquellos discursos asociados a las formas tradicionales de la cultura letrada a las formas que asume la palabra política en la cultura audiovisual de fin de siglo.

APOGEO Y CRISIS DEL DISCURSO POLÍTICO EN LA ARGENTINA

La forma particular de articulación entre las identidades políticas, la escena pública y la acción estatal consolidó una verdadera cultura política en las sociedades latinoamericanas, y en particular en la Argentina. El Estado de Bienestar constituyó no sólo un modelo de acción política sino que además sirvió como soporte para la formación de un tipo especial de ciudadanía y un estilo de gestión pública basado en la permanente ampliación del ámbito de los derechos. La mención que hicimos más arriba a Claude Lefort y a su idea sobre esta particular articulación entre Estado de Bienestar y debate permanente sobre derechos caracterizó a la sociedad argentina desde su formación en los años cuarenta y cincuenta hasta fines de los ochenta. Los ciudadanos así constituidos e interpelados gozaban de derechos políticos y sociales que los vinculaban al Estado de manera doble: eran ciudadanos en el momento del voto y de la movilización política y, al mismo tiempo, eran objeto de políticas sociales que los dotaban de una ciudadanía social fuertemente consolidada.

Poner fin a este ciclo político fue un objetivo de algunos regímenes autoritarios de los años setenta. El intento consistía no sólo en modificar las condiciones estructurales de la economía sino de cambiar también los principios de identidad con que se constituían esas ciudadanías políticas. En el caso argentino, estos intentos autoritarios fracasaron en su búsqueda de establecer nuevas bases de identidad política, pero erosionaron algunos de los principios con que se había constituido el poder durante el peronismo y posperonismo. Sin embargo, la ambigüedad permanente con que se manejaron las dictaduras militares en lo que se refiere a la acción del Estado –sobre todo cuando entraban a funcionar sus principios antiliberales y profundamente intervencionistas–, les imposibilitó desarmar las bases del Estado benefactor.[9]

El gobierno del Dr. Raúl Alfonsín, por su parte, intentó refundar un tipo de ciudadanía basada más en los derechos civiles y políticos que en los derechos sociales. Por este motivo, la temática de los derechos humanos, por ejemplo, se volvió central en aquellos años, y tuvo su episodio simbólico más importante en el juicio a las Juntas Militares que se llevó adelante en 1985. Al mismo tiempo, el discurso político fue el instrumento elegido para construir la nueva legitimidad política y para consolidar los nuevos ejes de reconocimiento en la sociedad argentina: la restitución del estado de derecho, el respeto por el otro, el pluralismo democrático, el valor de la vida, etc. A través de un discurso de insistencia casi pedagógica (repetición casi obsesiva del preámbulo de la Constitución, más el llamado a reconocer y expulsar el "autoritarismo" que todos tenemos dentro), y cargado de una retórica política que transformaba cada acto de gobierno en una "fundación" (Nuevas Leyes, Nueva Capital, Nueva Moneda, etc.), Alfonsín construyó un lugar político basado, fundamentalmente, en un pacto cultural con la gente que lo votó y con la que no lo votó.

Si bien la huella que dejó este gobierno de transición fue importante en lo que se refiere a la reconstrucción de los principios democráticos, en el año 1987 vivió un episodio político relacionado con las presiones militares frente a la política de derechos humanos que devaluó la credibilidad de su palabra pública. Los hechos conocidos en la Argentina como "Crisis de Semana Santa" significaron para el gobierno del presidente Raúl Alfonsín la pérdida de la confianza en su propio discurso.[10] Las distintas sublevaciones militares, seguidas por las leyes de Punto

9. En realidad, si nos retrotraemos a los años sesenta, podremos constatar que los regímenes militares argentinos reforzaron los mecanismos de acción del Estado y consolidaron la acción de las corporaciones como mediadoras entre las políticas públicas y las demandas sociales.

10. Una investigación exhaustiva del juicio a las Juntas y de sus repercusiones políticas, jurídicas y culturales puede encontrarse en: C. Acuña et al., *Juicio, Castigos y memorias. Derechos humanos y justicia en la política argentina*, Buenos Aires, Nueva Visión, 1995. También puede hallarse en esa compilación una descripción e interpretación sobre los episodios de "Semana Santa", y una bibliografía completa sobre estos temas: L. A. Quevedo y A. Vacchieri, *Bibliografía argentina sobre derechos humanos (1975-1990)*.

Final y Obediencia Debida destinadas a interrumpir la política de persecución penal, en materia de violaciones a los derechos humanos, marcaron el inicio del fin de aquella confianza original. El presidente Alfonsín rompía sus propias reglas de juego: las promesas de no hacer concesiones al autoritarismo y de no pactar con los responsables de la violencia. El pasado retornaba por el lugar menos esperado: por la misma palabra del presidente que había jurado erradicar definitivamente la prepotencia militar. De allí en adelante, no sólo comenzó la caída en la credibilidad para el gobierno de la Unión Cívica Radical, sino que disminuyó, también, la confianza de la población en la palabra de sus gobernantes.

Finalmente, en 1989 aparecen con toda su crudeza los otros problemas que la democracia de Raúl Alfonsín no supo resolver: la grave crisis económica, sumada a la decisión de los poderosos grupos empresarios de no respaldar más la gestión económica del gobierno. El llamado "golpe de mercado" de ese año liquidó finalmente las bases de un proyecto político que no pudo sostener los principios de aquel pacto original que le dieron fuerza y credibilidad. Ligada a la crisis económica apareció, también con toda su fuerza, la "cuestión social". La urgencia por resolver las demandas de los sectores populares, así como por dar respuesta a los problemas estructurales de la economía argentina, desplazaron el foco de la escena política hacia ejes y problemas que no eran centrales en la agenda de 1983. La ética de la solidaridad y el puro funcionamiento institucional parecían no ser suficientes para resolver estas graves cuestiones, a lo que debe sumarse la caída simbólica de un elemento que había sido central en el origen del gobierno radical: el discurso de los derechos humanos como base de la convivencia social.

En este panorama, y ya ubicados en 1989, se hizo fuerte la controvertida figura del Dr. Carlos Menem. Controvertida no sólo por su alianza sorpresiva con los grupos liberales y conservadores del país a los pocos días de asumir la presidencia, sino más bien por su perfil político de "caudillo" tradicional, que parecía poco apropiado para las nuevas bases democráticas y partidistas de su partido de origen: el peronismo. Sin embargo, la figura de Carlos Menem comenzó a adquirir una fisonomía absolutamente inesperada durante la campaña electoral del '89 y, sobre todo, luego de su asunción como presidente de los argentinos.

La llegada de Menem al gobierno se produce a través de una campaña política absolutamente distinta de aquella que hizo Alfonsín en 1983: privilegió el contacto personal (recorrió el país palmo a palmo durante muchos meses), recuperó el lenguaje simple de la gente (no el discurso doctoral y pedagógico de Alfonsín); prometió la "revolución productiva" y el "salariazo" como resultados inmediatos de su gestión (sin apelar a una explicación de los *procedimientos democráticos*, sino a su *voluntad política* de hacerlo) y, también, asumió todas las banderas de justicia social que los sectores más relegados de la sociedad venían levantando. Menem recurrió relativamente poco a los lugares tradicionales del discurso peronista, pero apeló a la memoria política de la gente y a sus creencias en la capacidad transformadora del peronismo en todo lo que se refiere al establecimiento de un estado de justicia distributiva que los radicales siempre relegan a los mecanismos institucionales. Por otro lado, el candidato que presentaba la UCR en 1989 arrastraba toda la herencia y desconfianza que había dejado Raúl Alfonsín en el final de su gobierno. Tal vez por eso a la consigna "*¡Se puede!*", del candidato radical Eduardo Angeloz, se impuso un poderoso y voluntarista "*¡Yo puedo, síganme!*", de Carlos Menem.

Una vez instalado en el gobierno, Menem inauguró un contacto político y cultural a través de los medios de comunicación que era inédito en nuestro país. El modo en el cual apareció en los medios, antes de ser presidente y sobre todo luego de serlo, sorprendió a todos. Abandonando la idea de que los medios sirven para ampliar la audiencia de la palabra de los políticos, como dijimos más arriba, Menem hizo su ingreso en la televisión de formas inesperadas: jugando al fútbol, cantando, participando en una mesa de café, bailando tangos, etc. Es decir, no usaba los medios para hablar de política, sino que establecía un contacto con la gente y hacía política desde los medios hablando "de otra cosa", apareciendo en lugares inesperados, casi como alguien que *pertenece* al mundo del espectáculo y no que llega desde otro espacio de poder.

Una buena muestra de este nuevo estilo de gestión se registró también en su contacto con la prensa. Alberto Borrini ha señalado la importancia que tiene para un gobernante el contacto con la prensa y cómo podemos tomar este hecho como indicador de su estrategia comunicativa. En el caso argentino fue muy significativo el silencio de la última dictadura militar que, durante el período 1976-1983, sólo tuvo cuatro conferencias de prensa y una minicharla que mantuvo el General Galtieri con los periodistas durante 20 minutos. El ritmo de Alfonsín, dice Borrini, fue mucho más rápido. "Convocó a una conferencia de prensa, utilizando un podio en vez de la clásica mesa de trabajo, a apenas un mes de su entrada a la Casa Rosada, pero en ese lapso había aparecido varias veces por televisión. Ronald Reagan convocó a 16 conferencias de prensa, todas ellas televisadas, en los cinco primeros meses de su gobierno. Además, mantuvo otras ocho miniconferencias de diez minutos de duración. Alfonsín actúa como si la comunicación fuera una parte, y no precisamente la menos importante, de los hechos".[11] Pero Carlos Menem fue mucho más allá y rompió este modelo de flexibilidad con la prensa que había tenido la gestión radical. Hizo del contacto con los periodistas un lazo permanente de su vínculo con la sociedad, produciendo una comunicación basada en la preeminencia de la imagen y no en la fuerza de la

11. A. Borrini, *op. cit.*, pp. 20 y ss.

palabra. Menem comenzó a transmitir en cadena las 24 horas utilizando todos los medios de comunicación. Hablaba por radio a la mañana, con la prensa escrita durante toda la tarde –para dar lugar a su aparición en los noticieros de la noche y los matutinos del día siguiente– y concurría a los programas de televisión durante la noche. Y, además, no siempre hablaba de política.

Este impacto comunicativo que logró el presidente Menem, en los primeros años de su gestión, lo quitó de aquel lugar de enunciación que construyó en su campaña electoral. El Menem peronista, caudillo, celoso de las tradiciones, de acentuado nacionalismo y perseguido por la dictadura, pasó a ser el Menem de la alianza con los empresarios y con los EE.UU., de la modernización y las privatizaciones, y también del indulto a los militares ya juzgados, del ajuste salvaje y de la reforma financiera que, a partir de 1991, le dio un enorme rédito político. Por otra parte, los efectos de su viraje dieron nacimiento a una fórmula de poder inédita: por primera vez en Argentina el liberalismo conservador gobernaba con los votos de la gente. Esto no había ocurrido nunca en lo que va del siglo XX, y solamente el fraude o las dictaduras habían dado paso a las ideas liberales en la Argentina. El compromiso de Menem con los grupos de poder fue tal que los representantes más conservadores de los medios de comunicación comenzaron a modificar su mirada sobre el caudillo provinciano y decidieron construir una nueva imagen, con mejor perfil, para quien sería el conductor de la transformación liberal en la Argentina.

Esta fue, quizás, una de las operaciones de medios más importante de los últimos años que experimentó el país, ya que no sólo implicaba la instalación de una agenda nueva en el espacio público, sino que suponía la construcción del sujeto de la enunciación de este nuevo discurso. De esta forma, la imagen de Menem formó parte de un nuevo pacto cultural que comenzó a tejerse en la Argentina y que combinaba, de manera original, la legitimidad de su origen (el peronismo plebeyo), su pacto con los poderes (locales e internacionales) y su intención manifiesta de transformar la cultura política dominante durante los últimos cuarenta años, basada en la permanente intervención estatal, la preeminencia de la cuestión social, el fortalecimiento de las asociaciones intermedias, la movilización popular y la cultura del trabajo.

Desde un comienzo, la estrategia de Menem puso en práctica un distanciamiento con los símbolos y las formaciones discursivas clásicas en el peronismo. Pero, además, comenzó a utilizar a los massmedia de una manera original. Lejos de desear que los medios amplifiquen su voz, el presidente Menem se propuso establecer un nuevo vínculo con la gente basado en el contacto permanente a través de los medios. Para esto era imprescindible desmontar otras escenas tradicionales de la política, como lo fueron la plaza pública o la movilización de la gente a través de los sindicatos y asociaciones intermedias. No se trata, entonces, solamente de hacerse escuchar, de usar a los medios de comunicación para llegar a todos (la vieja fórmula del amplificador), sino de privilegiar ese tipo de contacto mediático y permanente, renunciando a otras tradiciones que colocaban al político en el rito esporádico de los balcones y las tribunas. En rigor de verdad, desde el comienzo de su gestión, Menem se propuso un trabajo con los medios donde su intervención en algunos programas de televisión, específicamente políticos, era solamente una pieza más en un complejo tablero. La operación más importante y audaz la encontramos bastante lejos de los programas políticos. Su objetivo más preciado consiste en redefinir el vínculo mismo entre medios y política, tal como se viene desarrollando hasta hoy.

En realidad Menem se propuso un ingreso en diagonal a los medios. Muy pronto se volvió imprevisible y comenzó a sorprender a su audiencia porque hablaba en momentos que no se lo esperaba, en escenarios que no eran de tránsito común para los políticos y sobre temas que, en general, los presidentes prefieren no tocar. No se hacía presente solamente cuando se lo requería en la casa de gobierno, o cuando era invitado a un programa periodístico. El presidente comenzó a estar siempre en los medios. Al encender el televisor se lo puede ver bailar un tango, jugar al fútbol, hablar con una estrella internacional, hacer un chiste en un programa de humor, posar con una modelo y, a veces, opinar sobre la coyuntura política. En una palabra, Menem ingresó al espacio audiovisual en momentos inesperados y en programas insospechados. Se propuso ser un hombre del espectáculo sin renunciar a ser un hombre como todos nosotros. Pero, sobre todo, quiere hacerse oír de otra manera, hacerse reconocer en otros ámbitos y seducirnos desde otros roles. Por supuesto, sin renunciar al ámbito privilegiado de la decisión política.

Porque este cambio que produjo Menem, en materia de comunicación y de contacto con la gente, fue acompañado por una gestión decidida en cuestiones políticas. En diciembre de 1990, por ejemplo, el gobierno constitucional sufrió otro embate de los sectores militares disconformes con la política oficial. El presidente Menem, en marcada diferencia con su antecesor, no convocó a la gente en la plaza para defender a la democracia, no habló desde los balcones ni construyó un discurso en defensa de las instituciones, sino que simplemente actuó, y en menos de 24 horas resolvió militar y políticamente el conflicto. En los momentos de tomar decisiones, Menem actuó siempre como un estadista solitario, que difícilmente establece algún sistema de consulta, ni a la población ni a sus colaboradores más cercanos. Este valor de autoridad que reintrodujo Menem en la política argentina encuentra su historia justamente en la tradición peronista, de la que él proviene. Una tradición contraria a los sistemas, a los circuitos partidarios y a las consultas a la ciudadanía. Una tradición que privilegió siempre el diálogo entre el líder y el movimiento, sin mediaciones institucionales. La novedad de Menem radicó, en todo caso, en el uso de los medios de comunicación como la forma privilegiada de contacto con la gente. Un contacto no dialogal ni discursivo (en su sentido más tradicional) ya que transita una sola dirección y que, a diferencia de la plaza pública, encuentra las respuestas solamente en los momentos electorales.

VIDEOPOLÍTICA Y CULTURA POLÍTICA FIN-DE-SIGLO

Como dijimos en el comienzo de este trabajo, y parafraseando a Heriberto Muraro, podemos asegurar que a partir de la gestión de Carlos Menem, la Argentina ingresó definitivamente en la era de la videopolítica. A partir del año '89 se abrió en el país un período de transformaciones que involucra no sólo a las formas comunicativas de la gestión pública, como lo señalamos más arriba, sino que tuvo su epicentro en la redefinición de las funciones del Estado, en la imposición de criterios de mercado en vastas zonas de la economía (y muy especialmente en los servicios), en el retiro de ciertas políticas públicas y la creciente exclusión social, en el cambio de las relaciones internas del poder económico y en el reposicionamiento de la Argentina en el contexto internacional. Todos estos fenómenos de transformación estructural, sumados a los cambios de época que trascienden el escenario nacional, ha provocado un verdadero punto de inflexión en la cultura política del país, que puso en funcionamiento nuevos patrones de reconocimiento colectivo e identidad social.

Podemos afirmar que, en la Argentina de los noventa, la legitimidad política y la construcción del consenso se asientan en nuevas bases. En primer lugar, porque se ha producido una mutación en el sistema de mediaciones entre el Estado y la sociedad, y un retiro de las estructuras partidarias en el ejercicio del poder. En realidad, durante todo el siglo XX el rol de los partidos siempre fue débil en la Argentina, y el impulso que le pretendió dar Raúl Alfonsín, durante su gobierno, no resultó suficiente para torcer cuarenta años de historia. Pero lo más significativo en el último período no consistió justamente en la restitución del vínculo tradicional que estableció el populismo entre el líder y la masa, sino en la institución de una forma absolutamente nueva en que se conectan las decisiones políticas y las demandas de la sociedad. En este sentido la videopolítica trajo una fórmula que puede resumirse en este circuito: demanda social-acción de los medios-decisión política y, finalmente, legitimación discursiva y formalismo legal. Es decir, una dinámica que excluye a los partidos y a los poderes deliberativos del Estado, tanto en el momento en que los temas se vuelven cuestiones públicas como en la instancia de toma de decisiones; y, paralelamente, una función cada vez más importante de la prensa en la constitución de la agenda política y en la producción del efecto de transparencia/ocultamiento de la escena social.

Maximum
Distance

De esta forma, la videopolítica le ha restado a la política escenarios de contacto directo con el candidato. No solamente se diluyó el acto multitudinario, la plaza, lugar a la vez de la palabra y de la imagen (pero además lugar de la fiesta, del diálogo con la tribuna), sino que también significó el retroceso de otras formas tradicionales del contacto cuerpo a cuerpo con el político: el comité, la calle, el barrio, etc. La caída del discurso político como articulador del sentido de la escena clásica de la política puso en funcionamiento una fórmula de máximo contacto personal y a la vez de máxima distancia, esto es, del uso intensivo de los medios de comunicación y de la relación directa con la gente a través de las caminatas callejeras, las visitas permanentes a hospitales, escuelas, etc. El local partidario al que concurrían los candidatos y la gente se desarticuló para dar lugar a la búsqueda casa por casa de los ciudadanos/votantes que ya no se entusiasman con la política como hace treinta años. Estas modalidades de llegada directa (por la pantalla o en forma personal), evitan el discurso tradicional y la palabra doctrinaria, para reemplazarla por un discurso desritualizado, que atiende los problemas puntuales de la gente y que se interesa por sus demandas en forma personal. Sobre todo, y casi exclusivamente, en el momento electoral.

Esta novedad que registra la política argentina, pero que se extiende a muchos países de América Latina y el mundo, acompaña un movimiento más general que combina dos elementos: la presencia cada vez más importante de los medios de comunicación en la escena pública, y la pérdida de legitimidad de algunas formas tradicionales de la representación política, sin que esto signifique un peligro para el sistema. En efecto, la pérdida de confianza en la clase política y en los poderes del Estado –muchas veces producida por la misma acción de los medios al transparentar la escena pública– no se ha traducido en un retiro de confianza de la gente en la democracia. *Dem. didn't fail*

Un estudio de opinión pública, realizado por Gallup Argentina, analizó de manera comparativa las tendencias de credibilidad que se registran en los últimos diez años en nuestra sociedad. Allí se puso en evidencia –entre otras cosas– el compromiso de los ciudadanos con el sistema democrático, combinado con una creciente desconfianza hacia las instituciones del Estado.[12] Ante la afirmación "La democracia puede tener problemas pero es mejor que cualquier otra forma de gobierno", el 89% de los entrevistados se mostró de acuerdo y sólo el 7% dijo estar

12. El estudio realizado por Gallup compara tres encuestas de opinión pública realizadas en Argentina, con una muestra de nivel nacional, en los años 1984, 1991 y 1995. Forman parte de un proyecto internacional sobre estudio de valores del que participan más de 50 países. Un resumen de los resultados fue presentado por Marita Carballo en el diario *La Nación* de Buenos Aires, 13 de enero de 1996, p. 7, bajo el título "Los argentinos creen cada vez menos en la política".

Support Democracy

en desacuerdo. Y frente a la frase: "En democracia el sistema económico funciona mal", el 59% dijo estar en desacuerdo y el 34% manifestó su acuerdo.

La adhesión al sistema democrático no significa, sin embargo, una confianza ciega en sus instituciones. Durante los años de gobierno del presidente Menem, la acción de los medios y de los ciudadanos frente a los hechos de corrupción fue decidida; se realizaron cientos de denuncias contra funcionarios públicos, legisladores, gobernadores, intendentes y jueces sin que se llegara a resultados importantes, ni en lo que se refiere al esclarecimiento judicial o legislativo de los hechos, ni en las condenas que produjo la justicia. En los últimos seis años fueron condenados a penas mínimas solamente tres funcionarios de rango menor, mientras que se sobreseyó a 105 funcionarios a los que se les había iniciado un proceso por hechos de corrupción.[13] En este sentido, la acción de los medios ha servido para echar luz sobre la escena pública pero, al mismo tiempo, al no encontrar respuestas en el sistema institucional, dejó en la sociedad la convicción de que el sistema político se mueve en un marco de impunidad que lo vuelve invulnerable. Lo llamativo es que en la Argentina esto no se ha transformado en una crisis de gobierno y, mucho menos, del sistema, aunque sí se produjo una caída en la confianza de la gente hacia los poderes de la República. En la encuesta de Gallup se muestra de forma comparativa esta caída:

Gives light

Confianza en las Instituciones

	Positiva (%)			Negativa (%)		
	84	91	95	84	91	95
Congreso	72	16	15	27	83	85
Justicia	57	26	27	42	75	73
Funcionarios públicos	49	8	8	50	92	92
Partidos Políticos	—	12	8	—	88	92
Sindicatos	30	8	10	69	92	90

loss of faith

Como hemos dicho más arriba, estas cifras muestran una caída en el grado de confianza de la población hacia los poderes del Estado y hacia algunas instituciones que fueron importantes para el funcionamiento del sistema político en la Argentina durante algunas décadas. Por otra parte, como se puede notar, la democracia

13. Las cifras pertenecen al Instituto de Ciencias Políticas y Sociales de Buenos Aires, informe de marzo de 1996.

POLÍTICA, MEDIOS Y CULTURA EN LA ARGENTINA DE FIN DE SIGLO

reinstalada en 1984 contó con una legitimidad y una confianza importante por parte de la población, que se fue deteriorando con su funcionamiento.

Una encuesta más reciente (1997) sobre "Confianza en las Instituciones", realizada a nivel nacional por la consultora MORI-Argentina, y que le pide a la población que manifieste sobre su confianza frente a las instituciones de la democracia, registra una mejor performance del Congreso Nacional y los Partidos Políticos, y una continuidad en el deterioro de la imagen del Poder Judicial. En esta oportunidad no se propuso una relación dicotómica (positiva/negativa), sino que se abrieron las categorías mucho/algo / poco/nada, lo que permite hacer otro tipo de agrupamiento y evaluación:

Confianza en las Instituciones

	mucha/algo	poco/nada
Congreso	33 %	66 %
Justicia	20 %	80 %
Partidos Políticos	29 %	71 %
Televisión	52 %	48 %

El cuadro muestra que se mantiene baja la confianza en el Congreso y los Partidos Políticos, pero con alguna recuperación respecto a la medición anterior, mientras crece de manera significativa la desconfianza frente a la Justicia en la Argentina. Por otra parte, esta encuesta agregó una pregunta sobre los medios de comunicación, ya que se incorporó a la lista de las instituciones de la democracia a la televisión, en su rol de transparentar la esfera pública y presentarse como un escenario clave para la política. En este sentido, la confianza en el rol positivo que juega la televisión registra valores altos en un contexto generalizado de desconfianza institucional.

Otro fenómeno que acompaña este cambio en la cultura política argentina tiene que ver con el creciente desinterés de la gente por los problemas públicos. Lo que durante los años ochenta fue practicado como una estrategia para la supervivencia de la democracia, esto es, descomprimir las demandas de la sociedad sobre el sistema político a fin de hacerlo viable, se traduce en este fin de siglo en una cultura política de ciudadanos desconfiados de sus dirigentes y desinteresados por la cosa pública. La gente espera menos de la política y se enamora menos de sus candidatos, al tiempo que se ha vuelto más pragmática a la hora de votar. En el mismo estudio que realizó Gallup, los entrevistados manifestaron un creciente desinterés por la vida pública: mientras que en 1984 el 43% manifestaba su interés por las cuestiones políticas, en 1995 el guarismo descendió al 35%; paralelamente, los que expresaban un desinterés absoluto crecieron del 23% en 1984 al 45% en 1995.

En términos generales podemos señalar que llegamos a un fin-de-siglo donde la Argentina reconoce algunas tendencias mundiales (crisis de la representación política, caída de los grandes relatos de la historia, preeminencia de la videopolítica y desconfianza hacia las instituciones del Estado), a los que se suman algunos rasgos que han modificado sus tradiciones culturales: la preeminencia de la ideología eficientista de mercado, la naturalización de la exclusión social, el fortalecimiento de la impunidad de los poderes públicos y el creciente desinterés de los ciudadanos por la política. En este terreno lábil y de borrosos límites, se debate en la Argentina el futuro de la cultura y la política.

BIBLIOGRAFÍA

Arendt, Hannah: *La condición humana*. Barcelona, Paidós (Estado y Sociedad), 1993.
Augé, Marc: *Hacia una antropología de los mundos contemporáneos*. Barcelona, Gedisa, 1995.
Balandier, Georges: *El poder en escenas. De la representación del poder al poder de la representación*. Barcelona, Paidós (Studio), 1994.
Bobbio, Norberto: *Derecha e izquierda. Razones y significados de una distinción política*. Madrid, Santillana/Taurus, 1995.
Borrini, Alberto: *Cómo se hace un presidente*. Buenos Aires, Ediciones El Cronista Comercial, 1987.
Chambers, Lain: *Migración, cultura, identidad*. Buenos Aires, Amorrortu editores, 1995.
Champagne, Patrick: *Le sens commun. Faire de l'opinion le nouveau jeu politique*. París, Editions de Minuit, 1990.
Debord, Guy: *La sociedad del espectáculo*. Buenos Aires, La Marca, 1995.
— *Comentarios sobre la sociedad del espectáculo*. Barcelona, Editorial Anagrama, 1990.
Debray, Régis: *Cours de médiologie générale*. París, Gallimard, 1993.
— *Vida y muerte de la imagen. Historia de la mirada occidental*. Barcelona, Paidós (Comunicación), 1994.
— *El estado seductor. Las revoluciones mediológicas del poder*. Buenos Aires, Manantial, 1995.
De Fleur y Ball-Rokeach: *Teorías de la comunicación de masas*. México, Paidós, 1994.
De Ipola, Emilio: *Ideología y discurso populista*. Buenos Aires, Folios, 1983.

Echeverría, Javier: *Cosmopolitas domésticos*. Barcelona, Anagrama, Colección Argumentos, 1995.

Edelman, Murray: *La construcción del espectáculo político*. Buenos Aires, Manantial, 1991.

Ferry, Jean-Marc: "Las transformaciones de la publicidad política", en AA.VV.: *El nuevo espacio público*, Barcelona, Gedisa, 1992.

Fraga, Rosendo: *Prensa y Análisis Político*. (En colaboración con Marisa Szmukler.) Buenos Aires, Editorial Centro de Estudios para la Nueva Mayoría, Colección Análisis Político, nº 4, 1990.

García Canclini, Néstor: *Consumidores y ciudadanos. Conflictos multiculturales de la globalización*. México, Grijalbo, 1995.

Graber, Doris (comp.): *El Poder de los Medios en la Política*. Buenos Aires, Grupo Editor Latinoamericano, 1986.

Guillebaud, Jean-Claud: *La traición a la Ilustración. Investigación sobre el malestar contemporáneo*. Buenos Aires, Manantial, 1995.

Hall, Stuart: "Encoding/Decoding", en AA.VV.: *Media, Culture, Language*, London, Hutchinson, 1980.

Landi, Oscar: *Devórame otra vez. Qué hizo la televisión con la gente. Qué hace la gente con la televisión*. Buenos Aires, Planeta, 1992.

Lefort, Claude: *La invención democrática*. Buenos Aires, Nueva Visión, 1990.

— "Los derechos humanos y el estado benefactor", en *Revista Vuelta Sudamericana*, Buenos Aires, nº 12, 1987.

Lipovetsky, Gilles: *El crepúsculo del deber. La ética indolora de los nuevos tiempos democráticos*. Barcelona, Anagrama, Colección Argumentos, 1994.

Mongin, Olivier: *El miedo al vacío. Ensayo sobre las pasiones democráticas*. Buenos Aires, Fondo de Cultura Económica, 1993.

Mora y Araujo, Manuel: "Las demandas sociales y la legitimidad de la política de ajuste", en De la Balze (comp.): *Reforma y Convergencia. Ensayos sobre la economía argentina*. Buenos Aires, Ediciones ADEBA, 1993.

Muraro, Heriberto: *Poder y Comunicación. La irrupción del marketing y la publicidad en la política*. Buenos Aires, Ediciones Letra Buena, 1991.

Piscitelli, Alejandro: *Ciberculturas. En la era de las máquinas inteligentes*. Buenos Aires, Paidós (Contextos), 1995.

Price, V.-Zaller, J.: "Who gets the news? Alternative measures of news reception and their implications for research", en *Public Opinion Quarterly*, Volume 57, pp. 133-164.

Quevedo, Luis Alberto: "Los políticos y la televisión", en Revista *Unidos*, nº 22, Buenos Aires, 1990.

Rinesi, Eduardo: *Ciudades, teatros y balcones. Un ensayo sobre la representación política*. Buenos Aires, Paradiso ediciones, 1994.

Rosanvallon, Pierre: *La nueva cuestión social. Repensar el Estado Providencia.* Buenos Aires, Manantial, 1995.

Sennett, Richard: *El declive del hombre público.* Barcelona, Península, 1976.

Sfez, Lucien: *Crítica de la comunicación.* Buenos Aires, Amorrortu editores, 1995.

Touraine, Alain: *¿Qué es la democracia?*, Buenos Aires, Fondo de Cultura Económica, 1995.

— "Comunicación política y crisis de la representatividad", en AA.VV.: *El nuevo espacio público*, Barcelona, Gedisa, 1992.

Vattimo, Gianni: *La sociedad transparente.* Barcelona: Paidós/ICE-UAB, 1992.

Verón, Eliseo: "La palabra adversativa. Observaciones sobre la enunciación política", en AA.VV.: *El discurso político. Lenguajes y acontecimientos*, Buenos Aires, Hachette, 1987.

Vilches, Lorenzo: *La televisión. Los efectos del bien y del mal.* Barcelona, Paidós (Comunicación), 1993.

Wolton, Dominique: "La comunicación política: construcción de un modelo", en AA.VV.: *El nuevo espacio público*, Barcelona, Gedisa, 1992.

ROCK CHABÓN E IDENTIDAD JUVENIL EN LA ARGENTINA NEO-LIBERAL

Pablo Semán
Pablo Vila

1. INTRODUCCIÓN

Desde el punto de vista estético de una buena parte de las clases medias (incluso jóvenes y oyentes de rock) el rock de los jóvenes de sectores populares sonaría decididamente mal. El nacionalismo, el facilismo mental, el exceso fútil, la falta de calidad, serían algunos de los aspectos que seguramente muchos jóvenes de clase media aplicarían para caracterizar este tipo particular de rock nacional. A ello se sumaría, muy posiblemente, el mal gusto de su anclaje en un mundo de vida cuyos valores y estética resultan chocantes para la clase media, dado que sería un rock de esquinas, revólveres, cuchillos y alcohol, de desocupados y "chorritos". Para los que suman a su distancia social la de la edad, este tipo de rock resulta directamente incomprensible. Para una parte de los cronistas que comenzaron a percibir su emergencia éste era un rock "callejero", "chabón", "futbolero", "nacional y popular", y al que nosotros denominaremos como "rock argentinista, suburbano y neo-contestatario" (aunque usaremos a través del texto el rótulo de "rock chabón" como su sinónimo).

Desde un punto de vista sociológico es un fenómeno crucial dentro del actual contexto en el que se forman las vertientes culturales de los sectores populares. Por un lado, es el rock de los que han visto heridas gravemente sus perspectivas de integración social en virtud de un proceso socioeconómico que, al mismo tiempo que liquida el empleo, rebaja la figura culturalmente consagrada del trabajador, santifica exigencias de consumo que frustran más que satisfacen. Por otro lado, es el rock de los que al mismo tiempo responden y en esa respuesta afirman y transforman núcleos positivos de la cultura popular. Positivos pero no en un sentido normativo sino en el de una premisa que ha guiado toda nuestra lectura: los fenómenos de la cultura popular no son sólo respuestas resistenciales, reflejos de la cultura hegemónica, maniobras en el estrecho espacio que generan las constricciones sociales. Además de todo eso, y a través de ello, son el producto de la creatividad con que todos los seres humanos concretan su capacidad de dar sentido.[1] Como ésta es circunstanciada históricamente queremos apuntar un sesgo clave en su existencia: el rock chabón amarra la estética del rock con la producción de una lectura post-populista de la sociedad argentina. Y esta lectura que denominamos post-populista no lo es en el sentido de posterior y sin contacto con lo que aconteció en el pasado, sino en el sentido de algo posterior pero con intento de articulación de un relevo. Este relevo es culturalmente novedoso en el seno del rock nacional, porque más que expresar el desencanto ciudadano de la clase media (temática que fue, y todavía es central para gran parte del género) da voz al tono ambiguo, más bien polivalente, con que los jóvenes de sectores populares se relacionan con la democracia, con el desmantelamiento de los últimos pero importantes vestigios del Estado integrador, y con los imaginarios históricos (expresados en interpelaciones y narrativas que le son características) generados por la experiencia peronista y que alimentaban los sueños de integración, más o menos igualitaria, que caracterizaban a la Argentina que moría hacia fines de los '80 y principios de los '90.[2]

Luego de una introducción crítica de las distintas teorías que han tratado en los últimos años de relacionar la música popular con las identidades sociales y culturales, trataremos de demostrar, bien que en forma provisional y tentativa, la hipótesis que mencionamos anteriormente.

2. BREVE MARCO TEÓRICO

¿Por qué diferentes actores sociales (sean éstos grupos étnicos, clases sociales, subculturas, grupos etarios o de género) se identifican con un cierto tipo de música

1. En este punto seguimos la inspiración de autores que, como Grignon (1992) efectúan una crítica radical de las teorías que describen la cultura de los pobres a partir de categorías de carencia, como la cultura más pobre, como una no cultura.

2. Alabarces (1995), recortando un universo semejante al que proponemos, lo define como una comunidad interpretativa que "desafía los espacios disciplinarios" y se constituiría como alternativa al ideario neo-liberal (Alabarces 1995, p. 20). Futuros trabajos deberían integrar una y otra perspectiva para una intepretación más rica de este fenómeno.

y no con otras formas musicales? Esta pregunta del millón de dólares fue respondida por la sociología y la teoría comunicacional de diversas maneras a lo largo de sus historias intelectuales. En los últimos años, debido a la decadencia de los grandes paradigmas explicativos que por muchos años dominaron a las ciencias sociales (el funcionalismo y el marxismo serían los más conocidos), se han intentado dar respuestas teóricas más localizadas a la relación entre música e identidad. Y estas respuestas, muchas veces, abrevan en las tradiciones intelectuales de las humanidades más que de las ciencias sociales, como es el caso de la teoría de las narrativas identitarias.

Más allá de la eficacia de los mecanismos comerciales que hacen a un tipo de música volverse masiva, muchas veces existe algo más que lo torna referencia importante y durable para los que lo escuchan. Más allá de propiedades musicales intrínsecas o juicios estéticos,[3] dicha música, por razones que intentaremos explicitar, permite a sus escuchas usarla para construirse como sujetos sociales, como significativos para otros que a su vez los significan en el terreno de lo social. Toda música, incluida aquella que parece condenada al consumo convencional de un verano más, puede ser "música de uso": música que gusta porque identifica, porque más que escuchas produce colectivos sociales. Nos estamos refiriendo aquí al conjunto de sonidos, letras, interpretaciones y discursos acerca de dicha música que, por su específica productividad en el juego de las identidades, las vuelve música de uso.

En la historia de la música argentina existen por lo menos cuatro movimientos musicales que pertenecen a la categoría de música de uso: el tango de principios de siglo; el folclore de los cuarenta y primera parte de los cincuenta; la proyección folclórica de los sesenta y el rock nacional.[4] En cada uno de estos movimientos musicales podemos identificar un actor social específico que "usó" la música (entre otras cosas, por supuesto) como soporte de su identidad: los inmigrantes europeos, los "cabecitas negras", la clase media ligada, de alguna manera, al proyecto desarrollista, y la juventud.

¿Pero por qué diferentes actores sociales se identifican con un cierto tipo de música y no con otras formas musicales? ¿Por qué, en nuestro caso, el rock chabón es fervorosamente seguido por jóvenes de sectores populares y no es tan masivo en otros actores sociales? ¿Por qué los jóvenes de sectores populares de los '90

3. Desde un punto de vista sociológico no hay música buena o mala, y los juicios estéticos no son de ninguna manera independientes de los conflictos sociales. La pretensión de definir la buena estética y sus criterios es siempre el intento de imponer como único, natural, o superior, el gusto de unos grupos sobre otros.

4. Para un análisis más detallado de estos movimientos ver Vila 1982, 1985, 1986, 1987a, 1987b, 1987c, 1989, 1991, 1992, 1995a, 1995b y 1999.

siguen al rock chabón y no a Soda Stereo? O, también: ¿cómo y por qué en el espacio del rock nacional apareció un tipo de público y composición en que temas, perspectivas y problemas del mundo cultural de los sectores populares (en el sentido específico en que éstos son caracterizados por la demografía social) se han vuelto centrales? Distintos emprendimientos teóricos han tratado de responder estas preguntas de distintas maneras.

Nuestra idea es que los eventos sociales (entre ellos los ligados a la música) son construidos como "experiencia" no sólo en relación a discursos que les confieren sentido en general, sino también al interior de tramas argumentales que los organizan coherentemente. En este sentido, creemos que es justamente la trama argumental de nuestras narrativas identitarias (o sea, la trama argumental que sustenta nuestras identidades situacionales que siempre son imaginarias) la que dirige el proceso de selección de lo "real" que es concomitante a toda construcción identitaria. Y en esta selección de lo "real" también está incluida la relación que establecemos entre nuestras tramas argumentales y las múltiples categorías sociales, interpelaciones y prácticas culturales que, la cultura en general, y la música en particular, nos ofrecen para identificarnos. Nuestro planteo es que las múltiples categorías sociales e interpelaciones que nos rodean constantemente son, en cierta forma, evaluadas en relación a la trama argumental de nuestras narrativas, de manera tal que tales evaluaciones inician un complejo proceso de negociación entre narrativas e interpelaciones que puede terminar de maneras muy diversas. Por un lado, tal proceso puede culminar en la plena aceptación de la interpelación en cuestión, porque la misma se "ajusta", sin mayores problemas, a la trama argumental básica de nuestras narrativas identitarias. Por otro lado, el complejo proceso de negociación entre trama argumental e interpelaciones puede terminar en el rechazo total de la interpelación en cuestión, porque la misma no puede ajustarse, de ninguna manera, a las tramas argumentales que sostienen nuestras identidades narrativizadas. Sin embargo, el resultado más probable del proceso de negociación entre trama argumental e interpelaciones es que ambas se modifiquen recíprocamente, ajustándose mutuamente aquí y allá en el proceso de construir una versión más o menos coherente del yo.

En este sentido, estamos totalmente de acuerdo con Simon Frith en que la narrativa tiene la potencialidad de operar como puente entre la música y la identidad, es decir, entre la oferta de identidad que toda categoría social e interpelación conlleva y la aceptación de tal oferta que toda interpelación exitosa implica. Así, Frith propone que si por un lado la narrativa está en la base del placer que sentimos por la música, por otro lado la narrativa es central para nuestro sentido de identidad (Frith 1996, p. 122). De esta manera "...si la identidad musical es siempre fantástica, idealizando no solamente a uno sino al mundo social que uno habita, es, en segundo lugar, también siempre real, representada en actividades musicales. Hacer y escuchar música, son cosas corporales, que implican lo que podríamos llamar movimientos sociales. Al respecto, el placer musical no deriva de la fantasía –no está mediado por ensoñaciones– sino que se experimenta directamente: la música nos da una experiencia real de lo que podría ser el ideal" (Frith 1996, p. 123).

Esta última frase es crucial para entender la relación entre música, narrativa e identidad que plantea Frith: "la música nos da una experiencia real de lo que podría ser el ideal". En este sentido, la música es un artefacto cultural privilegiado, dado que nos permite la experiencia real de nuestras identidades narrativizadas imaginarias. Así, parte de la comprensión de nuestra identidad (que siempre es imaginaria), se produciría cuando nos sometemos al placer corporal de la ejecución o escucha musical. Es precisamente aquí donde se produce la conexión entre interpelación y deseo, entre la oferta identitaria y la identificación. En palabras de Paul Gilroy:

"La identidad negra no es simplemente una categoría social y política (...) sigue siendo el producto de una actividad práctica: lenguaje, gestualidad, significación corporal, deseo. Estas significaciones se condensan en la actuación musical (...) En este contexto, dichas significaciones producen el efecto imaginario de que existe un núcleo o esencia racial interior, al actuar sobre el cuerpo a través de los mecanismos específicos de identificación y reconocimiento que se producen en la interacción íntima del músico y la multitud" (Gilroy 1990, p. 127).

Así, nosotros acordamos plenamente con Gilroy y con Frith en que la actuación o representación musical es parte de aquellas prácticas culturales privilegiadas que, condensando significaciones básicas, construyen identidades a través de la producción del efecto imaginario de tener una identidad esencial inscripta en el cuerpo (como persona particularizada en términos de género, etnia, nacionalidad, edad, etc.). Y es precisamente en este punto donde el movimiento teórico que hace Judith Butler al abandonar el concepto de construcción y proponer el de materialización por un lado, y reemplazar el concepto de actuación por el de performatividad por el otro, adquiere toda su importancia:

Butler: "...cuando uno piensa cuidadosamente sobre cómo se podría decir que el discurso produce al sujeto, es claro que uno ya está hablando de cierta figura o tropo de producción. Es en este punto que es útil acudir a la noción de performatividad (...) Así, lo que trato de hacer es pensar sobre la performatividad como ese aspecto del discurso que tiene la capacidad de producir lo que nombra. Luego doy aún un paso más adelante (...) y sugiero que esta producción realmente siempre acontece por medio de cierto tipo de repetición y recitación (Osborne y Segal 1994, p. 33).

Así, nuestra propuesta es que la performatividad musical estaría entre aquellos tipos de discurso que, a través de un proceso de repetición y de su inscripción en el cuerpo, tienen la capacidad de producir lo que nombran. Pero para finalmente pasar de la mera "capacidad" (o sea, del reino de la oferta discursiva), a la producción real de identificaciones (es decir, el "éste soy yo, o somos nosotros") por parte de actores específicos, nosotros creemos que deberíamos reformular la frase antes mencionada de la siguiente manera: las prácticas musicales construyen una identidad anclada en el cuerpo, a través de las diferentes alianzas que establecemos entre nuestras diversas e imaginarias identidades narrativizadas y las imaginarias identidades esenciales que diferentes prácticas musicales materializan.

En este sentido, nosotros creemos que la gente evalúa lo que una determinada práctica musical tiene para ofrecerles en términos de categorías sociales e interpelaciones en relación a la trama argumental básica que siempre es posible reconocer detrás de toda identidad narrativizada. Así, la trama argumental de la narrativa es la responsable del establecimiento concreto de las diferentes alianzas que erigimos entre nuestras diversas e imaginarias identidades narrativizadas y las imaginarias identidades esenciales que diferentes prácticas musicales materializan. Por lo tanto, lo que queremos proponer en este artículo es que muy a menudo una específica práctica musical articula una particular, imaginaria identidad narrativizada, cuando los ejecutantes o los escuchas de tal música sienten que la música se "ajusta" (por supuesto luego de un complicado proceso de negociación entre la interpelación musical y la línea argumental de sus narrativas) a la trama argumental que organiza sus narrativas identitarias. El rock chabón sería una de tales prácticas musicales que, en la Argentina de fines de los '90, articularía la identidad narrativizada de algunos jóvenes de sectores populares al "ajustarse" a alguna de las tramas argumentales que organizan sus narrativas identitarias.

3. EL ROCK CHABÓN

3.1 Introducción

Una recorrida por Buenos Aires y alrededores a fines de los '90 nos ofrecería, cual breve postal, la notificación de los resultados de un enorme y traumático (por sus dimensiones y por su inequitatividad) proceso de transformación social y económico. El grupo de jóvenes que se reúnen a diario en una esquina para charlar, "hacer nada" y escuchar música teje esperanzas y rencores que, desde el punto de vista de la mercantilización, son meramente supernumerarios.[5]

El grupo de la esquina o la barra parece ser un lugar de socialización clave para estos jóvenes y la música que escuchan es rock nacional, pero una vertiente muy particular del género. Como a muchas otras subculturas jóvenes en Latinoamérica (los "cholos" en la frontera entre México y los Estados Unidos son un caso muy parecido), a estos jóvenes les gustan los "oldies", pero la tradición musical argentina les provee sus propios "oldies", no las canciones norteamericanas de los '50 de los cholos de la frontera México-Estados Unidos. Estos muchachos de la barra de la esquina escuchan las canciones originales del rock nacional, canciones que fueron compuestas a finales de los '60 y principios de los '70, y que fueron hechas populares por Tanguito, Moris, Manal, Vox Dei, El Reloj, Almendra (Kuasñosky y Szulik, 1994, p. 277), como si estos jóvenes tuvieran que brevar en el pasado para construir una identidad más o menos valorada en un país donde no parecen tener lugar. Pero a estos muchachos (o a otros muy similares a ellos) no sólo les atraen los oldies, sino el "rocanrol" de Viejas Locas, una banda originaria de un barrio muy similar al suyo, Piedrabuena (en el límite entre Lugano y Mataderos), cuya canción "Botella" reza: "Sos mi único amor, mi botella de alcohol". Sin demasiada diferencia en su perfil socio-económico, lugar de residencia, o hábitos gregarios, otro grupo de jóvenes se manifiesta de la tribu de Patricio Rey y sus Redonditos de Ricota, y en un tren que tomaron junto a otros ricoteros para ver a su banda en Mar del Plata, no dejaron de cantar uno de sus leit-motivs preferidos: "Para ser de los Redondos, dos cosas hay que tener, una botella de vino, y en la cama una mujer" (citado por Fernando D'Addario, *Página/12* del 4 de octubre de 1998). Ese mismo cronista avizoraba el hecho de que algunos músicos de rock nacional dialogaban con ese clima social, al mismo tiempo que ayudaban a su puesta en forma: "Un sector de los rockeros de los '80 (desde Luca Prodan hasta Juanse...) empezó a contar lo que le pasaba a la gente común debajo del escenario. En los '90, la gente común se subió al escenario. No hay diferencias visibles entre los integrantes de La Renga, Viejas Locas, Dos Minutos, Attaque 77, Flema, Gardelitos, etc., y los fans que pagan la entrada para ver los shows".

Es interesante hacer notar que dicha confluencia de grupos y públicos no implica la existencia de un subgénero musical específico. La unidad que les

---

5. Según un estudio reciente de UNICEF en Argentina existen 205 mil adolescentes de clase baja que no estudian ni trabajan, de los cuales alrededor de 90 mil viven en el Gran Buenos Aires (*Página/12*, febrero 8 de 1999).

atribuimos es producto de la temática común de sus letras, de una forma de leer la sociedad y de la manera, más o menos homogénea, en que el público recibe sus mensajes y los categoriza. Hay una línea de lectura y producción de canciones que es común a estos grupos aunque en muchos otros aspectos se diferencien unos de los otros. A ese espacio de intersección común concurren, entre otros: Divididos (grupo que cultiva una versión del rock nacional que mixtura el punk, el blues, el folclore argentino y la vertiente rockera que consagraron los Rolling Stones), Almafuerte (conjunto que adhiere a una versión del rock como música metálica y eléctrica), Attaque 77 (que cultiva una estética muestra básicamente punk), Dos Minutos (grupo que se considera heredero del punk y de Attaque 77), Los Fabulosos Cadillacs (conjunto que cultiva un rock influido por los ritmos latinos). Otros dos conjuntos que serán citados a lo largo del artículo, Patricio Rey y sus Redonditos de Ricota y Sumo conforman casos específicos, ya que son al mismo tiempo, parte integrante y antecedente histórico de ese universo. Almafuerte, Attaque 77, y Dos Minutos están formados por músicos provenientes de las clases populares, mientras que los miembros de los otros grupos antecitados provienen de las clases medias y medias altas.[6] Si esto es lo que ocurre a nivel de los músicos, a nivel de los jóvenes que los siguen la composición de sus públicos es bastante heterogénea pero tiene un fuerte componente de las clases medias bajas y bajas.[7] En las páginas que siguen nos referiremos ocasionalmente a otros grupos que están menos sistemáticamente vinculados a este clima cultural que caracteriza al rock chabón, ya sea por su posición en el campo, ya sea por el hecho de ser formaciones antecesoras de los grupos centrales de nuestro universo.

Es importante hacer hincapié en la masividad de estos grupos: todos ellos han sido premiados por sus ventas y calificados como mejor grupo del año en encuestas realizadas entre músicos de rock nacional entre 1987 y 1995.[8] Todos ellos influyen en la producción de otros grupos y tienen permanentemente shows masivos. Esto

---

6. Conjuntos como Dos Minutos, Attaque 77, Flema, o Superuva (para nombrar sólo algunos de los más importantes), están formados por jóvenes que rompen por su extracción social con una constante que, con algunas excepciones (tales como Pappo y Vox Dei), caracterizó al rock nacional desde su origen: que músicos de clase media fueran los cultores de la música de los sectores populares. En los orígenes del movimiento este papel lo jugó Manal, siguiendo luego con Pescado Rabioso y las distintas encarnaciones de Riff en los setentas, Sumo y Patricio Rey y sus Redonditos de Ricota en los ochentas, para seguir en nuestros días con conjuntos tales como Divididos, Los Caballeros de la Quema y Los Fabulosos Cadillacs. De ahí que el rock chabón inaugure, de manera más o menos masiva, la presencia de músicos de sectores populares haciendo canciones para un público muy similar a ellos mismos en términos socio-económicos.

7. Todo esto vale de forma diferente para Sumo: el grupo ya no existe y manifiesta dicho sesgo de clase en el público que sigue comprando y escuchando sus discos.

8. Según los datos que se desprenden de las encuestas anuales de *Página/12* y *Clarín* de los años 1987 a 1995.

es importante porque al tener un espesor social considerable la irrupción de este tipo de rock habla de una forma particular de anudar cambios y continuidades en ciertas dimensiones centrales de la cultura urbana de Buenos Aires.

3.2 Rock chabón y populismo

Es que este "rock argentinista, suburbial, y neocontestatario" amarra la estética del rock con una lectura post-populista de la sociedad argentina. Y esta lectura que denominamos post-populista no lo es en el sentido de posterior y sin contacto con lo que aconteció en el pasado, sino en el sentido de algo que siendo posterior intenta la articulación de un relevo que es culturalmente novedoso en el seno del rock nacional. En el terreno de su discurso sobre lo social, más que expresar el desencanto ciudadano o el radicalismo de la clase media (temática que fue, y todavía es central para gran parte del género, incluidos algunos cultores del rock chabón) da voz al tono ambiguo y polivalente con que los jóvenes de sectores populares se relacionan con la democracia, con el desmantelamiento de los últimos pero importantes vestigios del estado integrador, y con los imaginarios históricos (expresados en particulares interpelaciones y narrativas) generados por la experiencia peronista y que alimentaron los sueños de integración, más o menos igualitaria, que caracterizaron a la Argentina que moría hacia fines de los '80 y principios de los '90.

Así, el rock chabón se constituye en la música de los desahuciados, los desesperados, de los hijos de los que fueron peronistas y de los que, con posterioridad al auge peronista, se hicieron trabajadores con expectativas de ascenso social, justicia distributiva y consumo, expectativas que el populismo había ayudado a fundar. El rock chabón es el rock de aquellos jóvenes a los que les duele que el mundo de sus padres no exista más, de los jóvenes que encuentran alternativas a su no lugar en el modelo socio-económico vigente en la expresión musical, en la barra de la esquina, o en pedir prepeando las monedas para la cerveza o la entrada al recital, porque piensan, con algún criterio de realidad, que no podrían encontrar tales alternativas en ninguna versión de la política organizada tal cual está estructurada en la Argentina contemporánea. De esta manera, el rock chabón se transforma en la expresión de una diferencia popular en el mundo del rock nacional que hasta ahora no admitía plenamente la productividad de esa diferencia, en el sentido de que históricamente el rock nacional los había hecho escuchas, compradores de discos, seguidores, pero nunca los autorizó como "intelectuales" del movimiento. Podían ser reconocidos como muy buenos instrumentistas (como siempre se lo consideró al guitarrista Pappo), pero nunca los reales definidores de las líneas estético-ideológicas del movimiento. En definitiva, creemos que el rock chabón es una práctica musical que ayuda a la construcción de una identidad, anclada en el cuerpo, de joven marginado de sectores populares, y lo hace a través de las diferentes alianzas que dichos jóvenes establecen entre sus diversas e imaginarias identidades narrativizadas y las imaginarias identidades esenciales que el rock chabón materializa en su práctica musical.

Como dijimos más arriba, el rock chabón podría ser caracterizado como "argentinista, suburbial y neocontestatario". Dichas características cobran todo su sentido si se entiende al rock chabón en su dependencia e interacción con una matriz cultural populista a la que esas tres características, al mismo tiempo, hacen presente y reelaboran. Demás está aclarar que ésta no es la única línea de lectura posible acerca de este tipo de rock. Si hemos privilegiado este hilo conductor es por dos razones fundamentales. La primera, por que la herencia populista tiene un lugar crucial en la trama argumental que llamaremos "contestataria" en este tipo de rock. La segunda, porque el problema de la elaboración de dicha herencia resulta clave para no perder de vista las grandes líneas de un proceso social que, observado sólo en la dimensión de las diferencias culturales del presente, parece ser portador de una dinámica de disgregación infinitesimal que reduce lo social al estallido de un cuerpo astral que no parece tener mecanismos de reintegración de ese mismo evento traumático. En otras palabras, nuestra hipótesis es que el sujeto constituido históricamente por el populismo en la Argentina tiene un lugar destacado en el juego de interpelaciones y narrativas que hace posible este tipo de rock.

Y al hablar de interpelaciones y narrativas populistas no nos referimos solamente a aquellas que produjo el régimen peronista sino, por el contrario, a ciertos rasgos del imaginario social que orientó las expectativas de integración social de los grupos subalternos entre principios del primer gobierno peronista y un amplio período de disgregación del modelo populista que llegaría hasta nuestra actualidad (imaginario en el que el peronismo definitivamente tuvo una incidencia decisiva). De un recorrido por la bibliografía especializada puede concluirse que el imaginario populista, lejos de haber sido aniquilado, sufre un lento proceso de degradación que incluye una duración tal vez inesperada de sus elementos constitutivos. Tal como lo muestra históricamente Halperin Donghi (1994) los mecanismos y expectativas de integración típicos del populismo duraron (y en algún sentido todavía perduran) mucho más que su racionalidad estrictamente económica. Resaltando la existencia del largo período en que las imágenes y los sujetos del populismo están en crisis pero perduran, Nun y Portantiero (1987, p. 48) sostienen que "la actual fase de emergencia de un régimen político coincide con una prolongada fase de descomposición y decadencia del régimen social de acumulación, esto es con la crisis de una etapa capitalista y de las estructuras, las instituciones, las imágenes, y el tipo de actores que le son propios".

Así, las mutaciones del perfil sociodemográfico que alteraron el mundo de los sectores populares,[9] al estar mediadas por la persistencia de dicho imaginario, "tienden a no reflejarse de inmediato a nivel de las nuevas luchas políticas e ideológicas" (Nun y Portantiero 1987, p. 113). Esto mismo se manifiesta, por ejemplo, en que la idea de pobreza como estado transitorio (y su concomitante lógica, la esperanza de ascenso social), sólo recientemente cede en su predominio en las representaciones de los grupos populares de los que emerge esta dinámica del rock chabón (Minujin y Kessler, 1995). Dicho imaginario populista propuso (por cierto que muy exitosamente) a través de la interpelación "pueblo" (interpelación en la cual millones de argentinos se reconocían), y de una serie de narrativas muy estructuradas, no sólo identidades y derechos que remitían a perspectivas igualitaristas, sino que también consagró la legitimidad del reclamo y la protesta en apoyo a dichas perspectivas. De esta manera, este conjunto de expectativas no sólo implicaban una ideología de conciliación, sino que también contenían elementos de contestación social extremo, característica que justamente las particularizaban respecto de otras versiones populistas.

Por lo tanto, lo que queremos plantear aquí es que no sólo la vigencia de las interpelaciones y las narrativas populistas es posible más allá de la desaparición de las condiciones socio-económicas que originalmente las sustentaron, sino que dados sus contenidos históricos en el particular caso de la Argentina, tales interpelaciones y narrativas pueden alentar discursos de contestación social. Para entender un poco mejor la articulación entre discurso populista y lo que denominamos rock chabón es interesante traer a colación lo que sostiene Pollak acerca de los imaginarios de los populismos en general. De acuerdo a este autor (1989, p. 11): "Su memoria (...) puede sobrevivir a su desaparición asumiendo la

9. Algunas de las mutaciones más importantes que ocurrieron en los últimos años serían las siguientes: la primera se refiere a la heterogeneización y fragmentación de la sociedad argentina (Nun y Portantiero 1987). Bajo este concepto se incluyen los fenómenos relativos al descenso del peso de los asalariados industriales y al aumento de los trabajadores no calificados, así como el incremento del trabajo no manual asalariado. Esta es la mutación que define a la implosión del régimen de acumulación de mercado internista y que se consuma con más nitidez en la década del 80. Lo que también caracteriza a este cambio es la expansión de la clase media y de las relaciones asalariadas al interior de la misma en detrimento de los estratos medios empresariales. Al mismo tiempo, los sectores populares disminuyen por el pasaje de los asalariados industriales y manuales al campo de los asalariados de servicios. Pero en los sectores populares disminuyen los asalariados industriales y aumentan los trabajadores autónomos. En sectores medios y populares la precariedad del empleo y la relación salarial aumenta.

Sobre esta base de salarización precaria y empleo autónomo generalizados se construye la aparición de los "nuevos pobres" y la pauperización más general de los 90 que se caracteriza por el impresionante aumento del desempleo, que pasa de los niveles históricos de 5% o 6% a rozar casi el 20%.

forma de un mito que, al no poder anclarse en la realidad política del momento, se nutre de referencias culturales, literarias o religiosas. El pasado lejano puede, entonces, volverse promesa de futuro y, a veces, desafío lanzado al orden establecido".

Si esto es así, dicha vigencia del populismo tiene que ser pensada como un telón de fondo o como un texto que, a su vez, resulta mediado por otros textos (en nuestro caso los textos del tango, los discursos acerca del barrio, etc.). Pero sin embargo, no se trataría de una vigencia que pueda captarse sólo como una inercia, en el sentido de que la interpelación y las narrativas populistas son activas porque están presentes en las mediaciones de esos otros textos que mencionáramos más arriba, sino que (y esto es crucial para nuestro argumento) porque tales intepelaciones y narrativas son activadas originalmente por sujetos actuales también expuestos a otros discursos (la amplísima serie de discursos del rock, por ejemplo). Es precisamente en este vaivén que las interpelaciones y las narrativas populistas son transformadas en algo distinto de lo que eran: pasan a ser, por ejemplo, nuestro rock Argentinista, Suburbial y Neocontestatario.

Así, las interpelaciones y las narrativas populistas son recuperadas por esos otros discursos en la medida en que son también la producción de una memoria y que van más allá de la evocación de una información. Para muchos jóvenes músicos y escuchas por igual dichas interpelaciones y narrativas son una referencia vital a la hora de definir su presencia en el rock y en una sociedad que ha cambiado respecto de lo que, para ellos mismos, habían soñado sus padres. Para estos jóvenes el ascenso social, el empleo, la educación, etc., ya no son ni una posibilidad ni un sueño. Pero son, en cambio, acontecimientos de un pasado muchas veces caracterizado como "glorioso". Entonces, aquello que sus padres actuaban porque formaba parte de lo socialmente verosímil es, para muchos jóvenes de sectores populares en los '90, un emblema que instituye, en su horizonte práctico, la ostentación de su desilusión.

3.3 El rock chabón en la historia del rock nacional

A lo largo de su historia el rock nacional se fue volviendo progresivamente masivo. Primero, con la consolidación de un mercado discográfico y un circuito de recitales entre principios de los '70 y los preludios del golpe militar de 1976. Luego, en los comienzos de los '80, por la convergencia de una serie de factores que determinó una coyuntura favorable para su expansión, en donde la deslegitimación del rock en inglés –en el marco de la guerra de las Malvinas–, se sumó a los efectos de la apertura política para abrir los medios de difusión masiva a los rockeros, cosa que éstos utilizaron para afianzar su popularidad y liderazgo en medio de una relación conflictiva con el gobierno militar. Esta relación conflictiva no sólo se debía a la oposición efectivamente ejercida contra la dictadura (que en parte existió, dentro de los estrechos en límites que algo así podía existir) sino, también, a que, independientemente de su actitud, los rockeros fueron demonizados por los militares. En este contexto el rock nacional se constituyó en el imaginario de muchos jóvenes en uno de los pocos movimientos que se opuso a la dictadura militar, al sostener simbólicamente una identidad que fue duramente reprimida por la dictadura: la identidad joven. En este gradual proceso de masificación el rock fue progresivamente siendo identificado como la música que representaba al conjunto de los jóvenes urbanos, y este rock de la primera mitad de los ochenta aparecía unificado alrededor de una serie de temas que daban sustento a la asociación entre rock y rebelión a que nos referimos con anterioridad.

Dichas tramas narrativas giraban alrededor de la definición del rock como una actitud de resistencia en relación a algo que se denominaba genéricamente como "el sistema" –entendido alternativamente como signo de un sistema de opresión burocrática, de capitalismo, de industria cultural, etc.–; y a un discurso que oponía el rock a la música llamada "comercial" y que implicaba un cuestionamiento de la mercantilización de la obra de arte y de la industria cultural en general. Como uno de los síntomas más curiosos de este clima cultural puede señalarse la cuasi proscripción de todo lo que fuera baile, en donde danzar era sinónimo de frivolidad y lo que más se oponía a un rockero era justamente un "bolichero", es decir el "otro" tipo de joven que hacía del baile la principal actividad de su tiempo libre. Si en este marco el rock remitía a un ideario "clásico" de contestación, es preciso observar que, además, existían vertientes que tornaban sistemático este aspecto, y daban sustento a expresiones y temáticas que se acercaban bastante al género vecino de la canción de protesta.

Paralelamente a este desarrollo en general, el rock nacional generó variantes que se relacionaban con especificidades culturales y sociales que heterogenizan a la juventud. Para nuestro trabajo importa observar que, desde un principio, pero sobre todo en su expansión, el rock generó variantes estilísticas que provenían de y/o respondían al público de los sectores más pobres de la sociedad. Dichas variantes estilísticas son, mayoritariamente, las que se relacionan musicalmente con lo que se denomina "rock pesado" (o blues en castellano) y que por muchos años se reivindicó como el rock de los trabajadores industriales, o rock "suburbano" (en referencia al cordón industrial que rodea a la Capital Federal, tradicional asiento tanto de los migrantes internos como de los trabajadores industriales). Este temprano enraizamiento popular se incrementó y enriqueció incidiendo posteriormente en la producción de la vertiente musical que estamos analizando en este artículo.

Es interesante hacer notar que a medida que avanza la apertura democrática, el rock nacional pierde su imagen monolítica. Si hubo polémicas estilístico-ideológicas durante la dictadura, las mismas se subordinaron a la defensa *in toto* de un actor simbólicamente homogeneizado por la demonización a que la dictadura lo había sometido (Vila, 1995a). La polémica al interior del rock nacional se profundiza y adquiere nuevos actores, en un proceso en el cual florecen diferentes estilos musicales y, al mismo tiempo, las interpelaciones sociales y políticas que se dirigen a los jóvenes se multiplican.

En lo que hace al debate estilístico-ideológico en el rock nacional (central para analizar el surgimiento y la consolidación del rock chabón diez años después) a los históricos "metálicos", "punks" y "rockeros" se le fueron agregando, en diferentes períodos, otras voces disonantes que no se sentían representadas por ninguno de estos tres grupos. Así primero aparecen los "divertidos" (Los Abuelos de la Nada, Los Twist, Las Viudas e Hijas de Roque Enroll, etc., muchos de ellos producidos por Charly García), grupos rockeros que generalmente son de clase media y que proponen el camino de la ironía como forma de contender con el *establishment*; los *underground* (Patricio Rey y sus Redonditos de Ricota, Sumo, etc.), grupos también de clase media, pero que rápidamente convocan seguidores de sectores populares y que reivindican la producción independiente y los pequeños recitales frente a la "maquinaria" del rock comercializado; los "modernos" o "pop", que reivindican la dimensión corporal y el baile como algo tradicional-mente dejado de lado por la corriente principal del rock nacional (Virus, Soda Stereo, Zas, etc.).

Por supuesto, aquí, como ya había ocurrido en el pasado (Vila, 1995a), también aparecen intentos varios de apropiación de rótulos, ideologías y representaciones sociales, en un renovado (y siempre infructífero) intento por separa la paja del trigo en el rock nacional, por establecer cuál debiera ser la interpelación apropiada para la juventud urbana del momento. Veamos algunos intercambios que ejemplifican lo que estamos diciendo:

"¿Qué es hoy el rock...? Para Solari... no otra cosa que 'la música oficial del sistema'. ¿Con qué se cambia la situación? Primero, con una vida rockera como actitud inicial y no un modelo burgués como aspiración." (Reportaje al Indio Solari, cantante de Patricio Rey y sus Redonditos de Ricota, 1985)

"Los músicos lo que podemos hacer es aportar cosas a nivel de los cam-bios individuales (...) si alguien entiende a través de lo nuestro que aceptar el cuerpo es una manera muy inteligente de empezar a enfrentar la vida, tendremos una misión cumplida." (Entrevista a Virus, 1985)

"Desde la llegada de los radicales tienen éxito los grupos con una temática de falsa festividad, conchetitos[10] de Martínez o de San Isidro que tocan porque tienen plata, como Los Helicópteros o Soda Stereo, gente que no salió a la calle y que no tiene nada que ver con el verdadero rock and roll que viene bien de abajo." (Luca Prodan, líder de Sumo, 1986)

"...el rock es algo más que música y letra. Era una forma de vida y aún sigue siéndolo: se trata de estar ecualizado con lo que pasa en el mundo, perturbar el orden establecido e impulsar a la gente a hacer algo." (Charly García, 1986)

"Nosotros somos tristes desocupados que usamos la música como medio para trasmitir nuestras ideas. En temas como 'Réquiem porteño' denunciamos a los *conchetos disfrazados* o a *los chicos durmiendo bajo las autopistas* (...) nuestro planteo de lucha no tiene nada que ver con los planteos contestatarios de La Torre, hablando de las Madres de Plaza de Mayo (...) de los [músicos] de acá preferimos escuchar a Discépolo, que habla de cafetines y de Pompeya, que a las grandes bandas de rock aburguesadas." (Reportaje al grupo subterráneo La Pandilla del Punto Muerto, 1987)

Así, a mediados de los ochenta, por primera vez en su historia, el movimiento de rock nacional puede desarrollar plenamente uno de los rasgos característicos del movimiento mundial de rock: el énfasis en el cuerpo, el placer y la diversión, como marcas propias de la identidad juvenil. Como apunta Larry Grossberg (1984, p. 234), "la relación del rock and roll con el deseo y el placer sirve para marcar una diferencia, para inscribir en la superficie de la realidad social una línea divisoria

---

10. El término "conchetito" es sarcásticamente usado por el rock nacional para identificar a los jóvenes de clase media alta.

11. La idea clave en el planteo de Grossberg es la de "inversión afectiva": "el aparato de rock and roll organiza afectivamente la vida cotidiana de sus seguidores a través de una forma diferente de organización de los fragmentos de realidad que logra arrebatar a la forma afectiva organizacional propuesta por el sistema. Este reordenamiento lo hace a partir de tres ejes (lo joven como diferente; el placer del cuerpo, lo post moderno). El resultado final es que el rock and roll localiza, para sus seguidores, las posibilidades de intervención y placer. Esto involucra la inversión de deseo en el mundo material de acuerdo con vectores que no son los propuestos por la formación afectiva hegemónica ... Las inversiones afectivas del aparato de rock and roll dan poder a sus audiencias a través de estrategias que definen un nivel de oposición potencial y, a menudo, de sobrevivencia." p. 240.

entre 'ellos' y 'nosotros' ".[11] Se podría así sostener que el movimiento de rock nacional por primera vez se ajusta a la descripción de Simon Frith: el rock es, al mismo tiempo, música que perturba y relaja.[12] Como no lo hubieran podido hacer en otra época, grupos como Virus y Soda Stereo eran parte legítima del rock nacional.

Esta emergencia no era, sin embargo, tranquila. Parte del público sentía que las novedades eran, en realidad, un síntoma de crisis. El siguiente testimonio puede ilustrar el sentido en que se desarrollaban las polémicas. Así, lo que para unos es reivindicación del placer, para otros es frivolidad:

"Soda Stereo lo único que hace es mierda sonora. Déjenme explicarme: vos podés oír todos sus discos y no te dejan ningún mensaje, no te dicen nada de nada. El rock nacional siempre fue 'el gritar verdades reclamando justicia'." (Daniel, carta de lectores de la revista *Cantarock*, 1987).

Y la crisis aparecía como particularmente seria, dado que, a diferencia de lo que aconteció con las anteriores polémicas (que eran casi "como de entrecasa..."), ésta se vio cruzada por primera vez en la historia del movimiento por los intereses económicos de las grandes compañías discográficas, que al haber modificado, a partir de 1982, el tradicional circuito de la dinámica rockera: recital-convalidación de la propuesta-edición del disco, por otro que tiene su origen en el disco y el pago por "pasada", dificultaba la resolución "natural" o "interna" (es decir, por los propios jóvenes y en función de sus necesidades) de la polémica entablada por las distintas vertientes. Así, un joven rockero trataba de explicarle a otro a través del correo de lectores de la revista de rock más importante de fines de los '80 cómo lo comercial había influido a partir del retorno de la democracia más que nunca en la popularidad de los músicos del género:

"En tu carta vos decís que no entendés a aquellos que dicen que los nuevos grupos [Zas, Soda Stereo, Virus, etc.] son de plástico, decís que si estos grupos son famosos es porque nosotros los jóvenes los hacemos famosos. Bueno, estás equivocado. Hay un montón de 'músicos top' que realmente son unos caretas, que sólo son un invento de las compañías de discos y el periodismo, y que si alguien los hace famosos, son todos aquellos caretas que podés encontrar entre la juventud." (Esteban, carta de lectores de *Cantarock*, 1987)

---

12. "El punto que quiero remarcar es que la tensión central en el rock –en el sentido de que es una fuente de placer que, al mismo tiempo, perturba y relaja– no es sólo el efecto de la lucha entablada entre las compañías discográficas y los artistas o el público. La tensión se halla al interior de la industria, de la audiencia, de los músicos, en fin, dentro de la música misma" (Frith, 1981, p. 268).

Pero también podemos analizar esta sensación de crisis que parecía embargar a los rockeros de mediados de los ochenta desde otro punto de vista, en el sentido de que el sentimiento de crisis era, al mismo tiempo, la pérdida del sentido de "movimiento". El rock nacional comienza a perder su rol de único sostén de identidad joven durante la dictadura militar cuando otros interpeladores hacen su aparición en escena –partidos políticos, el movimiento de derechos humanos, sindicatos, como así también todas las tendencias de consumo y disfrute que son pos políticas y que para muchos jóvenes pesan más que las interpelaciones de esos sujetos colectivos ya lejanos–; interpeladores que ofrecen otras posibilidades y otras narrativas para la construcción de una identidad joven valorizada. Es así que en este período de apertura democrática el rock nacional ya no tiene más esa urgente necesidad de poner a todas sus variantes estilístico-ideológicas bajo un mismo manto protector, ese imperativo de escuchar monolíticamente como rock nacional a cada una de estas diferentes propuestas musicales. Así la crisis no es otra cosa que la modificación del proceso de construcción de sentido que caracterizó al movimiento de rock nacional durante la dictadura, es decir, el contrapunto entre la condición social de los jóvenes bajo el régimen militar y las interpelaciones y narrativas que tuvieron su origen en las propuestas rockeras, las cuales ayudaron en la construcción de una identidad joven valorada, en un período durante el cual otras interpelaciones sociales o estaban ausentes o directamente negaban tal identidad.[13] En la segunda mitad de los ochenta, en cambio, la identidad juvenil se encuentra nuevamente fragmentada, no sólo entre rockeros y otros actores juveniles políticos, sindicales o estudiantiles, sino dentro del propio movimiento de rock. Con este panorama, no es casual que el lugar preponderante que ocupara la música en la construcción de la identidad joven (y en la propia idea de "movimiento" como representante de dicha identidad colectiva) durante la dictadura fuera, poco a poco, perdiendo su eficacia interpeladora.

Así, la "crisis" no es otra cosa que la adecuación de la recepción a lo que musicalmente genera la emisión, es decir, un sinnúmero de propuestas poético-musicales que sólo ideológicamente eran decodificadas unitariamente como "rock nacional". Incluso podríamos llegar a proponer una especie de postulado que estableciera algo así como: a menor cohesión del movimiento, mayor diversidad

---

13. Cuando hacemos referencia a la "condición social de los jóvenes" no nos estamos refiriendo a ningún tipo de posición social "objetiva" o "pre-discursiva", sino a la percepción social que los mismos jóvenes tienen de su posición en la sociedad en un determinado momento, tal cual es resumida por el sentido común hegemónico de dicho período, sentido común que, por supuesto, es el resultado de una lucha discursiva previa por el sentido que se ha cristalizado provisoriamente. Es precisamente en relación a esta cristalización provisoria de sentido que las interpelaciones y las narrativas contra-hegemónicas dirigen su accionar cuestionador.

de recepción de estilos musicales... Algo que, al parecer, también pasaba por la mente de Charly García para esa época:

"...desde hace tiempo se han ido perdiendo algunas claves: ir a comprar discos explorando, tener conciencia de tipo movimiento (...) En esta etapa la música pasa a ser más consumida que a ser comprendida... o entendida... Se pasa de un público exigente, interesante, o que de alguna manera comparte una idea con el artista, a un público sin posición... como de consumir sin cuestionamientos." (Charly García, 1986).

No obstante lo apuntado, la polémica de mediados y finales de los ochenta compartió con las anteriores algo central: la discusión acerca de por dónde pasaban las narrativas y las interpelaciones válidas para los jóvenes urbanos argentinos contemporáneos. Las diferentes propuestas de la época postulaban ya sea el mantenimiento a rajatabla de la propuesta libertaria inicial, ya su adecuación (en diversas formas) a los nuevos tiempos y a las nuevas cohortes de adolescentes, pero siempre (por lo menos en los principales cultores del movimiento) reivindicando ese papel de: "caminar continuamente por los límites del sistema (...) componiendo canciones que, con suerte, ayuden a cambiar un poquito el inconsciente colectivo, el coco de la gente" (Charly García, 1986). Todo esto ocurría, desde luego, en el marco de un proceso político-económico que no había, todavía, cambiado radicalmente la situación social (fáctica y simbólica) de los jóvenes de sectores populares, algo que necesitaría aún unos seis o siete años para desarrollarse al amparo de la consumación de la transición neoliberal. En este sentido, es importante remarcar aquí que la vertiente de rock nacional que estamos analizando en este artículo, también se constituye reaccionando polémicamente al interior de la propia historia del rock argentino.

Charly García construía, escribía y describía la nueva época en sus obras de lo años '80 cuestionando el viejo credo rockero. Frente a la posición antimercantil que históricamente caracterizó al rock nacional (y a gran parte de su propia trayectoria, dicho sea de paso) Charly García cantará:

"El se cansó de hacer canciones de protesta y se vendió a Fiorucci / él se cansó de andar haciendo apuestas y se puso a estudiar / no creo que pueda dejar de protestar" (Charly García, "Transas", Clics Modernos, 1984).

En relación a la irrupción del baile como algo legítimo dentro del rock nacional, dirá:

"Yo tenía tres libros y una foto del Che / ahora tengo mil años y muy poco que hacer / vamo'a bailar" (Charly García, "Rap del exilio", Piano Bar, 1985).

Y, como si fuera necesario agregar algo más, sobre la actitud de resistencia (entendida como resistencia al "sistema"[14] y los valores que éste implica) dirá: "No voy en tren, voy en avión / no necesito a nadie alrededor" (Charly García, "No voy en tren", Parte de la Religión, 1987); o:

"Yo no quiero volverme tan loco / yo no quiero vestirme de rojo / yo no quiero esta pena en mi corazón" (Charly García, "Yo no quiero volverme tan loco", Yendo de la cama al living, 1982).

Este posicionamiento, y el de las corrientes rockeras que surgían amparadas en el mismo, resulta fundamental porque define el punto de contraste a partir del cual se vertebra el estilo musical del rock chabón. Existen, por supuesto, otros nutrientes y otros condicionantes, pero éste tiene una función clave: por ser parte del campo y por ser eficaz en la conmoción de lo que parecía un consenso unánime, se constituye en la causa más activa de una respuesta. Al mismo tiempo ofrece algunos de los temas que más inciden en la definición de la forma que toma esa respuesta. De esta manera nuestro objeto es parte de una secuencia que, siendo muy compleja, teje entre sus hilos, el siguiente: al rock como mixtura de modernidad y militancia (concepción hegemónica del rock durante la dictadura militar), algunos rockeros responden con un rock que es moderno, y secreta minimalismo a partir de una (real o supuesta) crisis de las grandes narrativas. Sintetizando el espíritu de los '80 García dirá: "Si me gustan las canciones de amor y me gustan esos raros peinados nuevos / ya no quiero criticar, sólo quiero ser un enfermero... / si luchaste por un mundo mejor y te gustan esos raros peinados nuevos / no quiero ver al doctor, sólo quiero ver al enfermero" (Charly García, "Raros peinados nuevos", Piano Bar, 1985).

Al mismo tiempo, a esta propuesta rockera "moderna" tal como la expresa Charly García, se le contrapone otra propuesta que, como veremos más adelante, es tradicionalista y, de una forma específica, contestataria: el rock "argentinista, suburbial y neocontestario" o rock chabón del cual pasaremos a hablar más específicamente en las secciones que siguen.

3.4 El rock chabón como rock "argentinista"

Una nota que caracteriza esta vertiente es la apropiación/positivización de las ideas de "nación" y Argentina, y, junto a ello, la promoción explícita de signos que

---

14. "Sistema", como ya dijimos más arriba, desde la perspectiva rockera clásica es el orden social que se impugna. Puede tener acumulativa o alternativamente los siguientes sentidos: capitalismo, dictadura, burocracia, industria cultural, guerra, etc.

forman parte de las tradiciones políticas y culturales ligadas al nacionalismo histórico argentino. Sin embargo, como se verá más adelante, no se confunde con el nacionalismo xenófobo que muchas veces caracterizó a parte de tales tradiciones nacionalistas.[15]

De esta manera (y esto es algo realmente novedoso al interior del rock nacional), como pocas veces en la cultura del rock se invoca el significante "Argentina" (o aquellos otros que para la cultura nacional están íntimamente ligados a dicho significante) para designar una pertenencia y evocar otros sentidos vinculados a lo social o lo político. En el pasado cercano, el recurso "Argentina", así como figuras que se le igualan en valor semántico (por ejemplo, Martín Fierro, el malón, la fiereza del gaucho, etc.), fue históricamente monopolizado por intelectuales nacionalistas (a veces populistas) que eran radicalmente extraños al rock nacional (en el terreno de la música pertenecían al campo simbólico del "otro", mayormente del folclore).

El rock nacional hizo funcionar dentro de sus letras categorías locales. Pero dichas categorías no eran reivindicadas en tanto "argentinas" y aquellas que podían, en alguna interpretación, denotar prioridad argentinista se transformaban en sabor local, sentimiento urbano, resistencia a la modernidad burocrática, identificación con el espíritu tanguero, etc. A través del amor a la ciudad el rock, negativizado como música "extranjera" (justamente por los nacionalistas y tradicionalistas) intentaba localizarse. Pero el rock nacional no pretendía ni podía ser argentinista por sus propios nutrientes culturales, dado que el espíritu del rock de aquella época (tanto a nivel mundial como a nivel nacional) detestaba fronteras y naciones. Frente al hecho de que la "Argentina" los repudiaba, los rockeros declaraban su amor a la ciudad como ente diferenciado. Así, Miguel Cantilo en los '70 decía:

"Pero yo amo a esta ciudad, aunque su amor no me corresponda / aunque desprecie mi pelo y mi onda / con un insulto al pasar / (...) aunque guadañen mi pelo a la fuerza / en un 'coiffeur de seccional' " (Pedro y Pablo, "Yo vivo en una ciudad", 1971)

Pero el rock nacional llegó mucho más allá, cuando por ejemplo Charly García, en la inmediata posguerra de las Malvinas, imponía la ironía sobre los leit-motivs nacionalistas:

"No bombardeen Buenos Aires / no nos podemos defender / los pibes de mi barrio / se escondieron en los caños y espían al cielo / usan cascos, curten mambos / escuchando a Clash / (...) Si querés escucharé a la BBC / aunque quieras que lo hagamos de noche / y si quieres darme un beso alguna vez / es posible que me suba a tu coche / pero no bombardeen

---

15. Que sí es una forma que caracteriza a otros grupos de rock que habitan segmentos cercanos al que estamos refiriendo, como es el caso del género "skinhead" que, además, es una de las raíces de la vertiente bajo análisis.

Barrio Norte" (Charly García, "No bombardeen Buenos Aires", Yendo de la cama al living, 1982).

Si hubo alguna vez alguna tematización cercana a las tradiciones nacionalistas fue cuando los colectivos de referencia, revelando el peso cultural de configuraciones tan diferentes como el tango o la ideología nacionalista-popular, eran el barrio pobre o el pueblo. Pero aún aquí se trataba más de rescatar a los "no imperialistas", "no antinacionales", que a los argentinos. Y en este contexto el significante "Latinoamérica", como tierra de todos los tipos de oprimidos, era la referencia que se sobreponía a cualquier consideración patriótica. Mientras una parte de estos antecedentes queda en el pasado, otra (que podría ser considerada más afín a un argentinismo) retorna transformada, proponiendo la centralidad de la nación y los motivos nacionalistas en una clave que no se deja capturar, al menos totalmente, por el "anti-imperialismo" setentista.

El actual argentinismo del rock chabón implica al menos las siguientes notas: a) El país comienza a ser un valor en sí mismo. Así, mientras en los años '70 y '80 se lloraba por los exiliados y se compadecía a quienes, por falta de oportunidades, emigraban (en realidad se utilizaba la frase "se veían obligados" a emigrar, para remarcar el carácter no voluntario de la decisión, donde, por ejemplo, León Gieco cantaba "Desahuciado está el que tiene que marchar / a vivir una cultura diferente"), hoy se los denuncia por dejar el país. Este es el espíritu con que el conjunto Dos Minutos, por ejemplo, canta:

"Vos no confiaste / y te fuiste del país / a buscar un futuro / inmediato y mucho mejor / hace un año y medio ya / que estás viviendo en Madrid / lavando copas en un bar / tratando de sobrevivir / vos no confiaste en la gente de tu país / vos no esperaste a tu país / vos no confiaste / vos no esperaste" (Dos Minutos, "Vos no confiaste", Puente Alsina, 1994).

b) La prioridad argentina aparece en el universo simbólico casi como una exigencia. Y esto ocurre aún con aquellos rockeros que pretenden hacer un "rock de los pobres" identificado con enunciaciones anarquistas (como la oposición al "control" y la opción por la rebelión). Esto es lo que ocurre con algunas letras de Attaque 77 (letras que discuten y resignifican a la Argentina en un mismo movimiento):

Argentina se hunde / Argentina se hunde / porque esto no da para más / Argentina está enferma / y la deuda es eterna / Ya no quiero más miseria / ya no quiero más control / Argentina somos vos y yo / Argentina es rebelión (Attaque 77, "Más de un millón", 1989).

c) Pero también aparecen figuras que, en el imaginario de los músicos y de varias tradiciones culturales y políticas nacionales, son identificadas con "el pueblo de la nación". De este modo, el conjunto Almafuerte sostiene en una de sus canciones:

"Desheredados, Gauchos, Indios, empobrecidos reencarnan" (Almafuerte, "Zamba de la resurrección", Mundo guanaco, 1995).[16]

Divididos llega a priorizar a estas figuras nacionales oponiéndolas al propio rock nacional y lo hace utilizando ritmos folclóricos norteños, donde la interpelación letrística es sobredeterminada por la musical:

"Nace un hijo negro / cachetazo al rock" (Divididos, "Haciendo cola para nacer", Acariciando lo áspero, 1991).

Igualando los pobres de hoy con los masacrados de ayer, se retoma una de las narrativas centrales del imaginario tejido por el peronismo: la de los oprimidos-nacionales que se expresaba en una continuidad simbólica que iba de los gauchos del siglo diecinueve a los "cabecitas negras" de mediados del siglo veinte. Simultáneamente se la proyecta en la continuidad de la historia presente. Así, "El pibe Tigre" (un tema de Almafuerte que es paradigmático de esta articulación) es la historia de un empleado de una empresa que resulta estafado por sus patrones. Aquí los empresarios, como nunca antes en la historia del rock nacional, son negativizados por que son no-nacionales ("extranjeros", "gringos", "de las multinacionales" y "que huyen con su dinero fuera del país") más que por su carácter de capitalistas, explotadores, materialistas (extranjeros o no).

La parábola protagonizada por Luca Prodan (post mortem una figura emblemática de este tipo de rock nacional) sintetiza un aspecto de este giro nacionalista del punk en inglés –Luca era un italiano que había vivido muchos años en Inglaterra– al componer un tema que ya es un clásico en la memoria de los rockeros argentinos y que expresa muy bien dicha lectura argentinista:

Un pseudo punkito, con acento finito / quiere hacerse el chico malo / tuerce la boca, se arregla el pelito / toma un trago y vuelve a Belgrano / Basta. Me voy / rumbo a la puerta y después / al boliche a la esquina / a tomar una ginebra / con gente despierta / ésa sí que es Argentina" (Sumo, "La Rubia Tarada", Divididos por la felicidad, 1985).

---

16. Una reciente canción de Iorio y Flavio combina las dos últimas notas en un juego de anacronismos sintomáticos: el héroe de su canción es "tehuelche, antes que nada argentino". (Iorio-Flavio, "Nacido y Criado en el Sur", Peso Argento, 1997)

En una oposición estratégica en la memoria de los rockeros de los '90, el falso punk, el barrio rico, la discothêque, la frivolidad se opone al verdadero punk, el boliche (que es el barrio pobre en el barrio rico), donde la verdadera Argentina se resuelve en el barrio, el suburbio y sus valores. Sobre esta ligazón trataremos en el próximo punto.

3.5 El rock chabón como rock suburbial

Volvamos a una cita anterior:
"Nosotros somos tristes desocupados que usamos la música como medio para trasmitir nuestras ideas. En temas como 'Réquiem porteño' denunciamos a los *conchetos disfrazados* o a *los chicos durmiendo bajo las autopistas* (...) nuestro planteo de lucha no tiene nada que ver con los planteos contestatarios de La Torre, hablando de las Madres de Plaza de Mayo (...) de los [músicos] de acá preferimos escuchar a Discépolo que habla de cafetines y de Pompeya, que a las grandes bandas de rock aburguesadas" (Reportaje al grupo subterráneo La Pandilla del Punto Muerto, 1987. El destacado es nuestro).

Con esta declaración se indicaban varias cosas al mismo tiempo. En primer lugar, una localización muy específica de sus gustos musicales y su referencias letrísticas. En segundo lugar, señalaba en sus letras una intención crítica muy particular. Del primer punto entendido como asunción y relectura del barrio como lugar de pertenencia social, trataremos en este apartado (veremos en el siguiente la particularidad de la citada intención crítica).

Las referencias al "barrio" como localización privilegiada del actor social interpelado por el rock chabón son una presencia constante. Y esta constante adquiere distintas expresiones. En primer lugar, y a un nivel muy obvio de significación, encontramos las repetidas citas geográficas que aparecen en las canciones. En segundo lugar, tales citas aparecen cargadas de un sentido que remite tanto a la valorización del barrio como a la presentación de una existencia que se ancla en el barrio.

Así, el equipo de recursos expresivos empleados por el rock chabón hace resurgir lenguajes que tienen su origen en el barrio. En este plano el dato más claro lo constituyen, además de las continuas referencias tangueras, el uso constante del lunfardo en las canciones. Además las letras de las canciones hacen referencia a tradiciones barriales o a prácticas con las que se pretende dar cuenta de un ambiente muy específico, como la vida en la calle, la barra de amigos, las peleas callejeras y el consumo de alcohol (vino barato y, últimamente, cerveza) como rito grupal típicamente barrial. Estas tradiciones o prácticas que para el sentido común contemporáneo ocurren claramente en el barrio, terminan significando al barrio mismo. Sin embargo, dichas prácticas tienen, al mismo tiempo, relaciones de continuidad/discontinuidad con la tradición barrial a la que apelan como fundamento. Y esto termina redefiniendo al propio barrio al connotarlo de una manera diferente.

El mismo conjunto de canciones y bandas que hemos considerado hasta ahora, refiere a las situaciones que configuran el ambiente cotidiano de parte de los jóvenes de los suburbios de las grandes ciudades, y habla del mundo de vida implicado en este circuito del rock que los constituye y representa. Este mundo de vida aparece en el horizonte temático de las canciones connotando al barrio como el lugar de una diferencia con pero en la metrópolis. En la sociología espontánea de muchas de las canciones del rock chabón, el barrio es un producto contradictoriamente relacionado con el ciclo de la ciudad. Por un lado, el barrio es el ámbito que incluye a los afectados por una serie de procesos de definición y redefinición de la urbe en la Argentina contemporánea.[17] En este sentido, el barrio pasa a ser·el colectivo que engloba, imaginariamente, a diversos actores que lo habitan en el presente o lo hicieron en el pasado, como son los actores anteriores a la industrialización –los "guapos" de la época de los primeros tangos–, los "sobrevivientes" de la industrialización de los '30, y los actores más contemporáneos que vivieron la desindustrialización de los '70 y las grandes transformaciones urbanas de los últimos quince años. Este barrio englobador de las canciones es el que acoge a los que, en medio de esos procesos (incluidos los procesos identitarios de los que el rock es un caso), se identifican con, y articulan, un linaje de desheredados. El rock chabón no es ni el rock de los ganadores, ni el de los dueños de la ciudad, sino el de la víctimas jóvenes de una reestructuración social violenta, abrupta y traumática.

Pero, por otro lado, el barrio es, en las letras de esas mismas canciones (y en la experiencia cotidiana que dichas canciones reflejan y constituyen), la sede de una vida que tiene valores, emociones y reglas específicas. Y es aquí donde se puede sentir la fuerte presencia de una matriz tanguera que, más allá del estilo musical del género que mayoritariamente no es de raíz tanguera, pesa en la confección de las descripciones/prescripciones que pasaremos a detallar a

17. En este punto seguimos y resumimos las principales conclusiones a las que llegan algunos analistas de la estructura social Argentina. Un apoyo sistemático para pensar este aspecto han sido dos textos clave: "La nueva pobreza en la Argentina" (Minujin - Kessler, Ariel, Buenos Aires, 1995) y "Ensayos sobre la transición en la Argentina" (J. Nun y J.C. Portantiero -comps.-, PuntoSur, Buenos Aires, 1987).

continuación. El rock chabón tiene un acercamiento cuasi tanguero a la temática del barrio, no porque la envoltura musical sea un dos por cuatro, sino porque tematiza al barrio en clave tanguera.

De esta manera el barrio y lo barrial aparecen constantemente en las canciones del rock chabón, canciones que idealizan, critican, o simplemente muestran, el mundo de vida que las hace posibles. Y aparecen representados por una serie de temas recurrentes que, entre la proclama, la crónica y la narración identitaria, ponen de manifiesto un anclaje sociocultural y un comentario sobre lo social. Así, por ejemplo, el tomar alcohol (en general vino barato, pero últimamente mucho más cerveza) con el grupo de la barra, es objeto de adoración unánime en el conjunto de grupos que consideramos, al punto que uno de ellos le canta a la cerveza desde el sentimiento, como si se dirigiera a una mujer caprichosa:

"Yo estoy enamorado de vos / desde hace mucho tiempo / Me gusta tu cuerpo esbelto / pero más me gusta lo de adentro / Muchas veces me di vuelta por vos / y muchas más dadas vueltas yo tendré / Siempre te he sido fiel / pero vos conmigo no lo sos / Cerveza, yo te quiero / Cerveza, yo te adoro" (Dos Minutos, "Canción de amor", Valentín Alsina, 1994).

La positivización del alcohol testimonia un pasaje: beber alcohol es salir de la niñez a la vez que es el símbolo de una embriaguez que se opone a los espacios reglados del trabajo y la escuela. Simultáneamente, circulando de mano en mano, sella una apuesta en común inspirada en el mundo de lo varones del tango. Una canción de Almafuerte hace visible este sesgo y, junto con ello, un tema ligado al mismo:

"Cervezas en la esquina / del barrio varón / rutina sin malicia / que guarda la razón / quien olvidó las horas de juventud / murmurando se queja / ante esa actitud / allí me esperan / mis amigos en reunión / mucho me alegra sentirme parte de vos / Conversando la rueda ya se formó / y las flores se queman buscando un sentido / mientras la noche muestra / la calle en quietud / la intuición esquinera / encendió mi luz / tu risa alejó mi soledad / esos momentos que viví / no he de olvidar / sé que muchos cavilan / buscando el por qué / preferimos la esquina y no mirar la tele / yo la creo vacía de realidad / la verdad en la esquina está latiendo / aunque me corran hoy / mañana volveré / y con cerveza festejaré / tu risa alejó mi soledad / esos momentos que viví / no los he de olvidar (Hermética, "Soy de la esquina", Víctimas del vaciamiento, 1990).

En una línea de filiación con la poética tanguera más tradicionalista (presente en la recurrencia a figuras del tipo "en la esquina del barrio varón", "intuición esquinera", etc.) es retratada una institución clave en la sociabilidad cotidiana de los jóvenes de los sectores populares: la "barra", el grupo de amigos es uno de los sujetos privilegiados en las historias del rock chabón. Compuesta básicamente de hombres, es el ámbito para el desarrollo de la conversación, el rito del alcohol, y las confrontaciones de todo tipo. La barra es un grupo trashumante que disputa el dominio de la calle con otras barras y, fundamentalmente, con la policía, resultando el sujeto central de la narrativa sociológica de muchos jóvenes de sectores populares: el suyo es un mundo de barras que se opone a las instituciones del poder. Junto a la barra, la calle, tiene un lugar particular en esta canción (y en el imaginario con que la misma juega). Más que el territorio es símbolo de la verdad: es lo opuesto a la frialdad y la mentira que para los autores representa el mundo televisivo. La imbricación de barra, cerveza y calle es activada en una canción que anticipa otro tema asociado: el registro simbólico de la violencia:

"Estás en el kiosco, tomás una cerveza / corre el tiempo, seguís con la cerveza / a lo lejos se ve una patrulla / alguien grita: allá viene la yuta / Descarten los tubos / empiecen a correr / la yuta está muy cerca / no da para correr" (Dos Minutos, "Demasiado Tarde", Valentín Alsina, 1994).

En esta corriente son frecuentes las descripciones deliberadamente descarnadas, que describen/idealizan un mundo de armas, robos, policía y violencia. Veamos algunos casos. Entre ellos el primero es la escena de la pelea callejera. La ocupación de la calle, como la oposición agonística ante otros grupos de jóvenes, conlleva la capacidad de ejercer y recibir violencia. Si la barra es un agrupamiento idealizado no lo es menos su consecuencia casi natural, es decir, la disputa entre barras que se diferencian entre sí por motivos diversos, sean éstos su origen barrial, su preferencia musical (a la que se suelen asociar toda una serie de otros atributos) y, también, su identidad futbolística. Muchas veces las peleas, como lo indica "Pelea Callejera", empiezan "por nada", naturalmente, sin necesidad de explicaciones mayores:

"Una banda venía por la calle / y la otra por la vereda / uno de ellos boqueó / y la pelea se armó / relucían las cadenas / relucían las navajas / un disparo de una 22 / en el lugar se escuchó (Dos Minutos, "Pelea Callejera", Valentín Alsina, 1994).

Las armas ocupan aquí un lugar especial: la recurrencia sorprende por la entidad que adquieren. No remiten a hombres peligrosos ni a objetos rechazados (como en la vieja cultura hippie) sino al equipo de supervivencia básico del hombre suburbano. En lugares marginales o centrales las armas son un una presencia constante y naturalizada en el ambiente cotidiano de los jóvenes del rock chabón. Las armas (su exhibición, tematización y uso), una constante en otros productos culturales de este sector de la sociedad argentina, han sido incorporadas al rock que las había dejado de lado.

Un tercer núcleo de la presencia del barrio suburbano y su entorno socio-cultural en la temática del rock chabón es el de la policía y la oposición a su presencia y acción. Mucho más que Estado, Capital o algún otro tipo de entidad derivada de ambos, para músicos y público del rock chabón "policía" condensa y evoca a todos los enemigos en su conjunto, sean éstos el sistema social y sus imperativos de dinero, el control de la vida cotidiana, el impedimento para acceder, por cualquier vía, a los objetos deseados, y el enemigo de sus vidas.[18] Y la presencia de la policía no se da solamente en las letras de las canciones, sino también en las prácticas cotidianas de los asistentes a los conciertos. Así, es muy común que los recitales comiencen, ritualmente, con cantos dedicados por el público a la policía. Y casi todos concluyan, casi ritualmente también, con escenas de fuerza entre público y policía que a veces terminan con decenas de detenidos. Los tres elementos de los que hemos venido hablando en esta sección del artículo (las peleas callejeras, las armas y el odio a la policía) aparecen paradigmáticamente juntos en una canción del conjunto Dos Minutos, nombre que hace referencia, no casualmente, a la expresión de uso policial "dos minutos de advertencia".

"Carlos se vendió al barrio de Lanús / el barrio que lo vio crecer / ya no vino nunca más / por el bar de Fabián / y se olvidó de pelearse / los domingos en la cancha / Por las noches patrulla la ciudad / molestando y levantando a los demás / ya no sos igual / ya no sos igual / sos un vigilante de la Federal / sos buchón / sos buchón / Carlos se dejó crecer el bigote / y tiene una *nueve* para él / ya no vino nunca más / por el bar de Fabián / y se olvidó de pelearse / los domingos en la cancha / El sabe muy bien que una bala / en la noche, en la calle, espera por él" (Dos minutos, "Ya no sos igual", Valentín Alsina, 1994).

En esta canción también prevalece el barrio como la identidad positiva que el personaje de la canción abandona para tomar la identidad negativa de "ser policía". En cuanto a la referencia a las armas cabe hacer una observación muy interesante: la canción dice "y tiene una *nueve* para él". ¿Por qué es importante dejar sentado que ahora Carlos, el policía, tiene un pistola para su uso personal? Porque con esto el letrista subraya un sobreentendido de la cultura suburbana de estos jóvenes,

---

18. Especialmente en los últimos años se ha visto un notable incremento de los casos en que individuos jóvenes son baleados o, aún, secuestrados y fusilados por la policía. (Centro de Estudios Legales y Sociales, "Informe sobre la actuación de fuerzas de seguridad en la Argentina", febrero de 1996).

donde el nosotros implica armas en común, y esas armas en común se oponen a las armas tanto en su calidad de propiedad privada como en su calidad de monopolio estatal ("Carlos tiene un arma y no la presta"). Esta referencia a la propiedad común de las armas, lejos de responder a una clave revolucionaria (de tipo leninista, por ejemplo), más bien explicita una forma de presencia muy particular de las armas en la cotidianidad de ciertos grupos sociales, donde las armas aparecen casi naturalizadas, como cualquier otra herramienta del arsenal de herramientas cotidianas de estos jóvenes, como podría haber sido para sus padres obreros o albañiles el fratacho, la cuchara o el overol.

Una cuarta imagen en la línea temática que venimos analizando que también aparece recurrentemente en las canciones del rock chabón refiere a situaciones de robo. La referencia es, a veces naturalizante, a veces justificatoria. Esto es lo que acontece con uno de los temas de Patricio Rey y sus Redonditos de Ricota.

"Si esta cárcel sigue así / todo preso es político / (...) obligados a escapar somos presos políticos / Reos de la propiedad / los esclavos políticos / si esta cárcel sigue así / todo preso es político" (Patricio Rey y sus Redonditos de Ricota, "Todo preso es político", Un baión para el ojo idiota, 1985).

Otro tema de Divididos aparece menos recubierto por enunciaciones "antipropiedad" e intenta mostrar como robar (presentado como la opción por el calibre 38) puede llegar a ser una alternativa "normal" para una salida de sábado a la noche.

"No eran más de seis / y uno dijo ya / bailaron ropa ropa / salieron a saquear / acariciando lo áspero / el sábado pide un precio" (Divididos, "Sábado", Acariciando lo áspero, 1991).

Estas últimas referencias letrísticas dan pie para pasar al elemento que anteriormente habíamos señalado junto al carácter suburbial del rock: su intención crítica de la sociedad. Y como localización e intención son elementos que se influyen mutuamente no habrá de extrañar que la forma de la intención crítica sea correlativamente novedosa.

3.6 El rock chabón como rock "neocontestatario"

Hay varias razones por las que hemos adoptado este término en lugar del clásico apelativo "contestatario", la más importante de las cuales es que esta vertiente del rock es neocontestataria por que contesta otra vez y porque lo hace de un modo diferente. En este sentido, el rock chabón retoma la práctica contestataria en tanto práctica dejada de lado en los últimos años por otras vertientes rockeras, al mismo tiempo que redefine los lugares imaginarios desde los cuales retoma dicha práctica. El resultado final es la construcción de narrativas contestatarias novedosas para el género.

Así, en los años ochenta el rock a nivel de sus principales exponentes mundiales dejaba atrás mucho de su tradición rebelde y desarrollaba una serie de marcas que ampliaban las significaciones que lo identificaron históricamente, en donde profesionalidad, virtuosismo, compromiso ecológico como variante moderada, y el encomio de la "fuerza" que transmitía su música, alternativizaban y pluralizaban la identidad rebelde del rock. Bono, líder de una de las bandas más importantes del rock mundial de los años '80, U2, decía: "los ochenta serán recordados porque los músicos de rock comenzamos a hacer gimnasia, tomar jugo de naranja y hacer trámites en los bancos". El correlato de este cambio a nivel mundial de la escena rockera en la Argentina es esa vertiente cuya designación de "divertida" hemos recogido de la bibliografía y las polémicas de la época. Baste recordar aquí las citadas canciones de Charly García (manifiestos polémicos de un rock que se proponía romper con el carácter lamentativo y lúgubre de la tradición precedente, tradición muchas veces anclada en baladas líricas que el propio García había llevado a su máxima expresión) para dar cuenta del sentido en que el rock chabón es neocontestatario: contradice y se opone al rock que revisa la tradición, es decir, cuando el rock "oficial" deja de contestar, el rock chabón contesta nuevamente.

Pero al mismo tiempo el rock chabón es neocontestatario porque refleja otra experiencia y construye otros lugares desde los que "contesta", por lo que se diferencia sustancialmente de la tradición de "protesta" que caracterizó buena parte del rock nacional que lo precedió. En este sentido, el rock de los setenta desarrolló una vertiente de "canción de protesta" que contestaba el tipo de integración social de la que participaba su circuito de oyentes y productores, de ahí que sus temas preferidos fueran la crítica a la ciudad, el trabajo, la rutina, al tiempo que reivindicaban un horizonte de posibilidades alternativas en el que John Lennon y el socialismo formaban parte de una misma unidad. El rock chabón neocontestatario, en cambio, se opone a lo que percibe como la disgregación del mundo que los anteriores rockeros rechazaban y, por ello, redefine su propio lugar invocando figuras del pasado. Intentaremos demostrar esto en los siguientes apartados de este capítulo.

En primer lugar, el rock chabón, en tanto neocontestario, es una mixtura singular cuyos elementos constitutivos principales serían los siguientes: la tradición porteña del "malevaje" y el arrabal, la asunción de una perspectiva de "lucha" –significante privilegiado tanto para ciertas culturas rockeras como revolucionarias–, un programa que implica diferenciarse de los planteos contestatarios de otros grupos (generalmente interpelados como "aburguesados") y, no menos importante, los elementos culturales y musicales históricos del rock nacional. De esta forma, el rock como configuración neocontestataria implica un juego con la historia. Y en este juego cada uno de los elementos que compone su mixtura define valores específicos.

Así, mientras el rock de los '70, beatificaba a locos y a mendigos, por la supuesta lucidez relativizadora que encarnaban con y desde su separación del mundo, el rock de los '90 deposita su radicalismo en personajes que, como el "matador", son tomados del imaginario del pasado y que más que separarse del mundo se sublevan en contra del mismo desesperadamente. De esta manera, es en el ámbito de los héroes narrados donde el juego y la mixtura neocontestataria mejor transparentan su arquitectura y manifiestan su eficacia.

En este sentido, un pasado, no tan lejano como mítico, se transforma en la matriz de los prohombres de la actualidad. El mundo del malevaje y la figura del malevo eran, para la cultura barrial que expresaba el tango, los signos de lo irreductible y de lo que no hallaba lugar en la modernización conflictiva de la urbe. Sin embargo, el malevo, al ser integrado a la configuración temática que propone el rock chabón, adquiere un perfil diferente. El nuevo héroe, que todavía asume alguno de los trazos de aquellos arquetipos, se convierte (al mezclarse con los otros elementos de la mixtura neocontestataria a que estamos haciendo referencia, es decir, aquellos que se derivan de las culturas rockeras e izquierdistas) en un actor que oscila entre el profeta solitario y el redentor social. Veamos algunos ejemplos letrísticos de lo que estamos describiendo.

"Me dicen el Matador, nací en Barracas / si hablamos de matar mis palabras matan / No hace mucho tiempo que cayó el León Santillán / ahora sé que en cualquier momento me la van a dar / agazapado en lo más oscuro de mi habitación, fusil en mano, espero mi final / de pronto el día se me hizo de noche / llega la fuerza policial / Me llaman el Matador de los cien barrios porteños / no tengo por qué tener miedo / mis palabras son balas / balas de paz / de justicia / soy la voz de los que hicieron callar / por el solo hecho de pensar distinto" (Los Fabulosos Cadillacs, "Matador", Vasos Vacíos, 1993).

Esta canción presenta una escena en la que están deliberadamente confundidos el resistente antidictatorial y el marginal urbano, la policía y la dictadura. Todo esto mezclado con los paisajes porteños cantados por el tango y la milonga, al tiempo que también se incorporan en la indumentaria del héroe las armas antes citadas como objeto privilegiado del énfasis suburbial. Otra muestra, cuya homología con la canción anterior habla más de un clima cultural que de ocurrencias individuales, es la que nos ofrece Ciro Pertussi (líder de Attaque 77) al describir en un reportaje uno de sus temas ("Héroe de nadie"): "Habla sobre un personaje 'fatiga' que lucha todos los días en la jungla de cemento. Con el tiempo se convierte en el 'loco de la ametralladora', delincuente del barrio de las ranas, en donde es considerado por algunos como un héroe, una especie de Robin Hood que protege a esos habitantes. Una historia que mezcla lo siniestro con la ficción luego de su confusa muerte".

El "programa" que inspira la postura neocontestataria también justifica la diferencia entre el rock chabón y sus antecedentes. "Balas de justicia y pan" dice la canción (en la nostalgia de un Robin Hood como dice "Héroe de nadie"). Pero estas "balas" de la postura neocontestataria no sólo hablan de un radicalismo inusitado, casi deproporcionado, sino que la búsqueda de "justicia y de pan" parece alejarse definitivamente del horizonte utópico clásicamente atribuido a las culturas juveniles influidas por el rock, para acercarse al de las reivindicaciones sociales clásicas de la historia argentina (al menos en las mitologías de la izquierda y el populismo).

Y este alejamiento del ideal rockero que podríamos llamar "clásico", en tanto ideal hippie, no es una mera apariencia. Bastante temprano en la historia que estamos contando, más precisamente en 1983, el conjunto V8 (grupo integrado por los músicos que luego formarían Hermética y actualmente son parte de Almafuerte) rompía el consenso rockero y decía:

"Basta ya de signos de la paz / basta de cargar con el morral / si estás cansado de llorar / éste es el momento de gritar".

Pero esta redefinición del horizonte utópico y, sobre todo, de la agenda de quejas sociales, puede aún constatarse en otro plano. Este plano da cuenta de una mutación y una relectura del pasado en la que se consuma la actualización social y cultural que permiten identificar al rock chabón como "neocontestario". Si la canción rockera de los '70 aborrecía el trabajo rutinario, y el anonimato urbano (en los setenta Charly García cantaba "Lunes otra vez / sobre la ciudad / (...) en las oficinas /muerte en sociedad"), hoy en día una contradicción ocupa dicho espacio: mientras la reivindicación de "justicia y de pan" toma banderas propias de los que aún se identifican como "trabajadores" (no importa aquí si por relación al discurso del populismo o al de la izquierda) el silencio sistemático de la mayoría de las canciones del rock chabón en relación al mundo del trabajo se vuelve todo un dato en sí mismo.[19]

Y este rock que por un lado se identifica con lugares comunes populistas, pero por otro lado no habla para nada del mundo del trabajo, actúa varias condiciones

---

19. Y pareciera ser que ciertas instancias que se repiten reiteradamente en muchas canciones vienen a ocupar dicha vacancia. Nos estamos refiriendo aquí a la ya mencionada descripción de un mundo de vida de la calle, pero también al elogio de una ociosidad desposeída de grandes recursos, como todo lo que tiene que ver con la esquina y la cerveza, o lo que plantea una canción de Attaque 77, "Sólo por placer", en su reivindicación del pasar 24 horas por día en los videogames.

concomitantes, dado que si por un lado es el rock de los que son interpelados por las resonancias rebeldes del rock, por otro lado también es el rock de los hijos de aquellos adultos que, por su edad, lograron disfrutar algo de la experiencia populista y transmitieron sus valores a sus hijos. Para ser, simultáneamente, también el rock de aquellos jóvenes que viven la experiencia de la caducidad de dichos valores y de la transformación radical del mundo del trabajo con sus aspectos de informalidad, inestabilidad, desvalorización o ausencia absoluta y, también, con un mundo de consumo y confort siempre más prometido que accesible. Por lo tanto, el rock chabón puede concebirse precisamente como un modo de habitar una tensión: la que existiría entre un mundo del que no se termina de salir y otro al que no se termina de poder entrar. Como lo trasluce una canción de Divididos:

"Te da asco el overol / y con un jean lo extrañás (Divididos, "Sábado", Acariciando lo áspero, 1991).

Por último digamos que el rock neocontestatario, a diferencia del rock nacional clásico y aproximándose bastante al revisionista, es un rock divertido: se deja acompañar por el baile, que concibe sus recitales como fiestas, y que celebra un uso, al mismo tiempo, descontraído y euforizante de la marihuana. En este sentido, las letras más recientes de conjuntos como Los Piojos, la incorporación de los ritmos afro, la inclusión de ciertos rasgos del reggae y la acentuación de la iconografía Guevara-Marley son notas laterales pero nítidas de esta zona neocontestataria del rock chabón, donde la festividad en sí misma se procesa en clave específicamente contestataria.

4. CONCLUSIONES

Por todo lo expuesto más arriba, creemos que el rock chabón es una práctica musical que ayuda a la construcción de una identidad, anclada en el cuerpo, de joven excluido de sectores populares, y lo hace a través de las diferentes alianzas que dichos jóvenes establecen entre sus diversas e imaginarias identidades narrativizadas (que mucho tienen que ver con la relectura que hacen de la Argentina post-populista) y las imaginarias identidades esenciales que el rock chabón materializa en su práctica musical (que también tiene un componente importante de relectura tanto del peronismo como de la historia de la música joven en la Argentina).

En este sentido, las significaciones musicales que maneja el rock chabón (a través de sus letras –lo que mayormente se analizó en este artículo–, sus músicas y sus interpretaciones –algo a analizar en profundidad en futuros trabajos) producen en los jóvenes de sectores populares que las escuchan el efecto imaginario de que existiría "en la realidad" algo esencial que se podría llamar "joven de sector popular que no tiene lugar en el proceso neo-liberal post-populista" (es decir, lo que ellos consideran su identidad "esencial", algo que por definición es siempre una ficción). Este efecto imaginario es producido porque el rock chabón es experimentado por estos jóvenes como algo que actúa materialmente sobre sus cuerpos a través de los mecanismos específicos de identificación y reconocimiento que se producen en la interacción íntima entre los músicos y la multitud, y entre el público entre sí, es decir, los mecanismos identificatorios que construyen a los "del palo".

Si esto ocurre con el rock chabón es porque la performatividad musical en general, y la del rock chabón en particular, es un tipo de discurso que, a través de un proceso de repetición y de su inscripción en el cuerpo, tiene la capacidad de producir lo que nombra. De ahí entonces que el rock chabón no "refleje" a un actor social previamente constituido, sino que, por el contrario, sea uno de los discursos que más ayuden a su constitución, en la medida en que al anclar una identidad pretendidamente esencial en el cuerpo, le da los visos de "realidad" que otros discursos no pueden proveer.

BIBLIOGRAFÍA

Alabarces, Pablo: 1995, "Fútbol, droga y rock & roll". Boletín de la Facultad de Ciencias Sociales de la Universidad de Buenos Aires. Noviembre de 1995.

Butler, Judith: 1993, *Bodies That Matter*. London, Routledge.

Frith, Simon: 1981, *Sound effects*, New York, Pantheon Books.

—1996, "Music and Identity", in Stuart Hall y Paul du Gay (eds.), *Questions of Cultural Identity*, London, Sage Publications, pp. 108-127.

Gilroy, Paul: 1990, "Sounds authentic: black music, ethnicity, and the challenge of a changing same", in Black Music Research Journal 10 (2): 128-31.

Grignon, Claude: 1992, *Lo culto y lo popular: miserabilismo y populismo en la sociología y en literatura*, Madrid, Ediciones de la Piqueta.

Grossberg, Lawrence: 1984, "Rock and roll and the empowerment of everyday life", in *Popular Music* 4: 225-258.

Halperin Donghi, Tulio: 1994, *La larga agonía de la Argentina peronista*, Buenos Aires, Ariel.

Kuasñosky, Silvina and Dalia Szulik: 1994, "Los extraños de pelo largo. Vida cotidiana y consumos culturales", en Mario Margulis (ed.), *La cultura de la noche. La vida nocturna de los jóvenes en Buenos Aires*, Buenos Aires, Espasa Calpe Argentina, pp. 263-291.

Minujin, Alberto y Gabriel Kessler: 1995, *La nueva pobreza en la Argentina*, Buenos Aires, Ariel.

Nun, José y Juan Carlos Portantiero: 1987, *Ensayos sobre la transición democrática en la Argentina,* Buenos Aires, Punto Sur.

Osborne, Peter y Lynne Segal: 1994, "Gender as Performance: An Interview with Judith Butler," in *Radical Philosophy* 67: 32-39.

Pollak, Michael: 1989, "Memoria, Esquecimento, Silencio", en *Estudos Históricos,* Río de Janeiro.

Vila, Pablo: 1982, "Música popular y auge del folklore en la década del '60," en *Crear* 10: 24-27.

—1985, "Rock Nacional. Crónicas de la resistencia juvenil", en *Los nuevos movimientos sociales/1. Mujeres. Rock Nacional,* editado por Elizabeth Jelín, Buenos Aires: Centro Editor de América Latina, Colección Biblioteca Política Argentina, Nº124, pp. 83-148 .

—1986, "Peronismo y folklore. ¿Un réquiem para el tango?", en *Punto de Vista* 26: 45-48.

—1987a, "Rock Nacional and dictatorship in Argentina", in *Popular Music* 6 (2): 129-148.

—1987b, "Tango, folklore y rock: apuntes sobre música, política y sociedad en Argentina", en *Cahiers du monde Hispanique et Luso-Brésilien,* Caravelle, 48: 81-93.

—1987c, "El rock, música contemporánea argentina", en *Punto de Vista* 30: 23-29.

—1989, "Argentina's Rock Nacional: The Struggle for Meaning", in *Latin American Music Review* 10 (1): 1-28.

—1991, "Tango to Folk: Hegemony Construction and Popular Identities in Argentina", in *Studies in Latin American Popular Culture* 10: 107-139.

—1992, "Rock Nacional and dictatorship in Argentina", in *Rockin' the Boat. Mass Music and Mass Movements,* edited by Reebee Garofalo, Boston, South End Press, pp. 209-229.

—1995a, "El rock nacional: género musical y construcción de la identidad juvenil en Argentina", en *Cultura y pospolítica. El debate sobre la modernidad en América Latina,* editado por Néstor García Canclini, México, Consejo Nacional para la Cultura y las Artes, pp. 231-271.

—1995b, "Le tango et la formation des identités ethniques en Argentine", en *Tango Nomade. Etudes sur le tango transculturel,* editado por Ramón Pelinski, Montreal, Triptyque, pp. 77-107.

—1999, "A Social History of Thirty Years of Rock Nacional (1965-1995)", en *The Universe of Music: A History,* editado por Malena Kuss, New York, Schirmer Books/Macmillan.

CIUDAD: EXCLUSIVIDAD Y POBREZA. EL SIGNO DE LOS NOVENTA

Silvia C. Agostinis

INTRODUCCIÓN

Las grandes ciudades latinoamericanas reconocen un proceso de formación con rasgos comunes pero con características particulares, en cada contexto nacional y local. Este trabajo, si bien aborda el proceso de conformación de la ciudad de Buenos Aires y su área metropolitana, pone el énfasis en cómo los distintos sectores sociales van apropiándose de la ciudad como resultado de procesos más amplios que los contienen y explican.

La rápida urbanización de los países del continente y la metropolización de las ciudades capitales han tenido como factor generador alguna actividad económica que varía según el período histórico del que se trate. Primero fue la producción primaria específica de cada país,[1] a partir de la cual se insertaron en el mercado mundial. Más tarde fueron los procesos de desarrollo industrial, estimulados por factores externos, como la segunda guerra mundial, que posibilitó el proceso de sustitución de importaciones.

---

1. Entre 1850 y 1900 se acentuó el rol de los países de América Latina como productores de alimentos de materias primas para los mercados de Europa Occidental y los Estados Unidos . Producción agrícola-ganadera en el caso de Argentina; café, azúcar y producción forestal de Brasil; ganado vacuno y lanar de Uruguay; cereales, vid y minerales de Chile (Di Loreto y Hardoy; 1984:5)

De este modo se va generando una dinámica que se retroalimenta constantemente. La mayor actividad económica en las ciudades genera demanda de mano de obra; éste es un factor de atracción de la población rural, que abandona el campo buscando mejorar las pésimas condiciones de subsistencia a las que se ve condicionada por los modos de explotación de la tierra y la estructura de tenencia de la misma. Las familias que arriban a la ciudad necesitan acceder a algún tipo de alojamiento rápido, barato y cerca de los lugares de empleo. Dos han sido fundamentalmente las alternativas de resolución a dicha necesidad, mediante el alquiler de cuartos en antiguas casonas subdivididas en las zonas centrales de la ciudad y por el asentamiento precario en tierras libres de la periferia de la ciudad o en zonas intersticiales de la misma.[2]

El proceso de industrialización nacional generado a partir de los años '30, refuerza considerablemente las aglomeraciones existentes y acelera el crecimiento urbano; especialmente en Argentina, Brasil, Chile y México (Castells, 1973).

Hasta finales de la década del '70, la ciudad de Buenos Aires mantuvo rasgos que la diferenciaban de las otras aglomeraciones metropolitanas; no obstante haber compartido un similar patrón en cuanto al proceso de su conformación.

La existencia de un mayoritario sector social de ingresos medios, denominado "clase media", localizado en toda la ciudad, produce un efecto de "gradiente social" entre los sectores extremos de altos y bajos ingresos. Las familias pudientes, si bien a fines del siglo pasado se trasladan del "casco histórico" hacia la zona norte, no abandonan la ciudad a diferencia de lo ocurrido en otras ciudades latinoamericanas, en las cuales paulatinamente se da un proceso de suburbanización hacia áreas geográficas cada vez más exclusivas. Así ocurrió en Santiago de Chile con los sectores socioeconómicos más acomodados, quienes fueron localizándose en el sector este de la metrópolis constituyendo áreas segregadas y diferenciadas. En el área metropolitana de Buenos Aires, por el contrario, los que se suburbanizan por compra en cuotas de lotes en el conurbano son parte de los sectores sociales medios. Mientras es frecuente el deterioro y falta de renovación de los cascos centrales e históricos de muchas de estas ciudades, "perdiendo categoría" o "popularizándose" –como también ocurrió en Santiago–,

---

2. Ambos tipos de alojamientos, con algunas variantes según los países, reciben distintas denominaciones. En el caso de las casas cuyas habitaciones se alquilan individualmente son "conventillos o inquilinatos" en Buenos Aires; "corticos" en San Pablo; "vecindades" en México D.F. "tugurios" en Lima; "palomares", "callejones" en centroamérica.

Mientras la autoconstrucción de viviendas precarias en asentamientos marginales se los conoce como: "villa miseria o de emergencia" en Argentina; "callampas" en Chile; "barriadas" en el Perú; "favelas" en Brasil:

el centro de la urbe porteña concentrará no sólo la actividad financiera, sino que será el lugar por excelencia de una vasta y rica actividad cultural y de esparcimiento con una fuerza y carácter tales que impiden la descentralización de esas actividades a favor de otros centros.

A partir de mediados de la década de los '80 en Buenos Aires, los contrastes sociales comienzan a manifestarse con más notoriedad a semejanza de otros paises latinoamericanos, la ciudad cede su impronta "europea" que la había convertido en su momento en la Reina del Plata. En la década de los '90 este fenómeno se profundiza, dándose el "boom" de los barrios cerrados, signo por demás claro de segregación socio-espacial.

En cuanto al desarrollo del trabajo que se presenta, si bien se centra en lo acontecido especialmente a partir de mediados de los años setenta, se incluye el análisis histórico de la conformación del Area Metropolitana de Buenos Aires con una doble intencionalidad; por un lado facilitar el entendimiento de los cambios que están ocurriendo en el país y, por la otra, ayudar a la comprensión de la resignificación que desde el plano ideológico y simbólico hacen los propios sectores sociales. Respecto de dichos cambios y de sus expectativas futuras, es que finalmente orientarán sus conductas y acciones.

EL MODELO AGROEXPORTADOR Y LA URBANIZACIÓN 1850-1930

Ya desde mediados del siglo pasado la ciudad de Buenos Aires comienza un acelerado proceso de crecimiento poblacional (Recchini de Lattes, 1975) y paralelamente se perfilan procesos ecológicos residenciales.

La incorporación del país como productor agropecuario en el concierto mundial, tuvo al puerto de Buenos Aires como principal salida de dichos productos, convirtiendo a la ciudad y su entorno en el principal asentamiento urbano de la región y también el que recibiría los mayores beneficios del crecimiento económico de dicho período, con eje sobre la región pampeana.

Esta inmensa actividad requería de mano de obra no existente en el país, razón por la cual el Estado emprende una decidida política en pos de atraer población extranjera con cierto nivel de adiestramiento y además barata. Esta población jugará un rol preponderante en el crecimiento del país en general y de la ciudad de Buenos Aires en particular, desde fines del siglo pasado hasta el primer cuarto del presente siglo.

Así entre los años que median entre 1869 y 1914 la ciudad pasó de tener menos de doscientos mil habitantes a más de un millón y medio; concentrando en su perímetro casi el 20% de la población total del país y transformándose de este modo en la metrópolis más importante de América Latina y una de las má importantes del mundo (Schteingart y Torres, 1973).[3]

La urbanización es un proceso que supone un doble flujo poblacional ya qu el crecimiento urbano se da en desmedro de la población asentada en la zona: rurales. Buenos Aires fue parte de este proceso mundial y en cuanto a la distribución de la población sobre el territorio de la ciudad, dos son los procesos ecológico: residenciales que tienen lugar en el período y que con algunas modificacione: seguirán vigentes a través de los años:

a) hacia el sector norte se trasladan los grupos de altos ingresos que abandonar sus viviendas coloniales situadas en el casco primitivo de la ciudad, al sur de la Plaza de Mayo;

b) en el sector sur se localizan sectores de obreros y de empleados de baja calificación, para quienes una pieza de inquilinato ser convertirá en la vivienda de ellos y sus familias.[4]

Algún tiempo después se construirían los primeros edificios ad-hoc para se destinados al alquiler de piezas, predominantemente localizados sobre orillas del Riachuelo, en lo que más tarde serían los barrios de La Boca, en la ciudad de Buenos Aires, y Dock Sud, en el partido de Avellaneda. Aún hoy siguen siendo ambas zonas las de dominancia de esta especial alternativa de vivienda para sectores de bajos ingresos; no habiéndose casi expandido a otros barrios de la ciudad.

El desarrollo del transporte,[5] que comienza en la última década de la centuria pasada, modifica la accesibilidad de las tierras de los entonces "arrabales" y

---

3. La Argentina en general tuvo un nivel de urbanización comparativamente alto desde la segunda mitad del siglo pasado si bien dicho proceso no se produjo de manera homogénea en el país. Las provincias de Buenos Aires, Santa Fe y Entre Ríos fueron las que más tempranamente alcanzaron un alto grado de urbanización. En 1869 la proporción de habitantes en aglomerados de 100.000 habitantes o más (11%) era aproximadamente igual a la de los Estados Unidos en la misma fecha , casi 5 veces la del mundo en 1950 y el doble de la de Europa en la misma fecha. (Recchini de Lattes, 1975).

4. El inquilinato surge de la subdivisión y posterior alquiler por cuartos de las viviendas coloniales en las que habían vivido las familias patricias y acaudaladas de la ciudad. De este modo se dio respuesta a la creciente demanda de alojamiento de los migrantes europeos; la que debía ser abastecida no sólo a través de una habitación barata, sino también de fácil acceso. Su localización estaba directamente condicionada por la cercanía a las principales fuentes de trabajo de la época: el puerto, y los talleres y pequeñas industrias de la zona sur de la ciudad. (Pastrana y otros, 1995:36).

5. La instalación del tranvía eléctrico, cuya primera concesión data de 1897, mejora sustancialmente la accesibilidad de la ciudad al ser más rápido, más seguro y más económico que su predecesor, el tranvía a caballo. Para el 1900 funcionaban líneas hacia Belgrano, Flores, Barracas, Avellaneda y los nuevos mataderos ubicados al oeste de la Capital. (Yujnowsky; 1974:360). Y finalizando el año 1913 comienza a funcionar la primera línea de subterráneo que Plaza de Mayo con Plaza Once, consolidándose de este modo el eje oeste de la ciudad.

"suburbios" de la ciudad, incorporándolas al mercado en un proceso de revalorización creciente. La subdivisión y venta de lotes en cuotas propicia la aparición de pequeños propietarios –sobre todo inmigrantes– que dejan el hacinamiento de los inquilinatos. (Schteingart y Torres, 1973)[6]

EL MODELO SUSTITUTIVO DE IMPORTACIONES Y LA METROPOLIZACIÓN 1930-1975

La crisis mundial del año '30 repercutió en el país fuertemente. Acelerando el proceso de migraciones internas hacia los centros urbanos por la paralización de la actividad agropecuaria. Comienza de este modo el período conocido como de "sustitución de importaciones". La conjunción de ambos factores (migración interna y desarrollo industrial) dan nacimiento a las "villas miserias",[7] que junto al ya tradicional inquilinato, se convertirían en las alternativas habitacionales para los sectores de bajos ingresos.

El incremento de la actividad industrial. y la consolidación del modelo económico, permitieron mejoras sustanciales de los salarios[8] que junto al ofrecimiento de créditos para la construcción de viviendas por parte de la banca estatal, el descenso de los precios de venta de las propiedades,[9] la venta de lotes

6. Entre 1903 y 1912 las cuotas mensuales para la compra de tierras eran menores al alquiler promedio de un cuarto de conventillo. (Yujnowsky; 1974)

7. La constitución de estos agrupamientos poblacionales comienzan por un "reducido grupos de familias, generalmente sin organización previa y sin violencia, ocupan terrenos que no les pertenecen y en un proceso gradual, pasivo y silencioso se les van agregando otros, igualmente necesitados de tener un lugar para vivir. Levantan sus habitaciones sin un trazado urbano previo, cada familia individualmente arma su casilla, generalmente amontonadas una sobre otra, con materiales de desecho o muy precarios, muchas de las cuales son mejoradas por ellos mismos a lo largo de los años. Los terrenos de propiedad fiscal o privado y ubicados tanto en las proximidades de los centros urbanos como en la periferia de las ciudades, cuentan con una provisión casi nula de los servicios más elementales (agua, electricidad, alcantarillado, etc.)". (Pastrana y Lavigne; 1989:15)

8. En el lapso de los 8 años que median entre 1940 y 1948 el incremento de los salarios varió entre un 30% y un 50% según el tipo de trabajo desempeñado, viéndose más beneficiados aquellos de menor calificación y que eran masivamente reclutados.

9. La reducción de los precios de las viviendas, atribuida a las políticas de control de alquileres que el gobierno peronista implementó a partir de 1946, en un mercado donde el 62% de las viviendas eran alquiladas, según el censo de 1947. Asimismo la sanción de la ley de Propiedad Horizontal (13.512/48) por la cual se autorizó por primera vez la venta individual de unidades de vivienda en altura, dándosele prioridad y condiciones ventajosas a aquellas familias inquilinas que ya habitaban en ellas (Pastrana y otros; 1995); es otro de los factores que facilitaron el acceso a la vivienda, en el período referido.

en cuotas accesibles y el abaratamiento del costo del transporte urbano[10] facilitaron el ascenso social de amplios sectores de obreros y empleados, entre los que estaban los antiguos habitantes de inquilinatos.

Los partidos del Gran Buenos Aires son los que crecen de manera constante e ininterrumpida, absorbiendo una parte importante del proceso migratorio interno, en tanto la ciudad de Buenos Aires se estanca en su crecimiento demográfico a partir de 1947.[11] Conforman ambos el conglomerado urbano más importante del país, denominado Area Metropolitana de Buenos Aires. La primacía de dicha área, dada por la concentración de población, actividades, servicios y especialmente la dirección económica y política del país, presenta las características típicas de todo proceso de metropolización; signo destacado de este período.

POBREZA E ILEGALIDAD 1975-1990

A principios de los '80 adquieren dimensión significativa dos nuevos fenómenos sociales: las tomas de tierras en el conurbano bonaerense y las ocupaciones de edificios abandonados y casas desocupadas en el ámbito de la ciudad de Buenos Aires.

La caída de los ingresos de los asalariados en general y la especial repercusión que dicha disminución tiene en los sectores de población de escasos recursos, conjuntamente con la liberación de los contratos y precios de los alquileres y los desalojos que se operaron consecuentemente, contribuyeron a agudizar la crisis habitacional en el Area Metropolitana de Buenos Aires. Así "tomas" y "ocupaciones" serán nuevas estrategias para acceder a la vivienda de una parte de los sectores populares.

Según una investigación realizada en 1990,[12] los asentamientos en tierras tomadas se diferencian netamente del fenómeno de las "villas" por tres elementos: a) las características del proceso de su formación, b) el tipo de objetivo de sus

---

10. Este abaratamiento fue posible por la política de subsidios concretada por el Estado.

11. En efecto, en 1947 poco menos de 3 millones de personas vivían en la capital del país, lo que suponía absorber casi el 19% de la población urbana de la Argentina; mientras los partidos que componen en Gran Buenos Aires eran el lugar de residencia del 11% de dicha población. Cuarenta y tres años después el número de habitantes se redujo muy poco, pero en términos comparativos su importancia se ha modificado fuertemente, ya que sólo aglutina al 9% de la población urbana, en tanto los partidos del Gran Buenos Aires, con casi 8 millones de habitantes nuclean a la cuarta parte de la población urbana del país.

12. Agostinis y otros (1990): Las tomas de tierras en el Gran Buenos Aires. Primer informe de Investigación. Cuaderno Nº 1. Buenos Aires. Programa Hábitat.

protagonistas y c) la clase de producto resultante de dicha acción en cuanto al cumplimiento de las normas de parcelamiento existente.

Los factores explicativos de las tomas de tierras deben buscarse en las políticas implementadas durante el último gobierno militar (1976-1983), que tuvieron un claro correlato en el espacio urbano. Según la concepción que sustentó dichas modificaciones, era menester que un espacio altamente dotado de infraestructura, bienes y servicios –en tanto espacio previlegiado– lo fuese para un sector también privilegiado de población; con lo cual era necesario expulsar a los sectores pobres de la urbe. Así, a fines de 1983, la población villera de la Capital Federal se había reducido al 5% respecto de la existente en 1976,[13] como resultado de la política de erradicación de villas encarada por las distintas gestiones municipales. Asimismo, en junio del año 1978, se produjo el primer vencimiento de la protección legal para los inquilinos "autodeclarados" no pudientes; quedando totalmente liberado el mercado de alquileres a fines de noviembre de 1979, en virtud de la vigencia de la ley 21.342 dictada en 1976 por la Junta Militar. Con esta medida se rompió con tres décadas de "proteccionismo" hacia el inquilino, apenas flexibilizado en ciertas coyunturas. El 62% de los hogares inquilinos que se declararon no pudientes provenían de la Capital Federal y de los partidos del conurbano (Pastrana y otros; 1995: 21-23).

Además de estas medidas que operaron rápidamente, la investigación (1990) señala la sanción de un nuevo Código de Planeamiento Urbano de la Capital Federal y la Ley 8912/77 de Ordenamiento Territorial y Uso del Suelo de la Provincia de Buenos Aires; como elementos que contribuyeron a reforzar la política de expulsión y segregación socio-espacial. Resulta de especial interés la regulación de la producción de lotes urbanos, contemplada en la segunda de las normas, que puso freno a los loteos indiscriminados realizados por compañías fraccionadoras desde décadas anteriores. Si bien los lotes eran vendidos en cuotas accesibles, en función de sus destinatarios, carecían de servicios de agua y luz. Las nuevas exigencias impuestas –fundamentalmente provisión de servicios y aumento de las medidas mínimas– encarecieron el precio de la tierra, tornándola inaccesible para sus antiguos destinatarios.

Resulta así cada vez más difícil la compra del terreno en el mercado legal y tradicional. Con el objetivo inmediato de acceder a la tierra y el mediato de conformar un barrio que no se diferencie de los circundante surge el fenómeno conocido como "ocupación ilegal de predios libres", llevado a cabo por grupos organizados de familias. Los pasos que se utilizan comúnmente son los siguientes: subdivisión respetando la trama urbana circundante –amanzanamiento, trazado de calles,

---

13. En 1976 había 215.000 personas viviendo en villas y en el año 1983 eran sólo 12.600.

dimensiones de lotes–; asignación de un lote por familia; y previsión de espacio para el equipamiento comunitario (sala primeros auxilios, plaza, escuela, etc.). Una de las primeras acciones prioritarias de los asentados, una vez instalados, es contactarse con los propietarios con el propósito de negociar la compra de la tierra.

A principios del año '90 se estimaba que ciento setenta mil personas habitaban en poco más de 100 asentamientos nacidos de "ocupaciones ilegales" de tierras; estando el 71% de ellos ubicados en los partidos de la zona sur del conurbano, el 25% en el oeste y el resto en la zona norte.[14]

La ocupación de edificios y casas en la ciudad de Buenos Aires, es una acción totalmente distinta al caso de la ocupación de tierras. Ambas comparten un inicio de ilegalidad, pero mientras en el primer caso la "legalidad" es un horizonte buscado y con probabilidades de concreción; en el segundo sus protagonistas "no tienen más horizonte que esperar la resolución judicial, confiando que el desalojo pueda ser dilatado el mayor tiempo posible. No hay detrás de esta acción un proyecto de futuro de construcción de un hábitat digno y propio" (Pastrana y Laringe, 1989:65). La toma de una vivienda o de un edificio abandonado debe ser entendido como una "estrategia de absoluta supervivencia", producto de la desesperación de aquellas personas que al ser desalojadas del lugar donde viven, se encuentran literalmente en la calle y sin recursos económicos. Esta población, en general bastante homogénea, se encuentra en los escalones más bajos de la pirámide de estratificación social. El nivel educativo alcanzado es bajo y se desempeñan ocupacionalmente de manera inestable en tareas de baja calificación, percibiendo ingresos mínimos, lo que dificulta la subsistencia familiar. Muchos de ellos son oriundos del interior del país y de naciones limítrofes e indocumentados. Matrimonios jóvenes con hijos pequeños, mujeres "jefas de hogar" con hijos y personas de edad con beneficios jubilatorios mínimos o sin ellos, dan vida a este universo.

Estos reconocen la legitimidad de su accionar a la luz de una extrema necesidad, pero aceptan que la suya es medida ilegal. Esta tensión entre la necesidad inmediata y el derecho consagrado de la propiedad privada, torna difícil o imposible la reivindicación pública de actos de esta naturaleza. Finalmente, las familias que ocupan ilegalmente un edificio suelen ser vistos como una amenaza, primero por sus vecinos más inmediatos y luego por el resto de la sociedad.

La manera en que se realizan las ocupaciones de inmuebles hace difícil tener una clara visión de su dimensión y cuantificación. Es posible reconocer algunos barrios porteños donde ha habido y hay una concentración de inmuebles

14. Los partidos según zonas son los siguientes: Sur: Alte. Brown, Avellaneda, Berazategui, E. Echeverría, F. Varela, Lanús, Lomas de Zamora y Quilmes. Oeste: La Matanza, Merlo, Moreno y Morón. Norte: Gral. San Martín, Gral. Sarmiento, San Fernando, San Isidro, 3 de Febrero, Tigre y Vicente López.

abandonados por distintas causas y se sabe que es frecuente este fenómeno. Un caso típico es el barrio de San Telmo,[15] prueba de ello son los artículos con información detallada que suelen aparecer en el matutino La Nación. Villa Crespo con la franja de viviendas que fuera expropiada para la realización de una autopista AU3 y el barrio de La Boca, con serios problemas de infraestructura y de inundaciones periódicas, conocieron y conocen este fenómeno.

A la luz del profundo deterioro económico, producido a raíz de la hiperinflación, se multiplicaron las ocupaciones de inmuebles junto al repoblamiento de las villas de la ciudad que habían sido desalojadas.

Estos fenómenos han potenciado las características de cada zona y barrios sin cambiar substancialmente el patrón residencial de la ciudad de Buenos Aires y el conurbano bonaerense.

En las zonas donde se localiza la población con nivel socioeconómico medio y bajo, el deterioro de la capacidad adquisitiva de sus habitantes es observable en la paralización de las obras de construcción y la falta de mantenimiento en las viviendas. Simultáneamente hay una notable reducción de los servicios prestados por los municipios (recolección de basura; alumbrado público; mejora de calles; tareas de zanjeo, bacheo y corte de maleza) ante la falta de pago de impuestos y tasas municipales. Estos factores van contribuyendo a crear paisajes urbanos donde el ritmo de un barrio en crecimiento es cambiado por la de uno empobrecido y paralizado. El contraste es más impactante en comparación con las zonas donde residen sectores de ingresos altos. Esto será a la postre el signo distintivo de la década del '80.

LA DÉCADA DEL '90. EL AVANCE DE LOS SECTORES PRIVILEGIADOS

La década del '90 se caracteriza por un uso y apropiación diferencial según las clases sociales. Siendo una de sus expresiones la rejerarquización diferencial de ciertas áreas en desmedro de otras al interior de la ciudad de Buenos Aires como en el conurbano.

En una primera mirada sobre la ciudad es comprobable que aquellas iniciativas que tienen como destinatario un sector privilegiado de la población han corrido mejor suerte que otras. En efecto, aquellas incluidas en el Programa de Privatizaciones y Concesiones, lanzado durante la gestión de Grosso, así como

---

15. La condición de área de preservación histórica del Barrio de San Telmo, con normas muy rígidas para la edificación estaría operando como inmovilizador del mercado inmobiliario. Los propietarios de antiguas casas están expectantes para encontrar el momento oportuno de venta.

otras iniciativas de las gestiones posteriores (Bouer y Domínguez), destinadas a mejorar espacios públicos (Parque Thays, Recuperación Reserva Ecológica, etc.), han corrido mejor suerte que aquellas incluidas en el Programa de Estrategias y Políticas Básicas de la Gestión Urbana (Mignaqui y Elguezabal; 1997).

Los emprendimientos cuya concreción se ha demorado o suspendido, no ofrecen beneficios extras, pasibles de ser apropiados por el capital privado. Entre ellas pueden mencionarse el Programa PROSUR (recuperación de San Telmo, La Boca, Barracas), el PRAM (Programa de rehabilitación de la Av. de Mayo), Normas para Areas de Protección Histórica, el mismo Programa de Radicación de villas (que va mucho más lento de lo que siempre se ha programado a lo largo de las distintas gestiones).

Se observa cierta continuidad con la concepción de ciudad del último gobierno de facto sobre el "espacio urbano, la función de la ciudad y el lugar que debían ocupar en ella los sectores populares. Esta concepción, sustentada por la convergencia de consideraciones ideológicas, estratégicas y ecológicas, observaría a la ciudad como el lugar de residencia propio de la "gente decente", como "la vidriera del país", como el ámbito físico que devuelve y reafirma valores de orden, equidad, bienestar, pulcritud, ausencia –al menos visible– de pobreza, marginalidad, deterioro y sus epifenómenos (delincuencia, subversión, desborde popular)". (Oszlak; 1991: 29)

Hoy se advierten tensiones entre un discurso globalizante y prácticas segregacionistas y como es difícil convertir a toda la ciudad en algo lindo, prolijo, pulcro y a resguardo de la marginalidad, la pobreza y el delito, el espacio urbano se va parcializando, fragmentando, segmentado y aparecen barreras culturales, simbólicas, ideológicas y económicas. Como forma de manejar el espacio sucede a la fuerza, el mercado en la asignación de bienes y servicios. Este asigna y legitima las diferencias y casi han desaparecido las dicotomías "justicia/injusticia" "derechos/no derechos" "inclusión/exclusión", respecto al acceso de bienes y servicios. En consecuencia el "derecho al espacio urbano"[16] reclamado por las

16. Acceder a este derecho, (...), no requiere necesariamente gozar de la condición de propietario. La propiedad privada es sin duda el título que acuerda máximo derecho, pero no es el único. (...) La posibilidad de ejercer el derecho al espacio, (...), reconoce una gradiente que va desde la propiedad hasta la ocupación ilegal amparada o tolerada por el Estado, pasando por una serie de situaciones intermedias en las que dicho derecho sufre limitaciones temporales, contractuales o de otra índole. Esto plantea, desde ya, una primera distinción entre sectores de población con diferentes "títulos" para el ejercicio del derecho al espacio que no se agota en la dicotomía propietario-no propietario. (...) El dominio ejercido sobre el espacio urbano posibilita el usufructo de los bienes implantados sobre el mismo (v.g. vivienda, industria).(...) El derecho al espacio debe entenderse, lato sensu, como un derecho al goce de las oportunidades sociales y económicas asociadas a la localización de la vivienda o actividad. (...) el derecho al espacio se ejerce sobre bienes desigualmente situados respecto del acceso a oportunidades económicas o a la satisfacción de necesidades de la vida material. (...) (Oszlak; 1991:24)

sectores populares, queda relegado a situaciones puntuales y acotadas. Llamativamente las diferencias son asumidas casi como inherentes al que las padece o goza, como algo natural o imputable a su sola responsabilidad.

El "mercado" y las modificaciones propias del "mercado laboral" aparecen como los dispositivos que ayudaron en el actual contexto histórico-social al disciplinamiento de los sectores subordinados, desmontando conceptos básicos como "justicia social" y "derechos sociales". Conceptos éstos que fueran instaurados por el justicialismo a partir de mediados de la década del cuarenta y que ahora, en el nuevo modelo "(...) parece imponerse la idea de que no son legítimos aquellos derechos que el Estado y la economía no pueden satisfacer. Se sostiene que todo derecho adquirido de una vez y para siempre se constituye en un privilegio que afecta las posiciones relativas entre los más desposeídos" (Landi y González; 1992: 158).

Los cambios en el orden económico, en especial el referido a la distribución de la riqueza, hablan de un proceso de concentración de la riqueza a costa del empobrecimiento de los sectores ubicados en la base de la pirámide de ingresos. Conforme este proceso avanza, también encuentra su correlato en obras de distintos índole y tenor, pero que fundamentalmente tiene como destinatario ese sector poblacional. Así la construcción en los últimos años de una serie de autopistas, el aumento vertiginoso de "megaproyectos", "barrios cerrados", "edificios inteligentes", "shopping e hipermercados", "centros de entretenimientos" donde las ventajas ofrecidas ponen el acento en la "seguridad", "lo diferente", "lo exclusivo" tanto en términos de segregación social como urbana, el aumento del parque automotor de marcas importadas, la expansión de la seguridad privado en locales comerciales, shopping, edificios de departamentos, etc., son una muestra palpable de dicho proceso.

Paralelamente los centros comerciales de muchos barrios porteños se deterioran y el negocio a escala local y barrial está desapareciendo. Es que los shopping e hipermercados se convierten también en ámbitos frecuentados por sectores sociales de capacidad adquisitiva reducida; cuya "igualdad" se reduce a utilizar esos lugares como sitios de paseo.

En tanto la fragmentación al interior de los sectores sociales perjudicados por el modelo, es decir los pobres estructurales,[17] nuevos pobres[18] y empobrecidos,

---

17. Los pobres estructurales son aquellos hogares que tiene "necesidades básicas insatisfechas". Las mismas contemplan cinco rubros: vivienda, hacinamiento, asistencia escolar de los niños, servicios sanitarios y capacidad de subsistencia.

18. Los nuevos pobres son aquellos hogares que han visto caer sus ingresos a niveles en los que no pueden cubrir una canasta básica de bienes y servicios; es decir que tienen dificultades para comprar alimentos, medicamentos, vestimenta, etc. pero que no tienen las típicas carencias de los habitantes de las villas (pobres estructurales o históricos) (Minujin:1992)

fragmentación apoyada en preconceptos y prejuicios de vieja data; avanza y se profundiza. En tal sentido vale la pena recordar que no son nuevas las diferencias entre "ser villero" y ser "de barrio", entre quienes "se extiende una frontera no territorial sino social y simbólica, más alejada de lo que se supone de la *naturalidad* que le atribuye el sentido común. Tiempos y espacios se definen ideológicamente echando por tierra la ingenua creencia en un burdo determinismo geográfico. Es en el seno de ese universo ideológico donde se dirimen todos los días luchas que traducen, en términos simbólicos, enfrentamientos surgidos de oposiciones es-tructurales entre los agentes sociales que lo crean. No se limitan, sin embargo, a reproducirlas mecánica y previsiblemente. Desde la ideología también se modifica la realidad, se resignifican categorías, se aprende a manipular inclusive el estigma" (Ratier; 1991: 9). Asimismo se producen diferencias que derivan en conflictos entre aquellos pobres que acceden a la tierra vía programas de regularización dominial y aquellos que compraron legalmente su lote o vivienda que aún no han sido suficientemente tratados (Clichevsky; 1997: 229). Estos son conflictos que "pertenecen al mundo de la subjetividad y de las percepciones de los actores directamente involucrados" (Calderón; 1996; citado en Clichevsky; 1997) y "colocan a los pobres urbanos en situación disminuida respecto de los pobres que ocupan legalmente un terreno" (Clichevsky, 1997:229).

Sobre estos preconceptos y prejuicios del sentido común[19] y la búsqueda de elementos que permitan diferenciar estratos entre los sectores populares y los sectores medios empobrecidos, es que el discurso legitimador del modelo neoliberal se asienta. Y si en algún momento muchos de aquellos integrantes de los sectores medios, hoy empobrecidos, pensaron que era tiempo de "terminar con ciertos privilegios" de otros sectores sociales. Lejos estaban de pensar que esas palabras también los involucraban y que en verdad la palabra "privilegios" no tenía la misma connotación para los implementadores del ajuste estructural. Con dicho término se hacía mención a una distribución y apropiación diferencial de la riqueza.

---

19. Entendemos por "sentido común" a " (...) un saber que manejamos y reproducimos cotidianamente y que se nos presenta como inherente a la realidad, como si ella fuera "simplemente así" y siempre lo hubiera sido. (...) El sentido común es un saber de categorías y recetas (...). Estas categorías permiten agrupar la serie de hechos particulares con su diversidad aparentemente inabordable en tipos de hechos. Este procedimiento de tipificación es un acto del pensamiento que consiste en categorizar conjuntos homogéneos de individuos y/u objetos y/o situaciones, abstrayendo los rasgos considerados significativos. (...) Pero no solo el sentido común se vale de estas categorías, también lo hace el pensamiento científico (...). Mientras que en las ciencias se plantea como una herramienta de conocimiento, siempre sujeta a revisión y no como idéntico a lo real, en el sentido común la tipificación es lo real". (Gravano y Guber; 1991: 22-23)

Los barrios cerrados, el privilegio de la segregación

Es durante los '90 que se da un nuevo tipo de suburbanización que se ha convertido en una expresión acabada del fenómeno de segregación socio-espacial. Esta tiene por protagonistas o destinatarios a sectores de altos ingresos; proceso éste que ya se había dado años antes en otras metrópolis latinoamericanas y que es característico de las metrópolis norteamericanas. (Torres, 1998)

Estos nuevos emprendimientos responden al tipo de "urbanización cerrada", es decir "desarrollos parquizados, con viviendas individuales amplias y de diseño cuidado (cuyo costo, sin contar el terreno, oscila normalmente entre 180.000 y 400.000 dólares, aunque las hay a más bajo precio y otras que superan el millón de dólares), separados físicamente del tejido urbano circundante por medio de dispositivos de seguridad que han alterado el paisaje urbano de muchos sectores de la periferia: muros cerrados con garitas de vigilancia u otro tipo de cercas y sistemas permanentes de custodia a cargo de agencias privadas, que ejercen un control permanente sobre las entradas y salidas de residentes, visitantes y trabajadores (personal de servicios, jardineros, etc.)". (Torres; 1998:4)

El año 1996 es identificado en los trabajos consultados (Robert; 1998; Torres; 1998 y Wortman y Arizaga; 1998) como el año del "boom" por el crecimiento que experimentan estos nuevos "barrios"; en consonancia con el ensanche y mejora del Acceso Norte que es el nexo hacia la zona donde se desarrolla la mayoría de dichos emprendimientos; que más tarde se extienden hacia otras zonas conforme la existencia de autopistas que permitan la rápida conexión con la ciudad mediante el uso del automóvil privado. (Acceso Oeste, Autopista Buenos Aires-La Plata). Al respecto, Torres (1998) sostiene, que así como el subsidio al transporte público en Buenos Aires implicó en los hechos un subsidio a la tierra periférica del que resultaron beneficiados los asalariados de menores recursos en los años '40, '50 y '60; podría decirse que las autopistas representaron en relación con los desarrollos residenciales de los '90 un factor inductor similar a aquel.

Respecto a la magnitud de este nuevo fenómeno las cifras son bastante coincidentes. Se estimaba que eran 4.000 o 5.000 familias las que residían en forma permanente en estos barrios en 1996. En tanto su capacidad potencial rondaría los 78.000 lotes, distribuidos en 350 emprendimientos en dispares estados de avance (Roberts, 1998).

CONCLUSIONES

A poco de finalizar la presente década los contrastes sociales en la ciudad de Buenos Aires y en el conurbano se intensifican y profundizan. Podría afirmarse que, de un pasado en el cual Buenos Aires era comparada con las ciudades europeas, tanto por el estilo de las edificaciones en algunos de sus barrios como por una distribución de ingresos semejante, ahora pareciera estar en un proceso de latinoamericanización dada la aparición de aspectos negativos prevalecientes desde mucho tiempo atrás en las metrópolis de la región.

Por una parte los sectores medios altos, están suburbanizándose en lugares exclusivos y cerrados como ya acontecía hace décadas en otras aglomeraciones urbanas. Frente a la expansión de los "barrios cerrados" los analistas son coincidentes en recalcar las características segregacionistas de estos emprendimientos como un reflejo de la fragmentación de clases. Se trataría de la búsqueda de diferenciación de sectores medios que ahora forman parte de una "clase media alta" y el surgimiento de un nuevo imaginario urbano entre sus protagonistas donde aparece una recreación idílica del "barrio" que permita el contacto con la naturaleza, con vecinos de similar nivel socioeconómico y a resguardo de situaciones de inseguridad.

Así los "bolsones de riqueza" coexisten en el ámbito del Gran Buenos Aires con los "bolsones de pobreza" encarnados en las villas miserias. En tanto en la ciudad de Buenos Aires se asiste a la rejerarquización de ciertos espacios, mediante la realización de obras diversas, donde libertad del acceso a ciertos lugares, enmascara un uso y gozo diferencial.

Los "derechos sociales" están perdiendo vigencia societal y paralelamente se identificar el "derecho" con la capacidad económica de ejercerlo en el "mercado". Dicha transformación supone una reformulación de los derechos, de las identidades y de los modos mismos de la acción colectiva (Landi y González: 1992: 159). La magnitud de este proceso es tal que no puede menos que generar contradicciones y desorientaciones que derivan en conflictos diversos al interior de los propios sectores afectados.

De no mediar políticas tendientes a modificar la distribución de la riqueza, posibilitando mejores condiciones de vida para los sectores sociales afectados por el actual proceso de concentración económica, continuará la profundización de la fragmentación social y la consecuente segregación socio-espacial.

BIBLIOGRAFÍA

Agostinis, S., Gazzioli, R. y Pastrana, E. (1990): "Las tomas de tierras en el Gran Buenos Aires. Primer informe de Investigación". *Cuaderno 1.* Buenos Aires. PROHA.

Agostinis, S. (1992): "Las tomas de tierras en el Gran Buenos Aires. Una lectura desde los movimientos sociales". *Cuaderno 3.* Buenos Aires. PROHA.

Agostinis, S. y Meisegeier, J. (1998): "Resistencia y exclusión: el caso de la villa de Retiro". Ponencia presentada en el Seminario de Investigación Urbana: El nuevo milenio y lo urbano. Buenos Aires, noviembre.

Aguirre, R. y otros (1989): *Conversaciones sobre la ciudad del Tercer Mundo.* Buenos Aires. IIED-AL/Grupo Editor de América Latina.

Beccaria, L. (1992): "Cambios en la estructura distributiva 1975-1990". En: Minujin, Bustelo y otros: *Cuesta abajo: los nuevos pobres. Efectos de la crisis en la sociedad argentina,* Buenos Aires, UNICEF/LOSADA.

Beccaria, L. y López, N. (comp.) (1996): "Sin trabajo: las características del desempleo y sus efectos en la sociedad argentina", Buenos Aires, UNICEF/LOSADA.

Castells, M. (1973): "La urbanización dependiente en América Latina". En Castells, M.: *Imperialismo y urbanización en América Latina,* Barcelona, Gustavo Gilli.

— (1981): *Crisis urbana y cambio social,* México, Siglo XXI.

Clichevsky, N. (1997): "Regularización dominial: ¿solución para el hábitat popular en un contexto de desarrollo sustentable?", en Cuenya, B. y Falú, A.: *Reestructuración del Estado y política de vivienda en Argentina,* Buenos Aires, Colección CEA-CBC, Universidad de Buenos Aires, Nº 15.

Comisión Municipal de la Vivienda (1980): Gerencia Area Ordenanza 33.652. Villas Erradicaciones. Documento de circulación interna, Buenos Aires.

Di Loreto, M. y Hardoy, J. (1984): "Procesos de urbanización en América Latina", en *Boletín de Medio Ambiente y Urbanización,* Nº 9, diciembre. Buenos Aires. IIED-AL.

Fara, L. (1985): "Luchas reivindicativas urbanas en un contexto autoritario: los asentamientos de San Francisco Solano". En Jelín, E. (comp.): *Los nuevos movimientos sociales,* 2. Nº 125. Buenos Aires. Centro Editor de América Latina.

Ferrucci, R.; Barbero, A. y Rapoport, M. (1979): *El sector industrial argentino. Análisis estructural y situación actual.* Documento de Trabajo Nº 23. Buenos Aires. Fundación para el Estudio de los Problemas Argentinos.

Gazzoli, R.; Agostinis, S. y otros (1989): *Inquilinatos y hoteles en la Capital Federal y Dock Sur: establecimientos, población y condiciones de vida.* Serie Conflictos y Procesos, Nº 29. Buenos Aires. Centro Editor de América Latina.

Gravano, A. y Guber, R.(1991): *Barrio sí, villa también.* Buenos Aires. CEAL.

Godio, J. (comp.) (1998): *La incertidumbre del Trabajo. ¿Qué se esconde detrás del debate sobre la estabilidad laboral en Argentina?*, Buenos Aires, Corregidor.

INDEC (1989): *La pobreza en el conurbano bonaerense.* Estudios 13. Buenos Aires.

Landi, O. y Gonzales, Y. (1992): "Justicia y medios en la cultura política en la postransición", en INAP: *Relaciones entre Estado y Sociedad: nuevas articulaciones.* Buenos Aires.

López, A. (1996): *El mapa de la pobreza porteña/I.* Cuaderno 41. Buenos Aires. Asociación Trabajadores del Estado/CTA.

Matos Mar, J. (1968): *Urbanización y barriadas en América Latina,* Lima, Perú. I.E.P.

Mignaqui, I. y Elguezabal, L. (1997): "Reforma del Estado, políticas urbanas y práctica urbanística. Las intervenciones urbanas recientes en Capital Federal: entre la *ciudad global* y la *ciudad excluyente*". En Herzer, H. (comp): *Postales urbanas del final del milenio. Una construcción de muchos,* Buenos Aires, Instituto de Investigaciones "Gino Germani", Facultad de Ciencias Sociales. C.B.C. Universidad de Buenos Aires.

Minujin, A. y Vinocur, P. (1989): ¿Quiénes son los pobres?, Documento de Trabajo Nº10. Buenos Aires. IPA-INDEC.

Minujin, A. (1992): "En la rodada". En: Minujin, Bustelo y otros: Cuesta abajo: los nuevos pobres. Efectos de la crisis en la sociedad argentina, Buenos Aires, UNICEF/LOSADA.

Minujin, A. y Kessler (1993): Del progreso al abandono. Documento de Trabajo, nro. 16, Buenos Aires, UNICEF Argentina.

M.C.B.A. (1991): *La población residente en villas en la ciudad de Buenos Aires, su magnitud, localización y características. Transformaciones en el período 1960-1991,* Serie Metodológica, Nº 8. Buenos Aires. Dirección de Estadística y Censo, Municipalidad de la Ciudad de Buenos Aires.

— *Censo 91 en la ciudad de Buenos Aires,* Buenos Aires, Dirección de Estadística y Censo, Municipalidad de la Ciudad de Buenos Aires.

Oszlak, O. (1991): *Merecer la ciudad. Los pobres y el derecho al espacio urbano,* Buenos Aires, CEDES-HUMANITAS.

Palomino, H. y Schvarzer, J. (1996): "Del pleno empleo al colapso. El mercado de trabajo en la Argentina", en Revista *Encrucijadas,* Año 2, Nº 4, Buenos Aires, Universidad de Buenos Aires.

Pastrana, E. y Lavigne, E. (1989): *Problemática de la tierra en el espacio urbano,* Cuaderno Nº 3, Buenos Aires, Centro de Estudios Cristianos.

Pastrana, E., Bellardi, M., Agostinis, S. y otros (1995): "Vivir en un cuarto. Inquilinatos y hoteles en Buenos Aires", en Revista *Medio Ambiente y Urbanización,* Año 13, nro. 50/51, Buenos Aires, IIED-AL.

PROHA (1986): Tomas de tierra y ocupación de edificios en el Area Metropolitana de Buenos Aires. Buenos Aires. Programa Hábitat-CENEP. Mimeo.

Ratier, H. (1991): "Prólogo", en Gravano, A. y Guber, R.: *Barrio sí, villa también,* Buenos Aires, CEAL, Nº 320.

Recchini de Lattes, Z. (1975): "Urbanización", en INDEC: *La población de Argentina.* Serie Investigaciones Demográficas 1. Buenos Aires.

Riofrío, G, Rodríguez, A. y Welsh, E. (1973): *Segregación residencial y desmovilización política. El caso de Lima : de invasores a invadidos,* Buenos Aires, SIAP-Planteos.

Robert, F. (1998): "La gran muralla: aproximación al tema de los barrios cerrados en la Región Metropolitana de Buenos Aires", Ponencia presentada en el Seminario de Investigación Urbana El Nuevo Milenio y Lo Urbano. Buenos Aires, noviembre.

Sánchez, L. y otros (1986): *Tugurización en Lima Metropolitana.* Lima, Perú. Desco, 2da. edición.

Schteingart, M. y Torres, H. (1973): "Estructura interna y centralidad en metrópolis latinoamericanas", Estudio de casos. En Castells, M.: *Imperialismo y urbanización en América Latina,* Barcelona, Gustavo Gilli.

Solari, A. y otros (1976): *Teoría, acción social y desarrollo en América Latina,* México, Siglo XXI.

SVOA-INDEC (1988): *Encuesta situación habitacional.*

Torres, H. (1987): "El viaje al trabajo según categorías ocupacionales", en INDEC: *Los censos del 90,* Estudios 8. Buenos Aires.

— (1998): "Procesos recientes de fragmentación socioespacial en Buenos Aires: la suburbanización de elites". Ponencia presentada en el Seminario de Investigación Urbana El Nuevo Milenio y Lo Urbano. Buenos Aires, noviembre.

Wortman, A. y Arizaga, C. (1998): "Buenos Aires está cambiando: entre los consumos culturales y los barrios cerrados", Ponencia presentada en el Seminario de Investigación Urbana El Nuevo Milenio y Lo Urbano, Buenos Aires, noviembre.

Yujnowsky, O. (1974): "Políticas de vivienda en la ciudad de Buenos Aires. (1880-1914), en Revista *Desarrollo Económico,* v.14, nro. 54, Buenos Aires, Instituto de Desarrollo Económico y Social.

ACERCA DE LOS AUTORES

Silvia Agostinis. Licenciada y Profesora en Sociología (UBA). Actualmente cursa la Maestría Políticas Sociales de la UBA. Miembro fundadora de la organización no gubernamental Programa Habitad (PROHA) e investigadora y co-directora de proyectos sobre temas del hábitat popular y las organizaciones populares.

Patricia Verónica Alí. Licenciada en Ciencia Política (UBA), actualmente cursa la Maestría en Ciencia Política en FLACSO. Es docente de la Universidad de Buenos Aires e integra el Proyecto de Gestión Asociada y Planificación Participativa de FLACSO.

Aldo Isuani. Es Doctor (Ph.D.) en Ciencia Política de la Universidad de Pittsburgh (EE.UU.), profesor-investigador de FLACSO-CONICET y profesor titular regular de la Universidad de Buenos Aires. Se ha desempeñado como docente en carreras de posgrado de varias universidades nacionales y posee una vasta serie de publicaciones sobre temas de política pública en el país y el exterior. Ha sido consultor de diversos organismos internacionales y gubernamentales en América latina.

Daniel Filmus. Licenciado en Sociología (UBA) y Master en Educación (UFF). Actualmente es Director de la Facultad Latinoamericana de Ciencias Sociales-Sede Académica Argentina, Profesor Asociado, Regular por concurso de Sociología en CBC, UBA. También es Investigador de la Carrera del CONICET. Ha recibido el Primer Premio de la Academia Nacional de Educación (1995).

Norbert Lechner. Licenciado en Derecho y Doctorado en Ciencia Política. Desde 1974 es profesor de FLACSO. Ha sido Director de la Sede en Chile entre 1988 y 1994. Actualmente se desempeña como Consultor del PNUD en el Informe de Desarrollo Humano en Chile.

Wilfredo Lozano. Licenciado en Sociología, Doctor en Ciencias Sociales con Especialidad en Sociología del Colegio de México. Secretario General de la Facultad Latinoamericana de Ciencias Sociales (FLACSO) Como académico ha sido profesor investigador visitante de diversas universidades latinoamericanas y norteamericanas. Actualmente es Director del Anuario Social y Político de América Latina y el Caribe.

Martha Mancebo. Licenciada en Sociología y candidata a la Maestría en Ciencias Sociales de la Facultad Latinoamericana de Ciencias Sociales (FLACSO). Es docente de la Universidad de Buenos Aires y la Universidad de Palermo. Se desempeña como consultora externa de organizaciones estatales y privadas. Ha sido coredactora del Informe Argentino sobre Desarrollo Humano (1995-1996) del Programa Argentino de Desarrollo Humano (PNUD y Senado de la Nación).

Alberto Minujin. Matemático con Especialización en Estadística aplicada y en demografía. En la actualidad se desempeña como asesor de Política Social, evaluación y monitoreo de la Oficina Regional de Unicef para América Latina y el Caribe.

Ana Miranda. Licenciada en Sociología (UBA). Actualmente cursa la Carrera de Especialización en Planificación y Gestión de Políticas Sociales. Es docente de la Universidad de Buenos Aires. Investigadora del Proyecto Juventud de la Facultad Latinoamericana de Ciencias Sociales (FLACSO) -Sede Académica Argentina-. Actualmente es becaria del CONICET. Ha desempeñado diversos trabajos de asesoría en la gestión de programas sociales para jóvenes.

Héctor Poggiese. Es Abogado (UBA) y Magister en Administración Pública (planificación gubernamental y políticas públicas) FGV Vargas Brasil. Investigador - Docente de FLACSO desde 1981 y coordinador Cono Sur de la Maestría en Desastres y Gestión de Riesgos FLACSO - La Red. Es consultor de UNICEF, UNESCO, FAO, IICA, OPS, analista asesor de políticas gubernamentales y coordinador de proyectos en varios países de América Latina.

Luis Alberto Quevedo. Licenciado en Sociología, Secretario Académico de FLACSO, Sede Académica Argentina, Profesor de Sociología Política de la UBA, Director de la Maestría en Ciencias Sociales (FLACSO - FIDIPS) que se dicta en la Universidad Nacional de Cuyo (Mendoza) y del Posgrado de Opinión Pública y Medios de Comunicación de la FLACSO.

María Elena Redín. Profesora de Historia (Univ. Católica de Córdoba), Psicóloga Social. Investigadora del Proyecto Planificación Participativa y Gestión Asociada de FLACSO (Argentina). Mediadora Comunitaria en el Centro Integrado del Ministerio de Justicia.

Pablo Semán. Licenciado en Sociología, doctorado del Programa de Posgrado de Antropología Social de la Universidad Federal de Rio Grande do Sul. Docente de la Universidad de Buenos Aires y en el Instituto de Altos Estudios Sociales de la Universidad de San Martín. Ha desarrollado su especialidad en cultura y religiosidad de los sectores populares urbanos.

Pablo Vila. Licenciado en sociología especializado en cultura e identidad. Profesor de sociología en la Universidad de Texas de San Antonio. Ha publicado numerosos artículos sobre música e identidad en la Argentina e identidades fronterizas en la frontera entre los Estados Unidos y México.

Este libro se terminó de imprimir
en New Press Grupo Impresor S.A.
Paraguay 264, Avellaneda
Buenos Aires, Argentina.